NICHOLAS SPARKS

UMA LONGA JORNADA

ARQUEIRO

Título original: *The Longest Ride*

tradução: Maria Clara de Biase

preparo de originais: Rachel Agavino

revisão: Ana Grillo, Ana Lúcia Machado, Rebeca Bolite, Renata Dib e Umberto Figueiredo Pinto

diagramação: Valéria Teixeira

arte do cartaz do filme: © 2015 Twentieth Century Fox Film Corporation. Todos os direitos reservados.

imagem de quarta capa: Tomas Mikula / Shutterstock

adaptação de capa: Ana Paula Daudt Brandão

impressão e acabamento: RR Donnelley

CIP-BRASIL. CATALOGAÇÃO NA PUBLICAÇÃO
SINDICATO NACIONAL DOS EDITORES DE LIVROS, RJ

S726L Sparks, Nicholas
Uma longa jornada / Nicholas Sparks [tradução de Maria Clara de Biase]; São Paulo: Arqueiro, 2014.
288 p.; 14 x 21 cm; ed. popular

Tradução de: The longest ride
ISBN 978-85-8041-233-8

1. Ficção americana. I. Biase, Maria Clara de. II. Título.

13-06806 CDD: 813
CDU: 821.111(73)-3

Editora Arqueiro Ltda.
Rua Funchal, 538 – conjuntos 52 e 54 – Vila Olímpia
04551-060 – São Paulo – SP
Tel.: (11) 3868-4492 – Fax: (11) 3862-5818
E-mail: atendimento@editoraarqueiro.com.br
www.editoraarqueiro.com.br

Para Miles, Ryan, Landon, Lexie e Savannah

1

Início de fevereiro, 2011

Ira

Às vezes acho que sou o último da minha espécie.

Meu nome é Ira Levinson. Sou sulista e judeu, e me orgulho de ter sido chamado de ambas as coisas em uma ocasião ou outra. Além disso, sou velho. Nasci em 1920, ano em que o álcool foi proibido e as mulheres conquistaram o direito de votar. Muitas vezes me perguntei se esse foi o motivo de minha vida ter sido como foi. Afinal, nunca bebi e a mulher com quem me casei ficou na fila para votar em Roosevelt assim que teve idade para isso. Dessa forma é fácil imaginar que o ano do meu nascimento, de algum modo, foi determinante.

Meu pai teria zombado desse pensamento. Ele acreditava em regras. "Ira", dizia-me quando eu era novo e trabalhava com ele em sua loja de roupas e artigos masculinos, "deixe-me lhe dizer o que você nunca deve fazer", e então dizia. Chamava isso de suas *Regras para a Vida*. Cresci ouvindo as regras do meu pai para quase tudo. Algumas delas eram de natureza moral, baseadas nos ensinamentos do Talmude - e provavelmente as mesmas que a maioria dos pais ensinava aos filhos. Aprendi, por exemplo, que nunca deveria mentir ou roubar, mas meu pai - que era judeu não praticante, como ele mesmo se descrevia na época - costumava focar mais nas coisas práticas. Nunca saia na chuva sem chapéu. Nunca toque em uma boca de fogão, porque, mesmo que seja improvável, ainda pode estar quente. Fui alertado a nunca contar meu dinheiro em público nem comprar joias de um homem na rua, por mais que parecesse um ótimo negócio. E esses *nuncas* não tinham fim, mas, apesar de sua natureza aleatória, eu seguia quase todas as regras, talvez porque jamais tivesse querido desapontar meu pai. A voz dele até hoje me segue por toda parte.

Do mesmo modo, meu pai me dizia, com frequência, o que eu *deveria* fazer. Ele esperava honestidade e integridade em todos os aspectos da vida, mas também me disse para abrir portas para mulheres e crianças, dar apertos de mãos firmes, lembrar os nomes das pessoas e sempre dar ao cliente um pouco mais do que ele esperava. Acabei percebendo que suas regras não eram apenas a base de uma filosofia que lhe servira bem, mas diziam tudo sobre quem ele era. Como meu pai acreditava em honestidade e integridade, achava que os outros também acreditavam. Tinha fé na decência humana e presumia que os outros eram como ele. Acreditava que a maioria das pessoas, quando lhe era dada chance, fazia o certo, mesmo que isso fosse difícil, e acreditava que o bem sempre vencia o mal.

Mas não era ingênuo. "Confie nas pessoas", dizia, "até que elas lhe deem motivo para não confiar. E depois nunca mais fique de costas para elas."

Mais do que qualquer outra pessoa, meu pai moldou o homem que sou hoje.

Mas a guerra o mudou. Ou melhor, o Holocausto o mudou. Não alterou sua inteligência – meu pai era capaz de fazer as palavras cruzadas do *The New York Times* em menos de dez minutos –, mas abalou suas crenças em relação às pessoas. O mundo que achava que conhecia não fazia mais sentido e ele começou a mudar. A essa altura estava no fim da casa dos 50 anos e, depois de me tornar sócio de seu negócio, passava pouco tempo na loja. Tornou-se judeu praticante. Começou a frequentar com regularidade a sinagoga com minha mãe – falarei sobre ela mais tarde – e a apoiar financeiramente muitas causas judias. Recusava-se a trabalhar aos sábados. Acompanhou com interesse as notícias sobre a criação do Estado de Israel – e a subsequente guerra entre árabes e israelenses – e começou a ir a Jerusalém pelo menos uma vez por ano, como se procurasse algo que nunca soubera que tinha perdido. Quando meu pai envelheceu, comecei a me preocupar com aquelas viagens ao exterior, mas ele me garantiu que era capaz de cuidar de si mesmo. E de fato cuidou, durante muitos anos. Apesar da idade avançada, sua mente continuava aguçada como sempre, mas o corpo, infelizmente, não se adaptou tão bem. Ele teve um ataque cardíaco aos 90 anos e, embora tivesse se recuperado, sete meses depois um acidente vascular cerebral enfraqueceu muito o lado direito do seu corpo. Mesmo assim, insistiu em cuidar de si mesmo. Recusou-se a ir para uma clínica de repouso, mas usava um andador para se locomover e continuou a dirigir, apesar das minhas súplicas para que não renovasse a habilitação. "Isso é perigoso", eu lhe dizia, mas ele apenas dava de ombros.

"O que posso fazer?", respondia ele. "Como vou para a loja?"

Meu pai morreu um mês antes de completar 101 anos, com a habilitação ainda dentro da carteira e palavras cruzadas completas na mesa de cabeceira. Teve uma vida longa e interessante, e ultimamente tenho pensado muito nele. Acho que isso faz sentido, porque sempre segui seus passos. Segui suas *Regras para a Vida* todas as manhãs ao abrir a loja e no modo como lidei com as pessoas. Lembrei-me de nomes, dei mais do que era esperado e até hoje levo meu chapéu quando acho que há chance de chover. Como meu pai, tive um ataque cardíaco e agora uso um andador. E embora nunca tenha gostado de palavras cruzadas, minha mente parece aguçada como sempre. Da mesma forma que meu pai, fui teimoso demais para abrir mão da minha habilitação. Pensando bem, isso provavelmente foi um erro. Se tivesse aberto, não estaria nesta situação: meu carro fora da estrada, no meio de um barranco íngreme, com o capô amassado pelo impacto contra uma árvore. E não estaria fantasiando sobre alguém aparecer contra uma garrafa térmica cheia de café, um cobertor e uma daquelas liteiras que carregavam os faraós de um lugar para outro. Porque esse é o único jeito de eu sair daqui vivo.

Estou encrencado. Do outro lado do para-brisa quebrado a neve continua a cair, confusa e desorientadora. Minha cabeça está sangrando e a vertigem vem em ondas; tenho quase certeza de que fraturei o braço direito. A clavícula também. Mesmo de casaco, sinto tanto frio que estou tremendo.

Seria mentira dizer que não estou com medo. Não quero morrer e, graças aos meus pais – minha mãe viveu até os 96 anos –, sempre achei que minha genética me permitiria ficar ainda mais velho do que já sou. Até alguns meses atrás, acreditava que ainda me restavam uns bons seis anos. Bem, talvez não *bons*. Não é assim que funciona na minha idade. Venho me desintegrando há algum tempo – coração, articulações, rins e partes do meu corpo começaram a falhar –, mas recentemente algo mais se somou a isso. Tumores em meus pulmões, disse o médico. *Câncer*. Agora meu tempo é contado em meses, não em anos... Mesmo assim, ainda não estou pronto para morrer. Não hoje. Há algo que preciso fazer, algo que fiz todos os anos desde 1956. Uma grande tradição está chegando ao fim e, mais do que tudo, eu queria uma última chance de me despedir.

Ainda assim, é estranho o que um homem pensa quando acha que a morte é iminente. Uma coisa de que tenho certeza é que, se meu tempo acabou, eu preferiria não partir desse jeito – com o corpo tremendo, dentes postiços batendo, até que enfim meu coração inevitavelmente parasse de pulsar. Sei o que acontece quando as pessoas morrem – na minha idade, já perdi as contas de a quantos funerais fui. Se pudesse escolher, preferiria partir dormindo, em casa, em uma cama confortável. As pessoas que morrem assim parecem bem no velório, e foi por isso que decidi tentar ir para o banco traseiro, caso sinta o Grande Ceifador batendo em meu ombro. A última coisa que quero é que alguém me encontre aqui, congelado, sentado no banco, como uma bizarra escultura de gelo. Como tirariam meu corpo daqui? Do modo como estou espremido atrás do volante, seria como tentar tirar um piano do banheiro. Posso imaginar alguns bombeiros quebrando o gelo e me sacudindo para a frente e para trás, dizendo coisas como "Gire a cabeça para cá, Steve" ou "Mova os braços do velho para lá, Joe" enquanto tentam tirar meu corpo congelado do carro. Sacudindo, socando, empurrando e puxando até eu, com um último e grande solavanco, cair no chão. Não, obrigado. Ainda tenho meu orgulho. Portanto, como disse, se chegar a esse ponto, farei o possível para ir até o banco traseiro e apenas fechar os olhos. Assim poderão me tirar com mais facilidade.

Mas talvez não seja necessário. Talvez alguém veja as marcas dos pneus na estrada, as que levam diretamente ao barranco. Talvez alguém pare e grite para baixo, acenda uma lanterna e veja que há um carro aqui. Não é impossível. Está nevando e as pessoas dirigem mais devagar. Sem dúvida, alguém vai me encontrar. Eles têm que me encontrar.

Certo?

Talvez não.

A neve continua a cair. Minha respiração sai em pequenos sopros, como a de um dragão, e meu corpo começou a doer de frio. Mas poderia ser pior. Como já estava frio quando saí – embora não nevasse –, vesti roupas de inverno. Estou com duas camisas, um suéter, luvas e chapéu. Neste momento, o carro está inclinado, com a frente apontada para baixo. Ainda estou com o cinto de segurança, que sustenta meu peso, mas minha cabeça está apoiada no volante. O airbag foi acionado, espalhando pó branco e um cheiro acre de pólvora por todo o carro. Não é confortável, mas estou aguentando.

Meu corpo lateja. Acho que o airbag não funcionou direito, porque minha cabeça bateu no volante e perdi a consciência. Por quanto tempo, não sei. O corte nela continua a sangrar e os ossos do meu braço direito parecem perfurar minha pele. Minha clavícula e meu ombro doem muito, e estou com medo de me mexer. Digo a mim mesmo que poderia ser pior. Embora esteja nevando, não está terrivelmente frio lá fora. A temperatura deve cair a uns cinco graus negativos esta noite, mas subir para uns três positivos amanhã. Também vai ventar, com rajadas de 30 quilômetros por hora. Amanhã, domingo, os ventos serão ainda piores, mas na segunda-feira à noite o tempo começará a melhorar. A essa altura a frente fria terá ido embora e os ventos serão quase inexistentes. Na terça-feira são esperadas temperaturas entre quatro e cinco graus positivos.

Sei disso porque assisto ao Weather Channel. Acho interessante e é menos deprimente que os noticiários. Não há só previsões mas também programas sobre catástrofes naturais no passado. Assisti a alguns sobre pessoas que estavam no banheiro quando um tornado arrancou a casa do chão e vi outras contarem como foram salvas depois de arrastadas por uma enchente súbita. No Weather Channel todos sobrevivem às tragédias, afinal são entrevistados para o programa. Gosto de saber de antemão que eles sobreviveram. Ano passado vi uma reportagem sobre gente surpreendida na hora do rush por uma nevasca em Chicago. A neve chegou tão rápido que as estradas tiveram de ser fechadas, mesmo não estando vazias. Durante oito horas milhares de pessoas ficaram sem poder seguir viagem enquanto as temperaturas despencavam. A reportagem se concentrou em duas delas, mas o que me surpreendeu foi o fato de que nenhuma pareceu preparada para o mau tempo. Ambas quase tiveram hipotermia. Devo admitir que aquilo não fez sentido para mim. Os habitantes de Chicago sabem que lá neva com frequência; às vezes a cidade é atingida por nevascas vindas do Canadá. Eles deveriam saber que pode fazer frio. Como poderiam ignorar isso? Se eu morasse em um lugar desses, já na época do Halloween o porta-malas do meu carro estaria guarnecido com cobertores térmicos, chapéus, um casaco de inverno extra, protetores de ouvidos, luvas, pá, lanterna, aquecedores de mãos e garrafas de água. Se morasse em Chicago, poderia ficar preso em uma nevasca durante duas semanas antes de começar a me preocupar.

Meu problema, porém, é que moro na Carolina do Norte. Normalmente, quando dirijo, não me afasto de casa mais do que alguns quilômetros – exceto em uma viagem anual para as montanhas, quase sempre no verão. Portanto, meu porta-malas está vazio, mas me sinto um pouco melhor em relação a isso porque, mesmo que eu tivesse um hotel ambulante dentro dele, não me serviria de nada. O desfiladeiro é íngreme e está congelado, e eu não conseguiria alcançar o porta-malas mesmo que ele contivesse o tesouro de Tutancâmon. Ainda assim, não estou totalmente despreparado para o que me aconteceu. Antes de sair, peguei uma garrafa térmica cheia de café, dois sanduíches, ameixas secas e uma garrafa de água. Coloquei a comida no banco do carona, perto da carta que havia escrito, e embora tudo tenha se espalhado no acidente, é reconfortante saber que ainda está no carro. Se eu sentir muita fome, tentarei encontrar algo, mas sei que comer ou beber têm um preço. Tudo o que entra precisa sair. E eu ainda não descobri um jeito de deixar o carro. Meu andador está no banco traseiro e o declive me mandaria para a cova; considerando meus ferimentos, atender a um chamado da natureza está fora de cogitação.

Sobre o acidente, eu poderia inventar uma história emocionante com relação ao clima frio ou a um motorista raivoso e frustrado que me forçou a sair da estrada, mas não foi o que aconteceu. Estava escuro e começou a nevar, e, depois, a nevar mais, e de repente a estrada simplesmente desapareceu. Presumo que entrei em uma curva – digo *presumo* porque não a vi, é claro –, e a próxima coisa que percebi foi que havia batido na mureta de proteção e começado a cair no barranco íngreme. Estou sentado aqui, sozinho no escuro, perguntando-me se o Weather Channel fará um programa sobre mim.

Não consigo mais ver através do para-brisa. Embora isso aumente minha agonia, tento usar os limpadores, sem esperar nada, mas um instante depois eles empurram a neve, deixando uma fina camada de gelo em seu rastro. Surpreendo-me com essa súbita e momentânea normalidade, mas, com relutância, desligo os limpadores e os faróis, embora nem me lembrasse de que ainda estavam acesos. Digo a mim mesmo que devo preservar o que resta da bateria, para o caso de precisar usar a buzina.

Mudo de posição e sinto uma forte pontada subir do meu braço para minha clavícula. O mundo fica escuro como breu. Agonia. Inspiro e expiro, esperando a dor aguda passar. Meu bom Deus, por favor! É tudo que posso fazer para não gritar, mas então, como que por milagre, a dor começa a diminuir pouco a pouco. Respiro devagar, tentando conter as lágrimas, e quando enfim para de doer, sinto-me exausto. Poderia dormir para sempre, nunca mais acordar. Fecho os olhos. Estou cansado, muito cansado.

Estranhamente, eu me pego pensando em Daniel McCallum e na tarde da visita. Visualizo a dádiva que ele deixou para trás e, enquanto adormeço, pergunto-me de modo indolente quanto tempo levará até alguém me encontrar.

– Ira.

Ouço isso, primeiro, em meu sonho, de um jeito confuso e vago, como um som embaixo d'água. Demoro um instante para perceber que alguém está dizendo meu nome. Mas isso não é possível.

– Você tem que acordar, Ira.

Abro os olhos com dificuldade. Vejo Ruth, minha esposa, no banco ao meu lado.

– Estou acordado – digo, com a cabeça ainda no volante.

Sem meus óculos, perdidos no acidente, a imagem dela não tem definição, como a de um fantasma.

– Você saiu da estrada.

Pisco.

– Um maluco me fechou. Bati em um pedaço de gelo. Sem meus reflexos de gato, teria sido pior.

– Você saiu da estrada porque está cego como um morcego e velho demais para dirigir. Quantas vezes eu lhe disse que você é um perigo atrás do volante?

– Você nunca me disse isso.

– Pois deveria. Você nem viu a curva. – Ela faz uma pausa. – Está sangrando.

Ergo a cabeça e limpo a testa com a mão boa, que fica vermelha. Há sangue no volante e no painel e manchas vermelhas por toda parte. Pergunto-me quanto sangue perdi.

– Eu sei.

– Você quebrou o braço. E a clavícula também. E há algo errado com seu ombro.

– Eu sei – repito. Quando pisco, Ruth some e reaparece.

– Você precisa ir para o hospital.

– Isso é óbvio.

– Estou preocupada com você.

Respiro fundo antes de responder.

– Também estou preocupado comigo – digo por fim.

Minha esposa não está realmente no carro. Percebo isso. Ela morreu há nove anos – o dia em que achei que minha vida tinha acabado. Eu a chamei da sala de estar e, como ela não respondeu, me levantei da cadeira. Naquele tempo eu caminhava sem andador, mas muito devagar, e quando cheguei ao quarto, a vi no chão, perto da cama, deitada sobre o lado direito do corpo. Chamei uma ambulância e me ajoelhei ao seu lado. Virei-a de barriga para cima e pressionei os dedos em seu pescoço para sentir a pulsação. Não detectei nada. Fiz respiração boca a boca, como tinha visto na televisão. Seu peito subia e descia enquanto eu respirava e soprei até minha visão começar a ficar embaçada, mas ela não reagiu. Beijei seus lábios e seu rosto e a segurei perto de mim até a ambulância chegar. Ruth, minha esposa havia mais de 55 anos, morrera, e num piscar de olhos tudo o que eu tinha amado também se fora.

– Por que você está aqui? – pergunto-lhe.

– Que tipo de pergunta é essa? Estou aqui por sua causa.

É claro.

– Por quanto tempo eu dormi?

– Não sei – responde ela. – Mas está escuro. Acho que você está com frio.

– Sempre estou com frio.

– Não tanto assim.

– É – concordo. – Não tanto.

– Por que estava dirigindo nesta estrada? Aonde ia?

Penso em tentar me mover, mas a lembrança da pontada me faz parar.

– Você sabe.

– Sim. Black Mountain. Onde passamos a lua de mel.

– Queria ir lá uma última vez. Amanhã é nosso aniversário.

Ela demora um instante para responder:

– Acho que você está ficando senil. Nós nos casamos em agosto, não em fevereiro.

– Não esse aniversário – digo. Não conto a ela que, de acordo com o médico, não viverei até agosto. – O outro.

– Do que você está falando? Não há nenhum outro aniversário. Só um.

– Do dia em que minha vida mudou para sempre – respondo. – O dia em que conheci você.

Por um momento Ruth não diz nada. Sabe que estou sendo sincero, mas, ao contrário de mim, não é de dizer essas coisas. Ruth me amava apaixonadamente, e eu sentia isso em suas expressões, em seu toque, no terno roçar de seus lábios. E quando mais precisei, também na escrita.

– Foi no dia 6 de fevereiro de 1939 – digo. – Você estava fazendo compras no centro da cidade com sua mãe, Elisabeth, e entraram na loja. Sua mãe queria comprar um chapéu para seu pai.

Ela se recosta no banco, com os olhos ainda fixos em mim.

– Você saiu do fundo da loja – diz. – E um momento depois sua mãe o seguiu.

Sim, lembro de repente, minha mãe me seguira. Ruth sempre teve uma memória extraordinária.

Como a família da minha mãe, a de Ruth era de Viena, mas emigrara para a Carolina do Norte apenas dois meses antes. Tinham fugido de Viena após o *Anschluss* da Áustria, quando Hitler e os nazistas anexaram o país ao Reich. O pai de Ruth, Jakob Pfeffer, professor de história da arte, sabia o que a ascensão de Hitler significava para os judeus e vendeu tudo o que tinha para pagar as propinas necessárias para garantir a liberdade de sua família. Depois de atravessarem a fronteira da Suíça, viajaram até Londres e, depois, para Nova York, antes de enfim chegarem a Greensboro. Um dos tios de Jakob fabricava móveis a alguns quarteirões da loja do meu pai e durante meses Ruth e sua família moraram em dois cômodos apertados no segundo andar da fábrica. Mais tarde soube que os vapores incessantes da laca deixavam Ruth tão enjoada à noite que ela mal podia dormir.

– Fomos à loja porque sabíamos que sua mãe falava alemão. Tinham nos dito que ela poderia ajudar. – Ruth balança a cabeça. – Estávamos com tanta saudade de casa, ansiosos por encontrar alguém da nossa terra.

Assinto. Ou pelo menos é o que penso.

– Minha mãe me explicou tudo depois que você foi embora. Teve que explicar. Eu não entendi uma só palavra do que você tinha dito.

– Você deveria ter aprendido alemão com sua mãe.

– Qual era a importância disso? Antes de você sair da loja eu já sabia que nos casaríamos um dia. Teríamos todo o tempo do mundo para conversar.

– Você sempre diz isso, mas não é verdade. Você mal olhou para mim.

– Não consegui olhar. Você era a garota mais bonita que eu já tinha visto. Era como tentar olhar para o sol.

– *Ach, Quatsch...* – Ela ri. – Eu não era bonita. Era uma criança. Só tinha 16 anos.

– E eu havia acabado de fazer 18. E no fim das contas eu estava certo.

Ela suspira.

– Sim, estava.

É claro que eu já vira Ruth e seus pais antes. Eles frequentavam nossa sinagoga e se sentavam lá na frente, estranhos em uma terra estranha. Minha mãe os havia mostrado para mim depois dos serviços religiosos, olhando-os discretamente enquanto eles iam para casa apressados.

Sempre adorei nossas caminhadas para casa nas manhãs de sábado, depois da sinagoga, quando tinha minha mãe só para mim. Nossa conversa fluía facilmente de um assunto para outro e eu me deleitava com sua atenção exclusiva. Podia falar com ela sobre qualquer problema que tivesse ou fazer qualquer pergunta que passasse pela minha cabeça, mesmo as que meu pai teria achado sem sentido. Meu pai dava conselhos; minha mãe dava conforto e amor. Meu pai nunca ia à sinagoga conosco; preferia abrir a loja cedo aos sábados, esperando as vendas do fim de semana. Minha mãe entendia. Naquele tempo, até eu sabia que era difícil manter a loja aberta. Como a todos os outros lugares, a Grande Depressão atingiu Greensboro com força e algumas vezes a loja passava dias sem um cliente sequer. Havia muitas pessoas desempregadas e passando fome. Elas ficavam na fila de sopa ou pão. Muitos dos bancos locais tinham falido, levando as poupanças das pessoas junto. Nos bons tempos, meu pai era do tipo que guardava dinheiro, mas em 1939 as coisas estavam difíceis até para ele.

Minha mãe sempre trabalhou com meu pai, embora raramente ficasse no balcão atendendo os clientes. Naquela época os homens – e nossa clientela era quase toda masculina – esperavam que outro homem os ajudasse, tanto na escolha quanto no ajuste dos ternos. Contudo, minha mãe mantinha a porta do almoxarifado aberta, o que lhe dava uma visão perfeita dos clientes. Devo dizer que ela era um gênio em seu trabalho. Meu pai puxava, esticava e marcava o tecido nos lugares certos, mas com um único olhar minha mãe sabia imediatamente se devia ou não seguir as marcas que ele fazia. Em sua memória, ela via o cliente vestindo o terno e sabia a linha exata de cada dobra e costura. Meu pai tinha conhecimento disso – e foi por esse motivo que posicionou o espelho onde ela pudesse vê-lo. Embora isso pudesse fazer alguns homens se sentirem ameaçados, deixava meu pai orgulhoso. Uma de suas *Regras para a Vida* era casar com uma mulher mais inteligente que você. "Eu fiz isso", dizia, "e você também deveria fazer. Quero dizer, para que pensar em tudo sozinho?"

Tenho que admitir que minha mãe era mesmo mais inteligente do que meu pai. Embora nunca tivesse dominado a arte de cozinhar – ela deveria ter sido banida da cozinha –, falava quatro idiomas e era capaz de citar Dostoievski em russo; era uma exímia pianista clássica e havia frequentado a Universidade de Viena numa época em que estudantes mulheres eram uma raridade. Meu pai, por sua vez, nunca fora para a universidade. Como eu, tinha trabalhado na loja de roupas e artigos masculinos de seu pai desde garoto, e era bom com números e clientes. E, como eu, vira sua futura esposa pela primeira vez na sinagoga, logo depois de ela chegar a Greensboro.

Porém, as semelhanças terminam por aí, pois muitas vezes eu me perguntei se meus pais eram um casal feliz. Seria fácil dizer que eram outros tempos, que as pessoas se casavam menos por amor e mais por motivos práticos. E não estou dizendo que eles não eram certos um para o outro em muitos aspectos. Eram bons parceiros, e nunca os ouvi discutir. Contudo, várias vezes me perguntei se algum dia tinham sido apaixonados. Em todos os anos que vivi com eles, nunca os vi se beijarem, e não eram o tipo de casal que ficava à vontade de mãos dadas. À noite, meu pai fazia a contabilidade à mesa da cozinha, enquanto minha mãe se sentava na sala de estar, com um livro aberto no colo. Mais tarde, depois que eles se aposentaram e eu assumi o negócio, esperei que se tornassem mais próximos. Achei que poderiam viajar juntos, fazer cruzeiros ou passeios turísticos, mas depois da primeira visita a Jerusalém meu pai sempre viajou sozinho. Eles tinham vidas separadas, e continuaram a se distanciar, tornando-se estranhos. Quando estavam na casa dos 80 anos, pareciam não ter mais nada a dizer um ao outro. Passavam horas na mesma sala sem pronunciar uma só palavra. Quando

Ruth e eu os visitávamos, passávamos um tempo, primeiro, com um e, depois, com o outro. Na volta, no carro, Ruth apertava minha mão, como se prometendo a si mesma que nunca acabaríamos assim.

Ruth sempre se preocupou mais com o relacionamento dos meus pais do que eles mesmos. Pareciam ter pouca vontade de preencher a lacuna entre eles. Sentiam-se confortáveis em seus mundos. Quando envelheceram e meu pai se tornou mais chegado às tradições, minha mãe desenvolveu uma paixão por jardinagem e passava horas podando flores no quintal. Meu pai adorava assistir a velhos filmes de faroeste e ao noticiário noturno, enquanto minha mãe lia seus livros. E é claro que eles sempre se interessaram pelas obras de arte que Ruth e eu colecionávamos, aquelas que por fim nos tornaram ricos.

⚜

– Você demorou muito para voltar à loja – falei para Ruth.

Fora do carro, a neve já cobrira o para-brisa e continuava a cair. De acordo com o Weather Channel, àquela altura deveria ter parado, mas, apesar das maravilhas da tecnologia moderna, a previsão do tempo ainda falha. Esse é outro motivo de eu achar o canal interessante.

– Minha mãe comprou o chapéu. Ficamos sem dinheiro para mais nada.

– Mas você me achou bonito.

– Não. Suas orelhas eram muito grandes. Gosto de orelhas delicadas.

Ruth tem razão sobre minhas orelhas. São grandes e de abano, como as do meu pai. Mas, ao contrário dele, eu tinha vergonha delas. Quando era garoto, talvez com uns 8 ou 9 anos, peguei um pedaço de tecido da loja, cortei-o em uma longa tira e passei o resto do verão dormindo com ela enrolada na cabeça, na esperança de que minhas orelhas se aproximassem mais do meu couro cabeludo. Embora minha mãe ignorasse isso quando ia me ver à noite, às vezes eu ouvia meu pai cochichando com ela em um tom quase ofendido. "Ele tem as minhas orelhas", dizia. "O que há de tão ruim com elas?"

Contei essa história a Ruth depois que nos casamos e ela riu. Desde então, de vez em quando caçoava de mim por causa das minhas orelhas, do mesmo jeito que está fazendo agora, mas em todos os nossos anos juntos nunca fez isso de um modo que eu considerasse maldoso.

– Achei que você gostasse das minhas orelhas. Você me dizia isso sempre que as beijava.

– Eu gostava do seu rosto. Você tinha um rosto bondoso. Suas orelhas vieram junto com ele. Eu não queria ferir seus sentimentos.

– Um rosto bondoso?

– Sim. Havia suavidade em seus olhos, como se você só visse o bem nas pessoas. Notei isso mesmo quando mal olhava para mim.

– Eu estava tentando reunir coragem para lhe perguntar se poderia levá-la em casa.

– Não – diz ela, balançando a cabeça. Embora sua imagem esteja desfocada, sua voz é vigorosa, a da garota de 16 anos que conheci tanto tempo atrás. – Depois disso eu o vi muitas vezes na sinagoga e você nunca me perguntou. Até o esperei algumas vezes, mas você passava por mim sem dizer nada.

– Você não falava inglês.

– Àquela altura tinha começado a entender algumas coisas e conseguia falar um pouco. Se você tivesse perguntado, eu teria respondido: "O.k., Ira. Vou com você."

Ela diz estas últimas palavras com um sotaque vienense, suave e musical. Cadenciado. Com os anos, seu sotaque diminuiu, mas nunca desapareceu por completo.

– Seus pais não teriam permitido.

– Minha mãe teria. Ela gostava de você. Sua mãe disse a ela que um dia você herdaria o negócio.

– Eu sabia! Sempre suspeitei de que você tivesse se casado comigo por dinheiro.

– Que dinheiro? Você não tinha dinheiro nenhum. Se eu quisesse um homem rico, teria me casado com David Epstein. O pai de David era dono da fábrica de tecidos e eles moravam em uma mansão.

Essa também era uma das piadas constantes em nosso casamento. Embora minha mãe estivesse falando a verdade, ela sabia que aquele não era o tipo de negócio que tornaria alguém rico. Começou como uma loja pequena e continuou assim até o dia em que finalmente a vendi e me aposentei.

– Lembro-me de ver vocês dois na loja de refrigerantes do outro lado da rua. David se encontrava com você lá quase todos os dias durante o verão.

– Eu gostava de refrigerantes de chocolate. Nunca tinha tomado.

– Eu ficava com ciúme.

– Tinha razão em ficar – diz Ruth. – Ele era rico, bonito e tinha orelhas perfeitas.

Sorrio, desejando poder vê-la melhor, mas a escuridão não permite.

– Durante algum tempo achei que vocês fossem se casar.

– Ele me pediu em casamento mais de uma vez e respondi que era jovem demais, que ele teria que esperar até eu terminar a faculdade. Mas era mentira. A verdade é que eu já estava de olho em você. Por isso sempre insistia em ir à loja de refrigerantes perto da loja do seu pai.

Eu sabia disso, é claro. Mas gostei de ouvi-la dizer.

– Eu ficava perto da vitrine e a observava, sentada com ele.

– Às vezes eu via você. – Ela sorri. – Um dia até acenei, mas mesmo assim você nunca se ofereceu para me levar em casa.

– David era meu amigo.

Aquilo era verdade e continuou a ser durante a maior parte da nossa vida.

Tínhamos boas relações com David e sua esposa, Rachel, e Ruth deu aulas particulares para um de seus filhos.

– Aquilo não tinha nada a ver com sua amizade com David. Você tinha medo de mim. Sempre foi tímido.

– Você deve estar me confundindo com outra pessoa. Eu era charmoso, adorado pelas mulheres, um jovem Frank Sinatra. Às vezes tinha que me esconder de muitas que me perseguiam.

– Você andava olhando para os pés e ficava vermelho quando eu acenava. E então, em agosto, foi embora para a universidade.

Fui para a William and Mary, em Williamsburg, Virgínia, e só voltei para casa em dezembro. Vi Ruth duas vezes na sinagoga naquele mês, ambas de longe, antes de voltar para a faculdade. Em maio, fui passar o verão em casa para trabalhar na loja, e àquela altura a Segunda Guerra Mundial estava se alastrando pela Europa. Hitler havia conquistado a Polônia e a Noruega, derrotado a Bélgica, Luxemburgo e a Holanda, e estava arrasando a França. Em todos os jornais e todas as conversas o único assunto era a guerra. Ninguém sabia se os Estados Unidos entrariam no conflito, e o clima era tenso. Semanas depois, a França estava definitivamente fora da guerra.

– Você ainda estava saindo com David quando voltei.

– Mas também fiquei amiga da sua mãe no ano em que você foi embora. Enquanto meu pai trabalhava, minha mãe e eu íamos à loja. Falávamos de Viena e de nossa antiga vida. Sentíamos saudades de casa, é claro, mas eu também estava zangada. Não gostava da Carolina do Norte. Não gostava deste país. Sentia que não pertencia a ele. Apesar da guerra, parte de mim queria voltar. Queria ajudar meus parentes. Estávamos muito preocupados com eles.

Vejo-a se virar na direção da janela e, no silêncio, sei que Ruth está pensando em seus avós, suas tias, seus tios e primos. Na noite antes de ela e os pais partirem para a Suíça, dezenas de membros de sua família se reuniram para um jantar de despedida. Eles se deram adeus, aflitos, e prometeram manter contato. E embora alguns estivessem felizes por eles, quase todos achavam que o pai de Ruth não só estava tendo uma reação exagerada como também sendo tolo ao desistir de tudo por um futuro incerto. Contudo, alguns deram moedas de ouro ao pai dela e, nas seis semanas de viagem até a Carolina do Norte, foram aquelas moedas que lhes garantiram abrigo e comida. Com exceção de Ruth e seus pais, toda a família permaneceu em Viena. No verão de 1940 eles estavam usando a estrela de davi nos braços e a maioria tinha sido proibida de trabalhar. Àquela altura, era tarde demais para fugir.

Minha mãe me falou sobre as visitas de Ruth e as preocupações dela. Minha mãe também tinha parentes em Viena, mas, como muitas pessoas, não tínhamos a menor ideia do que estava acontecendo ou do quanto aquilo se tornaria terrível.

Ruth também não sabia, mas o pai dela, sim. Ele soubera quando ainda havia tempo para fugir. Mais tarde cheguei à conclusão de que era o homem mais inteligente que eu já havia conhecido.

– Naquela época seu pai fabricava móveis?

– Sim – respondeu Ruth. – Nenhuma universidade quis contratá-lo, por isso fez o que era necessário para nos alimentar. Mas foi difícil para ele. Meu pai não foi feito para fabricar móveis. No início voltava para casa exausto, com serragem nos cabelos e ataduras nas mãos, e dormia na cadeira quase imediatamente depois de entrar pela porta. Mas ele nunca se queixou. Sabia que tínhamos sorte. Quando acordava, tomava banho e vestia seu terno para jantar, um modo de se lembrar do homem que tinha sido um dia. E nós tínhamos conversas animadas no jantar. Ele me perguntava o que eu aprendera na escola naquele dia e ouvia minha resposta com atenção. Então me fazia pensar nas coisas de outras maneiras. "Por que você acha que é assim?", perguntava. Ou: "Você já considerou isso?" É claro que eu sabia o que ele estava fazendo. Uma vez professor, sempre professor. Meu pai era bom no que fazia, e foi por isso que conseguiu voltar a lecionar depois da guerra. Ele me ensinou a pensar por mim mesma e a confiar em meus instintos, como fez com todos os seus alunos.

Eu a observo, refletindo sobre quanto era significativo Ruth também ter se tornado professora, e minha mente volta mais uma vez para Daniel McCallum.

– E seu pai a ajudou a aprender tudo sobre arte.

– Sim – diz ela, com um tom travesso. – Ele também me ajudou com isso.

2

Quatro meses antes

Sophia

– Você tem que ir – implorou Marcia. – Por favor. Iremos num grupo de 13 ou 14. E não é tão longe. McLeansville fica a menos de uma hora daqui e você sabe que a viagem de carro vai ser divertida.

Sophia estava em sua cama, revendo desanimadamente algumas anotações sobre a história da Renascença.

– Eu não sei... Ao *rodeio*? – perguntou, com uma expressão de incredulidade no rosto.

– Não fale assim – reprovou Marcia, de frente para o espelho, pondo um chapéu de caubói na cabeça e o inclinando de um lado para outro. Colega de quarto de Sophia desde o segundo ano, Marcia Peak era de longe sua melhor amiga na faculdade. – Em primeiro lugar, não é rodeio. É apenas *montaria em touros*. Em segundo, a questão não é essa. É sair do campus para uma rápida viagem de carro, comigo e as meninas. Haverá uma festa depois. Eles montam bares em um grande e velho celeiro perto da arena... Vai ter uma banda e dança, e juro por Deus que você nunca encontrará tantos caras bonitos em um só lugar.

Sophia olhou por cima de seu caderno.

– Encontrar um cara bonito é a última coisa que quero agora.

Marcia revirou os olhos.

– Acontece que você precisa sair de casa. Já estamos em outubro. As aulas começaram há dois meses e você tem que sair dessa depressão.

– Não estou deprimida – disse Sophia. – Só estou... cansada disso.

– Quer dizer que está cansada de ver Brian, certo? – Marcia se virou para encarar a amiga. – Está bem, entendo isso. Mas este é um campus pequeno. E a Chi Omega e a Sigma Chi estão juntas este ano. Vai ser inevitável encontrá-lo.

– Você entendeu o que eu quis dizer. Ele está me seguindo. Na quinta-feira, estava no átrio do Scales Center depois da minha aula. Isso nunca aconteceu enquanto estávamos juntos.

– Você falou com ele? Ou ele tentou falar com você?

– Não. – Sophia balançou a cabeça. – Fui direto para a porta e fingi que não o tinha visto.

– Então tudo bem.

– Ainda assim é assustador...

– E daí? – Marcia deu de ombros, impaciente. – Não se deixe abalar. Ele não é um psicopata nem nada do gênero. Uma hora vai acabar entendendo.

Sophia desviou o olhar, pensando, *espero que sim*, mas como ela não respondeu, Marcia atravessou o quarto e se sentou ao seu lado na cama. Deu um tapinha na perna de Sophia.

– Vamos ser racionais, está bem? Você disse que Brian parou de telefonar e mandar mensagens de texto, não foi?

Sophia assentiu com a cabeça, embora com relutância.

– Então, tudo certo – concluiu ela. – Está na hora de seguir com sua vida.

– É o que estou tentando fazer. Mas aonde quer que eu vá, lá está ele. Não entendo por que não me deixa em paz.

Marcia dobrou as pernas e apoiou o queixo nos joelhos.

– É simples. Brian acha que, se conseguir falar com você, se disser as coisas certas e esbanjar charme, a fará mudar de ideia. Ele realmente acredita nisso. – Marcia a olhou com uma expressão séria. – Sophia, você tem que entender que todos os homens pensam assim. Eles acham que podem encontrar uma solução para tudo e sempre querem o que não podem ter. Está no DNA deles. Você terminou com Brian, agora ele a quer de volta. Coisa de homem. – Ela deu uma piscadela. – Ele acabará aceitando que terminou. Desde que você não ceda, é claro.

– Não vou ceder – disse Sophia.

– Ainda bem. Você sempre foi boa demais para ele.

– Achei que você gostasse do Brian.

– Eu *gosto* do Brian. Ele é engraçado, bonito e rico. Como poderia não gostar? Somos amigos desde o primeiro ano e ainda nos falamos. Mas também sei que ele foi um péssimo namorado e traiu minha amiga. Não uma ou duas, mas três vezes.

Sophia sentiu seus ombros caírem.

– Obrigada por me lembrar.

– Ouça, é meu papel de amiga ajudá-la a superar isso. Então, o que eu faço? Encontro essa ótima solução para todos os seus problemas, uma noite com as garotas fora do campus, e você está pensando em ficar aqui?

Como Sophia continuou sem dizer nada, Marcia se aproximou mais.

– Por favor, venha conosco. Preciso da minha parceira.

Sophia suspirou, sabendo quanto Marcia podia ser insistente.

– Está bem – cedeu. – Eu vou.

E, embora não soubesse disso naquele momento, quando pensasse no passado sempre se lembraria de que tinha sido assim que tudo começara.

⚜

Conforme a meia-noite se aproximava, Sophia teve que admitir que sua amiga tinha razão. Ela precisava sair... Percebeu que pela primeira vez em semanas estava se divertindo de verdade. Afinal de contas, não era toda noite que podia apreciar os cheiros de terra, suor e esterco, observando homens loucos montarem animais ainda mais loucos. Ficou sabendo que Marcia achava que os peões exalavam sensualidade e mais de uma vez sua colega de quarto a cutucara para mostrar um particularmente bonito, inclusive o que vencera todas as provas.

– Ele é um colírio para os olhos – dissera.

E mesmo a contragosto, Sophia rira.

A festa que se seguiu foi uma agradável surpresa. O celeiro decadente, com chão sujo, paredes de tábuas, vigas expostas e buracos no telhado, estava lotado. As pessoas se aglomeravam ao redor dos bares improvisados e ocupavam um conjunto de mesas e bancos espalhados aleatoriamente pelo interior cavernoso. Embora, em geral, Sophia não ouvisse música country, a banda era animada e a pista de dança de piso de madeira estava lotada. De vez em quando começava uma dança e todos, menos ela, pareciam saber o que fazer. Aquilo era como um código secreto; uma música terminava e outra começava, os dançarinos saíam da pista e outros os substituíam, assumindo seus lugares na fileira e dando a Sophia a impressão de que tudo fora coreografado. Marcia e as outras garotas da fraternidade se juntavam aos dançarinos executando todos os passos com perfeição e Sophia se perguntava onde elas tinham aprendido aquilo. Em mais de dois anos de convivência, nem Marcia nem qualquer uma das outras garotas havia mencionado que conhecia aqueles passos de dança.

Apesar de não querer passar vergonha na pista de dança, Sophia estava feliz por ter vindo. Diferentemente da maioria dos outros bares perto do campus – ou de *qualquer* outro bar ao qual já fora –, aqui as pessoas eram gentis de verdade. Ridiculamente gentis. Nunca tinha ouvido tantos estranhos dizerem "Desculpe-me" ou "Com licença" e dar sorrisos amigáveis enquanto saíam do seu caminho. E sua amiga tinha razão sobre outra coisa: havia homens bonitos por toda parte, e Marcia – assim como a maioria das garotas da casa – estava aproveitando. Desde que chegaram, nenhuma delas tivera que pagar uma única bebida.

Aquele era o tipo de noite de sábado que Sophia imaginava que acontecia no Colorado, em Wyoming ou em Montana, não que ela já tivesse estado em algum desses lugares. Quem diria que havia tantos caubóis na Carolina do Norte? Examinando a multidão, Sophia percebeu que não deviam ser caubóis de verdade – a maioria estava ali para assistir às provas de montaria em touro e beber cerveja no sábado à noite –, mas ela nunca tinha visto uma quantidade tão grande de chapéus, botas e fivelas de caubói. E as mulheres? Elas também usavam botas e chapéus, mas entre suas amigas da fraternidade e as demais mulheres ali viu mais shorts curtos e barrigas de fora do que já vira no pátio do campus no primeiro dia quente da primavera. Marcia e as garotas tinham ido às compras mais cedo naquele dia e Sophia se sentiu quase malvestida em seus jeans e sua blusa sem mangas.

Deu um gole em sua bebida, contentando-se em observar e ouvir. Marcia havia se afastado com Ashley alguns minutos antes, sem dúvida para falar com uns rapazes que conhecia. As outras garotas estavam formando grupos parecidos, mas Sophia não sentia necessidade de se juntar a elas. Sempre fora um pouco reservada e, ao contrário das meninas da casa, não seguia à risca as regras da fraternidade. Ainda que tivesse feito algumas boas amizades lá, estava pronta para seguir em frente. Por mais que a *vida real* parecesse assustadora, animava-se com a ideia de ter seu próprio lar. Imaginava vagamente um loft em alguma cidadezinha, com bistrôs, cafeterias e bares próximos, mas como saber quanto isso era realista? A verdade era que morar em um apartamento apertado à beira da rodovia em Omaha, Nebraska, era preferível à sua situação atual. Ela estava cansada de morar na fraternidade, e não só porque a Chi Omega e a Sigma Chi estavam juntas de novo. Era seu terceiro ano na casa e já estava farta do drama da vida em fraternidade. Em um lugar com 34 garotas, o drama era *interminável,* e embora ela fizesse o possível para evitá-lo, sabia que a versão deste ano já estava a caminho. O novo grupo de garotas do segundo ano se preocupava demais com o que as outras pessoas pensariam delas e qual era a melhor maneira de se encaixar, enquanto disputavam uma posição mais elevada na hierarquia social.

Mesmo ao entrar para a fraternidade, Sophia nunca se importara de verdade com nada disso. Em parte, entrara porque não tinha se dado bem com sua colega de quarto no primeiro ano e, em parte, porque todas as outras calouras estavam fazendo o mesmo. Queria descobrir do que se tratava aquilo, especialmente porque a vida social na Wake era em grande parte definida pelo sistema grego. Sua lembrança seguinte era de ser uma Chi Omega fazendo um depósito para pagar seu quarto na casa.

Sophia havia tentado se envolver naquilo tudo. De verdade. Quando estava no terceiro ano, pensara brevemente em entrar para a diretoria. Ao mencionar isso para Marcia, a amiga caíra na gargalhada e então Sophia rira também, e a coisa parou por aí, o que foi bom, porque ela sabia que seria uma péssima diretora. Embora fosse a todas as festas e reuniões formais e obrigatórias, não conseguia ter todo aquele espírito de "a irmandade mudará sua vida", tampouco acreditava que "ser uma Chi Omega trará benefícios para o resto da vida".

Sempre que ouvia esses lemas nas reuniões da irmandade, tinha vontade de levantar a mão e perguntar às suas colegas se elas realmente acreditavam que a quantidade de energia que despendiam durante a Semana Grega de fato era importante a longo prazo. Por mais que tentasse, não conseguia se imaginar sentada em uma entrevista de emprego ouvindo seu futuro chefe dizer: *Estou vendo aqui que em seu penúltimo ano você ajudou a coreografar o número de dança que pôs a Chi Omega em primeiro lugar na classificação das fraternidades. Para ser honesto, Srta. Danko, essa é exatamente a habilidade que estamos procurando em um curador de museu.*

Por favor.

A vida na fraternidade era parte de sua experiência universitária, e ela não se arrependia disso, mas nunca quis que fosse a *única* parte. Ou mesmo a maior parte. Antes de mais nada, fora para a Wake Forest porque queria uma boa educação e sua bolsa de estudos exigia que colocasse os estudos em primeiro lugar. E era o que fazia.

Bem... Quase sempre. Sophia girou a bebida em seu copo, pensando no ano anterior.

No último semestre, depois que descobriu que Brian a traíra pela segunda vez, tinha ficado arrasada. Achara impossível se concentrar, e quando as provas finais chegaram, teve que estudar como uma louca para manter sua média. Tinha conseguido... por pouco. Mas aquilo fora a coisa mais estressante pela qual passara e estava determinada a não deixar que acontecesse de novo. Se não fosse por Marcia, não sabia como teria terminado o semestre anterior, e esse era o principal motivo para se sentir grata por ter entrado para a Chi Omega. Para Sophia, a irmandade sempre estivera relacionada à amizade individual, não à identificação com um grupo. E amizade não tinha nada a ver com a posição de alguém na hierarquia. Por isso, como fizera desde o início, faria o que fosse preciso na casa em seu último ano, não mais do que isso. Pagaria as taxas, cumpriria suas obrigações e ignoraria as panelinhas que já estavam se formando – especialmente as que acreditavam que ser uma Chi Omega era o objetivo máximo da vida.

Panelinhas que adoravam pessoas como Mary-Kate, por exemplo.

Mary-Kate era a presidente da irmandade, e não só *transpirava* a vida em fraternidade como também se encaixava em seu papel – tinha lábios carnudos e um nariz ligeiramente empinado, pele sem manchas e estrutura óssea bem definida. Com o atrativo adicional de seu fundo fiduciário – sua família, que ganhara dinheiro com tabaco, ainda era uma das mais ricas do estado –, para muitas pessoas ela *era* a fraternidade. E Mary-Kate sabia disso. Neste momento, em uma das mesas redondas maiores, estava sendo bajulada por seus admiradores, cercada de colegas mais novas que, sem dúvida, queriam ser como ela quando crescessem. Como sempre, Mary-Kate falava de si mesma.

– Eu só quero fazer diferença, sabem? – dizia. – Sei que não vou conseguir mudar o mundo, mas acho importante tentar fazer alguma diferença.

Jenny, Drew e Brittany ouviam atentamente todas as suas palavras.

– Acho isso impressionante – concordou Jenny.

Ela era de Atlanta e estava no segundo ano. Sophia a conhecia bem o bastante para se cumprimentarem de manhã, não mais do que isso. Com certeza, ela estava emocionada por passar um tempo com Mary-Kate.

– Quero dizer, não tenho vontade de ir para a África, o Haiti ou algum lugar desse tipo – continuou Mary-Kate. – Por que ir tão longe? Meu pai diz que há muitas oportunidades de ajudar pessoas por aqui. Foi por isso que ele criou uma fundação de caridade e é por isso que vou trabalhar lá quando me formar. Para ajudar a acabar com os problemas locais. Para fazer diferença bem aqui, na Carolina do Norte. Vocês sabem que ainda há pessoas neste estado que precisam usar banheiros externos? Dá para imaginar isso? Não ter encanamento interno? Temos que sanar esse tipo de problema.

– Espere – disse Drew. – Estou confusa. – Ela era de Pittsburgh e sua roupa era quase idêntica à de Mary-Kate, do chapéu às botas. – Está dizendo que a fundação do seu pai constrói banheiros?

As sobrancelhas bem desenhadas de Mary-Kate formaram um V.

– Do que você está falando?

– A fundação do seu pai. Você disse que ela constrói banheiros.

Mary-Kate inclinou a cabeça, analisando Drew como se ela fosse retardada.

– A fundação fornece bolsas de estudos para crianças carentes. Por que achou que construía banheiros?

Ah, não sei, pensou Sophia, sorrindo para si mesma. *Talvez porque você te-*

nha falado de banheiros externos e dado essa impressão? Mas ela não disse nada, sabendo que Mary-Kate não gostaria da brincadeira. Quando se tratava de seus *planos para o futuro*, Mary-Kate não tinha nenhum senso de humor. Afinal de contas, o futuro era coisa séria.

– Mas eu pensei que você seria repórter de televisão – disse Britney. – Na semana passada nos contou sobre a oferta de emprego que recebera.

Mary-Kate jogou a cabeça para trás.

– Aquilo não ia dar certo.

– Por que não?

– Era para o noticiário da manhã. Em Owensboro, Kentucky.

– E daí? – perguntou uma das garotas mais novas da fraternidade, claramente intrigada.

– Oi? Owensboro? Já ouviu falar?

– Não. – As garotas trocaram olhares tímidos.

– É o que quero dizer – anunciou Mary-Kate. – *Não* vou me mudar para Owensboro, Kentucky. Mal aparece no mapa. E não vou acordar às quatro da manhã. Além do mais, como falei, quero fazer diferença. Há muitas pessoas aqui precisando de ajuda. Venho pensando nisso há muito tempo. Meu pai diz...

A essa altura Sophia não estava mais ouvindo. Querendo encontrar Marcia, levantou-se de sua cadeira e examinou a multidão enquanto a noite avançava. Espremendo-se para passar por algumas garotas e pelos rapazes com quem elas conversavam, começou a andar no meio da multidão, procurando o chapéu de caubói preto de Marcia. Era inútil. Havia chapéus pretos *por toda parte*. Tentou se lembrar da cor do chapéu de Ashley. Creme, não era? Com isso, pôde filtrar a busca até localizar suas amigas. Havia começado a ir na direção delas, passando com dificuldade por grupos de pessoas, quando viu algo pelo canto do olho.

Ou melhor, *alguém*.

Parou, tentando ver melhor. Em geral, a altura dele tornava fácil encontrá-lo em multidões, mas havia tantos chapéus altos no caminho que Sophia não teve certeza se era ele. Mesmo assim, sentiu-se subitamente desconfortável. Tentou se convencer de que estava enganada, imaginando coisas.

Mesmo contrariada, não conseguiu parar de olhar. Tentou ignorar o frio que sentia na barriga enquanto procurava os rostos na multidão. *Ele não está aqui*, repetiu para si mesma, mas naquele instante o viu de novo, andando altivo por entre a aglomeração, ladeado por dois amigos.

Brian.

Sophia ficou paralisada, observando os três se dirigirem a uma mesa vazia, Brian forçando passagem como fazia no campo de lacrosse. Por um segundo, ela não pôde acreditar. Tudo em que conseguiu pensar foi: *Jura? Você me seguiu até aqui também?*

Sentiu seu rosto ficar vermelho. Estava com suas amigas, fora do campus... O que ele estava pensando? Ela deixara claro que não queria vê-lo; dissera-lhe com todas as letras que não queria falar com ele. Ficou tentada a ir até lá e dizer na cara dele – de novo – que estava tudo terminado.

Mas não foi, porque sabia que isso *não faria diferença alguma*. Marcia tinha razão. Brian achava que, se falasse com ela, a faria mudar de ideia. Pois acreditava que, esbanjando todo o seu *charme* e *pedidos de desculpa*, seria irresistível. Afinal de contas, ela já o perdoara antes. Por que não o perdoaria de novo?

Sophia se virou e começou a atravessar a multidão na direção de Marcia, dando graças a Deus por ter saído da mesa. A última coisa que queria era que Brian se aproximasse, fingindo estar surpreso por encontrá-la. Porque, não importava quais fossem os fatos, ela é que acabaria rotulada como alguém sem coração. Por quê? Porque Brian era o equivalente a Mary-Kate de sua fraternidade. Jogador da equipe de lacrosse, abençoado com uma grande beleza e um pai dono de um banco de investimentos, ele comandava naturalmente seu círculo social. Todos na fraternidade o veneravam, e Sophia sabia que metade das garotas da casa transaria com Brian ao menor sinal de interesse por parte dele.

Bem, elas que ficassem com ele.

Sophia continuou a avançar por entre as pessoas enquanto a banda terminava uma música e emendava outra. Viu de relance Marcia e Ashley perto da pista, conversando com três homens de jeans justos e chapéus de caubói que pareciam alguns anos mais velhos do que elas. Sophia andou naquela direção e, quando estendeu o braço para tocar em Marcia, sua companheira de quarto se virou, parecendo quase aturdida. Ou, mais precisamente, bêbada.

– Ah, oi! – disse Marcia, e as palavras saíram arrastadas. Ela puxou Sophia para a frente. – Rapazes, esta é minha colega de quarto, Sophia. E estes são Brooks, Tom e... – Marcia observou com os olhos semicerrados o homem no meio. – Qual é mesmo o seu nome?

– Terry.

– Oi – disse Sophia de modo automático. Então se virou para Marcia: – Posso falar com você a sós?

– Agora? – Marcia franziu as sobrancelhas. Ela lançou um olhar aos caubóis e ficou de frente para Sophia, sem esconder sua irritação. – O que houve?

– Brian está aqui – sussurrou Sophia.

Marcia estreitou os olhos para ela, como se tentasse se certificar de que ouvira direito, antes de enfim fazer um sinal afirmativo com a cabeça. As duas foram para um lugar mais afastado da pista de dança. Ali o barulho não era tão ensurdecedor, mas Sophia ainda teve que levantar a voz para ser ouvida.

– Ele me seguiu. De novo.

Marcia espiou por cima do ombro de Sophia.

– Onde ele está?

– Lá atrás, nas mesas, com todas as outras pessoas da faculdade. Trouxe Jason e Rick.

– Como ele soube que você estaria aqui?

– Não era exatamente um segredo. Metade do campus sabia que viríamos esta noite.

Sophia estava furiosa e Marcia voltou sua atenção para um dos homens com quem estivera conversando. Depois se virou de novo para Sophia, um pouco impaciente.

– Certo... ele está aqui. – Ela deu de ombros. – O que você quer fazer?

– Não sei – disse Sophia, cruzando os braços.

– Ele viu você?

– Acho que não. Só não quero que ele tente nada.

– Quer que eu vá falar com ele?

– Não. – Sophia balançou a cabeça. – Na verdade, não sei o que quero.

– Então relaxe. Ignore-o. Fique comigo e com Ashley por um tempo. Não temos de voltar para as mesas. Talvez ele vá embora. E, se nos encontrar aqui, começarei a flertar com ele. – Sua boca se curvou num sorriso provocador. – Você sabe que Brian tinha uma quedinha por mim. Quero dizer, antes de namorar você.

Sophia cruzou os braços com mais força.

– Talvez devêssemos apenas ir embora.

Marcia descartou a ideia com um gesto de mão.

– Como? Estamos a uma hora do campus e nenhuma de nós tem carro. Viemos com Ashley, lembra? E tenho certeza de que ela não vai querer ir embora.

Sophia não tinha pensado nisso.

– Venha – disse Marcia. – Vamos tomar uma bebida. Você vai gostar desses caras. Eles fazem pós-graduação na Duke.

Sophia recusou.

– Não estou no clima para conversar com nenhum cara agora.

– Então, o que quer fazer?

Sophia viu o céu noturno na extremidade oposta do celeiro e de repente sentiu um desejo irresistível de sair daquele lugar cheio e abafado.

– Acho que só preciso de um pouco de ar fresco.

Marcia acompanhou seu olhar e depois voltou a encarar Sophia.

– Quer que eu vá com você?

– Não, tudo bem. Encontrarei você de novo. Só fique por aqui, está bem?

– Claro. – Marcia concordou com óbvio alívio. – Mas posso ir com você...

– Não se preocupe. Não vou demorar muito.

Enquanto Marcia voltava para junto de seus novos amigos, Sophia se dirigiu para os fundos do celeiro, a multidão diminuindo à medida que ela se afastava da pista de dança e da banda. Alguns homens tentaram chamar sua atenção quando ela passou por eles, mas Sophia fingiu não notar, recusando-se a se desviar de seu rumo.

As enormes portas de madeira estavam abertas e escoradas, e assim que Sophia saiu sentiu uma onda de alívio. A música não era nem de longe tão alta e o ar fresco do outono foi um bálsamo para sua pele. Não tinha percebido como estava quente lá dentro. Olhou ao redor, esperando encontrar um lugar para se sentar. De um lado havia um grande carvalho, seus galhos retorcidos se estendendo em todas as direções. Por toda parte pessoas se reuniam em pequenos grupos, fumando e bebendo. Demorou um segundo para Sophia perceber que todas estavam dentro de uma grande área delimitada por cercas de madeira que começavam nos dois lados do celeiro; sem dúvida um dia aquilo fora uma espécie de curral.

Não havia mesa. As pessoas se sentavam ou se apoiavam na cerca; um grupo estava sobre o que ela achou que era um velho pneu de trator. Mais afastado, um homem solitário com chapéu de caubói olhava para o pasto próximo dali, seu rosto sombreado. Sophia se perguntou distraidamente se ele também era da Duke, mas duvidou disso. Por algum motivo, os chapéus de caubói não combinavam com alunos da Duke.

Sophia começou a andar até uma parte da cerca que estava vazia, algumas estacas antes do caubói solitário. Acima, o céu parecia uma redoma de vidro e a lua pairava sobre a linha distante das árvores. Ela apoiou os cotovelos na madeira áspera e olhou ao redor. À direita ficavam as arquibancadas do rodeio, de onde ela assistira às provas de montaria em touros mais cedo; logo atrás havia uma série de pequenos pastos fechados, onde ficavam os animais. Embora os currais não estivessem iluminados, algumas das luzes da arena ainda estavam acesas, dando um brilho espectral aos touros. Atrás dos currais havia vinte ou trinta picapes e trailers, com seus donos ao redor. Mesmo à distância ela conseguia ver as pontas dos cigarros que alguns deles fumavam e ouvir o ocasional tilintar de garrafas. Perguntou-se qual seria o uso daquele lugar quando não havia rodeios na cidade. Para exposições de cavalos? De cães? Feiras do condado? Alguma outra coisa? O lugar parecia abandonado e decrépito, o que sugeria que ficava vazio durante grande parte do ano. O celeiro decadente reforçava essa impressão, mas o que ela sabia? Nascera e fora criada em Nova Jersey.

De todo modo, era isso que Marcia teria dito. Ela falava isso desde que estavam no segundo ano. No início aquilo tinha sido engraçado, depois de algum tempo perdera a graça e agora era engraçado de novo, uma espécie de piada constante entre as duas. Marcia era de Charlotte, nascida e criada a apenas algumas horas de Wake Forest. Sophia ainda se lembrava da reação de perplexidade da amiga ao lhe contar que havia sido criada em Nova Jersey. Foi como se tivesse dito Marte.

Sophia precisava admitir que a reação de Marcia não fora totalmente injustificada. Suas origens não podiam ter sido mais diferentes. Marcia era a caçula de dois filhos; o pai era cirurgião ortopédico e a mãe, advogada ambientalista. O irmão mais velho cursava o último ano da faculdade de direito de Vanderbilt, e, embora a família não estivesse na lista da *Forbes*, definitivamente, se encaixava com folga na elite. Marcia era o tipo de garota que, na infância, fez aulas de hipismo e de dança e ganhou um Mercedes conversível quando completou 16 anos. Sophia, por sua vez, era filha de imigrantes. A mãe era francesa e o pai, eslovaco. Eles chegaram ao país com pouco mais que o dinheiro que carregavam nos bolsos. Embora cultos – o pai era químico e a mãe, farmacêutica –, tinham conhecimentos limitados de inglês, passaram anos em subempregos e morando em apartamentos minúsculos e decadentes até economizarem o suficiente para abrir a própria delicatéssen. Nesse meio-tempo, tiveram mais três filhos – Sophia era a mais velha. Ela crescera trabalhando na loja dos pais depois da escola e nos fins de semana.

O negócio era razoavelmente bem-sucedido, o bastante para sustentar a família, mas não mais do que isso. Como muitos dos melhores alunos de sua turma, até alguns meses antes da formatura Sophia esperava ir para a Rutgers. Candidatara-se à Wake Forest num impulso, porque seu orientador dera essa sugestão, mas nem em um milhão de anos poderia arcar com as despesas. Também não sabia nada sobre o lugar, além das belas fotos postadas no site da universidade. Mas surpreendendo a ela mais do que a qualquer outra pessoa, a Wake Forest lhe oferecera uma bolsa de estudos e, em agosto, Sophia pegara o ônibus em Nova Jersey para um destino praticamente desconhecido onde passaria grande parte dos próximos quatro anos.

Aquela fora uma ótima decisão, pelo menos do ponto de vista educacional. Wake Forest era menor que a Rutgers, o que significava que as turmas também eram menores. Além disso, os professores do Departamento de História da Arte eram apaixonados pelo que faziam. Ela fizera uma entrevista para um estágio no Denver Art Museum – não, eles não lhe perguntaram nada sobre seu papel na Chi Omega – e, embora tivesse achado que se saíra bem, ainda não tinha recebido nenhuma resposta. Além disso, no último verão conseguira juntar dinheiro suficiente para comprar seu primeiro carro. Não era grande coisa – um Toyota Corolla com 11 anos de uso e mais de 160 mil quilômetros rodados –, mas para Sophia, que crescera indo a pé ou de ônibus a toda parte, era libertador poder ir e vir quando bem entendesse.

Bem, exceto esta noite, pensou com uma careta. Mas a culpa era dela. Podia ter ido de carro, mas...

Por que Brian tinha que vir esta noite? O que ele achava que iria acontecer? Acreditava mesmo que ela perdoaria o que ele fizera – não uma ou duas, mas três vezes? Que o aceitaria de volta, como aceitara antes?

O fato é que ela nem sentia falta de Brian. Não o perdoaria, e se ele não a estivesse seguindo, duvidava que pensaria nele. Contudo, Brian ainda era capaz de estragar sua noite, e isso a incomodava. Porque ela estava *permitindo* que isso acontecesse. Dando-lhe poder sobre ela.

Bem, não faria mais isso, decidiu. Voltaria lá para dentro e ficaria com Marcia, Ashley e aqueles rapazes da Duke. E daí se Brian a encontrasse e quisesse conversar? Simplesmente o ignoraria. E se ele tentasse acabar com sua alegria? Bem, ela poderia até beijar um dos rapazes para fazê-lo entender que tinha seguido em frente. Ponto final.

Sorrindo diante dessa imagem, afastou-se da cerca, esbarrou em alguém e quase perdeu o equilíbrio.

– Ah, me desculpe – disse Sophia automaticamente enquanto tentava se segurar. Quando sua mão tocou no peito dele e ela olhou para cima, reconheceu-o e recuou.

– Calma – disse Brian, pegando-a pelos ombros.

A essa altura Sophia tinha recuperado o equilíbrio e avaliou a situação com uma desagradável sensação de previsibilidade. Brian a encontrara. Estavam cara a cara e sozinhos. Tudo que ela tentara evitar desde o rompimento. Ótimo.

– Desculpe-me por ter me aproximado de você de um jeito tão sorrateiro.

Assim como as palavras de Marcia, as dele também estavam arrastadas, o que não surpreendeu Sophia – Brian nunca perdia uma oportunidade de se embebedar.

– Não a encontrei nas mesas e imaginei que poderia estar aqui fora...

– O que você quer, Brian? – perguntou ela, interrompendo-o.

Ele se encolheu visivelmente ao seu tom. Mas, como sempre, se recuperou depressa. As pessoas ricas – e muito *mimadas* – sempre faziam isso.

– Não quero nada – respondeu, enfiando a mão no bolso da calça jeans.

Ele cambaleou um pouco e Sophia percebeu que estava prestes a cair de bêbado.

– Então, por que está aqui?

– Vi você sozinha e pensei em ver se estava bem.

Ele levantou a cabeça, tentando transmitir seu costumeiro "Eu estou ótimo", mas seus olhos injetados diziam o contrário.

– Eu estava bem até você aparecer.

Ele arqueou uma sobrancelha.

– Nossa. Isso foi cruel.

– Tenho que ser cruel. Você tem me perseguido.

Brian assentiu, reconhecendo a veracidade das palavras dela. E, é claro, para mostrar que aceitava seu desdém. Ele poderia estrelar um vídeo chamado *Como fazer sua ex-namorada perdoá-lo... de novo.*

– Eu sei – disse ele na mesma hora. – Sinto muito.

– Sente?

Ele deu de ombros.

– Eu não queria que terminasse desse jeito... e só queria lhe dizer quanto estou envergonhado por tudo o que aconteceu. Você não merecia isso e não a culpo por ter terminado comigo. Sei que tenho sido...

Sophia balançou a cabeça, cansada de ouvi-lo.

– Por que está fazendo isso?

– O quê?

– Isso – disse ela. – Toda essa encenação. Vir aqui, fingindo estar envergonhado e arrependido. O que você quer?

A pergunta de Sophia pareceu pegá-lo desprevenido.

– Só estou tentando me desculpar...

– Pelo quê? – perguntou ela. – Por me trair pela terceira vez? Ou por mentir para mim desde que nos conhecemos?

Ele piscou.

– Por favor, Sophia. Não faça isso. Não tenho nenhum tipo de plano. Só não quero que você passe o ano inteiro sentindo que precisa me evitar. Nós passamos por coisas demais para isso.

Apesar da fala arrastada, Brian quase parecia sincero. Quase.

– Você não entende, não é? – Sophia se perguntou se ele realmente acreditava que ela o perdoaria. – Eu não *preciso* evitar você. Eu *quero* evitar.

Brian olhou para ela, confuso.

– Por que você está agindo assim?

– Está brincando?

– Depois que você terminou comigo, percebi que tinha cometido o maior erro da minha vida. Porque preciso de você. Sophia, você me faz bem. Me torna uma pessoa melhor. E mesmo se não pudermos ficar juntos, gostaria de pensar que poderíamos nos encontrar e conversar de vez em quando. Só conversar. Como costumávamos fazer. Antes de eu estragar tudo.

Sophia abriu a boca para responder, mas a ousadia dele a deixou sem palavras. Brian achava mesmo que ela cairia nessa conversa de novo?

– Venha – disse Brian, pegando a mão de Sophia. – Vamos tomar uma bebida e conversar. Podemos superar isso...

– Não toque em mim! – A voz dela soou aguda.

– Sophia...

Ela deslizou pela cerca para longe dele.

– Eu disse para não tocar em mim!

Pela primeira vez viu um lampejo de raiva na expressão de Brian quando ele segurou seu pulso.

– Calma...

Sophia puxou o braço, tentando se soltar.

– Me solte!

Em vez disso, Brian se aproximou o suficiente para ela sentir o cheiro de cerveja em seu hálito.

– Por que você sempre tem que fazer uma cena? – perguntou ele.

Enquanto tentava se libertar, Sophia ergueu os olhos para ele e sentiu um arrepio de medo. Esse não era o Brian que ela conhecia. Ele estava com a testa franzida, as sobrancelhas quase juntas e o queixo distendido. Ficou imóvel, evitando a respiração quente e pesada dele. Mais tarde se lembraria de como ficara paralisada de medo até ouvir uma voz atrás dela.

– Você deveria soltá-la – disse a voz.

Brian olhou na direção da voz e depois de volta para Sophia, apertando-a com mais força.

– Só estamos conversando – disse, trincando os dentes e contraindo o músculo do maxilar.

– Não é o que me parece – disse a voz. – E isso não foi um pedido, foi uma ordem.

A ameaça em seu tom era clara, mas, ao contrário das discussões carregadas de adrenalina que Sophia às vezes testemunhara nas casas de fraternidade, a voz desse estranho parecia calma.

Demorou um segundo para Brian registrar a ameaça, mas ele não se deixou intimidar.

– Está tudo sob controle. Por que não cuida da sua vida?

– Última chance – disse a voz. – Não quero ter que machucá-lo. Mas farei isso.

Nervosa demais para se virar, Sophia não pôde deixar de notar que as pessoas do lado de fora do celeiro começavam a observá-los. Pelo canto do olho viu dois homens se levantarem do pneu de trator e virem na direção deles; outros dois arrancaram uma parte da cerca, os chapéus escondendo seus rostos enquanto se aproximavam.

Os olhos injetados de Brian se desviaram rapidamente deles e então ele olhou por cima do ombro de Sophia para o homem que acabara de falar.

– O quê? Está chamando seus amigos agora?

– Não preciso deles para lidar com você – disse o estranho, com voz tranquila.

Ao ouvir esse comentário, Brian empurrou Sophia para o lado, livrando o braço dela do que parecia o aperto de um torno. Ele se virou e deu um passo na direção da voz.

– Quer mesmo fazer isso?

Quando Sophia se virou, foi fácil entender o motivo da valentia de Brian. Ele tinha 1,98 metro de altura e pesava mais de 90 quilos; malhava cinco vezes por semana. O homem que o ameaçara era uns 15 centímetros mais baixo, musculoso porém magro; usava um chapéu de caubói que, definitivamente, já vira dias melhores.

– Agora vá embora – disse o caubói, dando um passo para trás. – Não há por que tornar isso ainda pior.

Brian o ignorou. Com surpreendente velocidade, investiu contra o homem mais baixo, com os braços abertos, tentando derrubá-lo. Sophia reconheceu o movimento. Vira Brian derrubar inúmeras pessoas no campo de lacrosse e sabia bem o que aconteceria: ele abaixaria a cabeça e daria um forte impulso com as pernas, jogando o homem por terra como uma árvore cortada. Contudo... embora Brian tivesse feito exatamente o que Sophia esperara, o resultado não foi o mesmo que ela conhecia. Quando Brian se aproximou, o homem manteve uma das pernas no lugar enquanto se inclinava para o lado oposto, movendo os braços e usando o impulso de Brian para desequilibrá-lo. Um instante depois ele estava de cara no chão, com a bota do caubói em sua nuca.

– É melhor se acalmar – disse o caubói.

Brian começou a se debater sob a bota, preparando-se para se levantar com um impulso, mas com um pulo rápido o caubói pisou nos dedos de Brian, sem tirar o outro pé de sua nuca. No chão, Brian encolheu a mão e gritou enquanto a bota pisava com mais força ainda.

– Pare de se mexer ou vai piorar as coisas. – As palavras do caubói soaram claras e lentas, como se ele estivesse falando com um débil mental.

Ainda surpresa com a rapidez dos acontecimentos, Sophia olhou para o caubói. Reconhecendo-o como o homem que vira em pé sozinho perto da cerca, notou que ele ainda não havia olhado para ela. Em vez disso, parecia determinado a manter a bota no lugar certo, como se estivesse prendendo cuidadosamente uma cascavel no chão do cânion – e, de certo modo, estava mesmo.

No chão, Brian começou a se debater de novo. Mais uma vez, seus dedos foram pisados enquanto a outra bota permanecia em sua nuca. Ele conteve um gemido e, pouco a pouco, seu corpo ficou imóvel. Então o caubói se virou para Sophia, seus olhos azuis refletindo as luzes do lado de fora do celeiro.

– Se você quiser ir, ficarei feliz em segurá-lo por algum tempo – disse o caubói.

Ele pareceu despreocupado, como se aquelas circunstâncias não fossem incomuns. Ao tentar encontrar uma resposta apropriada, Sophia viu os cabelos castanhos em desalinho que saíam por baixo do chapéu de caubói e percebeu que ele não era muito mais velho do que ela. Pareceu um pouco familiar, mas não porque o vira na cerca. Ela o vira em algum outro lugar, mas não sabia dizer onde. Talvez lá dentro, mas não tinha certeza.

– Obrigada – respondeu, pigarreando. – Mas vou ficar bem.

Assim que ouviu a voz de Sophia, Brian voltou a se debater. E novamente acabou encolhendo a mão entre gemidos de dor.

– Tem certeza? – perguntou o caubói. – Acho que ele está um pouco zangado.

Que eufemismo, pensou Sophia. Ela não tinha dúvida de que Brian estava *furioso*, e não conseguiu conter um pequeno sorriso.

– Acho que ele aprendeu a lição.

O caubói pareceu avaliar essa resposta.

– Talvez você deva conferir – sugeriu, empurrando o chapéu um pouco mais para trás na cabeça. – Só para garantir.

Surpreendendo a si mesma, Sophia sorriu para ele antes de se curvar.

– Vai me deixar em paz, Brian?

Brian soltou um gemido abafado.

– Tire-o de cima de mim! Vou matá-lo...

O caubói suspirou e pôs ainda mais pressão na nuca de Brian. Dessa vez, apertando seu rosto com força contra a terra.

Sophia se virou para o caubói e depois de volta para o ex-namorado.

– Isso é um sim ou um não, Brian? – perguntou, com a voz doce.

O caubói deu um sorriso infantil, deixando à mostra dentes brancos e bem-alinhados.

Embora Sophia não os tivesse notado antes, nesse meio-tempo quatro outros caubóis os haviam cercado e ela se perguntou se todo o incidente poderia se tornar ainda mais surreal. Era como se ela tivesse ido parar no set de um velho filme de faroeste. De repente, se deu conta de onde vira esse caubói. Não na festa no celeiro, mas antes, no rodeio. Era o que Marcia chamara de colírio para os olhos. O peão de touros que vencera todas as provas.

– Está tudo bem, Luke? – perguntou um dos homens no círculo. – Precisa de ajuda?

O caubói de olhos azuis balançou a cabeça.

– Por enquanto está tudo bem. Mas se ele não parar de se debater vai acabar com o nariz quebrado.

Sophia olhou para ele.

– Seu nome é Luke?

Ele fez que sim com a cabeça e perguntou:

– E você?

– Sophia.

Ele a cumprimentou com um toque na aba do chapéu.

– Prazer em conhecê-la, Sophia. – Sorrindo, olhou para Brian de novo. – Vai deixar Sophia em paz se eu permitir que se levante?

Derrotado, Brian parou de se mexer. Lentamente, a pressão em sua nuca diminuiu e Brian virou a cabeça com cuidado.

– Tire sua bota do meu pescoço! – rosnou, sua expressão ao mesmo tempo mal-humorada e temerosa.

Sophia trocou seu peso de um pé para o outro.

– Acho que você pode deixá-lo se levantar – disse.

Um segundo depois Luke ergueu a bota e deu um passo para trás. No mesmo instante Brian se levantou com um pulo, o corpo tenso. Seu nariz e rosto estavam arranhados e havia terra em seus dentes. Quando o círculo de caubóis se fechou, Brian moveu a cabeça de um lado para outro, olhando os peões.

Apesar de estar bêbado, Brian não era burro e, depois de olhar para Sophia, recuou um pouco. Os cinco caubóis não se moveram, parecendo tranquilos, mas Sophia percebeu que aquilo era fingimento. Eles estavam atentos ao que Brian pudesse fazer, mas o rapaz se afastou mais um passo antes de apontar para Luke.

– Ainda não terminamos – esbravejou. – Entendeu?

Ele deixou as palavras pairarem no ar antes de se concentrar em Sophia. Em sua expressão havia raiva e um olhar traído. Com isso, ele se virou e voltou para o celeiro.

3

Luke

Normalmente, ele não teria se envolvido.

Caramba, todo mundo que frequenta bares já viu essa cena. A previsibilidade dos acontecimentos é quase ridícula: um casal sai à noite, ambos bebem, uma discussão começa – sem dúvida estimulada pelo álcool. Um grita com o outro, a raiva aumenta e quase sempre o homem acaba segurando a mulher. Pela mão, pelo pulso, pelo braço, o que for. E depois?

É quando as coisas se tornam mais difíceis. Alguns anos antes, quando montava em Houston, ele se vira diante de uma situação muito parecida. Estava relaxando em um bar quando um homem e uma mulher começaram a discutir. Um minuto depois suas vozes se elevaram, a briga se tornou física e Luke interveio – apenas para ser rechaçado tanto pelo homem quanto pela mulher, ambos gritando que os deixasse em paz e cuidasse da própria vida. A próxima coisa de que se lembrava era da mulher arranhando seu rosto e puxando seus cabelos enquanto ele se atracava com o homem. Por sorte, nenhum dano real fora causado – pessoas tinham se apressado em separar os três. Luke se afastara balançando a cabeça e jurando que dali para a frente iria cuidar apenas de seus problemas. Droga, se eles queriam agir como idiotas, por que impedi-los?

Era exatamente o que pretendia nesse caso. Para começar, não estava com vontade de ir à festa depois do rodeio, mas fora convencido por alguns colegas que queriam comemorar seu retorno e brindar à sua vitória. Acabara vencendo a competição – tanto a final quanto todas as outras etapas. Não porque tivesse montado particularmente bem, mas porque ninguém completara o tempo mínimo na última prova. Vencera por falta de opção, mas às vezes era assim que as coisas aconteciam.

Estava feliz por ninguém ter notado suas mãos tremendo antes. Os tremores eram uma novidade para ele, e embora quisesse acreditar que se deviam à longa ausência, sabia o verdadeiro motivo para aquilo estar acontecendo. Sua mãe também sabia e havia deixado claro que era contra sua volta à arena. Desde que Luke mencionara a possibilidade de voltar a montar, as coisas ficaram tensas entre eles. Geralmente ele telefonava para a mãe ao fim de uma competição, mas esta noite, não. Ela não se importaria com o fato de ele ter vencido. Por isso ele só lhe enviou uma mensagem de texto para dizer que estava bem. Ela não respondeu. Depois de algumas cervejas, ele estava apenas começando a sentir o medo diminuir. Tinha se retirado para sua caminhonete após as duas primeiras montarias, precisando ficar só por um tempo para acalmar os nervos. Apesar de sua posição vantajosa no sistema de pontuação, chegara a pensar em desistir. Mas havia dominado aquele instinto e voltado para a última montaria da noite. Ouvira o locutor falar sobre sua lesão e seu subsequente afastamento enquanto se preparava no brete. O touro – um animal temperamental chamado Tiro e Queda – corcoveou selvagemente assim que foi solto e Luke mal conseguira se segurar até a campainha soar. Assim que se soltou da corda, ele caiu com força no chão, mas não se machucou. Levantou e acenou com seu chapéu para a multidão, que gritava em aprovação.

Depois disso vieram os tapinhas nas costas e os parabéns. Ele não poderia se negar quando havia tantas pessoas querendo lhe pagar uma bebida. De qualquer modo, ainda não estava pronto para voltar para casa. Precisava de um tempo para relaxar e, como sempre, repassar mentalmente suas montarias. Em sua cabeça, sempre conseguia fazer os ajustes que não fora capaz de fazer na arena e, se pretendia continuar, precisava refletir sobre esses passos. Embora tivesse vencido, seu equilíbrio não era nem de longe o que tinha sido um dia. Ainda havia um longo caminho a percorrer.

Estava pensando na segunda montaria quando notou a garota pela primeira vez. Era difícil não apreciar a cascata de cabelos louros e os olhos fundos. Luke teve a sensação de que, como ele, ela estava absorta nos próprios pensamentos. Era bonita, mas além disso havia algo de autêntico e natural nela. Provavelmente, era o tipo de garota que parecia igual em casa de jeans ou com um vestido de festa. Não era do tipo que se produzia para ir à caça de peões de rodeio, esperando ficar com um deles. Encontravam-se mulheres desse tipo em todas as turnês. Duas haviam se aproximado dele no celeiro e se apresentado, mas Luke não tivera nenhum interesse em incentivá-las. Tivera algumas aventuras de uma noite ao longo dos anos, o bastante para saber que sempre o deixavam se sentindo vazio.

Mas a garota na cerca o interessou. Havia algo de diferente nela, embora ele não soubesse dizer o quê. Achou que talvez fosse o modo desprotegido e quase vulnerável como olhava ao longe. De todo modo, sentiu que ela precisava de um amigo. Pensou em ir falar com ela, mas descartou a ideia e se concentrou nos touros à distância. Apesar das luzes da arena, estava escuro demais para distinguir todos os detalhes, mesmo assim procurou Monstrengo. Eles estariam ligados para sempre, pensou, perguntando-se distraidamente se o touro já teria sido posto no caminhão. Duvidava que seu dono planejasse dirigir a noite toda, o que significava que o animal estava ali, mas demorou um tempo para localizá-lo.

Foi quando estava olhando para Monstrengo que o ex-namorado bêbado apareceu. Era impossível não ouvir a conversa deles, mas Luke lembrou a si mesmo que não deveria se meter. E não teria mesmo se metido, pelo menos até o brutamontes segurá-la. Àquela altura era óbvio que ela não queria nada com ele. Quando percebeu que a raiva da garota dera lugar ao medo, Luke se afastou da cerca. Sabia que poderia acabar se dando mal, mas, enquanto seguia na direção dos dois, voltou a pensar no modo como ela parecera antes e soube que não tinha alternativa.

⚜

Luke observou o ex-namorado bêbado se afastar a passos largos e se virou para agradecer a seus amigos por terem ido apoiá-lo. Um a um, eles foram embora, deixando Luke e Sophia a sós.

Acima deles, as estrelas tinham se multiplicado no céu cor de ébano. No celeiro, a banda terminou uma música e começou outra, um clássico de Garth Brooks. Com um suspiro profundo, Sophia deixou seus braços caírem ao lado do corpo, a brisa do outono erguendo levemente seus cabelos enquanto ela se virava para olhar para Luke.

– Sinto muito ter envolvido você nisso tudo, mas quero lhe agradecer pelo que fez – disse Sophia, um pouco sem graça.

Agora mais perto, Luke registrou o verde incomum de seus olhos e a precisão suave de seu modo de falar, um som que o fez pensar em lugares distantes. Por um momento, ficou sem palavras.

– Estou feliz por ter ajudado – conseguiu falar.

Como ele não disse mais nada, Sophia pôs uma mecha de cabelos solta atrás da orelha e começou:

– Ele... não é sempre tão louco quanto você deve estar imaginando. Éramos namorados e Brian não está muito satisfeito por eu ter terminado com ele.

– Eu percebi – disse Luke.

– Você... ouviu tudo? – O rosto de Sophia era uma mistura de constrangimento e fadiga.

– Era um pouco difícil não ouvir.

Ela apertou os lábios.

– Foi o que pensei.

– Se isso a faz se sentir melhor, prometo que vou esquecer – disse Luke.

Sophia deu uma risada sincera e Luke achou ter ouvido um certo alívio nela.

– Também vou fazer o possível para me esquecer disso tudo – disse ela. – Eu só queria...

A voz de Sophia falhou e Luke completou o pensamento por ela:

– Que isso estivesse acabado, imagino. Pelo menos por esta noite, acho que sim.

Sophia se virou e ficou olhando para o celeiro por um tempo.

– Assim espero.

Os pés de Luke rasparam o chão, como se tentando encontrar palavras na terra.

– Suponho que suas amigas estejam lá dentro.

Sophia olhou para as pessoas circulando perto das portas e mais à frente.

– Algumas estão – disse ela. – Eu estudo na Wake Forest e minha colega de quarto decidiu que eu precisava de uma noite fora com as garotas.

– Elas devem estar se perguntando onde você está.

– Duvido. Estão se divertindo demais para isso.

Uma coruja piou em um galho baixo de uma árvore ao lado do curral e ambos se viraram na direção do som.

– Quer que eu a leve de volta para dentro? Para o caso de haver algum problema...

Ela negou com a cabeça, o que o surpreendeu.

– Não. Acho melhor eu ficar um pouco mais aqui fora. Isso dará a Brian chance de se acalmar.

Só se ele parar de beber, pensou Luke. *Deixe para lá. Isso não é da sua conta*, lembrou a si mesmo.

– Prefere ficar sozinha?

Um olhar divertido surgiu no rosto dela.

– Por quê? Estou aborrecendo você?

– Não – respondeu ele, balançando a cabeça. – De forma alguma. Eu só não queria...

– Estou brincando.

Sophia foi até a cerca e apoiou os cotovelos nela. Inclinou-se para a frente e se virou para Luke, sorrindo. Hesitante, ele foi se juntar a ela.

Sophia admirou a vista, apreciando as colinas ao longe, comuns naquela parte do estado. Luke estudou suas feições em silêncio, notando o pequeno piercing no lóbulo de sua orelha e tentando encontrar algo a dizer.

– Em que ano você está na faculdade? – perguntou por fim. Sabia que era uma pergunta boba, mas foi a única em que conseguiu pensar.

– No último.

– Então deve ter... uns 22 anos?

– Vinte e um. – Ela se virou um pouco para ele. – E você?

– Mais do que isso.

– Mas não muito, imagino. Você fez faculdade?

– Não, essa não era a minha praia. – Ele deu de ombros.

– E você ganha a vida montando touros?

– Às vezes – respondeu ele. – Quando consigo ficar em cima deles. Mas às vezes sou apenas um brinquedinho para o touro até eu conseguir escapar.

Ela ergueu uma sobrancelha.

– Você foi impressionante hoje.

– Você se lembra de mim?

– É claro. Foi o único que conseguiu completar todas as provas. Você ganhou, não foi?

– Tive uma noite muito boa – admitiu ele.

Ela juntou as mãos.

– Então seu nome é Luke...

– Collins – completou ele.

– Certo – disse Sophia. – O locutor falou muito a seu respeito antes de você montar.

– E?

– Para ser sincera, não prestei muita atenção. Na hora não sabia que você acabaria vindo me salvar.

Luke procurou traços de sarcasmo em seu tom, mas não encontrou nenhum, o que o surpreendeu. Apontando o polegar para o pneu de trator, disse:

– Aqueles caras também vieram ajudar.

– Mas não intervieram. Você, sim. – Ela deixou o comentário no ar por um momento. – Posso lhe fazer uma pergunta? – continuou. – Fiquei a noite toda curiosa sobre isso.

Luke tirou uma lasca da cerca.

– Vá em frente.

– Por que você decidiu montar touros? Parece que poderia ser morto lá.

Tem razão, pensou ele. Aquilo era o que todo mundo queria saber e ele respondeu do mesmo modo de sempre:

– Sempre quis fazer isso. Comecei quando ainda era um garotinho. Acho que montei meu primeiro bezerro aos 4 anos e monto novilhos desde a terceira série.

– Mas como você começou? Quem o pôs nisso?

– Meu pai – respondeu Luke. – Ele participava de rodeios havia anos. Montando cavalos, na modalidade sela americana.

– Isso é diferente de montar touros?

– As regras são praticamente as mesmas, só que o peão monta um cavalo. Oito segundos se segurando com uma das mãos enquanto o animal tenta jogá-lo no chão.

– Só que os cavalos não têm chifres do tamanho de tacos de beisebol. E são menores e menos bravos.

Luke refletiu sobre isso.

– Acho que você tem razão.

– Por que você não compete na modalidade sela americana em vez de montar touros?

Ele a observou afastar os cabelos para trás com as mãos, tentando pegar os fios soltos.

– É uma longa história. Quer mesmo saber?

– Se não quisesse, não teria perguntado.

Luke mexeu nervosamente no chapéu.

– É que essa é uma vida dura. Meu pai viajava mais de 150 mil quilômetros por ano, indo de um rodeio para outro, apenas para se classificar para o grande torneio nacional. Esse tipo de viagem era difícil para a família, não só porque ele ficava fora quase o tempo todo, mas também porque, naquela época, isso não dava muito dinheiro. Descontando as despesas com viagens e taxas de inscrição, ele provavelmente estaria melhor em um trabalho que pagasse salário mínimo. Meu pai não queria isso para mim, e quando ouviu dizer que os peões de touros estavam prestes a começar a própria turnê, achou que tinha uma boa chance de dar certo. Foi quando me pôs nisso. Ainda há muitas viagens, mas os eventos são nos fins de semana e em geral posso ir e voltar bem rápido. Os prêmios também são maiores.

– Então ele tinha razão.

– Meu pai tinha ótimos instintos. Em relação a tudo. – Luke falou sem pensar, e quando viu a expressão de Sophia, soube que ela havia entendido. Suspirou. – Ele morreu há seis meses.

Sophia não desviou o olhar e, num impulso, estendeu a mão para tocar o braço dele.

– Sinto muito.

Embora ela mal tivesse encostado no braço dele, a sensação se prolongou.

– Tudo bem – disse Luke, se aprumando. Já começava a sentir a dor pós-montaria e tentou se concentrar nela. – Enfim, é por isso que sou peão de touros.

– E você gosta?

Esta era uma pergunta difícil. Durante muito tempo era assim que ele se definia, e não tinha nenhuma dúvida disso. Mas agora? Não sabia responder, porque não tinha certeza.

– Por que você está tão interessada? – retrucou.

– Não sei – disse Sophia. – Talvez porque esse seja um mundo do qual não sei nada. Ou porque eu seja naturalmente curiosa. Ou esteja apenas puxando assunto.

– Qual dessas é a resposta certa?

– Eu poderia lhe dizer – disse ela, com ar travesso, os olhos verdes sedutores ao luar. – Mas qual seria a graça? O mundo precisa de um pouco de mistério.

Algo se agitou em Luke diante do desafio velado na voz dela.

– De onde você é? – perguntou, sentindo-se envolvido e gostando disso. – Acho que não é daqui.

– Por quê? Tenho sotaque?

– Isso depende de onde você vem. No norte, eu é que teria sotaque. Mas realmente não sei dizer de onde você é.

– De Nova Jersey. – Ela fez uma pausa. – Sem piadas, por favor.

– Por que eu faria piada? Gosto de Nova Jersey.

– Já esteve lá?

– Estive em Trenton. Participei de alguns eventos na arena Sovereign Bank. Sabe onde fica?

– Sei onde fica Trenton – respondeu Sophia. – Ao sul de onde moro, próximo da Filadélfia. Eu moro no norte, perto da cidade.

– Já esteve em Trenton?

– Algumas vezes. Mas nunca fui à arena. Na verdade, nunca fui a nenhum rodeio. Esta é a primeira vez.

– O que achou?

– Além de ficar impressionada? Achei que vocês eram todos loucos.

Luke riu, encantado com a sinceridade dela.

– Você sabe meu sobrenome, mas eu não sei o seu.

– Danko – disse ela. E depois, antecipando a pergunta seguinte dele: – Meu pai é da Eslováquia.

– Fica perto do Kansas, não é?

Sophia pestanejou. Abriu e fechou a boca, e, quando estava prestes a lhe explicar o conceito de Europa, ele ergueu as mãos.

– Estou brincando. Sei onde fica. Na Europa Central. É parte do que um dia foi a Tchecoslováquia. Só queria ver sua reação.

– E?

– Eu deveria ter tirado uma foto para mostrar aos meus amigos.

Ela fechou a cara e lhe deu uma cotovelada.

– Isso não foi legal.

– Mas foi engraçado.

– É – admitiu ela. – Foi engraçado.

– Então seu pai é da Eslováquia...

– Minha mãe é francesa. Eles se mudaram para cá um ano antes de eu nascer.

Luke se virou para ela.

– Não brinca...

– Você parece surpreso.

– Não sei se já conheci um franco-eslovaco. – Ele fez uma pausa. – Droga, não sei se já conheci alguém de Nova Jersey.

Sophia riu. Isso fez Luke relaxar e ele soube que queria ouvir aquele som de novo.

– E você? Mora perto daqui?

– Não muito longe. Um pouco ao norte de Winston-Salem. Nos arredores de King.

– Parece chique.

– Nem um pouco. É uma cidade pequena, com pessoas amigáveis, mas só isso. Nós temos uma fazenda lá.

– Nós?

– Minha mãe e eu. Bem, na verdade a fazenda é dela. Eu só moro e trabalho lá.

– É tipo... uma fazenda de verdade? Com vacas, cavalos e porcos?

– Tem até um celeiro que faz este aqui parecer novo.

Sophia olhou para o celeiro atrás deles.

– Duvido.

– Talvez eu lhe mostre algum dia. Levo você para um passeio a cavalo e tudo o mais.

Seus olhos se encontraram e se fixaram por um segundo. Mais uma vez Sophia estendeu a mão para tocar o braço dele.

– Acho que eu gostaria disso, Luke.

4

Sophia

Ela não soube exatamente por que disse aquilo. As palavras saíram antes que pudesse contê-las. Pensou em tentar voltar atrás ou se retratar de alguma forma, mas por algum motivo percebeu que não queria fazer isso.

Não tinha muito a ver com a aparência de Luke, embora Marcia estivesse absolutamente certa. Não dava para negar que ele era bonito, com um sorriso aberto e amigável salientado por covinhas. Era magro porém musculoso, os ombros largos contrastando com os quadris estreitos, e a massa de cabelos cacheados em desalinho sob o chapéu surrado era muito sexy. Mas o que de fato se sobressaía eram seus olhos – Sophia sempre tivera uma queda por olhos bonitos. Os deles eram de um tom azul de verão, vívidos e brilhantes o suficiente para fazer você suspeitar que fossem lentes de contato coloridas, por mais que ela soubesse que Luke acharia esse recurso ridículo.

O fato de ele obviamente achá-la atraente ajudava bastante, Sophia tinha que admitir. Ela sempre fora meio desajeitada, com pernas longas e magras, nenhum quadril e uma propensão a esporádicos episódios de acne. Só precisara usar sutiã no terceiro ano do ensino médio. Tudo aquilo tinha começado a mudar no ano em que se formara, embora na maioria das vezes a fizesse se sentir constrangida e estranha. Mesmo agora, quando se olhava no espelho, às vezes ainda via a adolescente que um dia fora e se surpreendia ao perceber que ninguém mais a via.

Por mais que a apreciação de Luke a lisonjeasse, o que mais a atraía nele era seu jeito de fazer tudo parecer fácil, desde o modo imperturbável como lidara com Brian à conversa sem pretensões que estavam tendo. Em momento algum Sophia teve a impressão de que Luke estava tentando impressioná-la, e seu autocontrole o tornava muito diferente dos rapazes que ela conhecia em Wake – sobretudo de Brian.

Também gostou de ele se sentir confortável deixando-a sozinha com suas reflexões. Muitas pessoas tinham necessidade de preencher cada silêncio, mas Luke simplesmente observava os touros, contentando-se em guardar os pensamentos para si mesmo. Depois de um tempo, Sophia percebeu que a música do celeiro havia parado por um instante – sem dúvida, a banda fizera um breve intervalo – e se perguntou se Marcia tentaria encontrá-la. Esperava que não – pelo menos não ainda.

– Como é morar em uma fazenda? – perguntou ela, quebrando o silêncio. – O que você faz o dia inteiro?

Sophia o observou cruzar uma perna sobre a outra e fincar a ponta da bota na terra.

– Um pouco de tudo, eu acho. Sempre há algo para fazer.

– Como o quê?

Luke esfregou distraidamente as mãos, enquanto pensava naquilo.

– Bem, a primeira coisa a fazer todas as manhãs é alimentar os cavalos, os porcos e as galinhas e limpar suas instalações. O gado tem que ser monitorado. Tenho que checar o rebanho todos os dias para me certificar de que está bem, sem infecções nos olhos, cortes de arame farpado, coisas desse tipo. Se algum animal estiver ferido ou doente, tento tratá-lo logo. Depois disso, há pastos para irrigar e, algumas vezes por ano, tenho que mover o gado de um campo para outro, para que sempre tenha um bom pasto. Algumas vezes por ano é preciso vacinar o rebanho, o que significa laçar os animais um a um e mantê-los separados depois. Temos uma boa horta para nosso próprio uso e tenho que cuidar dela também...

Sophia pestanejou.

– Só isso? – brincou.

– Não – continuou Luke. – Nós vendemos abóboras, mirtilos, mel e árvores de Natal, por isso, às vezes passo parte do dia plantando, regando, arrancando ervas daninhas ou extraindo mel das colmeias. E, quando os compradores chegam, tenho que estar lá para amarrar as árvores, ajudar a pôr as abóboras no carro ou fazer o que for preciso. É claro que, além disso, sempre há algo quebrado que precisa de conserto, seja o trator, o jipe Gator, a cerca, o celeiro ou o telhado da casa. – A expressão dele se tornou pesarosa. – Sempre há algo para fazer, pode acreditar.

– Não é possível que você faça tudo sozinho – disse Sophia, incrédula.

– Não. Minha mãe faz um pouco, e temos um sujeito que trabalha para nós há anos. José. Ele, basicamente, faz o que não consigo fazer. E quando precisamos, chamamos um pessoal para nos ajudar a moldar as árvores ou para qualquer outra coisa.

Sophia franziu a testa.

– O que quer dizer com "moldar as árvores"? Está se referindo às árvores de Natal?

– Caso não saiba, elas não crescem em triângulos perfeitos. Você tem que podá-las para que fiquem com esse formato.

– É mesmo?

– E também é preciso rolar as abóboras, não só para que não apodreçam na parte de baixo, mas também para que fiquem redondas ou pelo menos ovais. Do contrário, ninguém irá comprá-las.

Ela franziu o nariz.

– Então você as rola, literalmente?

– Sim. E preciso tomar cuidado para não quebrar as hastes.

– Eu não sabia disso.

– Muitas pessoas não sabem. Mas você provavelmente sabe de muitas coisas que eu não sei.

– Você sabia onde ficava a Eslováquia.

– Sempre gostei de história e geografia. Mas se você me perguntar sobre química ou álgebra, vou ficar perdido.

– Também nunca gostei muito de matemática.

– Mas devia ser boa nisso. Aposto que era uma das melhores da turma.

– Por quê?

– Você entrou para Wake Forest – respondeu ele. – Acho que tirava dez em tudo. O que você estuda?

– Não é administração de fazendas, é óbvio.

Ele mostrou aquelas covinhas de novo.

Sophia cavou a cerca com a unha.

– Estou me formando em história da arte.

– Sempre se interessou por isso?

– Não – respondeu ela. – Quando fui para a Wake, não tinha a menor ideia do que queria fazer da vida e tive as mesmas aulas que todos os calouros têm, esperando descobrir alguma coisa. Queria encontrar algo que me despertasse... paixão, entende?

Sophia fez uma pausa e sentiu toda a atenção de Luke voltada para ela. Seu interesse genuíno a lembrou novamente de como ele era diferente dos rapazes que conhecia no campus.

– Quando estava no segundo ano, me inscrevi em um curso de Impressionismo francês sem nenhum motivo especial, foi mais para preencher meu horário. Mas o professor era incrível, inteligente, interessante e inspirador, tudo que um professor devia ser. Ele, de algum modo, tornava a arte viva e *relevante*... E depois de algumas aulas me deu um estalo. Eu sabia o que queria fazer, e quanto mais aulas de história da arte tinha, mais sabia que queria entrar naquele mundo.

– Aposto que você ficou feliz por ter se matriculado no curso, não foi?

– Sim... Meus pais nem tanto. Eles queriam que eu me preparasse para estudar medicina, direito ou contabilidade. Algo que me garantisse um emprego quando me formasse.

Luke puxou sua camisa.

– Até onde eu sei, o importante é ter um diploma. Você pode arranjar um emprego tendo estudado praticamente qualquer coisa.

– É o que eu digo a eles. Mas meu sonho mesmo é trabalhar em um museu.

– Então faça isso.

– Não é tão fácil assim. Há muitos especialistas em história da arte e poucas oportunidades de emprego para iniciantes. Além disso, muitos museus estão passando por dificuldades, o que significa que precisam reduzir o pessoal. Tive a sorte de conseguir uma entrevista no Denver Art Museum. Não é um cargo remunerado, é mais como um estágio, mas eles disseram que há uma possibilidade de efetivação. O que, é claro, leva à questão de como conseguirei pagar minhas contas trabalhando lá. Eu não queria que meus pais me sustentassem, não que eles possam, de todo modo. Tenho uma irmã mais nova na Rutgers e mais dois irmãos que logo entrarão para a universidade e...

Ela parou de falar, momentaneamente assustada. Luke pareceu ler seus pensamentos e não quis insistir.

– O que seus pais fazem? – perguntou.

– Eles têm uma delicatéssen. Vendem queijos e carnes especiais, pão fresco, sanduíches e sopas caseiras.

– A comida é boa?

– Ótima.

– Se algum dia eu for lá, o que devo pedir?

– Pode pedir qualquer coisa, sem erro. Minha mãe faz uma sopa de cogumelos fantástica. É minha favorita, mas a delicatéssen é mais conhecida por seu sanduíche de carne e queijo derretido. No almoço, sempre há uma longa fila, e é isso que a maioria das pessoas pede. A delicatéssen até ganhou um prêmio alguns anos atrás. O melhor sanduíche da cidade.

– É mesmo?

– É. O jornal realizou um concurso e as pessoas votaram. Meu pai emoldurou o certificado e o pendurou bem perto da caixa registradora. Talvez um dia eu o mostre para você.

Luke juntou as mãos, imitando a posição anterior dela.

– Acho que eu gostaria disso, Sophia.

Ela riu, reconhecendo a resposta e gostando do modo como ele disse seu nome – mais devagar do que estava acostumada a ouvir, mas também com mais suavidade, pronunciando as sílabas sem pressa, em uma cadência lenta. Lembrou-se de que eles não se conheciam, mas de algum modo não pareciam ser completos estranhos. Inclinou-se para trás, apoiada na cerca.

– Então, aqueles outros caras... Você veio para cá com eles?

Luke olhou na direção dos homens e depois de novo para ela.

– Não – respondeu. – Na verdade, só conhecia um deles. Meus amigos estão lá dentro. Provavelmente flertando com suas amigas.

– Por que você não ficou lá com eles?

Luke usou um dedo para empurrar para trás a aba do chapéu.

– Eu fiquei. Pelo menos por um tempo. Não estava muito a fim de conversar, por isso vim para cá.

– Mas está conversando bastante agora.

– Acho que sim. – Ele deu um sorriso tímido. – Não tenho muito mais para contar, além do que já disse. Sou peão de boiadeiro e trabalho na fazenda da família. Minha vida não é muito interessante.

Ela o analisou.

– Então me conte algo que não costuma contar às pessoas.

– Como o quê? – perguntou ele, cuidadoso.

– Qualquer coisa – respondeu Sophia, erguendo as mãos. – No que você estava pensando antes, quando estava aqui sozinho?

Luke se remexeu, sentindo-se desconfortável, e desviou o olhar. No início não disse nada. Em vez disso, ganhando tempo, cruzou as mãos sobre a cerca na sua frente.

– Para entender de verdade, você teria que ver uma coisa – disse ele devagar. – O problema é que não está exatamente aqui.

– Onde está? – perguntou ela, intrigada.

– Lá – respondeu ele, apontando na direção dos currais.

Sophia hesitou. Todos conheciam uma história deste tipo: *moça conhece um ra-*

paz que parece gentil e agradável, mas assim que eles ficam a sós... Contudo, ao olhar para Luke, ela não viu nenhum sinal de perigo. Por algum motivo confiava nele, e não era só porque ele viera em sua ajuda. Luke não parecia estar flertando com ela. Sophia tinha a sensação de que se lhe pedisse que fosse embora Luke se afastaria e eles nunca mais voltariam a se falar. Além disso, ele a fizera rir esta noite. No pouco tempo que tinham passado juntos, ela se esquecera completamente de Brian.

– Muito bem – respondeu Sophia. – Eu topo.

Se Luke ficou surpreso com esta resposta, não o demonstrou. Simplesmente assentiu com a cabeça, pôs as mãos sobre a cerca e, com destreza, pulou por cima dela.

– Exibido – provocou Sophia.

Ela se abaixou, passou por entre as ripas de madeira e, um momento depois, eles se encaminhavam para os currais.

Ao atravessarem o pasto rumo à cerca do outro lado, Luke manteve uma distância confortável. Sophia observou as ondulações na linha da cerca, que seguia os contornos da terra, admirada com quanto esse lugar era diferente de onde ela fora criada. Ocorreu-lhe que tinha começado a apreciar a beleza tranquila e quase austera daquela paisagem. Na Carolina do Norte havia mil cidades pequenas, cada uma com personalidade e história próprias, e agora entendia por que algumas pessoas nunca iam embora. À distância, os pinheiros e carvalhos juntos formavam um cenário de escuridão impenetrável. Atrás deles, a música diminuía pouco a pouco, e começava a deixar ouvir o som distante de grilos. Apesar da escuridão, ela sentiu que Luke a observava, embora ele não estivesse sendo óbvio.

– Há um atalho depois da próxima cerca – disse ele. – Podemos chegar à minha caminhonete seguindo por ele.

O comentário a pegou desprevenida.

– Sua caminhonete?

– Não se preocupe – disse Luke, erguendo as mãos. – Não vamos a lugar algum. Não vamos nem entrar nela. Só acho que você terá uma vista melhor da carroceria. É mais alto e confortável. Tenho algumas cadeiras de jardim lá e posso armá-las.

– Você tem cadeiras de jardim na carroceria de sua caminhonete? – Ela o olhou com os olhos estreitados, incrédula.

– Tenho muitas coisas na carroceria da minha caminhonete.

É claro que sim. Todo mundo tinha. Marcia *adoraria* isso.

A essa altura eles tinham chegado à próxima cerca e o brilho das luzes da arena era mais forte. Mais uma vez Luke pulou-a com facilidade, mas agora as ripas estavam juntas demais para que Sophia passasse entre elas. Então subiu na cerca e ficou empoleirada nela antes de passar suas pernas por cima da madeira. Segurou as mãos de Luke ao pular, apreciando seu calor e sua aspereza.

Eles caminharam até um portão próximo e viraram na direção dos veículos.

Luke foi até uma caminhonete preta, brilhante, com pneus grandes e uma grade de luzes no teto, a única estacionada no sentido oposto aos demais carros. Abriu a guarda traseira e pulou para dentro. Novamente estendeu as mãos para ela e, com um movimento rápido, puxou-a para perto dele na carroceria.

Luke olhou ao redor e, de costas para Sophia, começou a revirar as coisas, afastando-as. Ela cruzou os braços, perguntando-se o que Marcia acharia disso tudo. Já podia imaginar suas perguntas. *Você está falando daquele cara bonito, não é? Ele a levou para onde? O que você estava pensando? E se ele fosse louco?* Enquanto isso, Luke continuava a afastar vários objetos. Sophia ouviu um som metálico quando ele enfim voltou para o seu lado com uma cadeira do tipo que as pessoas levam para a praia. Após abri-la, ele a indicou para Sophia.

– Sente-se. Já venho.

Ela ficou em pé sem se mover – mais uma vez imaginando o rosto cético de Marcia –, mas então decidiu: "Por que não?" Toda a noite parecera um pouco surreal, portanto, sentar-se em uma cadeira de jardim na carroceria da caminhonete de um peão de rodeio era quase uma consequência natural. Pensou que a última vez que ficara a sós com um homem que não fosse Brian tinha sido no verão, antes de ir para a Wake, quando Tonny Russo a levara ao baile de formatura. Eles se conheciam havia anos, mas depois da formatura aquilo não dera em nada. Ele era bonito, inteligente e iria para Princeton no outono, mas já no terceiro encontro só queria ficar passando as mãos nela e...

Luke abriu a outra cadeira e a pôs ao lado de Sophia, interrompendo os pensamentos dela. Em vez de se sentar, ele saltou da carroceria, foi até a porta do motorista e se inclinou para dentro da cabine. Um momento depois, o rádio estava ligado – música country.

É claro, pensou Sophia, achando aquilo divertido. O que mais poderia ser?

Depois de voltar para junto dela, Luke se sentou e esticou as pernas na sua frente, cruzando uma sobre a outra.

– Confortável? – perguntou ele.

– Quase.

Ela se esquivou um pouco, consciente de quão perto estavam um do outro.

– Quer trocar de cadeira?

– Não é isso. É... isto – disse ela, fazendo um gesto abrangente com a mão. – Sentar na carroceria da sua caminhonete. É novidade para mim.

– Vocês não fazem isso em Nova Jersey?

– Fazemos outras coisas. Como assistir a filmes. Comer fora. Ir à casa dos amigos. Você não fez nada disso na adolescência?

– Claro que fiz. Ainda faço.

– Qual foi o último filme a que assistiu?

– O que é um filme?

Ela demorou um segundo para perceber que Luke estava brincando, e ele riu da mudança rápida em sua expressão. Então apontou para as cercas.

– Eles são bem maiores de perto, não acha? – perguntou.

Quando Sophia se virou, viu um touro caminhando lentamente na direção deles, a poucos metros de distância, com os músculos do peito ondulando.

– Nossa – disse, em um tom que não escondia seu espanto. Inclinou-se para a frente. – É... enorme. – Virou-se para Luke. – E você monta nesses animais? Voluntariamente?

– Quando eles deixam.

– Era isso que queria que eu visse?

– Mais ou menos. Era aquele lá.

Ele apontou para o curral mais além, onde um touro cor de creme agitava o rabo e as orelhas, mas sem mexer o resto do corpo. Tinha um chifre torto e mesmo à distância Sophia conseguiu ver a rede de cicatrizes no seu flanco. Embora ele não fosse tão grande quanto outros animais, tinha algo de selvagem e hostil no modo como se posicionava, e ela teve a sensação de que o touro estava desafiando todos os animais a se aproximarem dele.

Quando Sophia se virou de novo para Luke, notou uma mudança em sua expressão. Ele estava olhando para o touro, aparentemente calmo, mas havia algo mais ali, algo que ela não conseguia identificar.

– Aquele é o Monstrengo – disse ele, com a atenção ainda no touro. – Era nisso que eu pensava quando estava em pé lá. Tentava encontrá-lo.

– É um dos animais que você montou esta noite?

– Não – respondeu Luke. – Mas depois de algum tempo percebi que não poderia sair daqui sem vê-lo de perto. O que é estranho, porque, quando cheguei, ele era o último touro que eu queria ver. Foi por isso que estacionei minha picape virada para o outro lado. Não sei o que teria feito se chegasse perto dele esta noite.

Sophia esperou que ele continuasse, mas Luke ficou em silêncio.

– Imagino que você já o tenha montado.

– Não – disse Luke. – Mas tentei. Três vezes. Ele é o que chamamos de touro violento. Poucas pessoas conseguiram montá-lo, e isso foi alguns anos atrás. Ele rodopia, escoiceia, muda de direção e, se o derruba, fica furioso por você ter tentado montá-lo. Tive pesadelos com esse touro. Ele me assusta. – Virou-se para Sophia, com metade do rosto na sombra. – Essa é uma coisa que quase ninguém sabe.

Havia algo assombrado em sua expressão, algo pelo qual ela não esperava.

– Não sei por que, mas não posso imaginar você com medo de qualquer coisa – disse ela em voz baixa.

– Bem, mas eu tenho... Sou humano. – Ele sorriu. – Se quer saber, também não gosto de raios.

Ela se aprumou.

– Eu *gosto* de raios.

– É diferente quando você está no meio de um pasto, sem nenhuma proteção.

– Sem dúvida.

– Agora é a minha vez. Quero lhe fazer uma pergunta.

– Vá em frente.

– Por quanto tempo você namorou Brian? – perguntou ele.

Ela quase riu, aliviada.

– É só isso que você quer saber? – perguntou, sem esperar resposta. – Começamos a sair juntos quando eu estava no segundo ano da faculdade.

– Ele é um cara grande – observou Luke.

– Brian ganhou uma bolsa de estudos como jogador de lacrosse.

– Ele deve ser bom.

– Em lacrosse – admitiu ela. – Não como namorado.

– Mas ainda assim você ficou com ele por dois anos.

– É, fiquei... – Sophia puxou os joelhos para cima e os abraçou. – Você já se apaixonou?

Ele levantou a cabeça, como se tentasse encontrar a resposta nas estrelas.

– Não tenho certeza.

– Se não tem certeza, provavelmente não se apaixonou.

Ele considerou isso.

– Certo.

– O quê? Sem nenhuma discussão?

– Como eu disse, não tenho certeza.

– Você ficou chateado quando a relação terminou?

Ele apertou os lábios, pesando sua resposta.

– Não muito, mas Angie tampouco. Foi apenas uma coisa do ensino médio. Depois da formatura, acho que nós dois entendemos que estávamos em caminhos diferentes. Mas ainda somos amigos. Ela até me convidou para seu casamento. Eu me diverti muito na recepção, com uma das madrinhas.

Sophia olhou ao redor.

– Eu amava Brian. Quero dizer, antes dele tive aquelas paixonites, sabe? Como quando você escreve o nome de um garoto no caderno e desenha pequenos corações em volta. Acho que as pessoas tendem a pôr seus primeiros amores em pedestais e, de início, não foi diferente comigo. Nem sei por que ele me convidou para sair. Ele é bonito, um atleta bolsista, popular e rico... Acho que fiquei chocada quando ele prestou atenção em mim. E quando começamos a sair, era muito divertido e amável. Quando Brian me beijou, eu já estava muito apaixonada por ele. E então... – Ela parou, sem querer entrar em detalhes. – Enfim, terminei com ele este ano, logo depois que as aulas começaram. Ele dormiu com outra garota o verão inteiro, quando foi para casa.

– E agora quer você de volta.

– Sim, mas por quê? Porque realmente me quer ou só porque não pode me ter?

– Você está perguntando isso para mim?

– Quero saber seu ponto de vista. Não que eu vá aceitá-lo de volta, porque não vou. Só quero sua opinião como homem.

Quando Luke falou, foi medindo as palavras:

– Provavelmente, um pouco das duas coisas. Mas, até onde posso dizer, acho que ele percebeu que cometeu um grande erro.

Sophia assimilou em silêncio o elogio implícito, apreciando o jeito comedido de Luke.

– Estou feliz por ter visto você montar esta noite – disse ela, com sinceridade. – Achei que se saiu muito bem.

– Tive sorte. Eu me senti bastante enferrujado lá. Já faz tempo que não monto.

– Quanto tempo?

Ele alisou a calça jeans, enrolando um pouco antes de responder.

– Dezoito meses.

Por um instante Sophia achou que não tinha ouvido direito.

– Você não monta há um ano e meio?

– Não.

– Por quê?

Sophia teve a sensação de que ele estava pensando em como responder.

– A última vez tinha sido ruim.

– Muito ruim?

– Muito.

Ao ouvir sua resposta, as coisas fizeram sentido para Sophia.

– Monstrengo – disse ela.

– Sim – admitiu Luke. Evitando que ela fizesse outra pergunta, ele voltou a atenção para ela: – Então quer dizer que você mora em uma irmandade?

Sophia notou a mudança de assunto, mas se contentou em deixá-lo conduzir a conversa.

– É meu terceiro ano na casa.

Os olhos dele brilharam com um ar travesso.

– É mesmo tudo que as pessoas dizem? Festas de pijama e guerras de travesseiros?

– É claro que não – respondeu Sophia. – É mais robes e brigas por travesseiros.

– Acho que eu gostaria de morar em um lugar desses.

– Aposto que sim. – Ela riu.

– Então, como é de verdade? – perguntou Luke, curioso.

– É um monte de garotas morando juntas. Na maior parte do tempo é legal. Em outros momentos, nem tanto. É um mundo com suas próprias regras e hierarquia, o que é bom se você as aceita. Mas eu nunca fui muito ligada nisso... Sou de Nova Jersey e cresci trabalhando em um negócio de família que enfrentava dificuldades. Só pude ir para a Wake porque ganhei uma bolsa integral. Não há muitas pessoas na casa como eu. Não que todas as outras sejam ricas. Não são. E muitas das garotas na casa trabalhavam quando estavam no ensino médio. É só que...

– Você é diferente – disse Luke, terminando por ela. – Aposto que muitas das suas colegas da irmandade não iam querer ser vistas observando um touro no meio de um pasto.

Eu não teria tanta certeza disso, pensou Sophia. Luke tinha vencido o rodeio e, definitivamente, era um colírio para os olhos. Para algumas das garotas da casa, isso seria mais do que suficiente.

– Você disse que tem cavalos em sua fazenda? – perguntou ela.

– Temos – respondeu ele.

– Cavalga muito?

– Quase todos os dias – respondeu Luke. – Quando estou conferindo o gado. Eu podia usar o Gator, mas cresci no lombo de cavalos e é isso que estou acostumado a fazer.

– Às vezes você cavalga apenas por diversão?

– De vez em quando. Por quê? Você sabe montar?

– Não – respondeu ela. – Nunca montei. Não há muitos cavalos em Nova Jersey. Mas quando eu era pequena queria aprender. Acho que todas as meninas querem. Qual é o nome do seu cavalo?

– Cavalo.

Sophia esperou pela piada, mas não havia nenhuma.

– Você chama seu cavalo de "Cavalo"?

– Ele não se incomoda.

– Deveria lhe dar um nome nobre. Como Príncipe, Mestre ou algo assim.

– Isso poderia confundi-lo.

– Acredite, qualquer coisa é melhor do que Cavalo. É como dar a um cachorro o nome de Cachorro.

– Eu tenho um cachorro chamado Cachorro. Um boiadeiro australiano. – Ele se virou, sua expressão totalmente tranquila. – É um ótimo pastor.

– E sua mãe não reclamou?

– Foi ela que deu esse nome a ele.

Sophia balançou a cabeça.

– Minha colega de quarto nunca vai acreditar nisso.

– No quê? Que meus animais têm nomes que você acha estranhos?

– Entre outras coisas – brincou ela.

– Então, me fale da universidade – pediu Luke, e durante a meia hora seguinte Sophia lhe contou detalhes de sua rotina.

Até aos seus próprios ouvidos aquilo soava chato – aulas, estudos, vida social nos fins de semana. Luke, porém, parecia interessado, fazia perguntas de vez em quando, mas na maior parte do tempo a deixava falar. Ela descreveu a irmandade – especialmente Mary-Kate – e falou um pouco sobre Brian e seu comportamento desde o início do ano. Enquanto eles conversavam, as pessoas começaram a chegar ao estacionamento, algumas ziguezagueando entre os veículos e fazendo cumprimentos com toques na aba do chapéu, outras parando para parabenizar Luke pela vitória.

Com o correr da noite, a temperatura caiu e Sophia sentiu seus braços se arrepiarem. Ela cruzou-os, encolhendo-se em sua cadeira.

– Tenho um cobertor na cabine se você precisar – ofereceu Luke.

– Obrigada – disse Sophia –, mas estou bem. Acho melhor eu voltar. Não quero que minhas amigas vão embora sem mim.

– Imaginei isso – disse Luke. – Vou levá-la de volta.

Luke ajudou-a a descer da caminhonete e eles voltaram pelo mesmo caminho por onde tinham vindo, a música se tornando mais alta conforme se aproximavam. Logo estavam do lado de fora do celeiro, apenas um pouco menos cheio do que quando ela saíra. Por alguma razão parecia que se ausentara durante horas.

– Quer que eu entre com você? Para o caso de Brian ainda estar aí?

– Não – respondeu Sophia. – Vou ficar bem. Não vou sair de perto da minha amiga.

Ele desviou o olhar para o chão e depois voltou a erguê-lo.

– Gostei muito de conversar com você, Sophia.

– Também gostei muito de conversar com você. E mais uma vez, obrigada. Quero dizer, por antes.

– Fiquei feliz em ajudar.

Ele a cumprimentou com um gesto de cabeça e se virou. Sophia o observou se afastar. Aquilo poderia ter terminado ali – e mais tarde ela se perguntaria se deveria ter deixado que terminasse –, mas Sophia deu um passo na direção dele, as palavras saindo automaticamente:

– Luke. Espere.

Quando Luke olhou para ela, Sophia ergueu o queixo de leve.

– Você disse que ia me mostrar seu celeiro supostamente mais precário do que este.

Ele sorriu e suas covinhas apareceram.

– Amanhã à uma da tarde? – perguntou. – Tenho algumas coisas para fazer de manhã. Quer que eu vá buscá-la?

– Sei dirigir – respondeu Sophia. – Só me ensine como chegar.

– Não tenho seu número.

– Qual é o seu?

Ele lhe disse e Sophia o digitou no celular, ouvindo o telefone de Luke tocar. Então desligou e olhou para ele, perguntando-se o que tinha dado nela.

– Agora você tem.

5

Ira

Está ainda mais escuro agora e o tempo do final do inverno continua a piorar. O vento uiva e as janelas do carro estão cobertas com uma espessa camada de neve. Lentamente vou sendo enterrado vivo e penso de novo no carro. É um Chrysler 1988 de cor creme. Pergunto-me se alguém irá avistá-lo quando o sol surgir. Ou se simplesmente irá passar despercebido na paisagem.

– Você não deve pensar nessas coisas – ouço Ruth dizer. – Alguém virá. Não vai demorar muito.

Ela ainda está sentada no mesmo lugar, mas agora parece diferente. Um pouco mais velha e com outro vestido... Mas o vestido me parece familiar. Estou tentando me lembrar dela assim quando ouço sua voz de novo:

– Foi no verão de 1940. Em julho.

Demoro um instante para lembrar. *Sim*, digo a mim mesmo. *Tem razão. O verão depois que terminei meu primeiro ano na universidade.*

– Eu me lembro – digo.

– Agora você se lembra – provoca ela. – Mas precisou da minha ajuda. Você costumava se lembrar de tudo.

– Eu era mais jovem.

– Eu também fui jovem um dia.

– Você ainda é.

– Não mais – diz ela, sem esconder o tom de tristeza. – Eu era jovem naquela época.

Pisco, tentando focalizá-la, mas é inútil. Ela tinha 17 anos.

– Esse é o vestido que você estava usando quando enfim me ofereci para levá-la em casa.

– Não – diz ela. – Esse é o vestido que eu estava usando quando lhe pedi que me levasse em casa.

Sorrio.

Costumávamos contar essa história em jantares festivos – a história do nosso primeiro encontro. Com o passar dos anos, Ruth e eu tínhamos aprendido a contá-la bem. Aqui, no carro, ela começa a apresentação do mesmo modo como sempre fez para nossos convidados. Põe as mãos no colo e suspira, sua expressão alternando falso desapontamento e confusão.

– Naquele tempo, eu sabia que você nunca falaria comigo. Você tinha vindo da universidade passar um mês em casa e ainda assim nunca se aproximou de mim. Por isso, depois que os serviços religiosos do Shabat terminaram, eu me aproximei. Olhei-o bem nos olhos e disse: "Não estou mais saindo com David Epstein."

– Eu me lembro – digo.

– Você se lembra do que me disse? Você falou "Ah", e então ficou corado e olhou para os pés.

– Acho que você está enganada.

– Você sabe que não. Então eu lhe disse que gostaria que você me levasse em casa.

– Lembro-me de que seu pai não ficou feliz com isso.

– Ele achava que David se tornaria um bom jovem. Ele não conhecia você.

– E não gostava de mim – interponho. – Pude senti-lo olhando para minha nuca enquanto caminhávamos. Foi por isso que mantive as mãos nos bolsos.

Ela inclina a cabeça, me avaliando.

– Foi por isso que, mesmo enquanto caminhávamos, você não me disse nada?

– Eu queria que ele soubesse que eu tinha boas intenções.

– Quando cheguei em casa, ele perguntou se você era mudo. Tive que lembrá-lo mais uma vez que você era um excelente aluno na universidade, que suas notas eram muito altas e se formaria em apenas três anos. Sempre que eu falava com sua mãe, ela fazia questão de dizer isso.

Minha mãe. A casamenteira.

– Teria sido diferente se seus pais não estivessem nos seguindo – digo. – Se não estivessem agindo como nossos acompanhantes, eu a teria surpreendido. Teria segurado sua mão e cantado para você. Colhido um buquê de flores. Você ia ficar maravilhada.

– Sim, eu sei. O jovem Frank Sinatra de novo. Você já disse isso.

– Estou tentando ser fiel à história. Havia uma garota na universidade que estava de olho em mim, você sabe. Ela se chamava Sarah.

Ruth assentiu com a cabeça, parecendo despreocupada.

– Sua mãe também me falou sobre ela. Disse que você não tinha telefonado ou escrito desde que voltara. Eu sabia que aquilo não era sério.

– Com que frequência você falava com minha mãe?

– No início, não muita, e minha mãe estava sempre conosco. Mas alguns meses antes de você vir para casa perguntei à sua mãe se ela podia me ajudar com meu inglês e começamos a nos encontrar uma ou duas vezes por semana. Ainda havia muitas palavras que eu não conhecia e ela era capaz de explicar seu significado de um modo que eu conseguia entender. Eu costumava dizer que me tornei professora por causa do meu pai, e era verdade, mas também foi por causa da sua mãe. Ela era muito paciente comigo. Contava-me histórias, e esse foi outro modo de me ajudar com o idioma. Ela disse que eu também devia aprender a fazer isso, porque todos no Sul contam histórias.

Sorrio.

– Que histórias ela lhe contava?

– Várias sobre você.

Sei disso, é claro. Há poucos segredos em um longo casamento.

– Qual era a sua favorita?

Ela pensa por um momento.

– Aquela de quando você encontrou um esquilo ferido – diz por fim. – Sua mãe me contou que, apesar de seu pai ter se recusado a deixá-lo ficar na loja, você o escondeu em uma caixa debaixo da máquina de costura e cuidou dele até que se recuperasse. Quando o esquilo melhorou, você o soltou no parque e, embora ele tivesse corrido para longe, você voltava todos os dias para procurá-lo, para o caso de ele precisar de novo da sua ajuda. Ela dizia que esse era um sinal de que você tinha um coração puro, formava vínculos profundos e, quando amava alguma coisa ou alguém, era para sempre.

Como eu disse, a casamenteira.

Só depois que nos casamos minha mãe admitiu para mim que "instruíra" Ruth contando-lhe histórias a meu respeito. Na época, senti-me ambivalente em relação a isso. Queria acreditar que conquistara o coração de Ruth sozinho e disse isso a minha mãe. Ela riu e me disse que só fez o que as mães sempre fazem por seus filhos. Então falou que era meu dever provar que ela não havia mentido, porque é isso que os filhos devem fazer por suas mães.

– E eu acreditando em meus encantos.

– Você se tornou encantador quando parou de ter medo de mim. Mas isso não aconteceu na primeira vez que me levou em casa. Quando finalmente chegamos à fábrica onde morávamos, falei "Obrigada por me trazer, Ira" e tudo que você disse foi "Não há de quê". Então se virou, cumprimentou meus pais com a cabeça e foi embora.

– Mas eu me saí melhor na semana seguinte.

– Sim. Você falou sobre o tempo. Disse três vezes: "Está muito nublado." E acrescentou outras duas: "Será que vai chover mais tarde?" Sua habilidade para conversar era impressionante. A propósito, sua mãe me ensinou o significado dessa palavra.

– E mesmo assim você quis caminhar comigo de novo.

– Sim – diz ela, olhando diretamente para mim.

– E no início de agosto perguntei se podia lhe comprar um refrigerante de chocolate. Como David Epstein costumava fazer.

Ela ajeita uma mecha de cabelos, com os olhos fixos nos meus.

– E eu me lembro de que lhe disse que o refrigerante de chocolate era o mais delicioso que eu já havia tomado.

Foi assim que tudo começou. Não é uma história emocionante de aventura ou o tipo de romance de conto de fadas dos filmes, mas pareceu uma intervenção divina. Ruth ter visto algo especial em mim não fazia sentido algum, mas fui inteligente o bastante para aproveitar minha oportunidade. Depois disso, embora não tivéssemos muito tempo livre, passamos a maior parte dele juntos. Àquela altura, o fim do verão já se aproximava. Do outro lado do Atlântico, a França já se rendera e a batalha da Grã-Bretanha estava em curso, mas mesmo assim, naquelas últimas poucas semanas, a guerra parecia distante. Passeávamos e conversávamos no parque; como David um dia fizera, continuei a lhe comprar refrigerantes de chocolate. Por duas vezes levei Ruth ao cinema e uma vez levei-a com a mãe para almoçar. E sempre a acompanhava até em casa depois da sinagoga, com seus pais uns dez passos atrás, dando-nos um pouco mais de privacidade.

– Seus pais acabaram gostando de mim.

– Sim. – Ela faz um sinal afirmativo com a cabeça. – Mas porque eu gostava de você. Você me fazia rir e foi o primeiro que conseguiu fazer isso neste país. Meu pai sempre perguntava o que você dissera de tão engraçado e eu respondia que aquilo tinha menos a ver com o que você falara do que com o modo como o fazia. Como sua careta quando descrevia a comida da sua mãe.

– Minha mãe nunca aprendeu a cozinhar um ovo, era capaz de queimar até água.

– Ela não era tão ruim assim.

– Cresci aprendendo a comer sem respirar. Por que acha que meu pai e eu éramos magros como palitos?

Ruth balança a cabeça.

– Se sua mãe soubesse que você dizia essas coisas terríveis...

– Ela não teria se importado. Sabia que não era uma boa cozinheira.

Ruth se cala por um instante.

– Eu gostaria que tivéssemos tido mais tempo naquele verão. Fiquei muito triste quando você foi para a universidade.

– Mesmo se eu não tivesse ido, não poderíamos ficar juntos. Você também estava indo embora. Para Wellesley.

Ela assente, mas sua expressão é vaga.

– Foi uma grande sorte ter essa oportunidade. Meu pai conhecia um professor lá e ele me ajudou de várias maneiras. Ainda assim, aquele ano foi muito difícil para mim. Embora você não tivesse escrito para Sarah, eu sabia que a veria de novo e temia que ainda pudesse sentir algo por ela. Também temia que Sarah visse em você as mesmas coisas que eu via e usasse seus encantos para tirá-lo de mim.

– Isso nunca teria acontecido.

– Sei disso agora, mas na época não sabia.

Mudo um pouco a posição da minha cabeça e imediatamente vejo brilhos brancos nos cantos dos meus olhos e sinto uma forte pontada perto da linha dos cabelos. Fecho os olhos, esperando que aquilo passe, mas parece que vai durar para sempre. Concentro-me, tentando respirar devagar, e, enfim, a dor começa a diminuir. O mundo volta aos poucos, e mais uma vez penso no acidente. Meu rosto está pegajoso e o airbag inflado está coberto de poeira e sangue. O sangue me assusta, mas, apesar disso, há uma magia no carro, uma magia que trouxe Ruth de volta para mim. Engulo tentando umedecer o fundo da garganta, mas não consigo, e ela parece uma lixa de tão seca.

Sei que Ruth está preocupada comigo. Nas sombras que se prolongam, vejo-a me observando. Ruth, essa mulher que sempre adorei. Volto a pensar em 1940, tentando afastar seus temores.

– Apesar das suas preocupações com Sarah – digo –, você não voltou em dezembro para me ver.

Em minha mente, vejo Ruth revirar os olhos. Era essa sua reação às minhas queixas.

– Não voltei para casa porque não pude pagar a passagem de trem – diz ela. – Você sabe disso. Eu estava trabalhando em um hotel e foi impossível voltar. A bolsa só cobria os estudos e eu tinha que pagar todo o restante.

– Desculpe-me – falo, brincando.

Ela me ignora, como sempre.

– Às vezes eu trabalhava a noite inteira na recepção e ainda tinha que ir à aula de manhã. E tudo que podia fazer era não dormir com meu livro aberto sobre o balcão. Não era fácil. Quando terminei meu primeiro ano, estava ansiosa por voltar para casa no verão e ir direto para a minha cama.

– Mas então estraguei seus planos aparecendo na estação de trem.

– Sim. – Ela sorri. – Estragou.

– Fazia nove meses que eu não a via. Queria fazer uma surpresa.

– E fez mesmo. No trem, eu me perguntei se você estaria lá, mas não queria me decepcionar. E então, quando o trem parou na estação e o vi pela janela, meu coração deu um pequeno pulo. Você estava muito bonito.

– Minha mãe tinha feito um terno novo para mim.

Ela dá um sorriso melancólico, ainda perdida em lembranças.

– E você também levou meus pais.

Eu daria de ombros, mas tenho medo de me mexer.

– Sabia que você também queria vê-los, por isso peguei emprestado o carro do meu pai.

– Foi muito galante.

– Ou egoísta. Se não fosse por mim, você poderia ter ido direto para casa.

– É, talvez – provoca ela. – Mas é claro que você também havia pensado nisso.

Perguntou ao meu pai se poderia me levar para jantar. Ele disse que você foi à fábrica lhe pedir permissão.

– Eu não queria que você tivesse um motivo para dizer não.

– Eu não teria dito, mesmo que você não tivesse pedido ao meu pai.

– Sei disso agora, mas na época não sabia – digo, repetindo as palavras dela. De muitos modos, nós somos e sempre fomos iguais. – Quando você saltou do trem naquela noite, lembro-me de que pensei que a estação deveria estar cheia de fotógrafos, esperando para tirar uma foto sua. Você parecia uma estrela de cinema.

– Eu estava no trem havia doze horas. Estava horrível.

Nós dois sabemos que isso era mentira. Ruth estava linda e, mesmo quando estava na casa dos 50 anos, os homens a seguiam com os olhos quando ela entrava em uma sala.

– Foi tudo que eu pude fazer para não beijá-la.

– Isso não é verdade – retruca ela. – Você nunca teria feito uma coisa dessas na frente dos meus pais.

Ela tem razão, é claro. Eu me contentei em ficar para trás, deixando seus pais a cumprimentarem e falarem com ela primeiro. Só depois de alguns minutos me aproximei. Ruth lê meus pensamentos.

– Aquela noite foi a primeira vez que meu pai realmente entendeu o que eu via em você. Mais tarde ele me disse que tinha notado que você não era só trabalhador e gentil, mas também um cavalheiro.

– Ele ainda achava que eu não era bom o bastante para você.

– Nenhum pai acha que um homem é bom o bastante para sua filha.

– Exceto David Epstein.

– Sim – zomba ela. – Exceto ele.

Sorrio, embora isso me produza outra onda de choque por dentro.

– No jantar, eu não conseguia parar de olhar para você. Estava muito mais bonita do que eu me lembrava.

– Mas éramos estranhos de novo – diz Ruth. – Demorou um pouco para a conversa se tornar fácil, como no verão anterior. Até a caminhada para casa, eu acho.

– Eu estava bancando o difícil.

– Não, estava sendo você mesmo – diz ela. – No entanto, não era você. Tinha se tornado um homem no ano em que ficamos separados. Chegou a pegar a minha mão quando me levou até a porta, algo que nunca tinha feito. Eu me lembro porque isso fez meu braço formigar. Então você parou, me olhou e eu soube exatamente o que ia acontecer.

– Eu lhe dei um beijo de boa-noite.

– Não – diz Ruth, sua voz assumindo um tom sedutor. – Sim, você me beijou, mas não foi só um beijo de boa-noite. Mesmo naquela época, pude sentir nele a promessa de que você me beijaria daquele modo para sempre.

No carro, ainda me lembro daquele momento – dos lábios dela contra os meus, da excitação e do puro milagre de tê-la em meus braços. Mas de repente o mundo começa a rodar. Depressa, como se eu estivesse em uma montanha-russa, e então Ruth desaparece dos meus braços. Minha cabeça cai com força sobre o volante e pisco rapidamente, querendo que o mundo pare de rodar. Preciso de água, estou certo de que uma única gota será suficiente para fazer aquilo parar. Mas não há água. E sucumbo à tontura antes de tudo ficar preto.

Quando acordo, o mundo volta aos poucos. Com os olhos semicerrados, fito a escuridão, mas Ruth não está mais no banco do carona. Estou desesperado para tê-la de volta. Concentro-me, tentando evocar sua imagem, mas nada surge, e minha garganta parece se fechar.

Olhando para trás, Ruth estava certa sobre as mudanças em mim. Naquele verão, o mundo mudara, e compreendi que cada momento que passasse com ela seria considerado precioso. Afinal de contas, havia guerra por toda parte. O Japão e a China estavam em guerra havia quatro anos e durante toda a primavera de 1941 mais países caíram sob as tropas da Wehrmacht, inclusive a Iugoslávia e a Grécia. Os ingleses recuaram em face do Afrika Korps de Rommel por todo o caminho até o Egito. O canal de Suez estava ameaçado, e embora eu não soubesse disso na época, os blindados e a infantaria alemã estavam na posição de liderar a iminente invasão da Rússia. Perguntei-me quanto tempo duraria o isolamento da América.

Eu nunca sonhara em me tornar soldado; nunca tinha disparado uma arma. Não era nem nunca fui combatente, mas mesmo assim amava meu país e passei grande parte daquele ano imaginando um futuro estragado pela guerra. E eu não estava sozinho em meu esforço para enfrentar esse novo mundo. Durante o verão, meu pai lia dois ou três jornais por dia e ouvia rádio o tempo todo. Minha mãe se apresentou como voluntária na Cruz Vermelha. Os pais de Ruth estavam especialmente assustados e muitas vezes os encontrei debruçados sobre a mesa, falando em voz baixa. Eles não tinham notícias de ninguém de sua família havia meses. Era por causa da guerra, sussurravam alguns. Mas mesmo na Carolina do Norte haviam começado a circular boatos sobre o que estava acontecendo com os judeus na Polônia.

Apesar dos temores e boatos da guerra, ou talvez por causa deles, sempre considerei o verão de 1941 o último verão da minha inocência. Foi quando eu e Ruth passamos quase todo o nosso tempo livre juntos, cada vez mais apaixonados. Ela me visitava na loja e eu a visitava na fábrica – Ruth ficou atendendo telefonemas para seu tio naquele verão –, e, à noite, passeávamos sob as estrelas. Todos os domingos fazíamos um piquenique no parque perto da nossa casa, nada extravagante, apenas o suficiente para nos sustentar até que fôssemos jantar mais tarde, juntos. À noite, às vezes íamos à casa dos meus pais ou à dos dela, onde ouvíamos música clássica no fonógrafo. Quando o verão chegou ao fim e Ruth pegou o trem para Massachusetts, retirei-me para um canto da estação, com o rosto escondido nas mãos, porque sabia que nada voltaria a ser como antes. Sabia que se aproximava o tempo de eu ser convocado para a guerra.

E um mês depois, em 7 de dezembro de 1941, descobri que estava certo.

Durante toda a noite continuo a dormir e acordar. O vento permanece constante. Nos momentos em que estou acordado, pergunto-me se algum dia haverá luz, se verei o sol nascer de novo. Mas na maior parte do tempo me concentro no passado, esperando que Ruth reapareça. Sem ela já estou morto, penso.

Quando me formei, em maio de 1942, voltei para casa, mas não reconheci a loja. Na frente, onde antes havia ternos pendurados em cabides, havia trinta máquinas de costura e trinta mulheres fazendo uniformes militares. Peças de tecido pesado chegavam duas vezes por dia, enchendo totalmente a sala dos fundos. O espaço na porta ao lado, que durante anos permanecera vazio, fora ocupado por meu pai, e era amplo o suficiente para abrigar sessenta máquinas de costura. Minha mãe supervisionava a produção enquanto meu pai ficava ao telefone, cuidava da contabilidade e garantia a entrega para as bases do Exército e da Marinha, que estavam sendo estabelecidas em todo o Sul.

Eu sabia que estava prestes a ser convocado. Meu número de ordem era baixo o bastante para tornar minha convocação inevitável, e isso significava ir para o Exército, a Marinha ou as batalhas nas trincheiras. Os corajosos eram levados a fazer essas coisas, mas, como mencionei, eu não era corajoso. Na viagem de trem para casa, já havia decidido me alistar no U.S. Army Air Corps. Por alguma razão, a ideia de combater no ar parecia menos assustadora do que a de combater em solo. No devido tempo, eu descobriria que estava errado.

Na noite em que cheguei em casa, comuniquei essa decisão aos meus pais, quando estávamos na cozinha. Minha mãe começou a esfregar as mãos na mesma hora. Meu pai não disse nada. Mais tarde, porém, quando ele fazia anotações em seu livro contábil, pensei ter visto um brilho úmido em seus olhos. Eu também havia tomado outra decisão. Antes de Ruth voltar para Greensboro, encontrei-me com o pai dela e lhe disse quanto sua filha era importante para mim. Dois dias depois levei os pais de Ruth de carro para a estação, como fizera no ano anterior. Mais uma vez, deixei-os cumprimentá-la primeiro e, mais uma vez, levei Ruth para jantar. Então, enquanto comíamos em um restaurante quase vazio, lhe contei meus planos. Ao contrário dos meus pais, ela não derramou nenhuma lágrima. Não naquele momento.

Não a levei para casa imediatamente. Depois do jantar fomos ao parque, perto de onde fizéramos tantos piqueniques. Era uma noite sem luar e as luzes do parque tinham sido apagadas. Ao pôr minha mão na dela, mal pude distinguir suas feições.

Toquei no anel em meu bolso, o que dissera ao pai dela que ofereceria à sua filha. Tinha pensado muito sobre isso, não porque não estivesse seguro das minhas intenções, mas porque não estava seguro das dela. Mas eu era apaixonado por Ruth, estava indo para a guerra e queria saber se ela estaria ali quando eu voltasse. Pondo um dos joelhos no chão, disse-lhe como ela era importante para mim. Disse-lhe que não podia imaginar a vida sem ela e lhe pedi que se tornasse minha esposa. Enquanto eu pronunciava as palavras, ofereci-lhe o anel. Ruth não falou nada de imediato, e eu estaria mentindo se dissesse que isso não me assustou. Mas então, lendo meus pensamentos, ela pegou o anel e o pôs no dedo antes de pegar minha mão. Eu me levantei, ficando na sua frente sob um céu estrelado. Ela pôs os braços ao meu redor. "Sim", sussurrou. Ficamos em pé juntos, só nós dois, nos abraçando pelo que pareceram horas. Mesmo agora, quase setenta anos depois, posso sentir seu calor, apesar do frio no carro. Posso sentir seu perfume, floral e delicado. Respiro profundamente, tentando me agarrar a isso, do mesmo modo que me agarrei a ela naquela noite.

Mais tarde, de braços dados, andamos pelo parque, falando sobre nosso futuro juntos. A voz dela vibrava de amor e animação e, mesmo assim, foi essa parte da noite que sempre me encheu de pesar. Faz eu me lembrar do homem que nunca pude ser; dos sonhos nunca realizados. Enquanto me sinto varrido pela familiar onda de vergonha, sinto novamente o perfume de Ruth. Está mais forte agora, e me ocorre que isso não é uma lembrança, posso senti-lo no carro. Mesmo com medo, abro os olhos. No início, tudo é escuro e indistinto, e me pergunto se conseguirei ver alguma coisa.

Mas por fim a vejo. Ela está translúcida, como um fantasma, mas é Ruth. Está aqui, voltou para mim, penso, e meu coração se agita. Quero tocá-la, tomá-la nos braços, mas sei que é impossível, então me concentro. Tento focalizá-la melhor, e quando meus olhos se adaptam, noto que seu vestido é de cor creme, franzido na frente. O vestido que ela usou na noite em que a pedi em casamento.

Mas Ruth não está satisfeita comigo.

– Não, Ira – diz ela de repente. Seu tom contém uma advertência clara. – Não devemos falar sobre isso. Sobre o jantar, sim. A proposta, sim. Mas não sobre isso.

Mesmo agora, não posso acreditar que ela voltou.

– Sei que isso a deixa triste – começo.

– Não – retruca ela. – É você que fica triste por isso. Carrega essa tristeza com você desde aquela noite. Eu nunca deveria ter dito aquelas coisas.

– Mas disse.

Ao ouvir isso, ela abaixa a cabeça. Seus cabelos, ao contrário dos meus, são castanhos e grossos, ricos em possibilidades.

– Aquela foi a primeira vez que eu lhe disse que o amava – diz Ruth. – Falei que queria me casar com você. Prometi que o esperaria e nos casaríamos assim que você voltasse.

– Mas não foi só isso...

– Isso é a única coisa que importa – insiste ela, erguendo o queixo. – Nós fomos felizes, não fomos? Durante todos os anos que passamos juntos?

– Sim.

– E você me amou?

– Sempre.

– Então quero que ouça o que estou lhe dizendo, Ira – continua Ruth, mal-contendo sua impaciência. Ela se inclina para a frente. – Nunca, nem uma vez sequer, me arrependi de termos nos casado. Você me fez feliz e me fez rir, e se eu pudesse fazer tudo de novo, não hesitaria. Olhe para a sua vida, as viagens que fizemos, as aventuras que tivemos. Como seu pai costumava dizer, nós partilhamos a mais longa jornada, essa coisa chamada vida. E a minha foi cheia de alegria por sua causa. Ao contrário de outros casais, nós nem mesmo discutíamos.

– Discutíamos, sim – protesto.

– Não foram discussões de verdade – insiste ela. – Não do tipo que tem importância. Sim, às vezes eu ficava chateada quando você se esquecia de levar o lixo para fora, mas isso não é sério. Não é nada. Passa como uma folha soprada pela janela. Acaba e é logo esquecido.

– Você está esquecendo...

– Eu me lembro – interrompe-me Ruth, sabendo o que eu estava prestes a dizer. – Mas encontramos um jeito de resolver. Juntos. Como sempre fizemos.

Apesar de suas palavras, ainda sinto remorso, uma dor profunda que carreguei para sempre.

– Lamento muito – digo por fim. – Quero que saiba que sempre lamentei.

– Não diga essas coisas – insiste ela, sua voz começando a falhar.

– Não posso evitar. Nós conversamos durante horas naquela noite.

– Sim – admite Ruth. – Falamos sobre os verões que passamos juntos. Sobre a universidade, sobre o fato de que um dia você assumiria a loja do seu pai. E, mais tarde, quando eu estava em casa, fiquei acordada na cama durante horas olhando o anel. Na manhã seguinte, eu o mostrei à minha mãe e ela ficou feliz por mim. Até meu pai ficou satisfeito.

Sei que Ruth está tentando me distrair, mas é inútil. Continuo a olhar para ela.

– Também falamos sobre você naquela noite. Sobre seus sonhos.

Quando digo isso, Ruth desvia o olhar.

– Sim – diz. – Falamos sobre os meus sonhos.

– Você me disse que pretendia se tornar professora e que compraríamos uma casa perto de nossos pais.

– Sim.

– E disse que viajaríamos. Visitaríamos Nova York e Boston, talvez até Viena.

– Sim – repete ela.

Fecho os olhos, sentindo o peso de uma antiga tristeza.

– E você me disse que queria filhos. Mais do que tudo, queria ser mãe. Queria duas meninas e dois meninos, porque sempre desejou um lar como o dos seus primos, que era cheio e barulhento o tempo todo. Você adorava visitá-los, porque se sentia feliz lá. Queria isso mais do que qualquer outra coisa.

Ao ouvir isso, os ombros de Ruth parecem cair e ela se vira para mim.

– Sim – sussurra. – Admito que queria essas coisas.

As palavras quase partem meu coração e sinto algo se desintegrar dentro de mim. Muitas vezes a verdade é terrível, e novamente desejo ter sido outra pessoa. Mas agora é tarde demais para mudar alguma coisa. Estou velho, sozinho e morrendo aos poucos a cada hora que passa. Estou cansado, mais cansado do que nunca.

– Você deveria ter se casado com outro homem – sussurro.

Ruth balança a cabeça e, num ato de bondade que me faz lembrar de nossa vida juntos, se aproxima de mim. Gentilmente, passa um dedo pelo meu maxilar e depois beija o alto da minha cabeça.

– Eu nunca poderia ter tido outro – diz. – E chega de falar nisso. Agora você precisa descansar. Tem que voltar a dormir.

– Não – murmuro. Tento mexer a cabeça, mas não consigo. A dor torna isso impossível. – Quero ficar acordado. Quero ficar com você.

– Não se preocupe. Eu estarei aqui quando você acordar.

– Mas você foi embora antes.

– Não fui. Estava aqui, e sempre estarei.

– Como pode ter tanta certeza?

Ruth me beija de novo antes de responder:

– Porque estou sempre com você, Ira.

6

Luke

Foi difícil sair da cama naquela manhã, e quando Luke estendeu o braço para escovar Cavalo, sentiu as costas gritarem em protesto. O ibuprofeno diminuíra um pouco a dor, mas ainda era difícil erguer o braço mais alto que o ombro. Ao amanhecer, quando ele estava conferindo o gado, até virar a cabeça de um lado para o outro o fizera se contrair de dor e ficar feliz por José estar ali para ajudar.

Depois de pendurar a escova, Luke pôs um pouco de aveia em um balde para Cavalo e seguiu na direção da velha casa de fazenda, sabendo que demoraria um dia ou dois para se recuperar completamente. As dores eram normais depois dos rodeios e ele, sem dúvida, já sentira piores. A questão não era *se* um peão era ferido, mas *quando* e *quanto* era ferido. Ao longo dos anos, sem contar quando montou Monstrengo, Luke havia quebrado as costelas duas vezes, seu pulmão entrara em colapso e ele rompera os ligamentos cruzado anterior e colateral médio, um em cada joelho. Tinha fraturado o pulso esquerdo em 2005 e deslocado os dois ombros. Havia quatro anos, participara das finais mundiais do Professional Bull Riders, o PBR, com um tornozelo quebrado, usando uma bota de caubói especial para manter os ossos no lugar. E, é claro, tivera sua cota de concussões resultantes de tombos. Contudo, durante a maior parte da vida, não quisera mais nada além de montar.

Como disse Sophia, talvez ele fosse louco.

Ao espiar pela janela da cozinha acima da pia, viu sua mãe passar depressa. Perguntou-se quando as coisas voltariam ao normal entre eles. Nas últimas semanas, quando Luke aparecia, a mãe estava quase terminando seu café da manhã, em uma tentativa óbvia de evitar falar com ele. Usava a presença de Luke para demonstrar que ainda estava chateada. Queria que ele sentisse o peso de seu silêncio quando recolhia seu prato e o deixava sozinho à mesa. Acima de tudo, queria que ele se sentisse culpado. Luke poderia tomar o café da manhã na própria casa – que havia construído do outro lado do bosque –, mas sabia que negar aquelas oportunidades à mãe só tornaria as coisas piores. Sabia que ela acabaria se aproximando. Mais cedo ou mais tarde.

Luke pisou nos blocos de concreto rachados e deu uma olhada rápida ao redor. O telhado estava bom – trocara-o alguns anos antes –, mas a casa precisava de uma pintura. Infelizmente teria que lixar cada tábua primeiro, quase triplicando o tempo que isso levaria. Tempo que ele não tinha. A casa da fazenda fora construída no final da década de 1800 e, ao longo dos anos, pintada e repintada tantas vezes que a tinta provavelmente estava mais grossa do que a própria madeira. Agora estava descascando bastante e a madeira apodrecia sob as goteiras. Aliás, teria que dar um jeito de consertar isso também.

Entrou no pequeno corredor e limpou as botas no capacho. A porta se abriu com o costumeiro rangido e Luke sentiu o aroma familiar de bacon recém-cozido e batatas fritas. Sua mãe estava perto do fogão, preparando ovos mexidos em uma frigideira. O fogão era novo – Luke o comprara no último Natal –, mas os armários eram os originais da casa, e o balcão estava lá desde que ele se lembrava. Assim como o piso de linóleo. A mesa de carvalho, construída por seu avô, desbotara com o tempo. Num canto distante, o velho fogão à lenha irradiava calor. Isso o fez se lembrar de que precisava cortar um pouco de lenha. Com o frio chegando, tinha que repor logo o estoque. O fogão à lenha aquecia não só a cozinha, mas a casa inteira. Decidiu que faria isso depois do café da manhã, antes de Sophia chegar.

Ao pendurar seu chapéu no cabide, notou que a mãe parecia cansada. Não era de admirar. Quando ele havia encilhado Cavalo e saído, ela já tinha se esfalfado limpando os estábulos.

– Bom dia, mãe – disse Luke, indo até a pia e mantendo a voz neutra. Ele começou a lavar as mãos. – Precisa de ajuda?

– Está quase pronto – respondeu ela, sem erguer os olhos. – Mas pode pôr um pouco de pão na torradeira. Está no balcão atrás de você.

Luke pôs as fatias de pão na torradeira e depois se serviu de uma xícara de café. A mãe continuou de costas para ele, mas Luke pôde senti-la irradiando uma aura que passara a esperar nas últimas semanas. *Sinta-se culpado, filho ingrato. Sou sua mãe. Não se importa com meus sentimentos?*

Sim, é claro que me importo com seus sentimentos, pensou ele. *É por isso que estou fazendo o que estou fazendo.* Mas não disse nada. Depois de quase 25 anos juntos na fazenda, eles haviam se tornado mestres na arte da comunicação silenciosa.

Luke tomou outro gole de café, ouvindo o tinido da espátula na frigideira.

– Tudo certo esta manhã – disse ele. – Verifiquei os pontos na bezerra que ficou presa no arame farpado e ela está bem.

– Ótimo. – Deixando de lado a espátula, a mãe estendeu o braço para o armário e pegou alguns pratos. – Vamos nos servir no fogão, está bem?

Luke pousou a xícara de café na mesa e tirou a geleia e a manteiga da geladeira. Quando se serviu, a mãe já estava sentada. Ele pegou o pão torrado, lhe entregou uma fatia e levou a cafeteira para a mesa.

– Precisamos das abóboras prontas esta semana – lembrou-lhe a mãe, estendendo a mão para pegar a cafeteira. Nenhum contato visual, nenhum abraço... Não que ele estivesse esperando essas coisas. – E também precisamos montar o labirinto. O feno chegará na terça-feira. E você tem que cortar as abóboras.

Metade da produção de abóboras já fora vendida para a Primeira Igreja Batista de King, mas eles abriam a fazenda nos fins de semana para as pessoas comprarem o restante. Um dos destaques para as crianças – e, portanto, uma atração para os adultos – era um labirinto feito de fardos de feno. O pai dele tivera essa ideia quando Luke era pequeno, e ao longo dos anos o labirinto se tornara cada vez mais complexo. Andar por ele tinha virado uma espécie de tradição local.

– Vou cuidar disso – disse Luke. – O desenho ainda está na gaveta da escrivaninha?

– Se você o guardou lá no ano passado, deve estar.

Luke passou manteiga e geleia em sua torrada. Por um tempo nem ele nem a mãe disseram mais nada.

Por fim, ela suspirou.

– Você chegou tarde ontem à noite. – Ela estendeu a mão para pegar a manteiga e a geleia quando ele terminou de se servir.

– Você estava acordada? Não vi nenhuma luz acesa.

– Eu estava dormindo. Mas acordei quando sua caminhonete chegou.

Ele duvidou que isso fosse verdade. As janelas do quarto da mãe não davam para a entrada de automóveis, o que significava que ela ficara na sala de estar. O que também significava que estava acordada, preocupada com ele.

– Fiquei até tarde com alguns amigos. Eles me convenceram.

Ela continuou concentrada em seu prato.

– Imaginei.

– Você recebeu minha mensagem de texto?

– Recebi – respondeu ela, sem acrescentar mais nada.

Nenhuma pergunta sobre como tinha sido o rodeio, sobre como ele estava, nenhuma preocupação com as dores que sabia que ele sentia. Seu estado de espírito se tornou mais grave, enchendo a sala. Mágoa e raiva pingavam do teto, gotejavam das paredes. Ele teve que admitir que a mãe era muito boa em despertar sentimento de culpa.

– Você quer conversar sobre isso? – perguntou ele.

Pela primeira vez a mãe o olhou por sobre a mesa.

– Na verdade, não.

O.k., pensou Luke. Mas, apesar da raiva dela, ainda sentia falta de conversar com a mãe.

– Então posso lhe fazer uma pergunta?

Luke quase pôde ouvir as engrenagens sendo acionadas enquanto ela se preparava para a batalha. Para ir comer na varanda, deixando-o sozinho à mesa.

– Quanto você calça? – perguntou ele.

O garfo da mãe parou no meio do caminho até a boca.

– Quanto eu calço?

– Talvez alguém venha aqui mais tarde – disse Luke. Ele pôs um pouco de ovos em seu garfo. – E precise de um par de botas emprestado. Se formos andar a cavalo.

Pela primeira vez em semanas a mãe não conseguiu esconder seu interesse.

– Está falando de uma garota?

Luke assentiu com a cabeça e continuou a comer.

– O nome dela é Sophia. Eu a conheci ontem à noite. Ela disse que queria ver o celeiro.

A mãe pestanejou.

– Por que ela se importa com o celeiro?

– Não sei. Foi ideia dela.

– Quem é ela?

Luke notou um lampejo de curiosidade na expressão da mãe.

– É aluna do último ano da Wake Forest. É de Nova Jersey. E se formos andar a cavalo, deve precisar de botas. É por isso que estou lhe perguntando quanto você calça.

A confusão da mãe o fez perceber que pela primeira vez na vida ela estava pensando em algo além da fazenda. Ou de rodeios. Ou da lista de coisas que queria terminar antes do pôr do sol. Mas o efeito foi apenas temporário e ela voltou a se concentrar em seu prato. A seu próprio modo, era tão teimosa quanto ele.

– Trinta e seis. Há um velho par de botas em meu armário que ela pode usar. Se servir.

– Obrigado – disse Luke. – Vou cortar um pouco de lenha antes de ela chegar, a menos que você queira que eu faça alguma outra coisa.

– Só a irrigação – falou a mãe. – O segundo pasto precisa de um pouco de água.

– Liguei a água esta manhã. Mas vou desligá-la antes que Sophia chegue.

A mãe revirou os ovos no prato.

– Vou precisar que você me ajude com os clientes no próximo fim de semana.

Foi o modo como a mãe falou que o fez perceber que ela havia planejado isso o tempo todo e esse era o motivo de ter ficado na mesa com ele.

– Você sabe que não estarei aqui no sábado – disse Luke. – Estarei em Knoxville.

– Para montar de novo – disse ela.

– É o último evento do ano.

– Então, por que ir? Os pontos não vão contar. – A voz dela estava começando a adquirir um tom áspero.

– Não é pelos pontos. Não quero começar a nova temporada me sentindo despreparado. – Mais uma vez, a conversa morreu, restando apenas os sons dos garfos nos pratos. – Eu venci na noite passada – observou ele.

– Bom para você.

– Vou depositar o cheque na sua conta na segunda-feira.

– Fique com o dinheiro – disparou ela. – Não quero.

– E a fazenda?

Quando a mãe o olhou, Luke viu menos raiva do que esperara. Viu resignação, talvez até tristeza, realçada por um cansaço que a fazia parecer mais velha do que era.

– Eu não me importo com a fazenda. Eu me importo com meu filho.

Depois do café da manhã, Luke cortou lenha por uma hora e meia, reabastecendo a pilha ao lado da casa da mãe. Ela o estava evitando de novo, e embora isso o incomodasse, a simples atividade de mover o machado em uma linha curva já o fazia se sentir melhor, relaxando seus músculos e o deixando livre para pensar em Sophia.

Ela já tinha certo poder sobre ele – Luke não conseguia se lembrar da última vez que isso acontecera. Pelo menos não desde Angie, mas mesmo daquela vez não foi como agora. Ele gostara de Angie, mas não se lembrava de ter se concentrado tanto nela como estava fazendo com Sophia. Na verdade, até a última noite não podia nem mesmo imaginar que isso aconteceria. Depois que seu pai morreu, ele teve que fazer um grande esforço para manter concentração suficiente para montar. Quando a tristeza diminuiu, a ponto de conseguir passar um dia ou dois sem pensar no pai, dedicou-se a se tornar o melhor peão que poderia ser. Durante seus anos em turnê isso era tudo em que conseguia pensar, e a cada sucesso aumentava seu nível de exigência, empenhando-se ainda mais em vencer todos os rodeios.

Esse tipo de compromisso não deixava muito espaço para relacionamentos, exceto de curto prazo, sem importância. O último ano e meio mudara isso. Nada de viagens e treinos, e embora sempre houvesse algo a fazer na fazenda, ele estava acostumado com isso. Fazendeiros bem-sucedidos sabiam eleger prioridades. E ele e a mãe também sabiam. Isso lhe dera mais tempo para pensar, mais tempo para se perguntar sobre o futuro, e pela primeira vez em sua vida ele às vezes terminava o dia ansiando por alguém com quem conversar durante o jantar, além da mãe.

Embora isso não dominasse seus pensamentos, não podia negar que queria encontrar alguém. O único problema era que não tinha a menor ideia de como... E agora que voltara a montar andava ocupado e distraído.

Então, do nada, e quando ele menos esperava, conhecera Sophia. Apesar de ter passado a maior parte da manhã pensando nela e se perguntando como seria deslizar as mãos por seus cabelos, suspeitava que aquilo não fosse durar. Eles não tinham nada em comum. Sophia estava na universidade – estudando história da arte – e depois da formatura iria trabalhar em um museu em outra cidade. Estava na cara que eles não tinham nenhuma chance, mas a imagem de Sophia sentada na carroceria da caminhonete sob as estrelas não lhe saía da cabeça, e Luke se perguntava se talvez, apenas talvez, houvesse uma possibilidade de eles de algum modo conseguirem fazer aquilo dar certo.

Lembrou-se de que mal se conheciam e provavelmente ele estava imaginando coisas que não existiam. Contudo, tinha que admitir que estava nervoso com a visita dela.

Depois de cortar a lenha, Luke se pôs a prumo, contornou a casa e entrou no Gator para desligar a água. Depois foi depressa ao armazém para reabastecer a geladeira. Não tinha certeza de que Sophia entraria na casa, mas, se entrasse, queria estar preparado.

Mesmo debaixo do chuveiro, descobriu que não conseguia parar de pensar nela. Erguendo o rosto para o jato de água, perguntou-se o que tinha dado nele.

Às 13h15 Luke estava sentado em uma cadeira de balanço na varanda quando ouviu o som de um carro vindo devagar pela longa estrada de terra, levantando poeira até a copa das árvores. Cachorro estava aos seus pés, perto das botas de caubói que Luke encontrara no armário da mãe. O animal se sentou e ergueu as orelhas antes de olhar para Luke.

– Vá buscá-la – disse ele, e Cachorro imediatamente se afastou trotando.

Luke pegou as botas e saiu da varanda para o gramado. Acenou com seu chapéu ao se aproximar da entrada principal, esperando que Sophia o visse através dos arbustos que ladeavam a estrada. Se passasse direto, iria parar na casa de fazenda. Para chegar à dele, precisaria passar por uma abertura nas árvores e seguir um caminho de relva batida. Era difícil avistá-lo se você não soubesse onde ficava, e seria bom cobri-lo de cascalho, mas esse era outro item na lista de coisas a fazer que nunca conseguia terminar. Ele não tinha achado a tarefa muito importante, mas agora, com Sophia se aproximando e seu coração batendo mais rápido que de costume, desejou ter feito isso.

Felizmente, Cachorro sabia o que fazer. Havia corrido na frente e se posicionado na entrada principal como uma sentinela até Sophia parar o carro. Em seguida latira de modo autoritário antes de voltar trotando para Luke. Ele voltou a acenar com seu chapéu, enfim chamando a atenção de Sophia, que mudou de direção. Um momento depois, parou debaixo de uma grande magnólia.

Ela saiu do carro, usando jeans desbotados rasgados nos joelhos, parecendo fresca como o próprio verão. Com olhos parecidos com os de um gato e uma estrutura óssea ligeiramente eslava, estava ainda mais bonita à luz do sol do que na noite anterior, e tudo que Luke conseguiu fazer foi olhar para ela. Teve a estranha sensação de que, no futuro, sempre que pensasse em Sophia, seria dessa imagem que se lembraria. Ela era muito bonita, refinada e exótica para esse ambiente rural, mas quando deu aquele sorriso largo e amigável, ele sentiu algo em seu peito, como o sol se elevando sobre a neblina.

– Desculpe-me pelo atraso – disse Sophia ao fechar a porta, sem demonstrar nem de longe o nervosismo que ele sentia.

– Não faz mal – disse Luke, pondo novamente seu chapéu e enfiando as mãos nos bolsos.

– Peguei um retorno errado e precisei voltar um pouco. Mas tive a chance de dirigir por King.

– E aí?

– Você estava certo. A cidade não é nada sofisticada, mas as pessoas são gentis. Um velho em um banco me disse o caminho certo. Como você está?

– Bem – respondeu Luke, erguendo os olhos.

Se ela percebeu quanto ele estava nervoso, não o demonstrou.

– Você terminou tudo o que tinha para fazer?

– Conferi o gado, cortei um pouco de lenha e busquei algumas coisas no armazém.

– Isso parece ótimo – disse Sophia.

Pondo a mão nos olhos para protegê-los do sol, ela girou lentamente, examinando o lugar. A essa altura Cachorro tinha vindo trotando e se apresentado, andando ao redor das pernas dela.

– Esse deve ser o Cachorro.

– O próprio.

Sophia se agachou, acariciando o animal atrás das orelhas. Ele abanou o rabo, satisfeito.

– Você tem um nome terrível, Cachorro – sussurrou ela, dando-lhe muita atenção. Ele balançou o rabo com mais força. – É bonito aqui. É tudo seu?

– Da minha mãe. Mas, sim, tudo faz parte da fazenda.

– Qual é o tamanho dela?

– Tem um pouco mais de 800 acres – respondeu Luke.

Sophia franziu as sobrancelhas.

– Sabe, isso não significa nada para mim. Sou de Nova Jersey. Uma garota da cidade, lembra-se?

Luke gostou do modo como ela disse isso.

– Que tal isto: a fazenda começa na estrada onde você entrou e continua por 2,5 quilômetros naquela direção, terminando no rio. A terra tem a forma de um leque, mais estreita na estrada e se alargando rumo ao rio, onde tem mais de 3 quilômetros de largura.

– Isso ajuda – disse Sophia.

– Mesmo?

– Não muito. Quantos quarteirões mais ou menos?

A pergunta de Sophia o pegou desprevenido e ela riu da expressão de Luke.

– Não tenho a menor ideia.

– Estou brincando – disse Sophia, se levantando. – Mas isso é impressionante. Nunca estive em uma fazenda. – Apontou para a casa atrás dela. – E aquela é a sua casa?

Luke se virou, seguindo o olhar de Sophia.

– Eu a construí há alguns anos.

– Quando diz que a construiu...

– Fiz quase tudo, exceto as partes elétrica e hidráulica. Não tenho licença para isso. Mas o projeto e a estrutura foram feitos por mim.

– É claro que sim – disse Sophia. – E aposto que se meu carro quebrar você também saberá consertá-lo.

Ele observou o carro, estreitando os olhos.

– Provavelmente.

– Você é... um homem à moda antiga. Um homem de verdade. Muitos caras não sabem mais fazer essas coisas.

Luke não soube dizer se ela estava impressionada ou zombando dele, mas percebeu que gostava do modo como o deixava ligeiramente desestabilizado. De alguma forma aquilo a fazia parecer mais velha do que a maioria das outras garotas que ele conhecia.

– Estou feliz por você ter vindo – disse ele.

Por um momento pareceu que ela não sabia como interpretar seu comentário.

– Também estou feliz. Obrigada por me convidar.

Luke pigarreou, pensando naquilo.

– Eu pensei em lhe mostrar a fazenda.

– A cavalo?

– Há um lugar bonito perto do rio – explicou ele, sem responder diretamente à pergunta.

– É romântico?

Luke também não soube como responder a isso.

– Acho... Eu gosto de lá – disse ele, hesitante.

– Isso basta para mim – falou Sophia, rindo. Apontou para as botas que ele estava segurando. – Devo calçá-las?

– São da minha mãe. Não sei se vão servir, mas a ajudarão com os estribos. Coloquei meias dentro. São minhas e provavelmente muito grandes, mas estão limpas.

– Confio em você – disse ela. – Se é capaz de consertar carros e construir casas, tenho certeza de que sabe lidar com uma máquina de lavar. Posso experimentar as botas?

Luke entregou-as a Sophia e tentou não se maravilhar com a modelagem de seus jeans enquanto ela ia para a varanda. Cachorro a seguia, abanando o rabo e com a língua para fora, como se tivesse encontrado sua nova melhor amiga. Assim que Sophia se sentou, Cachorro começou a esfregar novamente o focinho na mão dela, o que Luke interpretou como um bom sinal – normalmente ele não era tão amigável. Da sombra, viu Sophia tirar as sandálias rasteiras. Ela se moveu com uma graça fluida, puxando as meias e deslizando seus pés confortavelmente para dentro das botas. Ficou em pé e tentou dar alguns passos.

– Nunca usei botas de caubói – disse, olhando para seus pés. – Como estou?

– Parece alguém usando botas.

Ela deu uma risada espontânea e ressonante e começou a andar pela varanda, olhando novamente para as botas em seus pés.

– Acho que sim. – Ela se virou para ele. – Pareço uma vaqueira?

– Para isso precisa de um chapéu.

– Deixe-me experimentar o seu – disse Sophia, estendendo a mão.

Luke andou na direção dela e tirou o chapéu, sentindo-se menos no controle do que com os touros na noite passada. Entregou-o para Sophia, que o pôs na cabeça, inclinando-o um pouco para trás.

– Que tal?

Perfeita, pensou Luke, mais perfeita que qualquer garota que ele já vira. Sorriu, apesar da súbita secura em sua boca, pensando: estou com um problema sério.

– Agora você parece uma vaqueira.

Sophia sorriu, obviamente feliz.

– Acho que vou ficar com este chapéu hoje. Se você não se importar.

– Tenho vários – disse Luke, mal ouvindo a própria voz. Ele se remexeu, tentando permanecer centrado. – Como foi na noite passada? – perguntou. – Eu queria saber se você teve mais algum problema.

Sophia desceu da varanda.

– Foi bem. Marcia estava no mesmo lugar em que a deixei.

– Brian a incomodou?

– Não – respondeu ela. – Acho que teve medo de você ainda estar por perto. Além disso, não ficamos muito tempo lá. Cerca de meia hora, só. Eu estava cansada. – Àquela altura, Sophia estava perto dele. – Gostei das botas e do chapéu. São confortáveis. Acho que deveria agradecer à sua mãe. Onde ela está?

– Ela está na casa principal. Mas posso dar o recado a ela mais tarde.

– O quê? Você não quer que eu a conheça?

– Não é isso... Ela está um pouco zangada comigo.

– Por quê?

– É uma longa história.

Sophia ergueu a cabeça para ele.

– Você disse a mesma coisa na noite passada quando eu lhe perguntei por que montava touros – observou. – Acho que você diz "É uma longa história" quando na verdade quer dizer "Não quero falar sobre isso". Estou certa?

– Não quero falar sobre isso.

Ela riu, corando de prazer.

– Então, o que vamos fazer agora?

– Acho que podemos ir para o celeiro – disse Luke. – Você disse que queria vê-lo.

Sophia arqueou uma sobrancelha.

– Você sabe que na verdade eu não vim aqui para ver o celeiro, não é?

7

Sophia

O.k., pensou ela assim que as palavras saíram de sua boca. Talvez tivesse se precipitado.

Ela pôs a culpa em Marcia. Se na noite anterior e durante toda aquela manhã a amiga não a tivesse enchido de perguntas sobre o que acontecera na véspera e o fato de estar indo à fazenda; se ao menos não tivesse vetado as duas últimas roupas que ela escolhera, o tempo todo repetindo "Não posso acreditar que você vai cavalgar com aquele bonitão!", Sophia não teria ficado tão nervosa. Colírio para os olhos. Sexy. Bonitão. Marcia insistia em usar estas palavras em vez do nome dele. "Então o Sr. Colírio Para os Olhos foi até você e a salvou, foi?" "Sobre o que você e o bonitão conversaram?" "Ele é tão sexy!" Não era de admirar que ela tivesse se perdido no caminho. Quando chegou à entrada para automóveis, sentiu uma pequena gota de suor escorrendo pelo peito. Não estava exatamente ansiosa, mas, sem dúvida, tensa, e sempre que isso acontecia falava muito e se via aceitando conselhos de pessoas como Marcia e Mary-Kate. Mas às vezes seu velho eu se impunha e ela dizia coisas que era melhor não falar. Como hoje. E na noite anterior, quando disse que gostaria de cavalgar.

E Luke também não tinha ajudado. Fora até o carro dela com aquela camisa macia de cambraia e jeans, os cachos castanhos tentando escapar do chapéu. Mal erguera aqueles olhos azuis de cílios longos, surpreendendo-a com sua timidez, e ela sentiu uma leve agitação na barriga. Gostava dele... *De verdade*. Mais do que isso, porém, por algum motivo confiava nele. Tinha a impressão de que o mundo de Luke era regido por uma consciência de certo e errado, que ele tinha integridade. Não estava preocupado em fingir ser alguém que não era, e o rosto dele era um livro aberto. Quando ela o surpreendia, podia perceber isso na mesma hora; quando o provocava, ele ria de si mesmo com facilidade. Quando Luke enfim mencionou o celeiro... bem, ela simplesmente não pôde se conter.

Embora Sophia achasse que havia detectado algo parecido com um rubor, Luke apenas baixou a cabeça e entrou para pegar outro chapéu. Quando voltou, eles caminharam lado a lado, em um ritmo confortável. Cachorro correu à frente e então voltou depressa para junto deles antes de disparar em outra direção, como um feixe de energia em movimento. Pouco a pouco Sophia sentiu a ansiedade desaparecer. Eles contornaram as altas árvores em volta da casa, indo para a entrada principal. Quando a paisagem se abriu à sua frente, ela viu a casa da fazenda atrás do bosque, a grande varanda coberta e as venezianas pretas. Para além dela ficavam o velho celeiro e os pastos viçosos aninhados entre onduladas colinas verdejantes. À distância, as margens de um pequeno lago estavam pontilhadas de gado, montanhas de picos azuis esfumaçados perto do horizonte emolduravam a paisagem como num cartão-postal. Do lado oposto da estrada havia pinheiros de Natal plantados em fileiras retas e perfeitas. Uma brisa passava por eles, produzindo um som sibilante suave e musical.

– Não posso acreditar que você cresceu aqui – sussurrou Sophia, inalando todo o ar que podia. Apontou para a casa. – É lá que sua mãe mora?

– Na verdade, eu nasci naquela casa.

– O quê? Nenhum cavalo é rápido o suficiente para chegar ao hospital?

Luke riu, parecendo mais relaxado desde que deixaram a casa dele.

– Havia uma parteira na fazenda ao lado. Ela é grande amiga da minha mãe e esse foi um bom modo de economizar. Ela é assim... quero dizer, como a minha mãe. Econômica.

– Até com o parto?

– Não sei ao certo se minha mãe tinha medo disso. Morando em uma fazenda, tinha visto muitos partos. Além do mais, ela também nasceu aqui, então, provavelmente, pensou que não havia problema.

Sophia sentiu o cascalho sendo esmagado sob suas botas.

– Há quanto tempo sua família é dona da fazenda? – perguntou.

– Muito. Meu bisavô comprou a maior parte na década de 1920 e então, quando houve a Depressão, pôde expandi-la. Ele era um ótimo negociante. A partir daí, a fazenda se tornou do meu avô e, depois, da minha mãe. Ela a assumiu quando tinha 22 anos.

Enquanto ouvia a resposta dele, Sophia olhou ao redor, impressionada com o quanto o lugar era remoto, apesar da proximidade da rodovia. Eles passaram pela casa da fazenda. Do outro lado, havia construções menores de madeira cercadas e castigadas pelo tempo. Quando o vento mudou de direção, Sophia sentiu o cheiro de coníferas e carvalho. Tudo na fazenda era uma revigorante mudança em relação ao campus, onde ela passava a maior parte do tempo. Como Luke, pensou, mas tentou não se deter nesse pensamento.

– E quanto àquelas construções? – perguntou, apontando.

– A mais próxima é o galinheiro. A de trás é o chiqueiro. Não temos muitos porcos, só três ou quatro de cada vez. Como eu disse ontem à noite, criamos principalmente gado.

– Quantos animais vocês têm?

– Mais de duzentos pares – respondeu Luke. – Também temos nove touros.

Ela franziu a testa.

– Pares?

– Uma vaca adulta e seu bezerro.

– Então por que você não diz apenas que tem quatrocentos?

– Porque é assim que os contamos. Para você saber o tamanho do rebanho que tem para vender no ano. Nós não vendemos os bezerros. Outros vendem, e representa carne de vitela, mas somos mais conhecidos por nossa criação orgânica alimentada no pasto. Nossos principais clientes são restaurantes sofisticados.

Eles acompanharam a cerca, aproximando-se de um velho carvalho com galhos espalhados em todas as direções, como uma aranha. Ao passarem sob a copa, foram saudados por estridentes gorjeios de pássaros emitindo seus avisos. Sophia olhou para o celeiro conforme se aproximavam, percebendo que Luke não estivera brincando. Parecia abandonado, toda a estrutura levemente inclinada e sustentada por tábuas podres. Havia hera e kudzu subindo pelas laterais e uma parte da cobertura não tinha uma telha sequer.

Luke inclinou a cabeça para o celeiro.

– O que você acha?

– Já pensou em acabar com ele só por misericórdia?

– É mais forte do que parece. Só o mantemos assim para impressionar.

– Talvez – disse ela com uma expressão cética. – Ou você nunca encontrou tempo para consertá-lo.

– Do que está falando? Devia tê-lo visto antes dos reparos.

Sophia sorriu. Ele se achava muito engraçado.

– É aí que você guarda os cavalos?

– Está brincando? Eu não os deixaria nessa armadilha mortal.

Dessa vez, ela não conteve o riso.

– Então, para que você usa o celeiro?

– Armazenagem. O touro mecânico está lá, e é onde treino. Além dele, está cheio de coisas quebradas: caminhonetes, um trator da década de 1950, bombas para poço usadas, bombas de calor, motores desmontados. Quase tudo é sucata, mas, como eu disse, minha mãe é econômica. Às vezes encontro uma peça de que preciso para consertar algo.

– Isso acontece com frequência? Encontrar alguma coisa?

– Não. Mas não posso encomendar uma peça antes de procurar. É uma das regras da minha mãe.

Para além do celeiro havia um pequeno estábulo, aberto em um dos lados para um curral de médio porte. Três cavalos de peito grande os acompanhavam com os olhos enquanto eles se aproximavam. Sophia observou Luke abrindo a porta do estábulo e tirando três maçãs de um saco que carregava.

– Cavalo! Venha aqui! – chamou e, à sua ordem, um alazão veio até ele, lentamente. Os dois animais mais escuros o seguiram.

– Cavalo é o meu – explicou Luke. – Os outros são Amigo e Demônio.

Sophia se retraiu, franzindo a testa de preocupação.

– Acho que eu deveria montar o Amigo, não é?

– Não – disse Luke. – Ele morde e tentará derrubá-la. É terrível com todo mundo, menos com a minha mãe. Demônio, por outro lado, é um doce.

Sophia balançou a cabeça.

– Qual é o seu problema com os nomes de animais?

Ela se virou de novo na direção do pasto e Cavalo se aproximou de lado, fazendo-a se sentir pequena. Ela recuou rapidamente, embora o animal, concentrado em Luke e nas maçãs, não parecesse notá-la.

– Posso acariciá-lo?

– É claro – disse Luke, estendendo a maçã. – Ele gosta que esfreguem seu focinho. E cocem atrás de suas orelhas.

Sophia não estava pronta para tocar o focinho de Cavalo, mas passou os dedos com suavidade atrás das orelhas dele, vendo-as se inclinar de prazer, embora Cavalo continuasse a mastigar a maçã ruidosamente.

Luke levou Cavalo para uma baia e Sophia o observou preparando-o para ser montado: pondo-lhe as rédeas, a manta e, por fim, a sela, cada movimento experiente e automático. Ao trabalhar, seus jeans se ajustavam quando ele se inclinava. Sophia sentiu um calor no rosto. Luke era o homem mais sexy que já vira. Desviou depressa o olhar, fingindo estudar as vigas enquanto ele terminava e se virava para encilhar Demônio.

– O.k. – disse Luke, ajustando o comprimento dos estribos. – Está pronta?

– Para ser sincera, não – admitiu ela. – Mas vou tentar. Tem certeza de que ele é um doce?

– É como um bebê – assegurou-lhe Luke. – Basta pôr a mão no chifre da sela e o pé esquerdo no estribo. Depois é só passar a outra perna por cima.

Sophia fez o que ele disse, subindo no cavalo, embora seu coração começasse a disparar. Enquanto tentava se acomodar, ocorreu-lhe que o animal abaixo dela era como um músculo gigante pronto para se contrair.

– Hmm... é mais alto do que eu achei que seria.

– Você vai ficar bem – disse Luke, entregando-lhe as rédeas.

Antes que Sophia pudesse protestar, ele já estava em cima de Cavalo, muito à vontade.

– Para montar Demônio não é preciso ter muita experiência – disse Luke. – É só tocar as rédeas no pescoço dele que se virará para você, assim. E para fazê-lo andar, apenas bata com os calcanhares nos flancos dele. Para fazê-lo parar, puxe as rédeas.

Ele demonstrou aquilo algumas vezes, certificando-se de que ela havia entendido.

– Você sabe que essa é minha primeira vez, não é? – perguntou Sophia.

– É, você me disse.

– Então, só para ficar claro, não estou a fim de fazer nenhuma loucura. Não quero cair. Uma das minhas colegas da irmandade quebrou o braço montando um desses animais e não quero ficar imobilizada por gesso com um monte de trabalhos para fazer.

Luke coçou o queixo, esperando.

– Terminou? – perguntou.

– Só estou estabelecendo umas regras básicas.

Ele suspirou e balançou a cabeça, divertindo-se.

– Garotas da cidade – disse.

Com um movimento de seu punho, Cavalo se virou e começou a andar. Um momento depois Luke se inclinou e ergueu o trinco do portão, deixando-o aberto. Passou por ele, a baia bloqueando a linha de visão de Sophia.

– Você deveria me seguir – gritou.

Com o coração ainda acelerado e a boca seca, Sophia respirou fundo. Não havia nenhum motivo para não conseguir fazer aquilo. Ela sabia andar de bicicleta. Não era muito diferente, certo? As pessoas andavam a cavalo todos os dias. *Criancinhas* montavam, então não podia ser tão difícil. E mesmo que fosse, e daí? Ela conseguiria. Literatura inglesa com o professor Aldair era difícil. Trabalhar catorze horas na delicatéssen aos sábados quando todas as suas amigas estavam indo para a cidade era difícil. Deixar Brian ter o poder de fazê-la sofrer... Isso fora muito difícil. Tomando coragem, ela sacudiu as rédeas e bateu com os calcanhares nos flancos de Demônio.

Nada.

Bateu de novo.

Ele agitou as orelhas, mas permaneceu imóvel como uma estátua.

O.k., isso não é tão fácil, pensou ela. Obviamente, Demônio queria ficar em casa.

Luke e Cavalo entraram de novo em seu campo de visão. Luke ergueu a aba do chapéu.

– Você vem? – perguntou.

– Ele não quer se mexer – explicou Sophia.

– Dê uma pancadinha nele e lhe diga o que você quer que faça. Use as rédeas. Ele precisa sentir que você sabe o que está fazendo.

Sem chance, pensou Sophia. Não tenho a menor ideia do que estou fazendo. Bateu com os calcanhares nele de novo. Nada.

Luke apontou para o cavalo como um professor repreendendo uma criança.

– Pare de enrolar, Demônio – vociferou. – Você está assustando Sophia. Venha aqui.

Como que por milagre, as palavras dele foram suficientes para fazer o animal se mover sem que Sophia fizesse absolutamente nada. Mas como ela foi pega desprevenida, escorregou para trás na sela e, ao tentar manter o equilíbrio, se inclinou para a frente por instinto.

Demônio agitou as orelhas de novo, como se estivesse se perguntando se a coisa toda era algum tipo de pegadinha.

Sophia segurou as rédeas com as mãos, pronta para fazê-lo se virar, mas Demônio não precisou dela. Passou pelo portão, relinchando para Cavalo, e parou esperando Luke fechar o portão e voltar para seu lado.

Luke manteve Cavalo em um ritmo lento porém constante e Demônio se contentou em andar do lado dele sem nenhum esforço da parte de Sophia. Eles atravessaram a estrada e entraram em um caminho que ladeava a última fileira de árvores de Natal.

O cheiro dos abetos era mais forte ali, lembrando-a de seus Natais. Pouco a pouco ela se acostumava com o ritmo do cavalo e sentiu seu corpo ficar mais leve e sua respiração voltar ao normal.

A alameda deu lugar a uma fina faixa de floresta, talvez do tamanho de um campo de futebol. Os cavalos seguiram colina acima pela trilha coberta de folhagem, quase no piloto automático, e depois colina abaixo, embrenhando-se mais em um mundo selvagem. Atrás deles, a fazenda ia desaparecendo de vista, fazendo-a se sentir como se estivesse em uma terra distante.

Luke se contentou em deixá-la sozinha com seus pensamentos, enquanto passavam por entre as árvores. Cachorro corria à frente, com o focinho no chão, desaparecendo e reaparecendo ao virar de um lado para o outro. Sophia se agachou para evitar um galho baixo e pelo canto do olho viu Luke se inclinar para evitar outro, o chão se tornava mais pedregoso e densamente coberto. Amoreiras silvestres e azevinhos cresciam em grupos, abraçando os troncos de carvalhos cobertos de musgo. Esquilos corriam pelos galhos de castanheiras americanas, guinchando, e raios de sol dispersos se infiltravam pela folhagem, fazendo o ambiente parecer o de um sonho.

– É lindo aqui – disse Sophia, sua voz soando estranha aos seus próprios ouvidos.

Luke se virou em sua sela.

– Eu esperava que você fosse gostar.

– Esta terra também é sua?

– Parte dela. Nós a dividimos com uma fazenda vizinha. Serve como proteção e limite da propriedade.

– Você anda muito a cavalo aqui?

– Antigamente eu andava. Mas nos últimos tempos só venho aqui quando uma das cercas quebra. Às vezes o gado vem nesta direção.

– E eu achando que você fazia isso com todas as garotas.

Ele balançou a cabeça.

– Nunca trouxe nenhuma garota aqui.

– Por que não?

– Acho que nunca pensei nisso.

Ao se dar conta do que tinha dito, Luke pareceu tão surpreso quanto Sophia. Cachorro veio trotando se certificar de que eles estavam bem e depois se afastou de novo.

– Então, me fale sobre sua ex-namorada. Angie, não era?

Ele mudou ligeiramente de posição, sem dúvida surpreso por Sophia lembrar.

– Não há muito a contar. Como eu lhe disse, foi apenas uma coisa do ensino médio.

– Por que terminou?

Luke pareceu refletir sobre a pergunta antes de responder:

– Eu saí em turnê uma semana depois de concluir o ensino médio. Naquela época, não podia me dar ao luxo de ir de avião para os eventos, por isso passava muito tempo na estrada. Eu saía na quinta-feira e só voltava para casa na segunda ou terça. Havia semanas em que nem voltava. Não a culpo por querer algo diferente. Especialmente porque aquilo não parecia que ia mudar.

Sophia assimilou a informação.

– Como isso funciona? – perguntou, se remexendo em sua sela. – Quero dizer, se você quiser ser um peão de rodeio. O que tem que fazer para isso?

– Na verdade não há muito o que fazer – respondeu ele. – Você compra seu cartão com o PBR...

– PBR? – perguntou ela, interrompendo-o.

– Professional Bull Riders – disse Luke. – Eles organizam os eventos. Basicamente, você se inscreve e paga a taxa. Quando chega ao evento, eles trazem um touro e o deixam montá-lo.

– Quer dizer que qualquer um pode tentar? Se eu tivesse um irmão e ele decidisse que queria montar amanhã, poderia?

– Sim.

– Isso é ridículo. E se a pessoa não tiver experiência alguma?

– Então acho que vai se machucar.

– Você acha?

Luke sorriu e coçou a cabeça sob a aba do chapéu.

– Sempre foi assim. No rodeio, a maior parte do prêmio em dinheiro vem dos próprios competidores. Isso significa que os que são bons nisso gostam quando outros peões não são tão bons. Eles têm mais chance de sair do evento com dinheiro no bolso.

– Parece um pouco cruel.

– De que outro jeito poderia ser? Pode-se praticar quanto quiser, mas o único modo de saber se você sabe montar é tentando.

Sophia se perguntou quantos dos peões da noite anterior eram estreantes.

– O.k., alguém se inscreve em um evento e digamos que seja como você e acabe ganhando. O que acontece depois?

Luke deu de ombros.

– Montar touros é um pouco diferente do rodeio tradicional. Hoje em dia os peões de touros fazem as próprias turnês, mas na verdade são dois tipos de turnê. Há a grande, que é a que aparece na televisão o tempo todo, e as pequenas, como ligas secundárias. Se você ganhar pontos suficientes nas ligas secundárias, é promovido para a grande liga, que é onde está o dinheiro de verdade.

– Ontem à noite?

– O evento de ontem à noite foi de uma turnê pequena.

– Você já montou na grande?

Ele se abaixou, acariciando o pescoço de Cavalo.

– Montei durante cinco anos.

– Como se saiu?

– Tive sorte.

Sophia avaliou a resposta dele, lembrando-se de que Luke dissera a mesma coisa na noite anterior, quando vencera.

– Por que tenho a sensação de que você é muito melhor do que dá a entender?

– Não sei.

Ela o examinou.

– Você bem que poderia me dizer quanto era bom. Sabe, posso pesquisar no Google.

Luke se aprumou.

– Eu me classifiquei para as finais do PBR durante quatro anos seguidos. Para fazer isso você tem que estar entre os dez melhores.

– Então, em outras palavras, você é um dos melhores.

– Eu era. Agora nem tanto. Estou recomeçando.

A essa altura eles tinham chegado a uma pequena clareira perto do rio e parado os cavalos na margem mais alta. A água se movia lentamente. O rio não era largo, mas Sophia teve a sensação de que era mais fundo do que parecia. Libélulas voavam pela superfície, interrompendo a quietude e provocando minúsculas ondulações que se irradiavam para a margem. Cachorro se deitou, ofegando por conta do exercício, a língua pendurada para fora, de um dos lados do focinho. Para além dele, à sombra de um carvalho retorcido, Sophia reparou no que parecia ser o resto de um antigo acampamento, com uma mesa de piquenique decadente e um forno abandonado cavado no chão.

– Que lugar é este? – perguntou Sophia, ajeitando o chapéu.

– Eu costumava pescar aqui com meu pai. Há uma árvore submersa bem ali, e é um ótimo lugar para pegar bagres. Nós passávamos o dia inteiro aqui. Era o nosso lugar, apenas de nós dois. Minha mãe detesta cheiro de peixe, por isso nós os pescávamos, limpávamos e cozinhávamos aqui antes de levá-los para a casa da fazenda. Às vezes meu pai me trazia aqui depois do treino e nós ficávamos apenas olhando as estrelas. Ele não chegou a terminar o ensino médio, mas sabia o nome de todas as constelações. Passei alguns dos melhores momentos da minha vida aqui.

Sophia acariciou a crina de Demônio.

– Você sente falta dele.

– O tempo todo – disse Luke. – Vir aqui me ajuda a lembrar dele do modo certo. Como ele deveria ser lembrado.

Ela sentiu a perda no tom de Luke, a tensão em sua postura.

– Como ele morreu? – perguntou em voz baixa.

– Estávamos voltando para casa de um evento em Greenville, na Carolina do Sul. Era tarde, ele estava cansado e um veado subitamente atravessou a rodovia correndo. Meu pai não teve tempo de se desviar e o veado entrou pelo para-brisa. A caminhonete capotou três vezes, mas mesmo antes disso já era tarde demais. O impacto quebrou o pescoço dele.

– Você estava com seu pai?

– Fui eu que o tirei das ferragens – respondeu Luke. – Lembro-me de que o segurei e tentei desesperadamente fazê-lo acordar até os paramédicos chegarem.

Sophia ficou pálida.

– Não posso nem imaginar uma coisa dessas.

– Eu também não podia – disse ele. – Em um minuto, estávamos falando sobre minhas montarias e, no seguinte, ele tinha partido. Aquilo não parecia real. Ainda não parece. Porque ele não era apenas meu pai. Era meu treinador, parceiro e amigo. E... – Luke parou, perdido em pensamentos, então balançou a cabeça devagar. – Não sei por que estou lhe contando tudo isso.

– Tudo bem – disse Sophia, com voz suave. – Estou feliz por ter me contado.

Luke agradeceu as palavras dela com um gesto afirmativo de cabeça.

– Como são seus pais? – perguntou.

– São... cheios de paixão. Por *tudo.*

– O que quer dizer?

– Você teria que morar conosco para entender. Eles podem estar apaixonados em um minuto e gritar um com o outro no seguinte, têm opiniões formadas sobre tudo, desde política e meio ambiente até quantos biscoitos deveríamos comer depois do jantar ou que idioma falar naquele dia...

– Idioma? – perguntou ele.

– Meus pais queriam que fôssemos poliglotas, por isso nas segundas-feiras falávamos francês; nas terças, eslovaco; nas quartas, tcheco. Eu e minhas irmãs ficávamos malucas, principalmente quando recebíamos amigos em casa, porque eles não entendiam nada do que dizíamos. E meus pais eram perfeccionistas em relação a notas. Tínhamos que estudar na cozinha, e minha mãe nos fazia perguntas depois de cada exercício. E caso eu tirasse qualquer coisa diferente da nota máxima, eles agiam como se fosse o fim do mundo. Minha mãe torcia as mãos e meu pai me dizia quanto estava desapontado. Eu acabava me sentindo tão culpada que estudava de novo para um teste que já havia feito. Sei que isso era porque eles não queriam que eu lutasse como lutaram, mas às vezes parecia um pouco opressivo. Além do mais, tínhamos que trabalhar na delicatéssen, o que significava que estávamos quase sempre juntos... Quando chegou a época de ir para a faculdade, eu estava ansiosa por tomar minhas próprias decisões.

Luke arqueou uma sobrancelha.

– E você escolheu Brian.

– Agora você está falando como meus pais – disse Sophia. – Eles não gostaram de Brian desde o início. Por mais que fossem doidos em algumas coisas, eram bastante espertos. Eu devia ter dado ouvidos a eles.

– Todos cometem erros – disse Luke. – Quantos idiomas você fala?

– Quatro – respondeu Sophia, empurrando para cima a aba de seu chapéu do mesmo modo como ele fizera. – Mas isso inclui o inglês.

– Eu falo um e isso inclui o inglês.

Sophia sorriu, gostando do comentário de Luke. Gostando dele.

– Não sei quanto isso me será útil. A menos que vá trabalhar num museu na Europa.

– Você quer fazer isso?

– Talvez. Não sei. Neste momento, eu estaria disposta a trabalhar em qualquer lugar.

Luke ficou quieto quando ela terminou, assimilando o que ela dissera.

– Ouvir você me faz desejar ter levado a escola mais a sério. Não fui um mau aluno, mas também não fui brilhante. Não me esforcei muito para isso. Mas agora não posso deixar de pensar que deveria ter ido para a universidade.

– Acho que é muito mais seguro do que montar touros.

Embora Sophia pretendesse fazer uma piada, ele não riu.

– Você está certa.

Depois de saírem da clareira perto do rio, Luke a levou em um demorado passeio pelo restante da fazenda, a conversa deles passando de um assunto para outro e Cachorro sempre vagando por perto. Eles cavalgaram entre as árvores de Natal, passaram pelas colmeias e Luke a conduziu pelo pasto ondulado usado pelo gado. Eles falaram sobre tudo, do tipo de música que gostavam a seus filmes favoritos e as impressões de Sophia sobre a Carolina do Norte. Ela lhe contou sobre suas irmãs e como foi ser criada em uma cidade, e também sobre a vida no campus isolado da Wake. Embora seus mundos fossem totalmente diferentes, Sophia ficou surpresa ao descobrir que Luke parecia achar o mundo dela tão fascinante quanto ela achava o dele.

Mais tarde, quando Sophia já se sentia um pouco mais confiante na sela, guiou Demônio em um trote e finalmente a meio-galope. Luke cavalgou ao seu lado o tempo todo, pronto para segurá-la se ela estivesse prestes a cair, dizendo-lhe quando estava se inclinando demais para a frente ou para trás e a lembrando de manter as rédeas soltas. Ela odiou trotar, mas quando o cavalo entrou em meio-galope, achou mais fácil se ajustar ao ritmo constante e cadenciado. Eles cavalgaram de uma cerca para a outra e de volta, quatro ou cinco vezes, movendo-se um pouco mais rápido a cada vez. Sentindo-se um pouco mais confiante, Sophia bateu com os calcanhares em Demônio e o incitou a ir ainda mais depressa. Luke foi pego de surpresa e demorou alguns segundos para alcançá-la. Eles correram lado a lado, Sophia deleitando-se com o vento em seu rosto, a experiência assustadora e estimulante. No caminho de volta, incitou Demônio a ir ainda mais rápido, e alguns minutos depois, quando eles enfim pararam os cavalos, começaram a rir, Sophia transbordando adrenalina e medo.

Quando os ataques de vertigem e riso finalmente passaram, eles voltaram para os estábulos. Os cavalos ainda estavam ofegantes e suando, e depois que Luke tirou as selas Sophia o ajudou a escová-los. Deu uma maçã a Demônio, já sentindo as primeiras pontadas de dor nas pernas, mas sem se importar. Ela havia andado a cavalo – cavalgado de verdade! –, e explodindo de orgulho e satisfação, pôs seu braço no de Luke enquanto andavam para a casa.

Caminharam sem pressa, sem necessidade de conversar. Sophia repassou os acontecimentos do dia, feliz por ter vindo. Aparentemente, Luke partilhava sua sensação de paz e contentamento.

Quando se aproximaram da casa, Cachorro disparou na frente na direção da tigela de água na varanda; bebeu, ofegante, e depois desabou sobre a barriga.

– Ele está cansado – disse Sophia, surpresa com o som da própria voz.

– Ele vai ficar bem. Ele me segue quando cavalgo, todas as manhãs.

Luke tirou o chapéu e limpou o suor da testa.

– Gostaria de beber alguma coisa? – perguntou. – Não sei quanto a você, mas eu realmente estou precisando de uma cerveja.

– Parece ótimo.

– Volto em um minuto – prometeu ele, entrando na casa.

Enquanto Luke se afastava, Sophia o observou, tentando entender sua inegável atração por ele. Quem poderia entender a lógica de tudo isso? Ela ainda tentava descobrir quando Luke saiu com duas cervejas geladas.

Ele tirou a tampa e lhe entregou uma garrafa, seus dedos se tocando de leve. Luke apontou para as cadeiras de balanço.

Sophia se sentou e se recostou com um suspiro, o chapéu se inclinando para a frente. Quase se esquecera de que o estava usando. Ela o tirou e o pôs no colo, antes de dar um gole. A cerveja estava gelada e refrescante.

– Você realmente cavalgou bem – disse Luke.

– Você quer dizer para uma iniciante. Ainda não estou pronta para o rodeio, mas foi divertido.

– Você tem um bom equilíbrio natural – observou ele.

Mas Sophia não estava ouvindo. Olhava para a pequena vaca que surgira contornando a casa. O animal parecia estranhamente interessado neles.

– Acho que uma das suas vacas se soltou. – Ela apontou. – Uma pequena.

Ele seguiu o olhar de Sophia, sua expressão revelando um carinhoso reconhecimento.

– Essa é a Banho de Lama. Não sei como ela faz isso, mas vem aqui algumas vezes por semana. Há um buraco em algum lugar da cerca, mas ainda não o encontrei.

– Ela gosta de você.

– Ela me *adora* – corrigiu Luke. – Em março deste ano tivemos um período de chuva e frio e ela ficou presa na lama. Passei horas tentando puxá-la e tive que lhe dar mamadeira durante alguns dias. Desde então ela vem aqui regularmente.

– Isso é maravilhoso – disse Sophia, tentando não olhar para ele, mas achando difícil evitar. – Você tem uma vida interessante aqui.

Luke tirou o chapéu e penteou os cabelos com os dedos antes de tomar outro gole de cerveja. Quando falou, sua voz pareceu perdida na costumeira reserva à qual ela se habituara.

– Posso lhe dizer uma coisa? – Um longo momento se passou antes de ele continuar: – E não quero que me interprete mal.

– O que é?

– Você faz isso parecer muito mais interessante do que é na verdade.

– Do que está falando?

Luke começou a mexer no rótulo de sua garrafa, soltando-o com o polegar, e Sophia teve a impressão de que ele estava mais esperando que a resposta lhe ocorresse do que de fato a procurando, quando ele se virou para ela.

– Acho que você é a garota mais interessante que já conheci.

Ela quis dizer alguma coisa, qualquer coisa, mas se sentiu afundando naqueles olhos azuis e ficou sem palavras. Observou-o vindo em sua direção, hesitante por um momento. Luke inclinou ligeiramente a cabeça e a próxima coisa que Sophia soube era que estava inclinando a dela também e seus rostos se aproximavam.

Aquilo não foi longo, não foi ardente, mas assim que seus lábios se uniram ela teve a súbita certeza de que nada jamais parecera tão fácil e certo, o final perfeito para uma tarde perfeita.

8

Ira

Onde estou?

Pergunto-me isso por apenas um segundo antes de mudar de posição no banco e a dor me dar a resposta. É como uma cascata incandescente, como se meu braço e ombro explodissem. Minha cabeça parece vidro estilhaçado e meu peito começou a latejar como se algo pesado tivesse acabado de ser erguido de mim.

Durante a noite, o carro se tornou um iglu. A neve no para-brisa começou a brilhar, o que significa que o sol nasceu. É manhã de segunda-feira, 6 de fevereiro de 2011, e, segundo o mostrador do relógio – tenho que estreitar os olhos para conseguir enxergar –, são 7h20. Na noite passada, o sol se pôs às 17h50 e dirigi na escuridão por uma hora antes de sair da estrada. Estou aqui há mais de doze horas e, embora ainda esteja vivo, há um momento em que não sinto nada além de terror.

Já senti esse tipo de terror. Estranhos não diriam isso olhando para mim. Quando eu trabalhava na loja, com frequência clientes se surpreendiam ao saber que eu estivera na guerra. Nunca mencionei isso e apenas uma vez conversei com Ruth sobre o que me aconteceu. Nunca voltamos a falar sobre o assunto. Naquela época, Greensboro não era a cidade que se tornaria – de muitos modos, ainda era uma cidade pequena e muitas das pessoas com quem cresci sabiam que eu havia sido ferido em combate na Europa. Ainda assim, como eu, elas não tinham muita vontade de falar sobre a guerra depois que tudo acabou. Para algumas, as lembranças eram insuportáveis; para outras, o futuro era simplesmente mais interessante do que o passado.

Mas se alguém tivesse perguntado, eu teria dito que minha história não valia o tempo necessário para ouvi-la. Se ainda assim insistisse em detalhes, eu diria que havia me alistado no U.S. Army Air Corps em junho de 1942 e, depois de ser convocado, embarcara em um trem cheio de outros cadetes com destino ao Army Air Corps Reception Center, em Santa Ana, Califórnia. Foi minha primeira viagem para o Oeste. Passei o mês seguinte aprendendo a seguir ordens, limpar banheiros e marchar adequadamente. Depois fui enviado para a Primary Flight School, na Mira Loma Flight Academy, em Oxnard, onde aprendi os princípios básicos de meteorologia, navegação, aerodinâmica e mecânica. Durante esse tempo também trabalhei com um instrutor e, pouco a pouco, aprendi a voar. Fiz meu primeiro voo solo lá e em três meses acumulara horas de voo suficientes para passar para o próximo estágio de treinamento no Gardner Field, em Taft. Dali fui enviado para Roswell, Novo México, para ainda mais prática de voo e depois de volta para Santa Ana, onde enfim comecei meu treino formal como navegador aéreo. Porém, quando completei o treinamento, ainda não estava pronto. Então fui enviado para o Mather Field, perto de Sacramento, onde frequentei a Advanced Navigation School, para aprender navegação astronômica, com cálculo de posição por meio do uso de referências visuais no solo. Só aí recebi minha patente.

Passaram-se mais de dois meses antes de eu ser enviado para a Europa. Primeiro a tripulação foi para o Texas, onde fomos designados para o B-17 e, por fim, para a Inglaterra. Quando voei em minha primeira missão de combate, em outubro de 1943, havia treinado nos Estados Unidos por quase um ano e meio, tão longe da ação quanto alguém nas Forças Armadas poderia estar.

Isso não é o que as pessoas teriam desejado ouvir, mas foi minha experiência da guerra. Foram treinamentos, transferências e mais treinamento. Havia licenças de fim de semana e uma visita a uma praia da Califórnia, onde vi o Pacífico pela primeira vez. Tive chance de ver as sequoias-gigantes no norte da Califórnia, árvores tão grandes que pareciam além da compreensão. Houve a sensação de assombro quando sobrevoei a paisagem do deserto ao raiar do dia. E também, é claro, havia Joe Torrey, o melhor amigo que já tive.

Nós tínhamos pouco em comum. Ele era um católico de Chicago, um jogador de beisebol com um sorriso com dentes espaçados. Tinha dificuldade em pronunciar uma única frase sem praguejar, mas ria muito e zombava de si mesmo, e todos queriam sua companhia quando obtinham licenças de fim de semana. Queriam que ele participasse de seus jogos de pôquer e fosse para a cidade com eles, já que as mulheres também pareciam achá-lo irresistível. Nunca entendi por que ele frequentemente escolhia passar tempo comigo, mas no fim das contas foi por causa de Joe que sempre me senti incluído. Foi com ele que bebi minha primeira cerveja, sentado no píer de Santa Mônica, e que fumei o primeiro e único cigarro da minha vida. Era com Joe que eu falava nos dias que sentia muita falta de Ruth, e ele sempre me ouvia de um modo que me fazia querer continuar a falar até finalmente começar a me sentir melhor. Joe também tinha uma noiva em casa – uma bela garota chamada Marla – e admitiu que não estava muito interessado no que aconteceria na guerra desde que pudesse voltar para Marla.

Joe e eu acabamos no mesmo B-17. O piloto era o coronel Bud Ramsey, um autêntico herói e gênio na pilotagem. Ele já havia voado em uma rodada de missões de combate e sido designado para uma segunda. Era calmo e controlado nas situações mais angustiantes e sabíamos que tínhamos sorte em tê-lo como comandante.

Minhas reais experiências de guerra começaram em 2 de outubro, quando atacamos de surpresa uma base de submarinos em Emden. Dois dias depois éramos parte de um esquadrão de trezentos bombardeiros convergindo para

Frankfurt. Em 10 de outubro, bombardeamos um cruzamento de ferrovias em Münster e, em 14 de outubro, o dia que se tornou conhecido como Quinta-feira Negra, a guerra acabou para mim.

O alvo era uma fábrica de rolamentos em Schweinfurt. Já tinha sido bombardeada uma vez, alguns meses antes, mas os alemães estavam adiantados nos reparos. Por causa da distância da base, nossos bombardeiros em formação não tinham nenhum suporte de caças, e dessa vez o voo de bombardeio foi antecipado. Os caças alemães surgiram no contorno da costa, seguindo vários esquadrões o tempo todo, e quando estávamos ao alcance do ataque, as explosões do fogo antiaéreo já formavam uma densa fumaça sobre toda a cidade. Mísseis alemães explodiam ao nosso redor em grande altitude, as ondas de choque sacudindo o avião. Tínhamos acabado de despejar nosso carregamento de bombas quando alguns caças inimigos se aproximaram de repente. Vieram de todas as direções, e ao nosso redor bombardeiros começaram a cair, envoltos em fogo, descendo em espiral em direção à terra. Em questão de minutos a formação estava em frangalhos. Nosso atirador foi atingido na testa e caiu para trás na aeronave. Instintivamente, fui para o lugar dele e comecei a atirar, perdendo uns quinhentos projéteis sem causar ao inimigo nenhum dano considerável. Naquele momento, achei que não sobreviveria, mas estava apavorado demais para parar de atirar.

Fomos atingidos pelo fogo inimigo de um lado e depois do outro. De onde estava, vi gigantescos buracos sendo abertos na asa. Quando perdemos um motor, o avião começou a trepidar, o ronco mais alto que eu já ouvira, antes de Bud lutar com os controles. De súbito a asa se inclinou e o avião começou a perder altitude, a fumaça aumentando atrás de nós. Os caças se aproximaram para acabar conosco, e mais fogo antiaéreo atingiu a fuselagem. Caímos 300 metros, depois 600. Mil e quinhentos. Dois mil e quatrocentos. De algum modo Bud conseguiu estabilizar as asas, e como uma criatura mitológica, o avião começou a erguer o nariz. Milagrosamente ainda estávamos voando, mas fora de formação, sozinhos acima do território inimigo – e perseguidos pelo fogo antiaéreo.

Bud havia nos virado na direção de casa, numa tentativa desesperada de fugir, quando o fogo antiaéreo despedaçou a cabine. Joe foi atingido e, por instinto, virou-se para mim. Vi seus olhos se arregalarem, incrédulos, e seus lábios pronunciarem meu nome. Fui até ele, querendo fazer alguma coisa – qualquer coisa –, mas de repente caí, meu corpo perdendo toda a força. Eu não sabia o que tinha acontecido. Naquele momento, não sabia que tinha sido ferido e, sem sucesso, tentei me levantar e ajudar Joe, quando senti uma série de pontadas agudas e ardentes. Olhei para baixo e vi grandes manchas de sangue se espalhando pela parte inferior do meu corpo. O mundo pareceu se fechar ao meu redor, e desmaiei.

Não sei como conseguimos voltar para a base, só sei dizer que Bud Ramsey fez um milagre. Mais tarde, no hospital, disseram-me que pessoas tiraram fotografias do avião depois que pousou, maravilhadas por ter conseguido permanecer no ar. Mas não vi as fotos, nem mesmo quando recuperei as forças.

Disseram-me que era para eu ter morrido. Quando chegamos à Inglaterra, havia perdido mais da metade do meu sangue e estava branco como um fantasma. Meu pulso estava tão fraco que não conseguiram encontrá-lo, mas ainda assim me levaram às pressas para o centro cirúrgico. Não esperavam que eu sobrevivesse àquela noite ou à seguinte. Enviaram um telegrama para meus pais, explicando que eu fora ferido e em breve receberiam mais informações. Por "mais informações" o Air Corps queria dizer outro telegrama, comunicando minha morte.

Mas o segundo telegrama nunca foi enviado, porque, por alguma razão, não morri. Isso não foi a escolha consciente de um herói; eu não era um herói, e permaneci inconsciente. Mais tarde, não consegui me lembrar de um único sonho nem mesmo se tivera algum. Mas de algum modo, no quinto dia após a cirurgia, acordei, meu corpo banhado em suor. Segundo as enfermeiras, estava delirando e gritando de dor. Tive peritonite e mais uma vez fui levado às pressas para o centro cirúrgico. Também não me lembro disso, ou de nenhum dos dias que se seguiram. A febre durou treze dias, e em cada um deles, quando perguntei sobre meu prognóstico, o médico balançou a cabeça. Embora eu não soubesse disso, recebi a visita de Bud Ramsey e membros da tripulação sobreviventes antes de eles serem designados para outro avião. Nesse meio-tempo, um telegrama foi enviado para os pais de Joe Torrey, comunicando a morte dele. A Royal Air Force bombardeou Kassel e a guerra continuou.

Quando chegou novembro, a febre enfim cedeu. Ao abrir os olhos, eu não sabia onde estava. Não me lembrava do que havia acontecido e não parecia conseguir me mover. Senti-me como se tivesse sido queimado vivo e, reunindo todas as minhas forças, consegui sussurrar uma única palavra.

Ruth.

⚜

O sol brilha mais e o vento se torna mais cortante. Ainda assim ninguém vem. O terror que senti antes enfim passou e, na sua ausência, minha mente começa a divagar. Noto que ser enterrado vivo pela neve dentro de um carro não é algo que só acontece comigo. Pouco tempo atrás, no Weather Channel, assisti a um vídeo sobre um homem na Suécia que, como eu, ficou preso em seu carro enquanto a neve aos poucos o enterrava vivo. Isso foi perto de uma cidade chamada Umeå, próxima do Círculo Ártico, onde as temperaturas ficam bem abaixo de zero. Mas, segundo o locutor, o carro se tornou uma espécie de iglu. Ele não teria sobrevivido por muito tempo exposto aos elementos, mas a temperatura dentro do carro podia ser tolerada por longos períodos, especialmente porque o homem estava vestido de modo adequado e tinha um saco de dormir. O surpreendente, porém, não é isso, mas por quanto tempo o homem sobreviveu. Apesar de não ter comida ou água e só comer punhados de neve, os médicos disseram que seu corpo entrou em uma espécie de estado de hibernação. Seu metabolismo se desacelerou o suficiente para ele ser resgatado 64 dias depois.

Meu Deus, lembro-me de ter pensado. *Sessenta e quatro dias*. Quando assisti ao vídeo, mal podia imaginar uma coisa dessas, mas é claro que agora isso assumiu um novo significado. Para mim, dois meses no carro significam alguém me encontrar no início de abril. As azaleias estarão florindo, a neve há muito terá desaparecido e os dias começarão a parecer de verão. Se eu for resgatado em abril, provavelmente será por pessoas jovens usando shorts de caminhada e protetor solar.

Alguém me encontrará antes, tenho certeza. Ainda que isso devesse fazer com que eu me sentisse melhor, não faz. Tampouco me conforta o fato de que a temperatura não está nem de longe tão baixa ou de que tenho dois sanduíches no carro, porque não sou o homem sueco. Ele tinha 44 anos e não estava ferido. Eu tenho 91, estou com o braço e a clavícula fraturados e perdi muito sangue. Temo que qualquer movimento me faça desmaiar e, francamente, meu corpo esteve no modo de hibernação nos últimos dez anos. Se o metabolismo se desacelerar ainda mais, ficarei para sempre na horizontal.

Se há um raio de esperança nisso tudo, é que ainda não estou com fome. Isso é comum nas pessoas da minha idade. Nos últimos anos não tenho tido muito apetite e me esforço para tomar uma xícara de café e comer uma torrada de manhã. Mas estou com sede. Minha garganta parece que foi arranhada, mas não sei o que fazer. Embora haja uma garrafa de água no carro, temo a tortura que será tentar encontrá-la.

E estou com frio, muito frio. Não tremi tanto desde minha estada no hospital, muitos anos atrás. Depois de minhas cirurgias, de a febre ceder e eu achar que meu corpo estava começando a sarar, tive uma forte dor de cabeça e as glândulas da minha garganta começaram a inchar. A febre voltou e senti uma dor lancinante em um lugar em que nenhum homem quer senti-la. No início os médicos esperavam que a segunda febre tivesse relação com a primeira. Mas não tinha. O homem perto de mim apresentou os mesmos sintomas e, em questão de dias, três outros homens em nossa ala adoeceram. Era caxumba, uma doença infantil, mas que nos adultos é muito mais grave. De todos, fui o mais afetado. Fui quem ficou mais fraco, e o vírus atormentou meu corpo durante quase três semanas. Quando chegou naturalmente ao seu fim, eu só pesava 52 quilos e estava tão fraco que não conseguia ficar em pé sem ajuda.

Demorei mais um mês para receber alta, mas não estava autorizado a voar. Estava muito magro e não tinha ninguém da tripulação com quem falar. Soube que Bud Ramsey havia sido alvejado sobre a Alemanha e não houvera sobreviventes. No início o Air Corps não sabia bem o que fazer comigo, mas decidiram me mandar de volta para Santa Ana. Tornei-me treinador de recrutas, trabalhando com eles até a guerra chegar ao fim. Obtive minha baixa em janeiro de 1946, e depois de pegar um trem para Chicago, para prestar homenagem à família de Joe Torrey, voltei para a Carolina do Norte.

Como veteranos de toda parte, eu queria deixar a guerra para trás. Mas não conseguia. Estava zangado e amargo, e odiava o que havia me tornado. Fora a noite sobre Schweinfurt, tinha poucas lembranças de combate, contudo a guerra permanecia comigo. Pelo resto da minha vida carreguei feridas que nenhum homem podia ver, mas eram impossíveis de ser curadas. Joe Torrey e Bud Ramsey foram os melhores homens, e ainda assim morreram, enquanto sobrevivi, e a culpa nunca me deixou por completo. O fogo antiaéreo que rasgara meu corpo tornava muito difícil caminhar nas manhãs frias de inverno, e meu estômago nunca voltou a ser o mesmo. Não posso beber leite ou consumir comida apimentada e nunca consegui recuperar todo o peso que perdi. Não entro em um avião desde 1945 e acho impossível assistir a filmes de guerra. Não gosto de hospitais. Afinal de contas, para mim a guerra – e meu tempo no hospital – mudou tudo.

⚜

– Você está chorando – diz Ruth.

Em outro lugar, em outro tempo, eu enxugaria as lágrimas do rosto com as costas da mão. Mas aqui e agora essa tarefa parece impossível.

– Não percebi – digo.

– Você frequentemente chorava dormindo. Quando nos casamos. Eu o ouvia à noite e o som partia meu coração. Esfregava suas costas e o acalmava. Às vezes você virava para o lado e ficava em silêncio. Mas em outras ocasiões aquilo continuava durante toda a noite e de manhã você me dizia que não conseguia se lembrar do motivo.

– Às vezes eu não conseguia.

Ruth olha para mim.

– Mas às vezes sim – conclui.

Estreito os olhos para vê-la, achando sua forma quase líquida, como se estivesse olhando para ela através das ondas de calor que se erguem do asfalto no verão. Ruth está usando um vestido azul-marinho e uma tiara branca e sua voz parece mais velha. Demora um momento, mas percebo que ela tem 23 anos, sua idade quando voltei da guerra.

– Eu estava pensando em Joe Torrey – observo.

– Seu amigo. – Ruth faz um sinal afirmativo com a cabeça. – Aquele que comeu cinco cachorros-quentes em São Francisco. Aquele que lhe comprou sua primeira cerveja.

Nunca lhe falei sobre o cigarro, porque sei que ela não aprovaria. Ruth sempre detestou o cheiro deles. Isso é mentir por omissão, mas há muito tempo me convenci de que era a coisa certa a fazer.

– Sim – respondo.

A luz da manhã forma um halo ao redor de Ruth.

– Gostaria de tê-lo conhecido – diz ela.

– Você teria gostado dele.

Ruth pigarreia, considerando isso, antes de se virar. Está de frente para a janela coberta de neve, perdida em pensamentos. Este carro, penso, se tornou minha tumba.

– Você também estava pensando no hospital – murmura.

Quando faço que sim com a cabeça, ela dá um suspiro cansado.

– Você não ouviu o que eu lhe disse? – pergunta, virando-se de novo para mim. – Que isso não importava para mim? Eu não mentiria para você.

– Não de propósito – respondo. – Mas acho que em alguns momentos você pode ter mentido para si mesma.

Ruth fica surpresa com minhas palavras, ainda mais porque nunca falei tão diretamente sobre esse assunto. Mas sei que tenho razão.

– Foi por isso que você parou de me escrever – observa ela. – Depois que foi enviado de volta para a Califórnia, suas cartas escassearam até pararem de chegar. Não tive notícias suas durante seis meses.

– Parei de escrever porque me lembrava do que você tinha me dito.

– Porque você queria que nós terminássemos. – Há uma raiva oculta na voz de Ruth, e não consigo encará-la.

– Eu queria que você fosse feliz.

– Eu não estava feliz – diz ela, irritada. – Estava confusa e com o coração partido e não entendia o que tinha acontecido. Rezava por você todos os dias, esperando que me deixasse ajudá-lo. Ia até a caixa de correio e a encontrava vazia, não importava quantas cartas eu mandasse.

– Sinto muito. Foi errado da minha parte fazer isso.

– Você ao menos leu minhas cartas?

– Todas elas. Várias vezes tentei escrever para você saber o que tinha acontecido. Mas nunca consegui encontrar as palavras certas.

Ela balança a cabeça.

– Você nem me disse quando ia chegar em casa. Foi minha mãe que me contou, e pensei em ir encontrá-lo na estação, como você fazia comigo quando eu voltava para casa.

– Mas você não foi.

– Queria saber se você viria até mim. Mas uma semana passou e nada. E como não o vi na sinagoga, entendi que estava tentando me evitar. Então finalmente fui à sua loja e disse que precisava falar com você. Lembra-se do que me disse?

De todas as coisas que eu disse na minha vida, aquelas eram as palavras que mais lamentava. Mas Ruth está esperando, com uma expressão tensa e os olhos fixos em meu rosto. Há algo de desafiador no modo como ela espera.

– Eu lhe disse que o noivado estava terminado e que não havia mais nada entre nós.

Ela arqueia uma sobrancelha.

– Sim. Foi isso mesmo.

– Eu não podia falar com você naquela época. Eu estava...

Não consigo prosseguir e Ruth termina por mim.

– Zangado. – Ela faz um sinal afirmativo com a cabeça. – Dava para ver em seus olhos, mas mesmo então eu soube que você ainda era apaixonado por mim.

– Sim – admito. – Eu era.

– Mas ainda assim suas palavras foram cruéis – diz Ruth. – Fui para casa e chorei como não chorava desde criança. E minha mãe finalmente entrou e me abraçou, e nenhuma de nós sabia o que fazer. Eu já havia perdido tanto! Não podia suportar perder você também.

Ela estava se referindo à sua família, que ficara para trás em Viena. Na época, não me dei conta de quanto minhas ações foram egoístas ou de como Ruth as percebia. Essa lembrança também ficou comigo e, no carro, sinto uma antiga vergonha.

Ruth, meu sonho, sabe o que estou sentindo. Quando ela fala, é com uma nova ternura:

– Mas se realmente estava tudo terminado, eu queria entender o motivo. Então, no dia seguinte, fui à loja de refrigerantes do outro lado da sua loja e pedi um refrigerante de chocolate. Sentei-me perto da janela e o observei trabalhando. Sei que você me viu, mas não foi falar comigo. Voltei no dia seguinte e no dia depois desse. Só então você atravessou a rua para me ver.

– Minha mãe me obrigou a ir – admito. – Ela me disse que você merecia uma explicação.

– Foi isso que você sempre disse. Mas acho que também quis ir, porque sentia minha falta. E porque sabia que eu era a única que poderia ajudá-lo a se curar.

Fecho os olhos ao ouvir suas palavras. Ela está certa, é claro, sobre tudo. Ruth sempre me conheceu melhor do que eu conhecia a mim mesmo.

– Eu me sentei de frente para você – digo. – E então, um instante depois, um refrigerante de chocolate chegou para mim.

– Você estava tão magro! Achei que precisava da minha ajuda para voltar a engordar. Como quando nos conhecemos.

– Eu nunca fui gordo – protesto. – Mal tinha o peso mínimo quando me alistei.

– Sim, mas quando você voltou, estava pele e osso. Seu terno pendurado no cabide parecia dois números maior. Achei que o vento o carregaria quando atravessou a rua e isso fez com que eu me perguntasse se algum dia voltaria a ser você mesmo. Eu não tinha certeza de que voltaria a ser o homem que um dia amei.

– E ainda assim me deu uma chance.

Ela dá de ombros.

– Não tive alternativa – diz, seus olhos brilhando. – Naquela altura, David Epstein estava casado.

Não consigo conter o riso e meu corpo se contrai, o fogo dos neurônios atiçado, e sinto náuseas. Respiro com os dentes cerrados e pouco a pouco sinto a onda começar a recuar. Ruth espera minha respiração se normalizar para prosseguir.

– Admito que fiquei assustada. Queria que as coisas entre nós fossem como antes, por isso fingi que nada tinha acontecido. Falei sobre a universidade, meus amigos, quanto havia estudado e que meus pais me fizeram uma surpresa indo à minha formatura. Falei sobre meu trabalho como professora substituta em uma escola perto da sinagoga, mas também mencionei que estava fazendo entrevistas para um cargo em tempo integral naquele outono, em uma escola primária rural nos arredores da cidade. Também lhe contei que meu pai estava se encontrando com o reitor do Departamento de História da Arte da Duke pela terceira vez, e que talvez tivesse que se mudar com minha mãe para Durham. Então me perguntei em voz alta se eu teria que desistir do meu novo emprego e me mudar para Durham também.

– E eu soube que não queria que você se mudasse.

– Foi por isso que falei aquilo. – Ela sorri. – Queria ver sua expressão, e apenas por um instante o velho Ira estava de volta. Então não fiquei mais com medo de você ir embora para sempre.

– Mas você não me pediu para levá-la em casa.

– Você não estava pronto. Ainda havia muita raiva dentro de você. Foi por isso que sugeri que nos encontrássemos uma vez por semana para tomar refrigerantes de chocolate, como costumávamos fazer. Você precisava de tempo, e eu estava disposta a esperar.

– Por um tempo. Não para sempre.

– Não, não para sempre. No final de fevereiro comecei a me perguntar se algum dia você me beijaria de novo.

– Eu queria beijar – digo. – Sempre que estava com você, queria beijá-la.

– Eu também sabia disso, e por esse motivo era tão confuso para mim. Não sabia o que estava errado. Não sabia o que o detinha, por que não confiava em mim. Você deveria saber que eu o amaria independentemente de qualquer coisa.

– Eu sabia – digo. – E era por isso que não podia lhe contar.

⚜

Acabei lhe contando, é claro, em um anoitecer frio no início de março. Telefonei para a casa de Ruth, pedindo-lhe que me encontrasse no parque, onde tínhamos caminhado uma centena de vezes. Na época, não planejava lhe contar. Apenas me convenci de que precisava de uma amiga com quem conversar, porque a atmosfera em casa se tornara opressiva.

Meu pai se saiu bem financeiramente durante a guerra, e assim que ela terminou voltou ao seu negócio de roupas e artigos masculinos. As máquinas de costura não estavam mais lá; em seu lugar havia cabides com ternos. Para quem passava pela loja, ela devia parecer a mesma de antes da guerra. Mas dentro estava diferente. Meu pai estava diferente. Em vez de cumprimentar os clientes à porta como costumava fazer, passava suas tardes na sala dos fundos, ouvindo notícias no rádio, tentando entender a loucura que causara a morte de tantas pessoas inocentes. Isso era tudo sobre o que ele queria falar. O Holocausto se tornou o tema de todas as conversas às refeições e em todos os momentos livres. Em contrapartida, quanto mais ele falava, mais minha mãe se concentrava em sua costura, porque não suportava pensar naquilo. No fim das contas, para meu pai isso era um horror abstrato; para minha mãe, que, como Ruth, perdera amigos e familiares, era muito pessoal. E em suas reações divergentes a esses acontecimentos devastadores meus pais, pouco a pouco, começaram as vidas muito separadas que levariam dali para a frente.

Como filho, tentei não tomar partido. Quando estava com meu pai, ouvia, e quando estava com minha mãe, não dizia nada, mas quando nós três estávamos juntos, às vezes pensava que tínhamos nos esquecido do que significava ser uma família. Também não ajudou o fato de meu pai agora ir com minha mãe e comigo para a sinagoga; minhas conversas íntimas com minha mãe ficaram no passado. Quando meu pai me informou que estava me tornando sócio no negócio – o que significava que nós três ficaríamos juntos o tempo todo –, fiquei desesperado, certo de que não haveria como escapar da tristeza que se infiltrara em nossas vidas.

– Você está pensando em seus pais – observa Ruth.

– Você sempre foi gentil com eles – digo.

– Eu adorava sua mãe – explica Ruth. – Apesar de nossa diferença de idade, ela foi a primeira amiga de verdade que tive neste país.

– E meu pai?

– Eu também o adorava. Como poderia não adorar? Ele era da família.

Sorrio, lembrando que em anos posteriores Ruth sempre foi mais paciente com ele do que eu.

– Posso lhe fazer uma pergunta?

– O que quiser.

– Por que você esperou por mim? Mesmo depois que parei de escrever. Sei que você disse que me amava, mas...

– Vamos voltar a isso? Você se pergunta por que eu o amava?

– Você poderia ter tido qualquer um.

Ela se inclina para perto de mim e diz com voz suave:

– Esse sempre foi o seu problema, Ira. Você não vê em si mesmo o que os outros veem. Acha que não é bonito o suficiente, mas era muito bonito quando jovem. Acha que não é interessante ou esperto o suficiente, mas é tudo isso, e o fato de não estar consciente de suas melhores qualidades é parte do seu charme. Você sempre vê muito nos outros, como viu em mim. Você fez com que eu me sentisse especial.

– Mas você é especial – insisto.

Ela ergue a cabeça, encantada.

– É disso que estou falando – diz, rindo. – Você é um homem de sentimentos profundos que sempre se importou com os outros, e não sou só eu que reconheço isso. Seu amigo Torrey reconheceu. Estou certa de que foi por isso que ele passava o tempo livre com você. E minha mãe também reconheceu, e foi por isso que me abraçou quando pensei que o tivesse perdido. Porque nós duas sabíamos que homens como você são raros.

– Estou feliz por você ter ido naquela noite – digo. – Eu precisava de você.

– E você também soube, assim que entramos no parque, que finalmente estava pronto para me dizer a verdade.

Faço um sinal afirmativo com a cabeça. Em uma das minhas últimas cartas, falei-lhe brevemente sobre o voo de bombardeio em Schweinfurt e Joe Torrey. Mencionei os ferimentos que sofri e a infecção que se seguiu, mas não lhe contei tudo. Naquela noite, entretanto, comecei do início. Contei todos os detalhes e não escondi nada. No banco, Ruth ouviu em silêncio a torrente de palavras.

Em seguida, pôs os braços ao meu redor e me inclinei para ela. As emoções me inundaram, as palavras sussurradas de Ruth desencadearam lembranças que eu tentara esquecer por muito tempo. Não sei quanto tempo demorou para a tempestade dentro de mim passar, mas naquele ponto eu estava exausto. No entanto ainda havia uma coisa que eu não havia contado, algo que nem mesmo meus pais sabiam.

No carro, Ruth está em silêncio. Sei que ela está se lembrando do que eu lhe disse naquela noite.

– Eu lhe contei que tive caxumba no hospital, o pior caso que o médico já vira. E lhe contei o que o médico me disse.

Ruth continua calada, mas seus olhos começam a brilhar.

– Ele disse que caxumba pode causar esterilidade – digo. – Foi por isso que tentei terminar com você. Porque sabia que, se você se casasse comigo, havia uma boa chance de nunca termos filhos.

9

Sophia

– E depois? – perguntou Marcia. Ela estava em pé na frente do espelho, passando uma segunda camada de rímel enquanto Sophia lhe contava como tinha sido o dia na fazenda. – Não me diga que você dormiu com ele. – Ao dizer isso, analisou o reflexo de Sophia no espelho.

– É claro que não! – Sophia cruzou as pernas na cama. – Não foi assim. Nós apenas nos beijamos e depois conversamos um pouco mais, e quando fui embora ele me beijou de novo, no carro. Foi... doce.

– Ah! – disse Marcia, parando de se maquiar por um instante.

– Não precisa esconder sua decepção. De verdade.

– O quê? – exclamou ela. – A forma como você agiu ainda agora me faz pensar que você estava a fim.

– Eu mal o conheço!

– Não é verdade. Você esteve com ele, não foi? Mais de uma hora na noite passada e seis ou sete hoje. Isso é muito tempo juntos. É muita conversa. Andar a cavalo, algumas cervejas... No seu lugar, eu seria capaz de agarrar a mão dele e arrastá-lo para dentro.

– Marcia!

– Só estou comentando. Ele é muito sexy. Você percebeu, né?

Sophia não queria mesmo que todo aquele papo de "sexy" recomeçasse.

– Ele é um cara legal – falou, tentando mudar de assunto.

– Melhor ainda – disse Marcia, piscando para ela. Aplicou brilho labial antes de pegar um prendedor de cabelo. – Mas eu entendo. Você é diferente de mim. Respeito isso. Só estou feliz por você não querer mais saber do Brian.

– Não quero mais saber do Brian desde que terminei com ele.

– Deu para notar – disse Marcia, prendendo seus fartos cabelos castanhos em um rabo de cavalo bem-arrumado com um prendedor brilhante. – Você sabe que falei com ele, não sabe?

– Quando?

– No rodeio, enquanto você estava com o Sr. Bonitão.

Sophia franziu a testa.

– Por que não me contou?

– Não havia o que contar. Eu só estava tentando distraí-lo. A propósito, os caras da Duke o odiaram. – Ela ajeitou alguns fios que haviam se soltado ardilosamente do rabo de cavalo e depois encontrou o olhar de Sophia no espelho.

– Você tem que admitir que sou a melhor colega de quarto do mundo. Por tê-la convencido a sair conosco. Não acha? Se não fosse por mim, você ainda estaria mofando naquele quarto. Tudo isso me faz imaginar quando terei a chance de conhecer seu novo garanhão.

– Nós não falamos sobre nos encontrarmos de novo.

Marcia tinha uma expressão incrédula.

– Como puderam não falar sobre isso?

É porque nós somos diferentes, pensou Sophia. E porque... ela não sabia realmente por quê. Além disso, a tontura que o beijo a fizera sentir obliterara qualquer pensamento prático.

– Tudo o que sei é que ele não estará na cidade no próximo fim de semana. Vai montar em Knoxville.

– Então ligue para ele. Convide-o para vir aqui antes de viajar.

Sophia negou com a cabeça.

– Não vou fazer isso.

– E se ele não telefonar para você?

– Ele disse que telefonaria.

– Muitas vezes os homens dizem isso e nunca mais se tem notícias deles.

– Luke não é assim – rebateu Sophia.

Como se para provar o que estava dizendo, seu celular começou a tocar. Reconhecendo o número de Luke, ela o pegou e pulou da cama.

– Não me diga que já é ele.

– Ele disse que ligaria para saber se cheguei bem em casa.

Sophia já estava saltitando para a porta, deslizando para o corredor, mal notando a surpresa de Marcia ou as palavras que ela murmurava para si mesma:

– Eu realmente tenho que conhecer esse cara.

Na quinta-feira de tarde, uma hora depois de o sol se pôr, Sophia estava terminando de arrumar o cabelo quando Marcia se virou na direção dela. Estivera em pé à janela observando a caminhonete de Luke, o que deixou Sophia ainda mais nervosa do que já estava. Marcia havia vetado três das roupas de Sophia e lhe emprestado um conjunto de brincos e colar de ouro. Não se dera o trabalho de conter a empolgação ao chamar a amiga.

– Ele está aqui. Vou descer para encontrá-lo na porta.

Sophia deu um longo suspiro.

– Está bem, estou pronta. Vamos.

– Não, fique no quarto alguns minutos. Não vai querer que ele pense que o estava esperando na janela.

– Eu não estava – corrigiu Sophia. – Você que estava.

– Você entendeu o que eu quis dizer. Tem que chegar em grande estilo. Ele deve vê-la descendo a escada. A última coisa que precisa é que ele pense que está desesperada.

– Por que você está complicando tanto as coisas? – protestou Sophia.

– Acredite em mim – disse Marcia. – Sei o que estou fazendo. Desça daqui a três minutos. Conte até cem ou algo assim. Tenho que ir.

Marcia disparou porta afora, deixando Sophia sozinha com seu nervosismo e o estômago parecendo virado do avesso, o que era estranho, já que tinha falado ao telefone com Luke por uma hora ou mais nas últimas três noites, retomando cada conversa exatamente do ponto em que tinham interrompido. Em geral ele ligava ao anoitecer e Sophia falava com ele da varanda, tentando visualizá-lo naquele momento e revendo sem parar o dia que passaram juntos.

Passar tempo com Luke na fazenda era uma coisa. Isso era fácil. Mas vê-lo aqui? Na casa da irmandade? Para ele seria como visitar Marte. Nos três anos em que Sophia morava lá, os únicos caras que tinham ido à casa – fora irmãos, pais ou namorados das meninas – eram rapazes da fraternidade, rapazes da fraternidade recém-formados ou rapazes da fraternidade de outras universidades.

Ela tentara avisá-lo, mas não soube como lhe dizer que as garotas na casa provavelmente o olhariam como um espécime exótico e que, assim que fosse embora, viraria tema de conversas intermináveis. Havia sugerido encontrá-lo fora do campus, mas Luke dissera que nunca tinha ido à Wake e queria andar por lá. Sophia teve vontade de descer a escada correndo e colocá-lo porta afora o mais rápido possível.

Lembrando-se do conselho insistente de Marcia, respirou fundo e deu uma olhada no espelho. Jeans, blusa, escarpins meia pata: estava vestida de modo muito parecido com o da última vez em que estiveram juntos, só que um pouco aprimorado. Virou-se, primeiro para um lado e, depois, para o outro, pensando: isso é tudo que posso fazer. Então deu um sorriso tímido e admitiu: não estou nada mal.

Olhou para o relógio e esperou mais um minuto antes de sair do quarto. Durante a semana, os homens só tinham acesso à portaria e à sala de visitas. Essa sala, com sofás e uma gigantesca TV de tela plana, era onde muitas de suas colegas gostavam de ficar. Ao se aproximar dos degraus no fim do corredor, ouviu Marcia rindo no cômodo que, de resto, estava silencioso. Apressou o passo, rezando para ela e Luke conseguirem escapar sem ser notados.

Avistou-o logo, em pé no centro da sala, perto de Marcia, com o chapéu na mão. Como sempre, usava botas, jeans e um cinto com uma grande fivela de prata brilhante completando o visual. Sophia ficou desanimada ao perceber que ele e Marcia não estavam sozinhos. Na verdade, a sala estava mais cheia que de costume, mas misteriosamente silenciosa. Três rapazes usando bermudas cargo, camisas polo e *top siders* olhavam boquiabertos para Luke. No sofá do outro lado, Mary-Kate o olhava do mesmo modo. Jenny, Drew e Brittany, também. No outro canto, umas quatro garotas sentadas em silêncio tentavam entender a inesperada presença daquele estranho. Mas, até onde Sophia pôde ver, o escrutínio não teve nenhum efeito sobre Luke.

Ele parecia à vontade, ouvindo Marcia falar e gesticular ostensivamente. Quando Sophia chegou à porta da sala de visitas, Luke ergueu os olhos para ela. Abrindo um sorriso que revelou suas covinhas, deu a impressão de que Marcia desaparecera e ele e Sophia eram as únicas pessoas ali.

Sophia respirou fundo e entrou na sala de visitas, sentindo a atenção de todos se voltar para ela. Nesse momento, Jenny se inclinou na direção de Drew e Brittany e sussurrou alguma coisa. Embora as garotas soubessem do rompimento de Sophia e Brian, estava claro que nenhuma delas ouvira falar em Luke, e Sophia se perguntou quão depressa Brian descobriria que um caubói viera buscá-la. Nas fraternidades, as notícias se espalhavam rápido. Sophia já podia imaginá-las pegando seus celulares antes mesmo de ela e Luke chegarem à caminhonete.

O que significava que Brian descobriria logo. Não demoraria muito para deduzir que se tratava do mesmo caubói que o humilhara no fim de semana anterior. Nem ele nem seus colegas de fraternidade ficariam felizes com isso. E, dependendo de quanto estivessem bebendo – nas quintas-feiras todos começavam a beber cedo –, poderiam querer vingança. De repente, Sophia se sentiu culpada e se perguntou por que não tinha pensado nisso antes.

– Oi – cumprimentou ela, fazendo o possível para esconder a ansiedade.

O sorriso de Luke ficou mais largo.

– Você está linda.

– Obrigada – murmurou Sophia.

– Gostei dele – interrompeu Marcia.

Luke olhou de relance para ela, surpreso, antes de se virar de novo para Sophia.

– Tive a chance de conhecer sua colega de quarto.

– Eu estava tentando descobrir se ele tinha algum amigo solteiro – confessou Marcia.

– E?

– Ele disse que vai ver o que pode fazer por mim.

Sophia fez um sinal com a cabeça.

– Está pronto para ir? – perguntou.

Marcia já estava balançando a cabeça.

– Não, ainda não. Ele acabou de chegar.

Sophia lançou-lhe um olhar duro, esperando que Marcia entendesse o sinal.

– Não podemos ficar mesmo.

– Ora, pare com isso – insistiu Marcia. – Vamos tomar uma bebida primeiro. Quinta-feira à noite, lembra? Quero saber sobre os rodeios.

Afastada em um canto, Mary-Kate estava com uma expressão aflita, juntando as peças do quebra-cabeça. Sem dúvida, Brian tinha voltado para a mesa no último sábado e entretido todos com histórias sobre como fora atacado de surpresa por uma gangue de caubóis. Brian e Mary-Kate sempre foram amigos, e quando Mary-Kate pegou o telefone, levantou do sofá e saiu da sala, Sophia presumiu o pior e não hesitou:

– Não podemos ficar. Temos reservas – disse com voz firme.

– O quê? – Marcia pestanejou. – Você não me disse isso. Onde?

Sophia ficou confusa, sem conseguir pensar em nada. Percebeu que Luke a observava e que depois pigarreou.

– Fabian's – anunciou ele de repente.

Marcia desviou o olhar de um para o outro.

– Tenho certeza de que eles não vão se importar se vocês chegarem alguns minutos atrasados.

– Infelizmente, já estamos bem atrasados – explicou Luke. Então se dirigiu a Sophia: – Você está pronta?

Sophia se sentiu aliviada e ajeitou a alça da bolsa em seu ombro.

– Sim.

Luke segurou o cotovelo dela com gentileza e a conduziu para a porta.

– Prazer em conhecê-la, Marcia.

– O prazer foi meu – respondeu ela, desconcertada.

Ao abrir a porta, Luke parou e pôs de novo o chapéu. Ajeitou-o com uma expressão divertida, como se reconhecesse o constrangimento dos outros com aquela coisa toda. Sorrindo, saiu de braço dado com Sophia.

Enquanto a porta se fechava atrás deles, ela ouviu a explosão de conversas entusiasmadas. Se Luke ouviu, não pareceu prestar atenção. Levou-a para a caminhonete, abriu a porta e depois deu a volta pela frente até o lado dele. Quando ele fez isso, Sophia notou uma fileira de rostos ansiosos – inclusive o de Marcia – nas janelas da sala de visitas. Estava em dúvida sobre se deveria acenar para elas ou ignorá-las no momento em que Luke entrou, fechando a porta com um baque.

– Acho que você as deixou curiosas – disse ele.

Sophia balançou a cabeça.

– Não é sobre mim que estão curiosas.

– Ah, entendo. É porque sou muito magro, não é?

Sophia riu e percebeu que não se importava mais com o que os outros estivessem pensando ou dizendo sobre eles.

– Obrigada por me ajudar lá dentro.

– O que está acontecendo?

Ela lhe falou sobre suas preocupações em relação a Brian e as suspeitas com relação a Mary-Kate.

– Imaginei isso – disse Luke. – Você mencionou que ele a estava seguindo. Parte de mim esperava que ele entrasse a qualquer minuto.

– E mesmo assim você veio?

– Eu tinha que vir. – Ele deu de ombros. – Você me convidou.

Sophia apoiou a cabeça no encosto do banco, gostando do modo como Luke falava.

– Lamento não poder mostrar o campus para você esta noite.

– Não tem importância.

– Podemos fazer isso em outra ocasião – prometeu ela. – Quero dizer, quando Brian não souber que você está aqui. Eu lhe mostrarei todos os lugares legais.

– Combinado – disse Luke.

De perto, os olhos dele eram de um azul-claro de pureza surpreendente. Sophia puxou um fio imaginário em seus jeans.

– O que você gostaria de fazer?

Ele pensou um instante.

– Está com fome?

– Um pouco – admitiu Sophia.

– Quer ir ao Fabian's? Não sei se conseguiremos entrar, porque não temos reserva. Mas podemos tentar.

Sophia pensou no assunto e depois recusou.

– Não, esta noite não. Quero ir a um lugar um pouco afastado. Que tal comer sushi?

Luke não respondeu imediatamente.

– Está bem – acabou concordando.

Sophia olhou para ele.

– Você já comeu sushi?

– Posso morar em uma fazenda, mas saio de vez em quando.

E daí?, pensou Sophia.

– Você não respondeu à minha pergunta.

Ele mexeu nervosamente nas chaves antes de pôr a certa na ignição.

– Não – confessou ele. – Nunca comi sushi.

Ela não conseguiu conter o riso.

⚜

Seguindo as instruções de Sophia, Luke dirigiu até o Sakura Japanese Restaurant. Lá dentro, a maioria das mesas estava ocupada e o balcão também estava cheio. Enquanto esperavam a hostess, Sophia olhou ao redor, rezando para não encontrar nenhum conhecido. Esse não era o tipo de restaurante que os estudantes frequentavam – universitários de toda parte preferiam hambúrguer e pizza –, mas o Sakura também não era totalmente desconhecido. Às vezes

Sophia ia lá com Marcia, e embora não reconhecesse ninguém, ela pediu uma mesa no pátio ao ar livre.

Lâmpadas incandescentes brilhavam nos cantos do pátio, reduzindo o frio noturno. Só havia uma mesa ocupada, por um casal terminando a refeição, e o local estava deliciosamente vazio. A vista não era grande coisa, mas o brilho amarelo suave da lanterna japonesa tornava o lugar romântico.

Depois de se sentarem, Sophia se virou para Luke.

– O que você achou de Marcia?

– Sua colega de quarto? Ela pareceu bastante agradável. Mas um pouco nervosa.

Sophia inclinou a cabeça.

– Quer dizer, irritável?

– Não. Ela ficava tocando no meu braço enquanto falava.

Sophia fez um sinal com a mão indicando que aquilo não tinha importância.

– É o jeito dela. Com todos os homens. É a maior paqueradora do mundo.

– Você sabe qual foi a primeira coisa que ela me disse? Antes mesmo de eu entrar na casa?

– Estou com medo de perguntar.

– Ela disse: "Soube que você beijou minha melhor amiga."

Isso não é surpresa, pensou Sophia.

– Essa é a Marcia. Ela diz tudo o que pensa. Não filtra nada.

– Mas você gosta dela.

– Gosto – respondeu Sophia. – Ela me apoiou quando precisei. Acha que sou um pouco... ingênua.

– E você é?

– De certo modo, sim – admitiu Sophia.

Ela pegou e separou os hashis para comer.

– Antes de eu vir para a Wake, nunca tinha namorado. No ensino médio, era meio nerd e, com o trabalho, não tinha muito tempo para ir a festas ou coisas desse tipo. Quero dizer, eu não era uma eremita e sabia o que as pessoas faziam nos fins de semana. Sabia que havia drogas na escola, sexo e tudo mais, mas eram mais boatos ou sussurros que ouvia por acaso. Nunca vi nada disso acontecendo. Durante meu primeiro semestre no campus, fiquei bastante chocada com o modo como tudo era feito às claras. Ouvia as garotas no dormitório falando que ficavam com caras que tinham acabado de conhecer e não entendia bem o que isso significava. Muitas vezes ainda não sei, porque parece que para cada pessoa significa uma coisa. Para algumas é apenas dar uns amassos, para outras é dormir com alguém, e ainda há aquelas que acham que é algo no meio disso, se entende o que quero dizer. Passei grande parte do meu primeiro ano tentando decifrar o código.

Luke sorriu enquanto ela continuava.

– E em geral a vida na irmandade não é bem o que eu esperava. Há festas o tempo todo, e para muitas pessoas isso significa bebida, drogas ou sei lá mais o quê. Admito que também bebi muito algumas vezes e acabei enjoada e inconsciente no banheiro da casa. Não me orgulho disso, mas há pessoas no campus que bebem desse jeito todo fim de semana. E não estou dizendo que é por causa da vida na irmandade. Isso acontece nos dormitórios, nos apartamentos fora do campus, em toda parte. Mas eu simplesmente não tenho interesse, e para muitas pessoas, Marcia inclusive, isso me torna ingênua. Ela sempre me diz que a última coisa que quer é algo sério.

Imitando Sophia, ele também pegou os hashis.

– Posso pensar em alguns caras que ficariam muito interessados em uma garota assim.

– Não... Embora Marcia diga isso, não tenho certeza se é verdade. Acho que ela quer algo mais real, mas não sabe como encontrar um cara que também se sinta assim. Na universidade, não há muitos rapazes desse tipo. E por que haveria, se as garotas se entregam por nada? Quero dizer, entendo que uma garota durma com um rapaz porque o ama, mas se mal o conhece? Qual é o sentido? Apenas vulgariza a coisa toda.

Sophia ficou em silêncio, dando-se conta de que ele era a única pessoa para quem já havia admitido isso. O que era estranho. Não era?

Luke brincou com os hashis, pegando nas extremidades ásperas onde os havia separado e pensando naquilo. Então, inclinando-se na direção da luz, disse:

– Se quer saber minha opinião, acho que isso é muito maduro da sua parte.

Sophia ergueu o cardápio, um pouco constrangida.

– Olha, não precisa comer sushi se não quiser. Eles também têm teriyaki de carne e frango.

Luke estudou seu próprio cardápio.

– O que você vai comer?

– Sushi – respondeu Sophia.

– Onde você aprendeu a gostar de sushi?

– No colégio – respondeu ela. – Uma das minhas melhores amigas do ensino médio era japonesa e vivia me dizendo que havia um ótimo lugar em Edgewater em que ia quando estava com saudade de uma boa comida japonesa. É possível comer muitas vezes na delicatéssen de meus pais antes de começar a querer algo novo, mas um dia fui com ela e acabei adorando. Às vezes, parávamos de estudar, entrávamos no carro dela e íamos até Edgewater, para aquele pequeno lugar indescritível. Acabamos nos tornando clientes regulares. Desde então tenho vontade de comer comida japonesa de vez em quando. Como esta noite.

– Entendo – concordou ele. – No ensino médio, quando eu competia nas provas promovidas pela 4-H, uma organização de desenvolvimento da juventude, sempre que ia à feira estadual tinha que comer um bolinho recheado frito.

Sophia olhou para ele.

– Você está comparando sushi com bolinhos recheados?

– Você já comeu um bolinho recheado frito?

– Parece nojento.

– Bem, você não tem como saber antes de experimentar. É bom. Se comer demais provavelmente terá um ataque cardíaco, mas para comer de vez em quando não há nada igual. É muito melhor do que biscoito Oreo frito.

– *Oreo* frito?

– Como eu disse, se você estiver procurando algo novo para a delicatéssen da sua família, eu indicaria o bolinho frito.

No início, Sophia não conseguiu formular nenhuma resposta. Então, em um tom sério, disse:

– Acho que ninguém em Nova Jersey comeria uma coisa dessas.

– Você ficaria surpresa – disse ele. – Poderia ser o próximo sucesso lá, com as pessoas fazendo fila na porta o dia inteiro.

Com um leve balançar da cabeça, ela se concentrou de novo no cardápio.

– Então você competiu na 4-H?

– Comecei quando era criança. Com porcos.

– O que é isso exatamente? Quero dizer, já ouvi falar, mas não sei o que é.

– Envolve cidadania, responsabilidade e todas essas coisas. Mas quando se trata de competir, a questão é aprender a escolher um bom porco ainda pequeno. Você se informa sobre os pais dele, se puder, procura fotos ou o que for, e então tenta escolher o que acha que tem chance de ser um bom porco de exposição. Precisa ser um animal forte, com muitos músculos, pouca gordura e sem manchas. Então o cria por cerca de um ano. Você o alimenta, cuida dele e, de certo modo, esses porcos quase se tornam animais de estimação.

– Deixe-me adivinhar: você deu a todos eles o nome de Porco.

– Na verdade, não. O primeiro era fêmea e se chamava Edith; o segundo, Fred; e o terceiro, Maggie. Posso continuar com a lista se você quiser.

– Quantos foram? Ao longo dos anos?

Ele tamborilou na mesa.

– Nove, eu acho. Comecei na terceira série e continuei até o terceiro ano do ensino médio.

– E quando eles crescem, onde você compete?

– Na feira estadual. Os juízes os examinam e então você descobre se venceu.

– E se venceu?

– Ganha uma faixa. Mas de qualquer maneira acaba vendendo o porco – explicou ele.

– E o que acontece com ele?

– O que geralmente acontece com os porcos – respondeu Luke. – Eles são mandados para o matadouro.

Sophia pestanejou.

– Quer dizer que você o cria desde pequeno, lhe dá um nome, cuida dele por um ano e depois o vende para ser morto?

Luke olhou para ela, com uma expressão curiosa.

– O que mais você faria com um porco?

Sophia ficou pasma, incapaz de responder. Por fim balançou a cabeça.

– Só quero que saiba que eu nunca conheci alguém como você.

– Acho que posso dizer o mesmo sobre você – retrucou ele.

10

Luke

Mesmo depois de analisar o cardápio, ele não tinha certeza do que pedir. Sabia que poderia escolher algo seguro – como o teriyaki de carne ou frango que Sophia havia sugerido –, mas relutava em fazer isso. Ouvira pessoas elogiarem o sushi e sabia que devia experimentar. A vida era um conjunto de experiências, não?

O problema era que não tinha a menor ideia do que escolher. Para ele, peixe cru era peixe cru, e as imagens não ajudavam em nada. Até onde podia dizer, devia pedir o avermelhado, rosado ou branco, e nada sugeria qual seria o sabor.

Luke olhou para Sophia por cima do cardápio. Ela havia aplicado um pouco mais de rímel e batom do que no dia em que fora à fazenda e aquilo o lembrava da noite em que a vira pela primeira vez. Parecia impossível que menos de uma semana houvesse se passado. Embora ele fosse fã da beleza natural, precisava admitir que a maquiagem dava um toque sofisticado às feições dela. A caminho da mesa, mais de um homem se virara para vê-la passar.

– Qual é a diferença entre sushi nigiri e sushi maki? – perguntou.

Sophia também analisava o cardápio. Quando a garçonete se aproximara, pedira Sapporo, uma cerveja japonesa, para eles. Luke também não tinha a menor ideia de que gosto teria.

– Nigiri significa que o peixe é servido recheado de arroz – respondeu ela. – Maki significa que é enrolado em alga marinha.

– Alga marinha?

Ela piscou.

– É bom. Você vai gostar.

Luke apertou os lábios, sem conseguir esconder sua dúvida. Para além das janelas havia pessoas nas mesas internas, saboreando seus pedidos, todas comendo com hashis. Pelo menos ele estava se saindo bem nisso, suas habilidades aprimoradas pelo consumo de comida chinesa em caixas de papelão na estrada.

– Por que não faz o pedido para mim? – sugeriu Luke, deixando o cardápio de lado. – Confio em você.

– Está bem – concordou Sophia.

– O que vou experimentar?

– Um monte de coisas – respondeu ela. – Um pouco de anago, ahi, aji, hamachi... Talvez algo mais.

Ele ergueu a garrafa, prestes a dar um gole.

– Isso parece confuso para mim.

– Anago é enguia – esclareceu Sophia.

A garrafa parou no ar.

– Enguia?

– Você vai gostar – garantiu ela, sem se dar o trabalho de esconder seu divertimento.

Quando a garçonete chegou, Sophia fez o pedido como uma especialista. Em seguida eles entabularam uma conversa tranquila, interrompida apenas ao serem servidos. Luke fez para Sophia um resumo da sua infância que, apesar das tarefas na fazenda, fora bastante típica. Seu tempo de ensino médio incluiu lutas no time da escola durante três anos e bailes de boas-vindas, bailes de formatura e um punhado de festas memoráveis. Luke lhe contou que nos verões ele e seus pais levavam os cavalos para as montanhas perto de Boone por alguns dias, onde cavalgavam em trilhas, e que essas eram as únicas férias em família que tiravam. Falou um pouco sobre os treinos no touro mecânico no celeiro e como seu pai o adaptara para torná-lo ainda mais violento. As sessões de treino começaram quando ele ainda estava no ensino fundamental, seu pai criticando cada movimento seu. Mencionou algumas das lesões que sofrera ao longo dos anos e descreveu seu nervosismo nas finais do PBR – certa vez disputou o título até a última montaria, mas acabou em terceiro lugar. Durante todo esse tempo Sophia o ouviu extasiada, apenas o interrompendo de vez em quando para fazer perguntas.

Luke sentiu como se ela lhe dirigisse o foco de um laser, assimilando cada detalhe, e quando a garçonete retirou os pratos, estava achando tudo em Sophia charmoso e desejável, do riso fácil ao leve porém perceptível sotaque. Mais do que isso, sentia que realmente podia ser ele mesmo, apesar das diferenças entre os dois. Quando estava com Sophia, achava fácil se esquecer do estresse que sentia sempre que pensava na fazenda. Ou na mãe. Ou no que aconteceria se seus planos não dessem certo...

Luke estava tão absorto em seus pensamentos que demorou um instante para perceber que Sophia olhava para ele.

– No que está pensando? – perguntou ela.

– Por quê?

– Por um minuto você pareceu quase... perdido.

– Nada.

– Tem certeza? Espero que não tenha sido o anago.

– Não. Só estava pensando no que tenho que fazer antes de partir neste fim de semana.

Sophia franziu a testa, observando-o.

– Certo. Quando você vai?

– Amanhã à tarde – respondeu ele, grato por ela deixar aquilo passar. – Vou dirigir até Knoxville e passar a noite lá. No sábado à noite, começo a viagem de volta. Chegarei tarde, mas é o primeiro fim de semana em que venderemos abóboras. Preparei a maior parte das coisas do Halloween hoje. José e eu montamos um grande labirinto de fardos de feno, entre outras coisas, mas sempre aparece muita gente. Mesmo com José fazendo a parte dele, minha mãe vai precisar de ajuda extra.

– É por isso que ela está zangada com você? Porque você vai sair da cidade?

– Mais ou menos – respondeu Luke, empurrando uma fatia de gengibre ao redor do seu prato. – Ela está zangada porque estou montando.

– Ela ainda não se acostumou com isso? Ou é porque você se machucou no Monstrengo?

– Minha mãe – disse ele, escolhendo as palavras com cuidado – tem medo que algo me aconteça.

– Mas você já se machucou antes. Muitas vezes.

– Pois é.

– Tem alguma coisa que não está me contando?

Luke não respondeu de imediato.

– Vamos combinar o seguinte – ele pousou os hashis –: no momento certo, vou lhe contar tudo.

– Eu poderia perguntar para sua mãe, você sabe.

– Poderia. Mas teria que conhecê-la primeiro.

– Bem, talvez eu apareça lá no sábado.

– Vá em frente. Mas, se fizer isso, esteja preparada para ser posta para trabalhar. Carregará abóboras o dia inteiro.

– Tenho bons músculos.

– Você já carregou abóboras o dia inteiro?

Ela se inclinou sobre a mesa.

– Você já descarregou uma caminhonete cheia de carne e salsicha? – Como ele não respondeu, Sophia assumiu uma expressão vitoriosa. – Veja, realmente temos algo em comum. Nós dois somos muito trabalhadores.

– E agora nós dois também podemos cavalgar.

Sophia sorriu.

– Também. Gostou do sushi?

– Estava bom – disse ele.

– Tenho a sensação de que você teria preferido costeleta de porco.

– Posso comer costeleta de porco quando quiser. É uma das minhas especialidades.

– Você cozinha?

– Na grelha – respondeu ele. – Meu pai me ensinou.

– Acho que gostaria de experimentar um dia desses.

– Farei o que você quiser. Desde que seja hambúrguer, bife ou costeleta de porco.

Sophia se aproximou mais.

– E agora? Você gostaria de se arriscar numa festa da fraternidade? Estou certa de que estão fazendo uma agora.

– E quanto a Brian?

– Iremos a uma festa em uma casa diferente. Aonde ele nunca vai. E não ficaremos muito tempo. Mas acho que você teria que dispensar o chapéu.

– Se você quiser, eu topo.

– Posso ir a qualquer momento. Estou perguntando se você quer.

– Como são essas festas? – perguntou Luke. – Música, um bando de universitários bebendo, esse tipo de coisa?

– Mais ou menos.

Ele pensou por um segundo antes de balançar a cabeça.

– Não faz muito o meu estilo – admitiu.

– É, acho que não. Podemos dar uma volta pelo campus, se preferir.

– Acho melhor deixar isso para outra ocasião. Assim você terá que sair comigo de novo.

Sophia passou o dedo pela borda do copo de água.

– Então o que você quer fazer?

Luke não respondeu imediatamente e pela primeira vez pensou que as coisas poderiam ter sido diferentes se não tivesse decidido voltar a montar. Sua mãe não estava feliz e, para ser sincero, nem ele tinha certeza se havia sido uma boa ideia, mas de algum modo o levara a um encontro com uma garota que já sabia que jamais esqueceria.

– Você quer andar um pouco de carro? Sei de um lugar onde garanto que não verá ninguém que conhece. É tranquilo e realmente bonito à noite.

⚜

De volta à fazenda, a lua emprestava um brilho prateado ao mundo quando eles saíram da caminhonete. Cachorro, uma mancha no escuro, veio correndo da varanda, parando ao lado de Sophia, quase como se os esperasse.

– Espero que você goste – disse ele. – Eu não sabia aonde mais ir.

– Eu sabia que você ia me trazer para cá – disse Sophia, abaixando-se para acariciar Cachorro. – Se eu não quisesse vir, teria falado alguma coisa.

Luke fez um gesto na direção da casa.

– Podemos nos sentar na varanda, ou, se quiser, há um lugar ótimo perto do lago.

– Não do rio?

– Você já esteve no rio.

Sophia olhou ao redor e depois de volta para ele.

– Vamos nos sentar em cadeiras na carroceria de sua caminhonete de novo?

– É claro – respondeu Luke. – Acredite em mim, você não iria querer se sentar no chão. É um pasto.

Ele observou Cachorro circundando as pernas de Sophia.

– Podemos levá-lo? – perguntou ela.

– Cachorro nos seguirá, querendo eu ou não.

– Então vamos para o lago – disse Sophia.

– Só espere eu pegar algumas coisas em casa, está bem?

Luke a deixou, voltando com um pequeno isopor e alguns cobertores debaixo do braço, que colocou na carroceria da caminhonete. Eles entraram e, com um ronco, o motor ganhou vida.

– Sua caminhonete parece um tanque de guerra – gritou ela por cima do ruído. – Não sei se você tem consciência disso.

– Você gosta? Tive que modificar o sistema de escapamento para o som ficar assim. Acrescentei um segundo silencioso e tudo o mais que foi preciso.

– Você não fez isso. Ninguém faz.

– Eu fiz – disse ele. – Muitas pessoas fazem.

– Pessoas que moram em fazendas, talvez.

– Não apenas nós. Pessoas que caçam e pescam também.

– Em outras palavras, qualquer um com uma arma e paixão pela vida ao ar livre.

– Você quer dizer que há outros tipos de pessoas no mundo?

Sophia sorriu enquanto ele dava ré para sair, virando na direção da entrada de automóveis antes de passar pela casa da fazenda. Havia luzes brilhando na sala de estar e Luke se perguntou o que sua mãe estaria fazendo. Então pensou no que tinha dito para Sophia e no que não havia contado.

Tentando clarear as ideias, Luke abaixou a janela, apoiando o cotovelo na lataria. A picape seguiu aos solavancos, e pelo canto do olho ele viu os cabelos cor de trigo de Sophia ondulando ao vento. Ela estava olhando pela janela do banco do carona quando eles passaram pelo celeiro em um silêncio confortável.

No pasto, Luke saltou para abrir o portão e, depois de passar com a caminhonete, saltou de novo para fechá-lo. Ligando os faróis altos, dirigiu devagar, tentando não estragar a relva. Perto do lago, parou e virou o veículo, como fizera no rodeio, e desligou o motor.

– Preste atenção onde pisa – avisou. – Como eu disse, isto é parte do pasto.

Ele abriu a janela de Sophia, ligou o rádio e depois deu a volta até a traseira. Ajudou Sophia a subir antes de armar as cadeiras.

E então, como tinham feito menos de uma semana antes, eles se sentaram na carroceria, desta vez com um cobertor sobre o colo de Sophia. Luke estendeu a mão para o isopor e pegou duas garrafas de cerveja. Abriu-as, entregou uma para ela e a observou tomar um gole.

Para além deles, o lago era um espelho, refletindo a lua crescente e as estrelas. À distância, do outro lado do lago, o gado se amontoava perto da margem, os peitos brancos dos animais brilhando na escuridão. De vez em quando um deles mugia, e o som atravessava a água, misturando-se com os sons de sapos e grilos. O lugar tinha um cheiro de relva e terra, quase primordial.

– É lindo aqui – sussurrou Sophia.

Luke sentiu que a mesma palavra poderia ser usada para descrevê-la, mas guardou os pensamentos para si.

– É como a clareira no rio – acrescentou Sophia. – Só que mais aberto.

– De certo modo – disse Luke. – Mas tendo a ir para lá quando quero pensar no meu pai. Este lugar é para onde venho pensar em outras coisas.

– Como o quê?

– Muitas coisas – respondeu ele. – Vida. Trabalho. Relacionamentos.

Sophia o olhou de esguelha.

– Achei que você não havia tido muitos relacionamentos.

– É por isso que tenho que pensar neles.

Ela deu uma risadinha.

– Relacionamentos são complicados. É claro que sou jovem e ingênua, portanto, o que sei sobre isso?

– Então, se eu tivesse que lhe pedir um conselho...

– Eu diria que há pessoas melhores para perguntar. Como sua mãe, talvez.

– Talvez – disse Luke. – Ela se dava muito bem com meu pai. Especialmente depois que ele desistiu dos rodeios e ficou disponível para ajudar na fazenda. Se ele tivesse continuado a montar, não sei se o casamento teria dado certo. Era demais para minha mãe lidar com tudo sozinha, ainda mais tendo que cuidar de mim. Estou bem certo de que foi exatamente isso que ela disse a ele. Então meu pai parou. E, enquanto eu crescia, sempre que lhe perguntava sobre isso ele só dizia que estar casado com minha mãe era mais importante do que montar.

– Você parece ter orgulho dela.

– Eu tenho – disse Luke. – Embora meu pai também fosse trabalhador, foi ela que realmente fez o negócio prosperar. Quando herdou a propriedade do meu avô, a fazenda passava por dificuldades. Os mercados de gado tendem a ser muito flutuantes, e em alguns anos você não ganha quase nada. Foi ideia da minha mãe focar no interesse crescente em carne orgânica. Era ela quem entrava no carro e dirigia por todo o estado distribuindo folhetos e falando com donos de restaurantes. Sem minha mãe, a Collins Beef não existiria. Para você, isso pode não significar muita coisa, mas para os consumidores de carne top de linha da Carolina do Norte, significa muito.

Sophia ouviu aquilo examinando a casa da fazenda à distância.

– Eu gostaria de conhecê-la.

– Eu a levaria lá agora, mas ela já deve estar dormindo. Minha mãe vai para a cama muito cedo. Mas estarei aqui no domingo, se você quiser aparecer.

– Acho que você só quer que eu o ajude a carregar abóboras.

– Na verdade, eu estava pensando que você poderia vir para o jantar. Como eu disse, o dia é bastante cheio.

– Eu gostaria, se você achar que sua mãe vai concordar.

– Ela vai.

– A que horas?

– Por volta das seis.

– Parece ótimo – disse Sophia. – A propósito, onde fica o labirinto de que você estava falando?

– Perto do canteiro de abóboras.

Ela franziu a testa.

– Nós fomos lá no outro dia?

– Não – respondeu ele. – Na verdade, fica mais perto da estrada principal, das árvores de Natal.

– Por que não o notei quando viemos de carro?

– Não sei. Talvez porque estivesse escuro.

– É um labirinto assustador? Com espantalhos, aranhas e tudo o mais?

– É, mas não tão fantasmagórico. É principalmente para crianças pequenas. Uma vez, meu pai exagerou um pouco e algumas delas acabaram chorando. Desde então, tentamos mantê-lo moderado. Mas há muita decoração lá. Aranhas, fantasmas, espantalhos. Com uma aparência amigável.

– Podemos ver?

– É claro. Ficarei feliz em lhe mostrar. Mas tenha em mente que não é para adultos, porque você pode enxergar por cima dos fardos. – Ele espantou alguns mosquitos com a mão. – A propósito, você não respondeu à minha pergunta.

– Que pergunta?

– Sobre relacionamentos.

Ela ajeitou novamente o cobertor.

– Eu achava que entendia os princípios básicos. Quero dizer, meus pais são casados há muito tempo e eu pensava que sabia o que estava fazendo. Mas acho que não aprendi a parte mais importante.

– Qual?

– Escolher bem.

– Como você sabe se está escolhendo bem?

– Hum... – Sophia hesitou. – É aí que começa a ficar complicado. Se eu tivesse que definir, acho que começa com ter coisas em comum. Como valores. Por exemplo, eu achava importante Brian ser fiel. É claro que ele tinha valores diferentes.

– Pelo menos você consegue fazer piada sobre isso.

– É fácil fazer piada quando você não se importa mais. Não estou dizendo que isso não me magoou. Na última primavera, depois que descobri que ele dormiu com outra garota, passei duas semanas sem conseguir comer. Devo ter perdido uns 7 quilos.

– Você não tem 7 quilos para perder.

– Eu sei, mas o que eu podia fazer? Algumas pessoas comem quando estão estressadas. Eu não como. E quando fui para casa no último verão, meus pais entraram em pânico. Imploravam-me para comer sempre que me viam. Ainda não recuperei todo o peso que perdi. É claro que também não tem sido fácil comer desde que as aulas voltaram.

– Então fico feliz por você comer comigo.

– Você não me estressa.

– Embora não tenhamos muito em comum?

Assim que ele disse isso, temeu que Sophia percebesse a preocupação oculta, mas ela não pareceu notá-la.

– Temos mais coisas em comum do que você pensa. De certo modo, nossos pais são muito parecidos. Tiveram casamentos longos, trabalharam em um negócio familiar que passava por dificuldades e esperavam que os filhos fizessem a parte deles. Meus pais queriam que eu me saísse bem na escola, seu pai queria que você fosse um campeão nos rodeios e nós dois correspondemos às expectativas deles. Ambos somos produtos de nossa criação e não estou certa de que isso algum dia vá mudar.

Surpreendendo a si mesmo, Luke sentiu uma estranha sensação de alívio com a resposta dela.

– Você já está pronta para ver o labirinto?

– Que tal terminarmos nossa cerveja antes? Está muito bom aqui para irmos agora.

Enquanto esvaziavam lentamente suas garrafas, batiam papo e observavam o luar traçar seu caminho sobre a água. Embora Luke sentisse vontade de beijá-la de novo, se conteve. Refletiu sobre o que Sophia dissera, sobre as semelhanças entre eles, achando que ela estava certa e esperando que isso fosse o bastante para fazer com que ela voltasse à fazenda.

Depois de um tempo a conversa se transformou em uma tranquila quietude e Luke percebeu que não tinha a menor ideia do que ela estava pensando. Por instinto, estendeu o braço na direção do cobertor. Sophia pareceu perceber o que ele estava fazendo e pegou sua mão sem dizer nenhuma palavra.

O ar noturno estava se tornando mais claro, dando às estrelas um brilho cristalino. Luke olhou para elas e depois para Sophia. Quando ela começou a acariciar gentilmente a mão dele com o polegar, Luke retribuiu da mesma maneira. Naquele instante, teve certeza de que já estava se apaixonando por ela e não havia nada no mundo que pudesse impedi-lo.

⚜

Passando pelo canteiro de abóboras em direção ao labirinto, Luke continuou segurando a mão de Sophia. De algum modo, esse simples gesto pareceu mais significativo e permanente que os beijos que haviam trocado. Luke pôde se imaginar segurando a mão dela durante anos no futuro, sempre que estivessem caminhando juntos, e isso o surpreendeu.

– No que você está pensando?

Luke deu alguns passos antes de responder.

– Em um monte de coisas – disse por fim.

– Alguém já lhe falou que você tem certa tendência a ser vago?

– Isso a incomoda? – perguntou ele.

– Ainda não sei – respondeu Sophia, apertando a mão dele. – Eu o avisarei quando souber.

– O labirinto é bem ali. – Luke apontou. – Mas eu queria lhe mostrar o canteiro de abóboras primeiro.

– Posso colher uma?

– É claro.

– Você vai me ajudar a esculpi-la para o Halloween?

– Podemos esculpi-la depois do jantar. E, só para você ficar sabendo, sou especialista nisso.

– Ah, é?

– Já esculpi quinze ou vinte esta semana. Assustadoras, felizes, de todos os tipos.

Ela o analisou.

– Sem dúvida, você é um homem de muitos talentos.

Luke sabia que Sophia estava zombando dele, mas gostou daquilo.

– Obrigado.

– Mal posso esperar para conhecer sua mãe.

– Você vai gostar dela.

– Como ela é?

– Digamos que você não deva esperar uma mulher com vestido floral e pérolas. Pense mais em... jeans, botas e feno nos cabelos.

Sophia sorriu.

– Entendi. Algo mais que eu deva saber?

– Minha mãe teria sido uma ótima pioneira. Quando algo tem que ser feito, ela pega e faz, e espera o mesmo de mim. É prática e forte.

– Imagino que sim. A vida não é fácil aqui.

– Quero dizer, ela é forte de verdade. Ignora a dor, nunca se queixa, não geme nem chora. Há três anos, quebrou o pulso ao cair de um cavalo. Então o que fez? Não disse nada, trabalhou durante o resto do dia, preparou o jantar e depois dirigiu sozinha até o hospital. Eu não soube de nada até vê-la engessada no dia seguinte.

Sophia passou por cima de algumas folhagens espalhadas, tomando cuidado para não estragar nenhuma das abóboras.

– Lembre-me de mostrar minhas boas maneiras.

– Você vai se sair bem. Ela vai gostar de você. Vocês duas são mais parecidas do que pensa.

Sophia olhou de relance para Luke, que continuou:

– Minha mãe é inteligente. Acredite ou não, ela fez o discurso de formatura de sua turma no ensino médio e ainda hoje lê, faz toda a contabilidade e toca o negócio. É obstinada, mas espera mais de si mesma do que dos outros. Se teve um ponto fraco, foi não conseguir resistir a homens com chapéus de caubói.

Sophia riu.

– É isso que eu sou? Uma mulher que não resiste a caubóis?

– Não sei. Você é?

Ela não respondeu.

– Sua mãe parece maravilhosa.

– Ela é – concordou Luke. – E talvez, se estiver com disposição para isso, lhe conte uma das suas histórias. Minha mãe é cheia de histórias.

– Histórias sobre o quê?

– Sobre qualquer coisa. Mas elas sempre me fazem pensar.

– Conte-me uma – pediu Sophia.

Ele parou e se agachou perto de uma enorme abóbora.

– O.k. – respondeu, enquanto virava a abóbora. – Depois que ganhei o campeonato nacional entre escolas do ensino médio na modalidade rodeio...

– Espere – disse Sophia, interrompendo-o. – Antes de você continuar... Fazem rodeios nas escolas aqui?

– Fazem em toda parte. Por quê?

– Em Nova Jersey não fazem.

– É claro que fazem. Com participantes de todos os estados. Você só precisa estar no ensino médio.

– E você venceu?

– Sim, mas essa não é a questão – disse Luke, levantando-se e segurando a mão dela de novo. – Eu estava tentando lhe dizer que depois que ganhei, pela *primeira* vez, não pela *segunda* – brincou –, estava falando sem parar sobre meus objetivos e o que queria fazer e, é claro, meu pai apenas me ouvia. Mas minha mãe começou a tirar a mesa e depois de algum tempo interrompeu minha grandiosa fantasia para me contar uma história... que nunca esqueci.

– Qual?

– Um rapaz mora em uma casa pequena e velha na praia e vai pescar em seu barco a remo no oceano todos os dias, não só porque precisa comer, mas também porque se sente em paz na água. Mais do que isso, quer melhorar sua vida e a de sua família, e então trabalha duro trazendo cada vez mais peixes. Com seus ganhos, compra um barco maior para tornar o negócio ainda mais lucrativo. Isso leva a um segundo barco e depois a um terceiro, e com o passar dos anos e o constante crescimento do negócio ele acumula uma frota de barcos. A essa altura está rico e bem-sucedido, com uma grande casa e um negócio próspero, mas o estresse e a pressão de dirigir a empresa acabam cobrando seu preço. Ele percebe que, quando se aposentar, o que realmente quer é morar em uma casa pequena na praia, onde possa pescar o dia inteiro em um barco a remo... porque quer ter a mesma sensação de paz e satisfação que tinha na juventude.

Sophia inclinou a cabeça.

– Sua mãe é uma mulher sábia. Há muita verdade nessa história.

– Você acha?

– A questão é que as pessoas quase nunca entendem que nada é exatamente como pensam que será.

A essa altura eles tinham chegado à entrada do labirinto. Luke a conduziu, mostrando becos sem saída depois de uma série de voltas e outras que levavam ainda mais longe. O labirinto cobria quase um acre, o que o tornava uma enorme atração para as crianças.

Quando chegaram à saída, andaram até as abóboras colhidas. Embora muitas tivessem sido postas na frente, algumas estavam guardadas em caixas e outras amontoadas em pilhas irregulares. Centenas continuavam no campo mais à frente.

– É isso aí – disse ele.

– É muito. Quanto tempo levou para arrumar tudo?

– Três dias. Mas ainda tínhamos outras coisas para fazer.

– E é claro que você fez.

Ela examinou as abóboras, finalmente escolhendo uma de tamanho médio e a entregando para Luke antes de voltarem para a caminhonete, onde ele a colocou na carroceria.

Quando Luke se virou, Sophia estava em pé na frente dele, os fartos cabelos louros quase brancos ao luar. Instintivamente, pegou primeiro uma das mãos dela e depois a outra, e as palavras saíram antes que pudesse contê-las:

– Sinto que quero saber tudo sobre você – murmurou.

– Você me conhece melhor do que pensa – disse ela. – Eu lhe falei sobre minha família e minha infância, a universidade e o que quero fazer da vida. Não há muito mais para saber.

Mas havia. Havia muito mais, e Luke queria saber tudo.

– Por que você está aqui? – sussurrou ele.

Sophia não entendeu o que ele queria dizer.

– Por que você me trouxe?

– Quero dizer, por que está comigo?

– Porque eu quero.

– Estou feliz – confessou ele.

– Está? Por quê?

– Porque você é inteligente. E interessante.

Ela estava com a cabeça erguida e uma expressão convidativa.

– Na última vez que você disse que eu era interessante acabou me beijando.

Luke não respondeu. Apenas inclinou-se para a frente e viu os olhos dela se fechando devagar. Quando seus lábios se tocaram, teve uma sensação de descoberta, como a de um explorador que enfim chega a praias distantes que apenas imaginara ou das quais só ouvira falar. Beijou-a de novo e de novo. Quando finalmente se afastou, encostou a testa na dela. Respirou fundo, tentando controlar as emoções, sabendo que não a amava apenas aqui e agora, mas que nunca deixaria de amá-la.

11

Ira

É sábado à tarde, e quando escurecer estarei aqui há mais de 24 horas. A dor continua intermitente, mas estou com as pernas e os pés dormentes por causa do frio. Meu rosto, apoiado no volante, começou a doer; posso sentir os hematomas surgindo. Mas meu maior tormento é a sede. A vontade de beber água é lancinante, minha garganta formigando a cada respiração. Meus lábios estão secos e rachados como um campo atingido pela seca.

Água, penso. Sem ela, morrerei. Preciso dela e posso ouvi-la me chamando.

Água.

Água.

Água.

O pensamento não me deixa, bloqueando todo o restante. Nunca em minha vida ansiei por uma coisa tão simples; nunca passei horas me perguntando como consegui-la. E não preciso de muito. Só um pouquinho já faria toda a diferença. Uma única gota fará diferença.

Mas continuo paralisado. Não sei onde está a garrafa de água e não sei se conseguiria abri-la caso a encontrasse. Temo que se desafivelar o cinto de segurança, possa cair para a frente, fraco demais para impedir que minha clavícula bata no volante. Eu poderia acabar enroscado no chão do carro, em uma posição que impossibilitaria meu resgate. Não posso nem imaginar erguer minha cabeça, quanto mais procurar a garrafa.

Mas ainda assim a necessidade de água grita. Seu chamado é constante e insistente, e entro em desespero. Morrerei de sede, penso. Morrerei aqui, como estou. E não há como chegar ao banco traseiro. Os paramédicos vão me tirar daqui como um picolé.

– Você tem um senso de humor mórbido – diz Ruth, interrompendo meus pensamentos, e me lembro de que ela não é nada além de um sonho.

– Acho que a situação exige isso, não é?

– Você ainda está vivo.

– Mas por quanto tempo?

– Há um caso registrado de 64 dias. Um homem na Suécia. Vi no Weather Channel.

– Não. Eu vi no Weather Channel.

Ruth dá de ombros.

– É a mesma coisa, não é?

De certo modo, ela tem razão.

– Preciso de água.

– Não – diz Ruth. – Precisamos conversar. Isso vai evitar que você fique com a mente fixada em água.

– Como um truque – digo.

– Eu não sou um truque – corrige Ruth – Sou sua esposa. E quero que você me ouça.

Obedeço. Olhando para ela, deixo-me levar de novo. Meus olhos enfim se fecham e sinto como se estivesse flutuando rio abaixo. Imagens vêm e vão, uma após outra, enquanto sou carregado pela corrente.

Flutuando.

Flutuando.

Por fim tudo se cristaliza em algo real.

⚜

No carro, abro e fecho os olhos, notando como Ruth mudou desde minha última visão. Mas essa lembrança, ao contrário das outras, é clara e nítida para mim. Ela está como em junho de 1946. Sei disso porque é a primeira vez que a vejo usar um vestido de verão casual. Ruth, como todos depois da guerra, está mudando. As roupas estão mudando. Mais tarde nesse ano o biquíni será inventado por Louis Réard, um engenheiro francês, e ao olhar para Ruth noto uma beleza sinuosa nos músculos dos seus braços. Sua pele tem um bronzeado suave adquirido nas semanas que passamos na praia com seus pais. O pai levou a família para Outer Banks para comemorar sua contratação oficial pela Duke. Ele foi entrevistado em vários lugares, inclusive em uma pequena faculdade de arte experimental nas montanhas, mas se sentia mais à vontade em meio aos prédios góticos da Duke. Voltaria a lecionar naquele outono, uma notícia boa em um ano difícil e triste.

As coisas tinham mudado entre mim e Ruth desde aquela noite no parque. Ela dissera pouco sobre minha revelação, mas quando a levei para casa não tentei lhe dar um beijo de boa-noite. Sabia que ela estava confusa, e mais tarde a própria Ruth admitiu não ter sido ela mesma nas semanas seguintes. Na próxima vez que a vi não estava mais usando o anel de noivado, mas não a condenei por isso. Ela estava chocada, mas também com uma raiva justificada por eu só ter lhe contado naquela noite. Aquilo foi um golpe terrível, recebido logo após a perda da sua família em Viena. Uma coisa é declarar seu amor por alguém, outra muito diferente é aceitar que amar essa pessoa exige que você sacrifique os próprios sonhos. E ter filhos – formar uma família, por assim dizer – assumira um significado totalmente novo para Ruth depois da perda de seus parentes.

Entendi isso por intuição, e nos meses seguintes não pressionamos um ao outro. Não falamos em compromisso, mas continuamos a nos ver, talvez duas ou três vezes por semana. Às vezes eu a levava para assistir a um espetáculo ou para jantar e em outras ocasiões passeávamos pelo centro da cidade. Havia uma galeria de arte da qual ela gostava muito, e a visitávamos com frequência. A maioria das obras não era memorável no tema ou na execução, mas de vez em quando Ruth via algo especial em uma pintura que eu não reparara. Como seu pai, ela era apaixonada por arte moderna, um movimento criado por pintores como Van Gogh, Cézanne e Gauguin, e rápida em discernir a influência desses pintores até mesmo na obra medíocre que examinávamos.

Essas visitas à galeria e o profundo conhecimento de Ruth da arte em geral abriram um mundo novo para mim. Às vezes eu me perguntava se nossas discussões sobre arte se tornaram um meio de evitar conversas sobre o futuro. Elas criavam uma distância entre nós, mas eu me contentava com isso, ansiando até mesmo naqueles momentos por um perdão pelo passado e uma aceitação de algum tipo de futuro para nós, fosse qual fosse.

Contudo, Ruth não parecia mais perto de uma decisão do que estivera naquela fatídica noite no parque. Não era fria comigo, mas também não estimulava mais intimidade. Por isso, fiquei surpreso quando seus pais me convidaram para passar as férias com eles na praia.

Algumas semanas de passeios tranquilos poderiam ter sido o que precisávamos, mas infelizmente não pude ficar tanto tempo. Com meu pai grudado no rádio na sala dos fundos, àquela altura eu havia assumido a loja, que estava mais cheia do que nunca. Veteranos em busca de trabalho vinham comprar ternos que mal podiam pagar, a fim de procurarem emprego bem-vestidos. Mas as empresas demoravam a contratar, e quando esses homens desesperados apareciam, eu pensava em Joe Torrey e Bud Ramsey e fazia o que podia por eles. Convenci meu pai a estocar ternos de baixo custo com margens de lucro pequenas, e minha mãe fazia as alterações de graça. A fama de nossos preços razoáveis se espalhou, e embora não abríssemos mais aos sábados, as vendas aumentavam a cada mês.

Apesar de todo o trabalho na loja, consegui convencer meus pais a me emprestarem o carro para ir visitar a família de Ruth perto do fim das férias deles, e na quinta-feira de manhã peguei a estrada. Era uma longa viagem, com uma hora de estrada de terra. Havia uma beleza selvagem e indomada em Outer Banks nos anos logo após a guerra. Bem afastado do restante do estado, o lugar era habitado por famílias que moravam lá havia gerações, tirando seu sustento do mar. O capim-navalha salpicava as dunas sopradas pelo vento e as árvores retorcidas pareciam feitas de argila por uma criança. Em vários lugares vi cavalos selvagens, às vezes levantando as cabeças quando eu passava, abanando o rabo para espantar as moscas. Com o oceano rugindo de um lado e as dunas expostas ao vento do outro, abri as janelas, assimilando aquilo tudo e me perguntando o que poderia encontrar ao chegar ao meu destino.

Quando enfim virei na entrada para automóveis de cascalho e areia, o sol estava quase se pondo e o Shabat prestes a começar. Fiquei surpreso ao ver Ruth me esperando na varanda, descalça e com o mesmo vestido que está usando agora. Saí do carro e, ao olhar para ela, tudo em que pude pensar foi como estava bonita. Seus cabelos soltos caíam sobre os ombros e seu sorriso parecia guardar um segredo só nosso. Quando Ruth acenou para mim, minha respiração ficou presa diante da visão de um pequeno diamante brilhando sob os raios do sol poente – o anel de noivado, ausente nos últimos meses.

Fiquei paralisado por um momento, mas Ruth desceu os degraus e atravessou a areia como se não tivesse nenhuma preocupação no mundo. Quando se atirou em meus braços, tinha cheiro de sal, de mar e do próprio vento, um cheiro que associei para sempre a ela e àquele fim de semana em particular. Abracei-a, desfrutando da sensação de seu corpo contra o meu e pensando no quanto sentira falta de abraçá-la nos últimos três anos.

– Estou feliz por você estar aqui – sussurrou ela em meu ouvido.

Depois de um longo e gratificante abraço, beijei-a, e as ondas do oceano pareciam rugir sua aprovação. Assim que Ruth retribuiu meu beijo, eu soube que ela havia tomado sua decisão sobre mim, e meu mundo entrou nos eixos.

Aquele não foi nosso primeiro beijo, mas de muitos modos se tornou meu favorito, porque aconteceu quando eu mais precisava dele, marcando o início de um dos períodos mais importantes e maravilhosos da minha vida.

⚜

Ruth me sorri no carro, bonita e serena naquele vestido de verão. Está com a ponta do nariz ligeiramente vermelha e os cabelos agitados pelo vento, cheirando a maresia.

– Gosto dessa lembrança – diz.

– Eu também – respondo.

– Sim, porque naquele tempo eu era jovem. Com cabelos fartos, sem rugas nem flacidez.

– Você não mudou nada.

– *Bobagem* – diz ela fazendo um gesto com a mão. – Eu mudei. Envelheci, e isso não tem graça. As coisas que antes eram simples se tornam difíceis.

– Você está falando como eu – observo, e ela dá de ombros, imperturbada com a revelação de que não é nada além de um produto da minha imaginação. Ela volta à lembrança da minha visita:

– Fiquei muito feliz por você ter ido passar as férias conosco.

– Lamento minha visita ter sido tão curta.

Ruth demora um momento para responder:

– Acho que foi bom ter algumas semanas só para mim. Meus pais também pareciam saber disso. Havia pouco a fazer além de me sentar na varanda, andar na areia e tomar uma taça de vinho vendo o pôr do sol. Tive muito tempo para pensar. Sobre mim. Sobre nós.

– Foi por isso que você se atirou nos meus braços quando cheguei – brinco.

– Não me atirei nos seus braços – diz ela, indignada. – Sua memória está distorcida. Desci os degraus e lhe dei um abraço. Fui criada para ser uma dama. Apenas o cumprimentei. Isso é fruto da sua imaginação.

Talvez sim, talvez não. Quem pode saber depois de tanto tempo? Mas suponho que não tenha importância.

– Você se lembra do que fizemos depois? – pergunta Ruth.

Parte de mim pergunta se ela está me testando.

– É claro – respondo. – Nós entramos e cumprimentei seus pais. Sua mãe estava fatiando tomates na cozinha e seu pai grelhava atum na varanda dos fundos. Ele me disse que o havia comprado naquela tarde de um pescador que acabara de atracar o barco no píer. Estava muito orgulhoso. Ali, em pé perto da churrasqueira, ele parecia diferente... relaxado.

– Foi um bom verão para meu pai – concorda Ruth. – Naquela época, estava administrando a fábrica, por isso os tempos não eram tão difíceis, e foi a primeira vez em anos que tivemos dinheiro para sair de férias. Acima de tudo, ele estava em êxtase com a ideia de voltar a lecionar.

– E sua mãe estava feliz.

– O bom humor do meu pai era contagiante. – Ruth faz uma pausa. – E, como eu, ela havia passado a gostar daqui. Greensboro nunca seria Viena, mas ela aprendera o idioma e fizera muitos amigos. Também tinha passado a apreciar o calor humano e a generosidade das pessoas daqui. De certo modo, acho que finalmente começara a considerar a Carolina do Norte seu lar.

Do lado de fora do carro o vento sopra pedaços de neve dos galhos. Nenhum deles atinge o carro, mas de algum modo isso basta para me lembrar de onde estou. No entanto, isso não importa, não agora.

– Você se lembra de como o céu estava claro quando jantamos? – pergunto. – Havia tantas estrelas.

– Porque estava muito escuro, sem luzes da cidade. Meu pai notou também.

– Eu sempre adorei Outer Banks. Deveríamos ter ido para lá todos os anos – digo.

– Acho que o lugar teria perdido a magia – responde ela. – Em alguns anos foi perfeito, como fizemos. Porque sempre que voltávamos parecia novo e selvagem. Além disso, quando teríamos ido? Estávamos sempre viajando nos verões. Para Nova York, Boston, Filadélfia, Chicago, até para a Califórnia. E sempre para Black Mountain. Tivemos a chance de conhecer este país como poucas pessoas, e o que poderia ser melhor que isso?

Nada, penso, sabendo no fundo do meu coração que ela está certa. Minha casa está cheia de lembranças dessas viagens. Mas, estranhamente, fora uma concha que encontramos na manhã seguinte, eu não tinha nada para me lembrar desse lugar, e ainda assim nunca o esquecia.

– Eu sempre gostei de jantar com seus pais. Seu pai parecia saber um pouco sobre tudo.

– Ele sabia – diz Ruth. – O pai dele tinha sido professor e o irmão, também. Os tios eram professores. Meu pai veio de uma família de intelectuais. Mas ele também achava você interessante. Ficou fascinado com seu trabalho de navegador aéreo durante a guerra, apesar de sua relutância em falar nisso. Acho que isso aumentou o respeito dele por você.

– Mas sua mãe não sentia o mesmo.

Ruth faz uma pausa e sei que está tentando escolher as palavras. Ela brinca com uma mecha de cabelos soprada pelo vento, inspecionando-a antes de prosseguir:

– Naquela época, minha mãe ainda estava preocupada comigo. Tudo que sabia era que você havia partido meu coração apenas alguns meses antes e, embora nós estivéssemos nos vendo de novo, ainda havia algo que me incomodava.

Ruth estava falando sobre as consequências da minha caxumba e o que isso provavelmente implicaria para nosso futuro. Foi algo que ela só contou à mãe anos depois, quando a perplexidade dela se transformou em tristeza e ansiedade pelo fato de não ter sido avó. Ruth lhe contou que não poderíamos ter filhos, tendo o cuidado de não pôr a culpa só em mim, embora pudesse ter feito isso. Outro de seus atos de bondade, pelo qual sempre fui grato.

– Sua mãe não falou muito durante o jantar, mas fiquei aliviado quando sorriu para mim.

– Ela gostou de você ter se oferecido para lavar a louça.

– Era o mínimo que eu podia fazer. Até hoje, aquela foi a melhor refeição que já experimentei.

– Foi boa, não foi? – recorda Ruth. – Mais cedo minha mãe tinha encontrado uma barraquinha na beira da estrada com legumes e verduras frescos. Ela também havia assado um pão. Meu pai se mostrou à vontade na churrasqueira.

– E depois que terminamos com a louça fomos dar uma caminhada.

– Sim – diz Ruth. – Você foi muito corajoso naquela noite.

– Não fui corajoso. Apenas pedi uma garrafa de vinho e duas taças.

– Sim, mas isso era novidade para você. Minha mãe nunca tinha visto esse seu lado. Isso a deixou nervosa.

– Mas nós dois éramos adultos.

– Esse era o problema. Você era um homem e ela sabia que os homens têm necessidades.

– E as mulheres não?

– Sim, é claro. Mas, ao contrário dos homens, as mulheres não são controladas por elas. As mulheres são civilizadas.

– Sua mãe lhe disse isso? – Meu tom de voz é cético.

– Não precisei que minha mãe me dissesse. Estava claro para mim o que você queria. Seu olhar estava cheio de luxúria.

– Se bem me lembro, fui um perfeito cavalheiro naquela noite.

– Foi, mas ainda era excitante vê-lo tentar controlar suas necessidades. Especialmente quando você estendeu sua jaqueta e nos sentamos na areia e bebemos vinho. O oceano parecia absorver o luar e pude sentir que você me desejava, embora tentasse não demonstrar. Você pôs o braço em volta de mim e conversamos, nos beijamos, conversamos um pouco mais e eu estava um pouco embriagada...

– E foi perfeito – digo por fim.

– Sim – concorda Ruth. – Foi. – Sua expressão é nostálgica e um pouco triste. – Eu sabia que queria me casar com você e tinha certeza de que sempre seríamos felizes juntos.

Faço uma pausa, consciente do que ela estava pensando, mesmo naquela época.

– Você ainda tinha a esperança de que o médico estivesse errado.

– Acho que eu disse que tudo estaria nas mãos de Deus.

– Dá no mesmo, não é?

– Talvez – responde Ruth, e então balança a cabeça. – O que sei é que, quando estava sentada com você naquela noite, senti que Deus me dizia que eu estava fazendo a coisa certa.

– E então vimos a estrela cadente.

– Ela brilhou por todo o caminho no céu – diz Ruth. Mesmo agora, sua voz está cheia de espanto. – Foi a primeira vez que vi uma assim.

– Eu lhe disse para fazer um pedido – observo.

– Eu fiz – diz ela, me olhando nos olhos. – E meu desejo se tornou realidade apenas algumas horas depois.

Apesar de ser tarde quando Ruth e eu voltamos para a casa, a mãe dela ainda estava acordada, sentada junto à janela, lendo. Assim que entramos senti seus olhos em nós, procurando uma camisa para fora da calça ou abotoada errado, areia em nossos cabelos. Ao se levantar para nos cumprimentar, seu alívio foi perceptível, embora fizesse o possível para disfarçá-lo.

Ela conversou com Ruth enquanto eu voltava para o carro para pegar minha mala. Como muitas das casas naquela parte da praia, a deles tinha dois andares. Ruth e seus pais ocupavam quartos abaixo do nível do chão, e o quarto destinado a mim ficava logo depois da cozinha. Nós três passamos alguns minutos na cozinha antes de Ruth começar a bocejar. Sua mãe também bocejou, assinalando o fim da noite. Ruth não me beijou na frente dela – naquele ponto, ainda não tínhamos feito isso –, e depois que foi embora, sua mãe a seguiu.

Apaguei as luzes e me retirei para a varanda dos fundos, tranquilizado pelo mar iluminado pela lua e pela brisa em meus cabelos. Fiquei sentado lá fora por um longo tempo, sentindo a temperatura cair, meus pensamentos mudando de Ruth e eu para Joe Torrey e meus pais.

Tentei imaginar meu pai e minha mãe em um lugar como aquele, mas não consegui. Nunca saímos de férias – a loja sempre nos havia prendido –, mas, mesmo se isso tivesse sido possível, não teriam sido férias como aquelas. Não podia imaginar meu pai na churrasqueira com uma taça de vinho na mão, assim como não podia imaginá-lo no topo do monte Everest, e por alguma razão esse pensamento me entristeceu. Percebi que meu pai não tinha a menor ideia de como relaxar. Ele parecia levar a vida aflito e preocupado com o trabalho. Os pais de Ruth, por outro lado, pareciam apreciar cada momento. Fiquei surpreso com o fato de Ruth e seus pais terem reagido à guerra de modo diferente de nós. Enquanto meu pai e minha mãe pareceram recuar para o passado – embora não do mesmo modo –, os pais dela abraçaram o futuro, como se aproveitando a chance na vida. Optaram por tirar o máximo proveito de seus destinos auspiciosos e nunca perderam um sentimento de gratidão pelo que tinham.

A casa estava silenciosa quando finalmente entrei. Tentado pelo pensamento em Ruth, desci a escada na ponta dos pés. Havia um quarto em cada lado do corredor, mas as portas estavam fechadas e não soube qual era o de Ruth. Fiquei em pé esperando, olhando de um para outro, e por fim me virei e voltei por onde tinha vindo.

Em meu quarto, despi-me e fui para a cama. O luar entrava pelas janelas, deixando o ambiente prateado. Dava para ouvir o som das ondas arrebentando, tranquilizante em sua monotonia, e após alguns minutos senti-me adormecendo.

Algum tempo depois, ouvi a porta se abrir, mas a princípio achei que fosse minha imaginação. Sempre tive sono leve – mais ainda desde a guerra –, e embora no início só visse sombras, soube que era Ruth. Desorientado, sentei-me na cama quando ela entrou no quarto, fechando a porta silenciosamente. Estava usando um robe, e ao se aproximar da cama desfez o nó em um único movimento fluido e o robe escorregou para o chão.

Um momento depois Ruth estava na minha cama. Quando deslizou para junto de mim, sua pele pareceu irradiar uma crepitante eletricidade. Nossas bocas se uniram e senti sua língua tocar a minha enquanto eu passava os dedos por seus cabelos e suas costas. Sabíamos que não devíamos fazer barulho e o silêncio tornava tudo ainda mais excitante. Eu a rolei sobre suas costas. Beijei sua bochecha e dei beijos febris descendo por seu pescoço e voltando para sua boca, perdido no momento e em sua beleza.

Fizemos amor, e uma hora depois, fizemos de novo. Nesse meio-tempo, aconcheguei-a ao meu corpo, sussurrando em seu ouvido quanto a amava e que nunca haveria outra. Durante todo esse tempo Ruth falou pouco, mas em seus olhos e em seu toque senti o eco das minhas palavras. Logo antes do amanhecer ela me beijou com ternura e vestiu novamente o roupão. Ao abrir a porta, virou-se para olhar para mim.

– Também amo você, Ira – sussurrou. E, com isso, ela se foi.

Fiquei deitado na cama, acordado, até o céu começar a clarear, revivendo as horas que tínhamos acabado de passar juntos. Perguntei-me se Ruth estaria dormindo ou se também teria ficado acordada. Perguntei-me se estava pensando em mim. Pela janela, vi o sol nascer como se estivesse se erguendo do oceano, e em toda a minha vida nunca testemunhei um amanhecer mais espetacular. Não saí do quarto até ouvir vozes baixas na cozinha, os pais dela se esforçando para não me acordar. Por fim ouvi a voz de Ruth e esperei um pouco mais antes de me vestir e abrir a porta.

A mãe dela estava em pé perto da bancada, servindo uma xícara de café, enquanto Ruth e seu pai estavam à mesa. A mãe de Ruth se virou para mim com um sorriso.

– Dormiu bem?

Fiz o possível para não olhar para Ruth, mas pelo canto do olho pensei ter visto um ligeiro sorriso surgir em seus lábios.

– Como um anjo – respondi.

12

Luke

Na arena em Knoxville, onde Luke montara pela última vez seis anos antes, as arquibancadas já estavam quase cheias. Ele estava no brete, sentindo a familiar descarga de adrenalina, o mundo subitamente comprimido. Mal ouviu o locutor descrevendo os altos e baixos de sua carreira, mesmo quando a multidão ficou em silêncio.

Luke não se sentia pronto de verdade. Mais cedo tivera um tremor nas mãos. Agora percebia o medo surgindo, tornando difícil se concentrar. Abaixo dele, um touro chamado Manchado se movia violentamente e escoiceava, forçando-o a se concentrar no momento imediato. Outros caubóis seguravam com força a corda abaixo do touro, e Luke ajustou sua corda americana. Era a mesma que usava desde que começara a montar, a que usara com Monstrengo. Ao terminar de ajustá-la, Manchado apertou sua perna contra a grade, inclinando-se. Os caubóis que haviam ajudado a firmar a corda puxaram o touro. Manchado se moveu e, mais que depressa, Luke pôs a perna na posição certa. Ele se posicionou e assim que estava pronto disse:

– Vamos.

O brete se abriu e o touro investiu para a frente corcoveando selvagemente, baixando a cabeça e levantando as pernas traseiras. Luke tentou permanecer centrado, o braço estendido enquanto o animal girava para a esquerda. Luke o acompanhou, prevendo o movimento. Então o touro corcoveou de novo antes de mudar de direção de repente. Luke não havia previsto isso e saiu de seu eixo, perdendo um pouco do equilíbrio, mas mesmo assim não caiu. Fez força com os antebraços na tentativa de se aprumar, segurando-se como pôde. Manchado corcoveou mais uma vez e começou a girar de novo bem no momento em que a campainha tocou. Luke soltou a corda no mesmo instante em que pulou do touro. Caiu de quatro e se levantou depressa, correndo para a cerca sem olhar para trás. Quando subiu nas ripas, Manchado já estava saindo da arena. Luke se sentou ali, esperando sua pontuação, sentindo a adrenalina deixar o corpo. A multidão gritou quando foi anunciado que ele fizera 81 pontos – o que não era bom o suficiente para ficar entre os quatro melhores, mas era o bastante para mantê-lo na competição.

Mesmo depois de se recuperar, Luke passou alguns minutos sem saber se conseguiria montar de novo, o medo voltando com força total. O próximo touro sentiu sua tensão e, na segunda rodada, ele não chegou nem na metade do tempo de montaria. Quando foi lançado no ar, sentiu pânico. Caiu sobre um dos joelhos e sentiu algo se torcer antes de tombar para o lado. Ficou tonto por um segundo, mas àquela altura estava agindo por instinto e mais uma vez escapou ileso.

A pontuação da primeira montaria mal foi suficiente para mantê-lo entre os 15 melhores e, depois de montar nas finais, terminou em nono lugar.

Não ficou esperando. Enviou uma mensagem de texto para a mãe, deu partida na caminhonete e saiu do estacionamento, voltando para a fazenda pouco depois das quatro da manhã. Ao ver as luzes na casa principal, deduziu que a mãe acordara cedo ou, mais provavelmente, não dormira.

Enviou-lhe outra mensagem de texto após desligar o motor, sem esperar resposta.

Como sempre, não recebeu.

⚜

De manhã, depois de duas horas de sono intermitente, Luke entrou capengando na casa da fazenda quando a mãe estava terminando de cozinhar. Ovos não muito duros, salsichas e panquecas, o cheiro agradável impregnava o ambiente.

– Oi, mãe – cumprimentou ele, pegando uma xícara.

Disfarçou a claudicação o melhor que pôde ao se dirigir à cafeteira, achando que acabaria precisando de muito mais do que uma ou duas xícaras para digerir o ibuprofeno que trazia na mão.

Sua mãe o observou se servir.

– Você está machucado – disse ela, parecendo menos zangada do que ele havia esperado. Mais preocupada.

– Não muito – falou Luke, apoiando-se no balcão e tentando não fazer cara de dor. – Meu joelho inchou um pouco na volta para casa, só isso. Depois que a musculatura estiver aquecida, melhora.

Ela franziu os lábios, obviamente se perguntando se deveria acreditar nele, antes de fazer um gesto afirmativo com a cabeça.

– O.k. – disse, e depois de pôr a frigideira em um queimador frio, envolveu-o em um abraço, o primeiro em semanas.

O abraço durou um pouco mais que de costume, como se a mãe estivesse tentando compensar o tempo perdido. Quando ela se afastou, Luke notou as bolsas sob seus olhos e soube que tinha dormido tão pouco quanto ele. Ela acariciou o peito do filho.

– Sente-se – disse. – Vou fazer seu prato.

Luke se moveu devagar, tomando cuidado para não derramar o café. Quando esticou a perna debaixo da mesa, numa tentativa de ficar confortável, a mãe colocou o prato na sua frente. Pôs a cafeteira na mesa e depois se sentou ao seu lado. O prato da mãe continha exatamente metade da comida que havia no dele.

– Eu sabia que você demoraria a chegar, por isso alimentei os animais e verifiquei o gado esta manhã.

O fato de ela não admitir que o esperara acordada não o surpreendeu, como também não o surpreendia que ela não se queixasse.

– Obrigado – disse Luke. – Quantas pessoas vieram ontem?

– Umas duzentas, mas choveu um pouco à tarde. Devem vir mais hoje.

– Preciso reabastecer o estoque?

Ela assentiu.

– José reabasteceu um pouco antes de ir para casa, mas provavelmente precisaremos de mais algumas abóboras.

Eles comeram em silêncio por um momento.

– Eu caí de mau jeito – explicou Luke. – Foi assim que machuquei o joelho.

Ela bateu com o garfo no prato.

– Eu sei – disse.

– Como sabe?

– Liz, a garota do escritório da arena, me telefonou – respondeu. – Ela me fez um resumo das suas montarias. Nós nos conhecemos há muito tempo, lembra?

Luke não havia esperado por isso e a princípio não soube o que dizer. Então espetou um pedaço de salsicha e o mastigou, ansioso por mudar de assunto.

– Antes de eu sair, mencionei que Sophia vai vir hoje, né?

– Para o jantar – disse a mãe. – Eu estava pensando em torta de mirtilos para a sobremesa.

– Você não precisa fazer isso.

– Já fiz – disse ela, apontando com o garfo na direção do balcão.

No canto, debaixo dos armários, Luke avistou a torta no prato de cerâmica favorito da mãe, com filetes de suco de mirtilos tostados dos lados.

– Quando?

– Ontem à noite. Tive um pouco de tempo depois que terminamos com os clientes. Quer que eu faça um ensopado?

– Não, não precisa – respondeu Luke. – Eu estava pensando em grelhar alguns bifes.

– Então purê de batata – acrescentou a mãe. – E vagem. Também farei uma salada.

– Você não precisa fazer tudo isso.

– É claro que preciso. Ela é uma convidada. Além disso, experimentei seu purê de batata e, se quiser que ela volte, é melhor deixar isso comigo.

Luke sorriu. Só então percebeu que, além de assar a torta, ela havia arrumado a cozinha. Provavelmente a casa também.

– Obrigado – disse ele. – Mas não seja muito dura com ela.

– Não sou dura com ninguém. E sente-se direito quando estiver falando comigo.

Ele riu.

– Acho que você finalmente me perdoou, não é?

– De jeito nenhum – disse ela. – Ainda estou zangada por você competir nesses rodeios, mas não posso fazer nada quanto a isso agora. Além do mais, a temporada terminou. Imagino que recobrará o juízo antes de janeiro. Às vezes você faz coisas estúpidas, mas eu gostaria de pensar que o criei para não agir assim o tempo todo.

Luke não disse nada, relutando em começar uma discussão.

– Você vai gostar de Sophia – disse, mudando de assunto.

– Acho que sim. Já que é a primeira garota que você convida para vir aqui.

– Angie costumava vir.

– Agora ela está casada com outra pessoa. E você era um garoto. Isso não conta.

– Eu não era um garoto. Estava no último ano do ensino médio.

– Dá no mesmo.

Luke cortou outro pedaço de panqueca e o mergulhou na calda.

– Mesmo se eu achasse que você está errada, estou feliz por estarmos conversando de novo.

Ela espetou com o garfo um pedaço de ovo.

– Eu também.

⚜

Para Luke o restante do dia foi estranho. Geralmente depois do café da manhã ele começava a trabalhar logo, fazendo o possível para riscar itens da lista de tarefas e sempre estabelecendo prioridades. Algumas coisas tinham de ser feitas de imediato – como preparar as abóboras antes de os clientes começarem a chegar ou cuidar de um animal ferido.

Normalmente, o tempo passava rápido. Ele pulava de um projeto para outro, e antes que percebesse era hora de fazer uma pausa rápida para o almoço.

Acontecia o mesmo às tardes. Quase todos os dias, sentindo-se um pouco frustrado por não ter terminado determinada tarefa, ele se via entrando na casa da fazenda quando o jantar estava prestes a ser servido, perguntando-se como as horas haviam lhe escapado.

Hoje prometia ser diferente, e como a mãe previra, a fazenda estava ainda mais cheia que na véspera. Carros, caminhonetes e minivans se enfileiravam dos dois lados da entrada para automóveis, quase chegando à estrada principal, e havia crianças por toda parte. Apesar de ainda sentir dor no joelho, ele carregou abóboras, ajudou pais a encontrar seus filhos no labirinto e encheu centenas de balões com gás hélio. Os balões eram uma novidade este ano, assim como os cachorros-quentes, as batatas fritas e os refrigerantes, em uma mesa administrada por sua mãe. Mas ao passar de uma tarefa para outra ele se viu pensando em Sophia. De vez em quando olhava para o relógio, certo de que as horas haviam passado, mas então via que tinham sido apenas vinte minutos.

Queria vê-la de novo. Tinha falado com ela ao telefone na sexta-feira e no sábado, e toda vez ficava nervoso antes de Sophia atender. Sabia como se sentia em relação a ela, o problema era que não tinha a menor ideia se era recíproco. Antes de discar, achava fácil demais imaginar que ela atenderia apenas com um entusiasmo morno. Embora Sophia tivesse sido cordial e falante, depois de desligar ele relembrava a conversa, assolado por dúvidas sobre os verdadeiros sentimentos dela.

Isso era a coisa mais estranha que já lhe acontecera. Ele não era um adolescente bobo e obsessivo. Nunca tinha sido assim, e pela primeira vez não sabia o que fazer. Tinha certeza apenas de que queria passar o tempo com ela, e aquele jantar estava demorando a chegar.

13

Sophia

— Você sabe o que isso significa, não sabe? Jantar com a mãe dele? – perguntou Marcia com ar travesso.

Enquanto falava, se servia de uma caixa de passas, que Sophia sabia que seria seu café da manhã, almoço e jantar do dia. Marcia, como muitas das garotas na casa, reservava suas calorias para os coquetéis à noite ou compensava as calorias extras dos coquetéis da véspera.

Sophia estava pondo uma presilha nos cabelos, quase pronta para sair.

– Acho que significa que vamos comer.

– Você está sendo evasiva de novo – observou Marcia. – Nem me contou o que vocês dois fizeram na quinta-feira.

– Eu lhe contei que mudamos de ideia e jantamos em um restaurante japonês. Depois fomos de carro até a fazenda.

– Uau! – exclamou Marcia. – Posso imaginar a noite em todos os detalhes.

– O que você quer que eu diga? – perguntou Sophia, exasperada.

– Quero detalhes. Pormenores. E como você obviamente está tentando não me contar, vou presumir que as coisas entre vocês ficaram quentes.

Sophia terminou de pôr a presilha.

– Não. Mas me pergunto por que você está tão interessada...

– Ah, puxa, não sei. Talvez porque você tenha saltitado pelo quarto? Ou porque na festa de sexta-feira à noite não tenha saído do sério nem mesmo quando viu Brian? E durante o jogo de futebol, quando seu caubói telefonou, tenha se afastado para falar com ele, embora o time estivesse prestes a marcar um ponto? Se quer saber, parece que isso está ficando sério.

– Nós nos conhecemos no fim de semana passado. Ainda não é sério.

Marcia balançou a cabeça.

– Não acredito em você. Acho que gosta muito mais desse cara do que quer assumir. Mas também devo preveni-la de que isso provavelmente não é uma boa ideia.

Quando Sophia se virou para ela, Marcia pôs o resto das passas na palma da mão e amassou a caixa. Arremessou-a para a lixeira e, como sempre, errou.

– Você acabou de sair de um relacionamento. Ainda está se recuperando. E nunca dá certo começar uma relação desse jeito – disse Marcia, muito segura.

– Eu não estou me recuperando. Já faz muito tempo que terminei com Brian.

– Não faz tanto tempo assim. E, só para ficar sabendo, ele ainda não a esqueceu. Ainda quer você de volta, mesmo depois do que aconteceu no último fim de semana.

– E daí?

– Só estou tentando lembrá-la de que Luke é o primeiro cara com quem saiu desde então. O que significa que não teve tempo de descobrir o que realmente quer de um homem. Ainda não recuperou o equilíbrio. Lembra-se do modo como agiu no fim de semana passado? Você surtou porque Brian apareceu. E foi nesse estado emocional que encontrou outra pessoa. É isso que significa se recuperar, e relacionamentos nessa fase não funcionam porque você não está no estado de espírito certo. Luke não é o Brian. Entenda isso. Só estou tentando dizer que daqui a alguns meses você pode querer algo mais do que apenas *ele não é o Brian*. E a essa altura, se não tomar cuidado, se machucará. Ou ele se machucará.

– É só um jantar – protestou Sophia. – Não é nada muito importante.

Marcia pôs a última passa na boca.

– Se você diz...

⚜

Às vezes Sophia detestava sua colega de quarto. Como agora, dirigindo para a fazenda. Ela tinha estado de bom humor nos últimos três dias e até gostara da festa e do jogo de futebol de sexta-feira. Hoje, mais cedo, fizera boa parte de seu trabalho para a aula de arte renascentista, que só seria na terça-feira. Em suma, fora um ótimo fim de semana, e quando estava se preparando para fechá-lo com chave de ouro, Marcia tinha que abrir a boca e encher sua cabeça. Porque, se tinha certeza de uma coisa, era de que *não* precisava se recuperar.

Certo?

O fato era que não só havia terminado com Brian, como também estava feliz por isso. Desde a última primavera o relacionamento a fizera se sentir como Jacob Marley, o fantasma em *Um conto de Natal*, que era obrigado a carregar para sempre as correntes que forjara na vida. Depois que Brian a traíra pela segunda vez, parte dela se afastara emocionalmente, apesar de não ter rompido o namoro. Ainda o amava, só que não de um modo cego, inocente e incondicional. Quando eles terminaram, foi como se isso já tivesse acontecido muito antes.

E, sim, admitia que depois ficara perturbada. Quem não ficaria? Eles haviam namorado durante quase dois anos. Estranho seria se não tivesse ficado. Mas se perturbou ainda mais com as outras coisas que ele havia feito: os telefonemas, as mensagens de texto, segui-la pelo campus. Por que Marcia não entendia isso?

Satisfeita por ter resolvido tudo, Sophia se aproximou da saída que levava à fazenda, sentindo-se um pouco melhor. Marcia não sabia do que estava falando. Ela estava bem emocionalmente, e não se recuperando. Luke era um homem bom e eles ainda estavam se conhecendo. Não era como se ela fosse se apaixonar por ele. Esse pensamento nem tinha lhe ocorrido.

Certo?

⚜

Quando Sophia virou na entrada para automóveis, ainda tentava silenciar a voz irritante de sua colega de quarto, sem saber se deveria estacionar na casa de Luke ou ir para a casa da fazenda. Apesar de os faróis estarem acesos, teve que se inclinar sobre o volante para ver para onde estava indo. Dirigiu devagar, perguntando a si mesma se Cachorro apareceria para conduzi-la. Naquele momento o viu perambulando pela estrada na saída da via principal.

Ele correu na frente do carro, olhando para trás de vez em quando, até ela chegar ao bangalô de Luke. Estacionou no mesmo lugar em que havia parado antes. As luzes estavam acesas lá dentro e ela viu Luke na janela, em pé no que achou que fosse a cozinha. Quando ela desligou o motor e saiu, ele estava descendo da varanda e vindo na sua direção. Usava jeans, botas e uma camisa branca de colarinho com as mangas dobradas, sem chapéu. Sophia respirou fundo, se acalmando, mais uma vez desejando não ter falado com Marcia. Apesar da escuridão, viu que Luke sorria.

– Oi – gritou ele.

Quando se aproximou, inclinou-se para beijá-la e ela sentiu cheiro de xampu e sabonete. Foi um beijo breve, apenas de cumprimento, mas de algum modo ele deve ter percebido sua hesitação.

– Algum problema?

– Não. Tudo bem – disse Sophia. Deu um sorriso rápido, mas achou difícil olhar para ele.

Por um instante Luke não disse nada, depois fez um sinal afirmativo com a cabeça.

– Certo – disse. – Estou feliz por você estar aqui.

Apesar do olhar firme de Luke, ela percebeu que não sabia bem o que ele estava pensando.

– Eu também.

Luke deu um pequeno passo para trás e enfiou a mão no bolso.

– Terminou o trabalho?

A distância tornou mais fácil para ela pensar.

– Não. Mas fiz uma boa parte. Como foram as coisas aqui?

– Bem – respondeu Luke. – Vendemos a maioria das abóboras. As que sobraram são melhores para tortas.

Pela primeira vez Sophia notou um traço de umidade nos cabelos dele.

– O que você vai fazer com elas?

– Minha mãe vai fazer conserva. E durante o resto do ano fará as melhores tortas e o melhor pão de abóbora do mundo.

– Parece que isso poderia ser outro negócio.

– Sem chance. Não que ela não seja capaz, mas detestaria ficar o dia inteiro na cozinha. É do tipo que gosta de ficar ao ar livre.

– Acho que tem que ser.

Por um momento nenhum dos dois disse nada, e pela primeira vez desde que o conhecera o silêncio pareceu estranho.

– Está pronta? – perguntou Luke, apontando para a casa da fazenda. – Já acendi a brasa.

– Sim – respondeu Sophia.

Enquanto caminhavam, ela se perguntou se Luke pegaria sua mão, mas ele não pegou. Deixou-a em paz com seus pensamentos enquanto contornavam o bosque. A névoa continuava a aumentar, principalmente ao longe, escondendo por completo os pastos. O celeiro não era nada além de uma sombra, e a casa da fazenda, com suas luzes acenando das janelas, parecia uma abóbora iluminada.

Sophia podia ouvir o rangido do cascalho sob seus pés.

– Acabei de me dar conta de que você nunca me disse o nome da sua mãe. Devo chamá-la de Sra. Collins?

A pergunta pareceu surpreendê-lo.

– Não sei. Eu só a chamo de mãe.

– Qual é o nome dela?

– Linda.

Sophia testou mentalmente as duas maneiras.

– Acho que Sra. Collins é melhor – decidiu. – Já que é meu primeiro encontro com ela. Quero que goste de mim.

Luke se virou e, para surpresa de Sophia, ela o sentiu pegar sua mão.

– Ela vai gostar.

Antes que eles tivessem tempo de fechar a porta da cozinha, Linda Collins desligou a batedeira, olhou primeiro para Luke, depois examinou Sophia e se virou novamente para o filho. Pôs a batedeira sobre o balcão, as lâminas cobertas de purê de batata, e limpou as mãos no avental. Como Luke previra, ela estava usando jeans e uma camiseta de manga curta, embora as botas tivessem sido substituídas por sapatos de caminhada. Seus cabelos grisalhos estavam presos em um rabo de cavalo frouxo.

– Então esta é a jovem que você estava escondendo?

Ela abriu os braços, dando um rápido abraço em Sophia.

– Prazer em conhecê-la. Pode me chamar de Linda.

Seu rosto mostrava os efeitos de anos trabalhando ao sol, embora sua pele fosse menos castigada pelo tempo do que Sophia imaginara. Havia uma força oculta em seu abraço, os músculos tonificados pelo trabalho árduo.

– Prazer em conhecê-la. Sou Sophia.

Linda sorriu.

– Estou feliz por Luke enfim ter decidido trazê-la aqui. Por um momento não pude evitar pensar que ele estava com vergonha de sua velha mãe.

– Você sabe que isso não é verdade – disse Luke, e a mãe piscou antes de ir abraçá-lo também.

– Por que você não vai preparar os bifes? Estão marinando na geladeira e isso dará a mim e a Sophia uma chance de nos conhecermos.

– Está bem. Mas lembre-se de que você prometeu pegar leve com ela.

Linda não conseguiu esconder o divertimento em sua expressão.

– Francamente, não sei por que ele diz uma coisa dessas. Sou uma pessoa legal. Posso lhe oferecer algo para beber? Fiz chá gelado esta tarde.

– Seria ótimo – disse Sophia. – Obrigada.

Luke lhe lançou um olhar de *boa sorte* antes de se retirar para a varanda, enquanto Linda enchia um copo de chá e o entregava a Sophia. Seu próprio copo estava sobre o balcão e ela voltou para o fogão, onde abriu um pote de vagens que Sophia supôs terem vindo da horta.

Linda as colocou na panela com sal, pimenta e manteiga.

– Luke disse que você estuda na Wake Forest.

– Estou no último ano.

– De onde você é? – perguntou Linda, acendendo o fogo baixo. – Imagino que não seja daqui.

Ela perguntou do mesmo modo que Luke na noite em que se conheceram – com curiosidade, mas sem julgamentos. Sophia falou a Linda sobre sua vida, embora de maneira resumida. Linda contou alguns detalhes sobre a vida na fazenda, e a conversa fluiu tão facilmente quanto fluíra com Luke. Pelo que Linda descreveu, ficou claro que ela e Luke eram parceiros nas tarefas – ambos sabiam fazer tudo, embora Linda cuidasse mais da contabilidade e da cozinha, ao passo que Luke se dedicava ao trabalho ao ar livre e a reparos, mais por preferência do que por qualquer outro motivo.

Quando Linda terminou de cozinhar, fez um gesto na direção da mesa. No mesmo instante, Luke voltou. Ele se serviu de um copo de chá e saiu de novo para terminar os bifes.

– Houve momentos em que desejei ter ido para a universidade – continuou Linda. – Ou pelo menos ter feito alguns cursos.

– O que você teria estudado?

– Contabilidade. Talvez feito cursos de agricultura ou gerenciamento de gado. Tive que aprender sozinha, e cometi muitos erros.

– Você parece estar se saindo bem – observou Sophia.

Linda não disse nada, apenas pegou o copo e tomou outro gole.

– Você disse que tem irmãs mais novas?

– Três – respondeu Sophia.

– Quantos anos elas têm?

– Dezenove e 17.

– Gêmeas?

– Minha mãe diz que estava feliz com duas, mas meu pai realmente queria um menino, então eles tentaram mais uma vez. Ela conta que quase teve um ataque cardíaco no consultório quando recebeu a notícia.

Linda pegou seu chá.

– Aposto que foi divertido crescer com a casa tão cheia.

– Na verdade, era um apartamento. Ainda é. Mas foi divertido, embora às vezes um pouco apertado. Sinto falta de dividir o quarto com minha irmã Alexandra. Fizemos isso até eu ir para a universidade.

– Então vocês são íntimas.

– Sim – admitiu Sophia.

Linda a observou do modo intenso como Luke frequentemente fazia.

– Mas?

– Mas... agora é diferente. Eles ainda são minha família e sempre seremos íntimos, mas as coisas mudaram quando vim para a Wake. Alexandra, embora esteja na Rutgers, ainda vai para casa de quinze em quinze dias, nos fins de semana, às vezes mais. Branca e Dalena moram em casa, estão no ensino médio e trabalham na delicatéssen. Eu fico aqui oito meses por ano. Nos verões, justamente quando parece que as coisas estão voltando ao normal, é hora de partir de novo. – Ela passou a unha sobre a desgastada mesa de madeira. – Não sei o que posso fazer para me encaixar de novo. Vou me formar daqui a alguns meses e, a menos que acabe em um emprego em Nova York ou Nova Jersey, não sei quando voltarei para casa. E aí o que vai acontecer?

Sophia sentiu os olhos de Linda fixos nela e percebeu que era a primeira vez que verbalizava esses pensamentos. Não sabia bem por quê. Talvez porque a conversa com Marcia a tivesse deixado desestabilizada ou porque Linda parecesse alguém em quem se podia confiar. Ao desabafar, subitamente percebeu que queria ter dito isso havia muito tempo para alguém que entendesse.

Linda se inclinou para a frente e acariciou a parte de cima da mão de Sophia.

– É difícil, mas tenha em mente que isso acontece com quase todas as famílias. Filhos saem da casa dos pais, irmãos e irmãs se separam porque a vida os obriga a isso. Mas com frequência, depois de algum tempo, se aproximam de novo. Aconteceu o mesmo com Drake e o irmão dele...

– Drake?

– Meu falecido marido – explicou ela. – O pai de Luke. Ele e o irmão eram íntimos, e quando Drake entrou no circuito, mal se falaram durante anos. Mais tarde, depois que Drake se aposentou, se reaproximaram. Essa é a diferença entre família e amigos. A família sempre está presente, haja o que houver, mesmo quando não está na porta ao lado. O que significa que você encontrará um modo de manter a conexão viva. Especialmente porque percebe quanto isso é importante.

– Sim – concordou Sophia.

Linda suspirou.

– Eu sempre quis ter irmãos – confessou. – Sempre achei que seria divertido. Ter alguém com quem brincar, conversar. Costumava perguntar à minha mãe sobre isso o tempo todo, e ela só dizia: "Veremos." Só quando estava mais velha descobri que minha mãe sofrera uma série de abortos e... – Sua voz falhou antes de prosseguir. – Simplesmente não podia mais. Às vezes as coisas não são como a gente quer.

Quando ela disse isso, Sophia teve a nítida sensação de que Linda também podia ter sofrido abortos. Contudo, assim que o percebeu, Linda empurrou a cadeira para trás, obviamente encerrando o assunto.

– Vou fatiar alguns tomates para a salada – anunciou. – Os bifes ficarão prontos a qualquer minuto.

– Precisa de ajuda?

– Você poderia me ajudar a pôr a mesa. Os pratos estão lá e os talheres naquela gaveta – disse, apontando.

Sophia os pegou e arrumou a mesa. Linda fatiou tomates e pepinos e rasgou a alface, então misturou tudo em uma tigela colorida. Nesse momento, Luke entrou trazendo os bifes.

– Precisamos deixá-los descansar por alguns minutos – disse, pondo a travessa sobre a mesa.

– Bem na hora – disse a mãe. – Deixe-me apenas pôr a vagem e as batatas nas tigelas e o jantar estará pronto.

Luke se sentou.

– Então, do que vocês estavam falando? Lá de fora tive a sensação de que a conversa era séria.

– Estávamos falando de você – disse Linda, virando-se com uma tigela em cada mão.

– Espero que não – retrucou ele. – Não sou tão fascinante assim.

– Sempre há esperança – brincou a mãe, fazendo Sophia rir.

O jantar foi tranquilo, pontuado por risadas e histórias. Sophia lhes contou alguns dos absurdos que aconteciam na casa da irmandade – inclusive o fato de o encanamento precisar ser substituído porque muitas garotas eram bulímicas, e o vômito corroía os canos – e Luke contou alguns fatos pitorescos da turnê, um dos quais incluía um amigo – cujo nome não revelou – e uma mulher que o amigo conheceu no bar e no fim era... não exatamente o que ele imaginava. Linda a encantou com histórias da infância de Luke e de suas proezas no ensino médio, nenhuma das quais muito extravagante. Como muitos dos garotos que Sophia conhecera no colégio, Luke havia se metido em encrencas, mas também ganhara o campeonato estadual de lutas – além do rodeio – no terceiro e no quarto anos. Não admirava que Brian não o tivesse intimidado.

O tempo todo, Sophia observou e ouviu, os avisos de Marcia se tornando mais distantes a cada minuto. Era fácil passar o tempo com Linda e Luke. Eles ouviam e falavam do mesmo modo informal e espirituoso que a família de Sophia – totalmente diferente das interações sociais embaraçosas na Wake.

Quando terminaram a refeição, Linda serviu a torta, a melhor que Sophia já havia provado. Depois os três limparam a cozinha: Luke lavou a louça, Sophia secou e Linda guardou o que sobrou da comida.

O padrão era muito parecido com o da casa de Sophia. Isso a fez pensar na própria família, e pela primeira vez se perguntou o que seus pais achariam de Luke.

Ao sair da casa da fazenda, Sophia deu um abraço em Linda, mais uma vez notando seu tônus muscular. Quando se afastou, Linda piscou um olho.

– Sei que vocês dois vão continuar a visita, mas lembre-se de que Sophia tem aula amanhã. Não vai querer que ela se atrase. E você também tem que acordar cedo.

– Eu sempre acordo cedo.

– Você dormiu demais esta manhã, lembra? – Então se virou para Sophia: – Foi um prazer conhecê-la. Volte em breve, está bem?

– Voltarei – prometeu.

Luke e Sophia caminharam para o ar frio da noite. A névoa, agora ainda mais densa, fazia a paisagem parecer a de um sonho. A respiração de Sophia saía em pequenos sopros e ela deu o braço para Luke enquanto seguiam para a casa dele.

– Gostei da sua mãe – falou. – Ela não é nem um pouco como eu tinha imaginado, com base nas suas descrições.

– O que você imaginava?

– Achei que ficaria com medo dela. Ou que ela não demonstraria nenhuma emoção. Não conheço muitas pessoas que ignoram um pulso quebrado o dia inteiro.

– Minha mãe estava em um de seus melhores dias – explicou Luke. – Acredite, ela não é sempre assim.

– Não quando está zangada com você.

– Não quando está zangada comigo – concordou ele. – E em outros momentos também. Lidando com fornecedores, quando o gado vai para o mercado ou em outra situação assim, ela pode ser bastante dura.

– Se você diz... Eu a achei doce, inteligente e divertida.

– Fico feliz em saber. Ela também gostou de você. Deu para perceber.

– É? Como?

– Ela não a fez chorar.

Sophia deu uma cotovelada nele.

– Seja gentil com sua mãe ou vou dar meia-volta e contar para ela tudo o que você está falando.

– Sou gentil com minha mãe.

– Nem sempre – disse Sophia, brincando e ao mesmo tempo o provocando. – Se fosse, ela não teria ficado zangada com você.

Quando chegaram à casa de Luke, ele a convidou a entrar pela primeira vez. Foi direto para a sala de estar, onde já havia lenha e gravetos empilhados na grade da lareira. Depois de pegar uma caixa de fósforos no console, agachou-se para acender o fogo.

Enquanto isso, o olhar de Sophia perambulou da sala de estar para a cozinha, observando o ambiente eclético. Sofás baixos de couro marrom com linhas modernas ficavam junto a uma mesinha de centro rústica sobre um tapete de couro de vaca. Havia luminárias de ferro forjado sobre mesas de canto descombinadas. Acima da lareira, uma cabeça de veado se projetava da parede. A sala era funcional e despretensiosa, desprovida de troféus, prêmios ou itens decorativos. Embora houvesse algumas fotos de Luke montando, estavam espremidas entre fotos mais tradicionais: uma de seus pais no que parecia ser um aniversário; outra de Luke mais jovem com o pai, segurando um peixe que tinham pescado; uma da mãe sorrindo para a câmera, ao lado de um dos cavalos.

A cozinha que ficava ao lado, assim como a da mãe, tinha uma mesa no centro, mas os armários e balcões de madeira de bordo mostravam pouco uso. Na direção oposta, um pequeno corredor levava a um banheiro e ao que Sophia suspeitava que fossem os quartos.

Com o fogo começando a arder, Luke se levantou e limpou as mãos nos jeans.

– Que tal?

Ela caminhou até a lareira.

– É aconchegante.

Eles ficaram na frente do fogo, aquecendo-se, antes de enfim irem para o sofá. Sentada perto de Luke, ela pôde sentir que ele a observava.

– Posso lhe fazer uma pergunta? – disse Luke.

– É claro.

Ele hesitou.

– Você está bem?

– Por que não estaria?

– Não sei. Quando chegou, parecia que algo a estava incomodando.

Por um momento Sophia não disse nada, sem saber se devia ou não responder. Finalmente decidiu, *Por que não?*, e se aproximou, erguendo o pulso dele. Sabendo o que ela queria, Luke escorregou o braço para cima do ombro de Sophia, permitindo que ela se encostasse nele.

– Foi só uma coisa que a Marcia disse.

– Sobre mim?

– Na verdade, não. Foi mais sobre mim. Ela acha que estamos indo um pouco depressa, que não estou emocionalmente pronta para isso. Está convencida de que ainda estou me recuperando.

Ele se afastou para observá-la.

– Você está?

– Não tenho a menor ideia – admitiu ela. – Tudo isso é novo para mim.

Ele riu e depois ficou mais sério. Puxou-a para mais perto e deu um beijo em seus cabelos.

– Bem, se isso a faz se sentir melhor, é novo para mim também.

A noite passava e eles continuaram sentados na frente do fogo, conversando tranquilamente, como faziam desde que se conheceram. De vez em quando o fogo fazia a madeira estalar, lançando fagulhas para o alto e dando à sala um brilho aconchegante e íntimo.

Sophia refletiu que passar tempo com Luke não era apenas fácil, mas de algum modo também parecia certo. Com Luke, podia ser ela mesma. Sentia que podia lhe dizer qualquer coisa, que ele entenderia. Com seus corpos aninhados, Sophia se maravilhou com quanto parecia natural ficarem juntos.

Não tinha sido assim com Brian. Com ele, Sophia temia não ser boa o suficiente. Pior, às vezes tinha dúvidas sobre se realmente o conhecia. Sempre sentira que o comportamento dele era uma fachada, e não conseguia rompê-la. Presumira que era ela quem estava fazendo algo errado, criando, sem querer, uma barreira entre eles. Mas com Luke não era assim. Já se sentia como se o tivesse conhecido durante a maior parte da vida, e a naturalidade imediata entre eles a fazia perceber o que estivera perdendo.

Enquanto o fogo queimava, as palavras de Marcia continuavam a perder importância, até que Sophia já não se lembrava delas. Independentemente de as coisas estarem indo rápido demais ou não, gostava de Luke e de cada minuto que passava com ele. Não estava apaixonada, mas ao sentir o peito dele subir e descer suavemente achou muito fácil imaginar que seus sentimentos logo poderiam começar a mudar.

Mais tarde, quando foram para a cozinha esculpir a abóbora de Sophia, ela sentiu uma nítida pontada de tristeza por a noite já estar terminando. Ficou em pé ao lado de Luke, observando-o com enlevada atenção enquanto ele, lentamente e com segurança, dava vida à abóbora de Halloween, o padrão mais intricado que o das abóboras que ela sempre fazia na infância. No balcão havia facas de vários tamanhos, cada uma com sua utilidade, e Sophia o viu criar o sorriso da abóbora retirando apenas a casca e formando o que pareciam ser lábios e dentes. De vez em quando Luke se inclinava para trás, avaliando o trabalho. Em seguida fez os olhos: mais uma vez, retirou a casca, traçou pupilas detalhadas e depois cortou cuidadosamente o resto. Fez uma careta ao pôr a mão dentro da abóbora para tirar os pedaços.

– Sempre detestei essa sensação de baba – disse, fazendo Sophia rir.

Por fim, entregou a faca a ela, perguntando se Sophia queria assumir o trabalho. Mostrou-lhe onde cortar, explicando o que queria que fizesse, o calor de seu corpo contra o dela fazendo as mãos de Sophia tremerem. De algum modo, o nariz da abóbora ficou bom, mas uma das sobrancelhas acabou torta, o que acrescentou um toque de loucura à sua expressão.

Quando a escultura ficou pronta, Luke inseriu nela uma pequena vela, acendeu-a e levou a abóbora para a varanda. Eles se sentaram nas cadeiras de balanço e voltaram a conversar tranquilamente, a abóbora sorrindo em aprovação. Luke puxou sua cadeira para mais perto e foi fácil para Sophia imaginá-los sentados juntos em mil outras noites como aquela. Mais tarde, quando Luke a acompanhou até o carro, ela teve a sensação de que ele havia imaginado exatamente a mesma coisa. Depois de pôr a abóbora no banco do carona, ele pegou a mão de Sophia e a puxou para perto com gentileza. Ela pôde ver o desejo em seu rosto. Em seu abraço, sentiu quanto ele queria que ela ficasse, e quando seus lábios se uniram, Sophia soube que também queria ficar. Mas não ficaria. Não esta noite. Ainda não estava pronta para isso, mas sentiu naqueles últimos beijos ávidos a promessa de um futuro pelo qual mal podia esperar.

14

Ira

O sol do fim da tarde começa a baixar no horizonte e eu deveria me preocupar com a chegada da noite. Mas um pensamento domina minha mente.

Água, em qualquer forma. Gelo. Lagos. Rios. Cachoeiras. Saindo da torneira. Qualquer coisa para reduzir o coágulo que se formou na minha garganta. Não um caroço, mas um coágulo que veio de outro lugar e se instalou, algo que não devia estar lá e parece aumentar a cada respiração.

Percebo que estive sonhando. Não com o acidente de carro. O acidente é real, e sei disso. É a única coisa real. Fecho os olhos e me concentro, tentando lembrar os detalhes. No entanto, a confusão mental provocada pela sede torna difícil reconstituir o que aconteceu. Eu queria evitar a interestadual – onde as pessoas dirigem rápido demais – e havia marcado a rota por rodovias de mão única em um mapa que encontrara na gaveta da cozinha. Lembro-me de ter saído da rodovia para abastecer e depois, por um momento, não saber em que direção ir. Lembro-me vagamente de ter passado por uma cidade chamada Clemmons. Mais tarde, quando percebi que estava perdido, segui por uma estrada de terra e enfim cheguei a outra rodovia, chamada 421. Vi placas para uma cidade chamada Yadkinville. O tempo começou a piorar e, àquela altura, eu estava com medo demais e não quis parar. Nada parecia familiar, mas continuei seguindo as curvas da estrada até me ver em uma rodovia diferente, que levava às montanhas. Eu não sabia o número, mas isso não importava, porque estava nevando muito mesmo. E estava escuro, tão escuro que não vi a curva. Passei pela mureta de proteção e ouvi o barulho do metal sendo retorcido antes de o carro cair no barranco.

E agora estou sozinho e ninguém me encontrou. Sonhei com minha esposa por quase um dia, preso no carro. Ruth se foi. Morreu em nosso quarto muito tempo atrás e não está no banco ao meu lado. Sinto falta dela. Sinto falta dela há nove anos e passei grande parte desse tempo desejando ter morrido primeiro. Ruth saberia viver sozinha, teria conseguido seguir em frente. Ela sempre foi mais forte, mais inteligente e melhor em tudo, e, mais uma vez, penso que, de nós dois, fui eu que fiz a escolha mais acertada tanto tempo atrás. Ainda não sei por que Ruth me escolheu. Ela era excepcional; eu era mediano, um homem cuja maior realização na vida foi amá-la sem limites, e isso nunca mudará. Mas estou cansado e com sede, e sinto minhas forças se esvaindo. É hora de parar de lutar. É hora de me juntar a Ruth. Fecho os olhos pensando que, se dormir, ficarei com ela para sempre...

– Você não está morrendo. – Ruth interrompe meus pensamentos de súbito. Sua voz é tensa e premente. – Ira. Sua hora ainda não chegou. Você queria voltar a Black Mountain, lembra? Ainda há algo que deve fazer.

– Eu me lembro – digo, mas até sussurrar essas palavras é um desafio.

Minha língua parece grande demais para minha boca e a obstrução na garganta aumentou. Estou sem fôlego. Preciso de água, umidade, algo que me ajude a engolir, e preciso engolir agora. É quase impossível respirar. Tento inspirar, mas não obtenho ar suficiente e meu coração de repente martela em meu peito.

A vertigem começa a distorcer as visões e os sons ao meu redor. Estou indo, penso. Meus olhos estão fechados e estou pronto...

– Ira! – grita Ruth, inclinando-se para mim. Ela sacode meu braço. – Ira! Estou falando com você! Volte para mim! – exige.

Mesmo à distância ouço seu medo, embora ela tente ocultá-lo. Sinto vagamente a sacudidela em meu braço, mas ele está parado no mesmo lugar, outro indício de que isso não é real.

– Água – gemo.

– Nós conseguiremos água – diz Ruth. – Por ora você tem que respirar e fazer o que puder para engolir. Há sangue coagulado na sua garganta. Está bloqueando a passagem do ar. Sufocando-o.

Sua voz parece fraca e distante e não respondo. Sinto-me zonzo, prestes a desmaiar. Minha mente oscila e minha cabeça está no volante. Só quero dormir. Perder a consciência...

Ruth sacode meu braço de novo.

– Você não deve pensar que está preso neste carro! – grita.

– Mas eu estou – murmuro.

Mesmo em minha confusão, sei que meu braço não se moveu e as palavras dela são apenas produto da minha imaginação.

– Você está na praia!

A respiração de Ruth em meu ouvido, subitamente sedutora, me dá um novo rumo. Seu rosto está tão próximo que imagino sentir o roçar de seus longos cílios, o calor de sua respiração.

– É 1946. Você se lembra disso? A manhã depois que fizemos amor pela primeira vez – diz Ruth. – Se você engolir, estará lá de novo. Estará na praia comigo. Você se lembra de quando saiu do quarto? Eu lhe servi um copo de suco de laranja. Eu o estou entregando para você agora...

– Você não está aqui.

– Estou aqui e estou lhe entregando o copo! – insiste ela. Quando abro os olhos, vejo Ruth segurando-o. – Você precisa beber isso agora.

Ela leva o copo na minha direção e o inclina para meus lábios.

– Engula! – ordena. – Não importa se você derramar um pouco no carro!

É loucura, mas é o último comentário – sobre derramar no carro – que me convence. Mais do que tudo, me lembra de Ruth e do tom exigente que ela usava sempre que precisava que eu fizesse algo importante. Tento engolir, no início com nada além de uma sensação de arranhadura, mas depois... algo para totalmente minha respiração.

Por um instante não sinto nada além de pânico.

O instinto de sobrevivência é forte e não posso controlar o que acontece em seguida, assim como não posso controlar minha própria respiração. Naquele momento, engulo automaticamente e não paro, a leve ardência dando lugar a um gosto metálico e ácido. E continuo a engolir, mesmo depois de o gosto ter passado para meu estômago.

Durante todo esse tempo minha cabeça permanece apoiada no volante e ainda estou ofegando como um cão até minha respiração enfim voltar ao normal. Aí voltam também as lembranças.

⚜

Ruth e eu tomamos café com os pais dela e depois passamos o resto da manhã na praia, enquanto eles liam na varanda. Nuvens tinham começado a se formar no horizonte e o vento estava mais forte que no dia anterior. Quando a tarde chegou, os pais de Ruth foram ver se gostaríamos de acompanhá-los em uma expedição a Kitty Hawk, onde Orville e Wilbur Wright fizeram história voando pela primeira vez em um avião. Eu estivera lá na juventude, e embora quisesse ir de novo, Ruth fez um gesto negativo com a cabeça. Ela lhes disse que preferia relaxar em seu último dia de férias.

Uma hora depois eles se foram. Àquela altura o céu se tornara cinzento e Ruth e eu voltamos para a casa. Na cozinha, eu a abracei e ficamos olhando pela janela. Então, sem dizer nada, eu a peguei pela mão e a levei para meu quarto.

Ainda que minha visão esteja indistinta, posso distinguir Ruth sentada ao meu lado de novo. Talvez isso seja apenas um pensamento baseado no desejo, mas posso jurar que ela está usando o mesmo roupão da noite em que fizemos amor pela primeira vez.

– Obrigado – digo. – Por me ajudar a respirar.

– Você sabia o que tinha que fazer – observa Ruth. – Só estou aqui para lembrá-lo.

– Eu não teria conseguido sem você.

– Teria sim – afirma ela. Então, brincando com o decote do roupão, diz num tom quase sedutor: – Você foi muito ousado comigo naquele dia na praia. Antes de nos casarmos. Quando meus pais foram para Kitty Hawk.

– Sim – admito. – Sabia que tínhamos algumas horas a sós.

– Bem... aquilo foi uma surpresa.

– Não deveria ter sido – digo. – Estávamos sozinhos e você estava linda.

Ela puxa seu roupão.

– Eu deveria ter considerado isso um aviso.

– Aviso?

– Das coisas que estavam por vir – responde. – Até aquele fim de semana, eu não tinha certeza de que você era... ardente. Mas, depois daquele dia, às vezes me via desejando o velho Ira. O tímido, o que sempre era contido. Especialmente quando eu queria dormir.

– Fui tão ruim assim?

– Não – diz ela, inclinando a cabeça para me encarar, os olhos semicerrados. – Muito pelo contrário.

Nós passamos a tarde enroscados nos lençóis, fazendo amor com ainda mais paixão do que na noite anterior. O quarto estava quente e nossos corpos brilhavam de suor, os cabelos de Ruth úmidos perto da raiz. Depois, enquanto ela tomava banho, a chuva começou, e fiquei sentado na cozinha ouvindo-a bater no telhado de estanho, satisfeito como nunca me sentira.

Os pais dela voltaram logo depois, molhados por causa da chuva. Àquela altura, Ruth e eu estávamos ocupados na cozinha, preparando o jantar. Nós quatro nos sentamos à mesa para uma refeição simples de espaguete com molho de carne, e o pai de Ruth falou sobre o dia deles. Como acontecia com frequência, a conversa de algum modo acabou se tornando uma discussão sobre arte. Ele falou de fauvismo, cubismo, expressionismo e futurismo – palavras que eu nunca ouvira –, e fiquei surpreso não só com as distinções sutis que fez como também com a avidez com que Ruth assimilava cada palavra. Na verdade, a maior parte daquilo estava além da minha compreensão, mas nem Ruth nem o pai pareceram notar.

Depois do jantar, quando a chuva havia passado e a noite caía, Ruth e eu saímos para caminhar na praia. O ar estava úmido e a areia se acumulava sob nossos pés enquanto eu deslizava gentilmente o polegar pelas costas da mão de Ruth. Olhei de relance para a água. Andorinhas-do-mar se lançavam para dentro e para fora das ondas e logo depois da arrebentação um cardume de toninhas nadava e saltava. Ruth e eu as observamos até desaparecerem na névoa. Só então me virei para ela.

– Seus pais vão se mudar em agosto – falei.

Ruth apertou minha mão.

– Eles vão procurar uma casa em Durham na semana que vem.

– E você começará a lecionar em setembro?

– A menos que eu vá com eles – respondeu Ruth. – Então terei que encontrar um emprego lá.

Por cima do ombro de Ruth as luzes da casa se acenderam.

– Então acho que não temos muita escolha – disse-lhe. Chutei brevemente a areia, reunindo a coragem de que precisava para encará-la. – Temos que nos casar em agosto.

⚜

Ao me lembrar disso, sorrio, mas a voz de Ruth interrompe meu devaneio. Seu desapontamento é evidente.

– Você poderia ter sido mais romântico – diz, de cara fechada.

Por um momento fico confuso.

– Quer dizer... ao pedi-la em casamento?

– Do que mais eu poderia estar falando? – Ruth ergue as mãos. – Você podia ter se ajoelhado ou dito algo sobre seu amor eterno. Podia ter pedido minha mão formalmente.

– Eu já tinha feito essas coisas – digo. – Na primeira vez que lhe pedi que se casasse comigo.

– Mas parou por aí. Devia ter feito tudo de novo. Gostaria de me lembrar de um pedido de casamento como aqueles dos romances.

– Gostaria que eu fizesse isso agora?

– É tarde demais – diz ela, rejeitando a ideia. – Você perdeu sua chance.

Mas ela diz isso em um tom tão sedutor que mal posso esperar para voltar ao passado.

⚜

Assinamos a *ketubá* logo depois que voltamos para a casa da praia e me casei com Ruth em agosto de 1946. A cerimônia foi realizada sob a *chupá*, como é típico dos casamentos judeus, mas não havia muitas pessoas presentes. Os convidados eram principalmente amigos da minha mãe que conhecíamos da sinagoga, mas foi assim que Ruth e eu quisemos. Ela era prática demais para um casamento extravagante, e embora a loja estivesse indo bem – o que significava que eu ganhava bem –, preferimos poupar o máximo possível para pagar o sinal da casa que planejávamos comprar. Quando quebrei a taça com meu pé e vi nossas mães aplaudirem e darem vivas, soube que casar com Ruth tinha sido a maior mudança que eu já fizera na minha vida.

Fomos para o Oeste em lua de mel. Ruth nunca tinha visitado aquela parte do estado e decidimos ficar no resort Grove Park Inn, em Asheville. Era – e ainda é – um dos resorts mais famosos do Sul, e nosso quarto tinha vista para as montanhas Blue Ridge. O resort também tinha trilhas e quadra de tênis, assim como uma piscina que aparecera em inúmeras revistas.

Contudo, Ruth demonstrou pouco interesse por essas coisas. Assim que chegamos, insistiu em ir para a cidade. Loucamente apaixonado, não me importava o que fizéssemos, desde que ficássemos juntos. Como ela, eu nunca estivera nessa parte do estado, mas sabia que Asheville sempre havia sido muito frequentada pelos ricos nos meses de verão. O ar era fresco e a temperatura, fria, motivo pelo qual, na Era Dourada, George Vanderbilt construíra Biltmore Estate, na época a maior residência particular do mundo. Outros americanos endinheirados o imitaram e Asheville passou a ser conhecida em todo o Sul como um destino artístico e gastronômico. Restaurantes contratavam chefs da Europa e galerias de arte se enfileiravam na rua principal.

Em nossa segunda tarde na cidade, Ruth iniciou uma conversa com o dono de uma das galerias e foi a primeira vez que ouvi falar de Black Mountain, uma cidade pequena, quase rural, perto da rodovia e de onde estávamos passando nossa lua de mel.

Para ser mais preciso, tomei conhecimento da existência do Black Mountain College. Embora eu tivesse morado no estado a vida inteira, nunca ouvira falar na escola. Para a maioria das pessoas que passou o resto do século na Carolina do Norte, uma menção casual a ela provocava olhares inexpressivos. Agora, mais de meio século depois de seu fechamento, poucos se lembram de que Black Mountain College sequer existiu. Mas em 1946 a escola entrava em um período magnificente – talvez o mais magnificente de qualquer escola, em qualquer tempo e lugar – e, ao sairmos da galeria, pude dizer pela expressão de Ruth que ela já ouvira falar do lugar. Quando lhe perguntei sobre isso naquela noite, durante o jantar, ela teceu muitos elogios e me disse que seu pai fizera entrevistas lá mais cedo naquela primavera. O que mais me surpreendeu foi sua proximidade ter sido um dos motivos de Ruth querer passar a lua de mel naquela região.

A expressão de Ruth ficou animada durante o jantar, enquanto ela explicava que Black Mountain College era uma escola de arte liberal fundada em 1933, cujo corpo docente incluía alguns dos nomes mais proeminentes no movimento de arte moderna. Todos os verões havia workshops – conduzidos por artistas convidados cujos nomes não reconheci –, e conforme listava os membros do corpo docente, Ruth ficava cada vez mais animada com a ideia de visitar a escola enquanto estivéssemos ali.

Como eu poderia negar?

Na manhã seguinte, sob um céu azul brilhante, dirigimos para Black Mountain e seguimos as placas para a escola. Quis o destino – e sempre acreditei que fosse o destino, porque Ruth jurou que não sabia de nada – que uma exposição estivesse sendo realizada no prédio principal, estendendo-se até o gramado adiante. Embora fosse aberta ao público, havia poucas pessoas e, assim que entramos, Ruth simplesmente parou, maravilhada, sua mão apertando a minha, os olhos devorando a cena ao redor. Observei sua reação com curiosidade, tentando entender o que a cativara tanto. Aos meus olhos, os de alguém que não entendia de arte, parecia haver pouca diferença entre as obras ali expostas e as nas incontáveis galerias de arte que havíamos visitado ao longo dos anos.

– Mas havia uma diferença – exclama Ruth, e tenho a sensação de que ela ainda se espanta com o fato de eu ter sido tão estúpido.

No carro, está usando o vestido com colarinho que usou no dia em que fomos pela primeira vez a Black Mountain. Sua voz transmite a mesma admiração que testemunhei naquela época.

– As obras... eram diferentes de tudo que eu já tinha visto. Não eram como as dos surrealistas. Nem mesmo como as de Picasso. Eram... novas. Revolucionárias. Um passo gigantesco de imaginação, de visão. E pensar que estava tudo lá, em uma pequena escola no meio do nada! Foi como descobrir...

Ruth para, sem conseguir encontrar as palavras. Vendo sua dificuldade, termino por ela:

– Uma arca do tesouro?

Ela ergue a cabeça.

– Sim – concorda. – Foi como descobrir uma arca do tesouro no lugar mais improvável. Mas você ainda não entendia isso.

– Na época, eu achava a maioria das obras que via um conjunto de cores e linhas aleatórias.

– Era expressionismo abstrato.

– Dá no mesmo – brinco, mas Ruth está perdida nas lembranças daquele dia.

– Acho que passamos três horas lá, indo de uma obra para outra.

– Na verdade, foram umas cinco horas.

– E você queria ir embora – diz Ruth em tom de reprovação.

– Eu estava com fome – respondo. – Não tínhamos almoçado.

– Como você podia pensar em comida vendo tantas coisas? – pergunta Ruth. – Diante da chance de falar com tantos artistas maravilhosos?

– Eu não entendia nada do que você dizia a eles. Vocês falavam uma língua diferente. Falavam sobre intensidade e abnegação, proferindo palavras como futurismo, Bauhaus e cubismo sintético. Para um homem que ganhava a vida vendendo ternos, essas palavras eram incompreensíveis.

– Mesmo depois que meu pai lhe explicou? – Ruth parece exasperada.

– Seu pai *tentou* me explicar. Há uma diferença.

Ela sorri.

– Então, por que você não me forçou a ir embora? Por que não pegou meu braço e me levou para o carro?

Essa era uma pergunta que ela já havia se feito, cuja resposta nunca entendera muito bem.

– Porque – respondo como sempre – eu sabia que aquilo era importante para você.

Ela não fica satisfeita com isso, mas mesmo assim continua:

– Você se lembra de quem conhecemos naquele primeiro dia? – pergunta.

– Elaine – digo automaticamente. Posso não entender de arte, mas me lembro de pessoas e rostos. – E, é claro, também conhecemos o marido dela, embora na época não soubéssemos que ele acabaria dando aulas lá. E depois, naquela tarde, conhecemos Ken, Ray e Robert. Eles eram estudantes ou, no caso de Robert, um futuro estudante, mas você também passou muito tempo com eles.

Pela expressão de Ruth, sei que está satisfeita.

– Eles me ensinaram muitas coisas naquele dia. Consegui entender um pouco suas principais influências depois que conversamos, e isso me ajudou a entender melhor os rumos que a arte tomaria no futuro.

– Mas você também gostou deles como pessoas.

– É claro. Eles eram fascinantes. Gênios, cada um a seu modo.

– Foi por isso que voltamos, todos os dias, até o fim da exposição.

– Eu não podia deixar essa oportunidade passar. Sentia-me uma pessoa de sorte por estar com eles.

Pensando sobre isso, vejo que ela estava certa, mas na época tudo que importava para mim era proporcionar a ela uma lua de mel tão memorável e gratificante quanto fosse possível.

– Eles também adoraram você – ressalto. – Elaine e o marido gostaram de jantar conosco. E na última noite da exposição fomos convidados a ir ao coquetel particular no lago.

Ruth, perdida nessas caras lembranças, por um momento não diz nada. Sua expressão é séria quando finalmente me olha nos olhos.

– Foi a melhor semana da minha vida – diz.

– Por causa dos artistas?

– Não – responde com um pequeno movimento de cabeça. – Por causa de você.

No quinto e último dia da exposição Ruth e eu passamos pouco tempo juntos. Não em virtude de alguma tensão entre nós, mas porque Ruth estava ansiosa por conhecer ainda mais membros do corpo docente e eu me contentava em andar entre as obras e conversar com os artistas que já tivéramos chance de conhecer.

Então aquilo terminou. Com o fim da exposição, dedicamos os dias seguintes a atividades mais típicas de recém-casados. De manhã fazíamos trilhas e de tarde nadávamos e líamos à beira da piscina. Jantávamos em restaurantes diferentes todas as noites e, no último dia, depois de eu dar um telefonema e pôr nossas malas na picape, entramos no carro, ambos nos sentindo mais relaxados do que em muitos anos. Nossa viagem de volta nos levou a passar por Black Mountain uma última vez, e quando nos aproximamos do desvio na rodovia, olhei de relance para Ruth. Pude sentir seu desejo voltar. Deliberadamente, peguei a saída, indo na direção da escola. Ruth me olhou com as sobrancelhas erguidas, sem dúvida se perguntando o que eu estava fazendo.

– É só uma parada rápida – falei. – Quero lhe mostrar uma coisa.

Dirigi pela cidade e fiz outra curva, que ela reconheceu. E exatamente como fizera da outra vez, Ruth começa a sorrir.

– Você está me levando de volta para o lago perto do prédio principal – diz. – Onde fomos ao coquetel na última noite da exposição. O lago Eden.

– A vista é linda. Queria vê-la de novo.

– Sim. – Ela faz um sinal afirmativo com a cabeça. – Foi isso que você me disse na época, e acreditei. Mas não era verdade.

– Você não gostou da vista? – pergunto, em tom inocente.

– Não fomos lá pela vista – diz ela. – Fomos lá por causa do que você havia feito para mim.

É minha vez de sorrir.

Quando chegamos à escola, mandei Ruth fechar os olhos. Ela concordou com relutância. Peguei-a gentilmente pelo braço e a conduzi pela estrada de cascalho que levava ao mirante. A manhã estava nublada e fria e a vista não tão bonita quanto no coquetel, mas isso não tinha importância. Posicionei Ruth no lugar certo e lhe disse para abrir os olhos.

Lá, em cavaletes, havia seis pinturas, dos artistas cuja obra Ruth mais admirara. Também eram os artistas com quem ela havia passado mais tempo – obras de Ken, Ray, Elaine, Robert e duas do marido de Elaine.

– Por um momento não entendi – diz Ruth. – Não sabia por que você as tinha posto lá para mim.

– Porque eu queria que você as visse à luz do dia.

– Quer dizer, as obras de arte que você comprou.

Era isso, é claro, que eu fazia enquanto Ruth conversava com os membros do corpo docente. O telefonema daquela manhã fora para me assegurar de que as pinturas estariam perto do lago.

– Sim – digo. – As obras de arte que comprei.

– Você sabe o que fez, não sabe?

Escolhi minhas palavras com cuidado.

– Fiz você feliz? – pergunto.

– Sim – responde Ruth. – Mas sabe do que estou falando.

– Não foi por isso que comprei as pinturas. Eu as comprei porque você as tinha adorado.

– Contudo... – diz Ruth, tentando me fazer falar.

– Não foram muito caras – digo com firmeza. – Na época, os pintores não eram quem se tornariam mais tarde. Eram apenas jovens artistas.

Ela se inclina na minha direção, desafiando-me a continuar.

– E...

Cedo com um suspiro, sabendo o que ela quer ouvir.

– Eu as comprei porque sou egoísta – digo.

⚜

Não estou mentindo. Embora eu tivesse comprado as pinturas que Ruth adorara porque a amava, também as comprei por mim.

A exposição simplesmente mudou Ruth naquela semana. Eu já havia ido a inúmeras galerias com ela, mas durante nosso tempo no Black Mountain College algo dentro dela despertou. De um modo estranho, aquilo ressaltou um aspecto sensual de sua personalidade, aumentando seu carisma natural. Ao estudar uma tela, seu olhar se tornava mais brilhante e sua pele corava, todo o seu corpo refletia um foco e um engajamento tão intensos que os outros não podiam deixar de notá-la. Ruth não tinha consciência de quanto parecia transformada naqueles momentos. Estou convencido de que era por isso que os artistas reagiam a ela com tanta intensidade. Como eu, eram atraídos por Ruth, e esse também foi o motivo de estarem dispostos a se desfazer das obras que comprei.

Essa aura fortemente sensual e elétrica permaneceria por muito tempo depois de sairmos da exposição e voltarmos ao hotel. Durante o jantar, o olhar de Ruth parecia brilhar com uma consciência elevada, e havia uma graça marcante em seus movimentos que eu não tinha visto antes. Mal pude esperar para levá-la para o quarto, onde ela se mostrou ousada e apaixonada. Tudo que me lembro de ter pensado é que, fosse o que fosse que a tivesse estimulado assim, queria que nunca terminasse.

Em outras palavras, como acabara de lhe dizer, fui egoísta.

⚜

– Você não é egoísta – diz Ruth. – É o homem menos egoísta que já conheci.

Aos meus olhos, ela está tão linda quanto naquela última manhã de lua de mel, quando estávamos em pé perto do lago.

– Foi bom eu nunca tê-la deixado conhecer outro homem, ou você poderia pensar de outro modo.

Ruth ri.

– Sim, você pode fazer piada. Sempre gostou de bancar o engraçadinho. Mas eu lhe digo que não foi a arte que me mudou.

– Você não sabe disso. Não podia se ver.

Ela ri de novo antes de se calar. Subitamente séria, deseja que eu preste atenção às suas palavras.

– Eis o que penso: sim, adorei as obras de arte. Mais do que isso, porém, adorei você estar disposto a passar tanto tempo fazendo o que eu gostava. Entende por que isso significou tanto para mim? Saber que me casei com um homem que faria essas coisas? Você acha que isso não é nada, mas eu lhe digo que poucos homens passariam cinco ou seis horas por dia, em plena lua de mel, conversando com estranhos e olhando obras de arte, principalmente se não entendessem quase nada disso.

– O que você quer dizer?

– Estou tentando lhe dizer que não foi a arte que me mudou. Foi o modo como *você* olhava para *mim* enquanto eu olhava a arte. Em outras palavras, foi você que mudou.

Nós tivemos essa discussão muitas vezes ao longo dos anos e, obviamente, temos opiniões diferentes sobre o assunto. Não mudarei a dela e ela não mudará a minha, mas acho que isso não importa. Seja como for, a lua de mel iniciou uma tradição de verão que manteríamos durante quase toda a vida. E, no final, depois que aquele fatídico artigo foi publicado na *New Yorker*, a coleção de muitos modos nos definiu como um casal.

Aquelas seis pinturas – que casualmente enrolei e coloquei no banco traseiro do carro na volta para casa – foram as primeiras de dezenas e depois centenas e mais de mil que acabamos colecionando. Embora todos conheçam Van Gogh, Rembrandt e Leonardo da Vinci, Ruth e eu nos concentramos na arte moderna americana do século XX, e muitos dos artistas que conhecemos ao longo dos anos criaram obras mais tarde cobiçadas por museus e outros colecionadores. Artistas como Andy Warhol, Jasper Johns e Jackson Pollock pouco a pouco se tornaram nomes famosos, mas outros menos conhecidos, como Rauschenberg, De Kooning e Rothko também criaram obras que acabaram sendo vendidas em leilões na Sotheby's e na Christies's por dezenas de milhões de dólares, às vezes mais. *Mulher III*, de Willem de Kooning, foi vendida por mais de 137 milhões de dólares em 2006, mas inúmeras outras, inclusive obras de artistas como Ken Noland e Ray Johnson, também tiveram preços de venda que atingiram a marca de milhões.

É claro que nem todo artista moderno se tornou famoso, nem todas as pinturas que compramos se tornaram excepcionalmente valiosas, mas isso nunca foi um fator em nossas decisões de compra. Hoje em dia a pintura de que mais gosto não vale nada. Foi feita por um ex-aluno de Ruth e está pendurada sobre a lareira, uma obra amadora que só é especial para mim. A jornalista da *New Yorker* a ignorou por completo e não me dei o trabalho de lhe dizer por que a apreciava, sabendo que não entenderia. Afinal de contas, ela não entendeu o que eu quis dizer quando expliquei que o valor monetário da arte não significava nada para mim. Pareceu mais interessada em saber como tínhamos conseguido escolher nossas obras, mas, mesmo depois que lhe expliquei, ela não ficou satisfeita.

– Por que ela não entendeu? – pergunta-me Ruth, de súbito.

– Não sei.

– Você disse a ela o que sempre dissemos?

– Sim.

– O que há de tão difícil nisso? Eu falava sobre os modos como a obra me afetava.

– E eu simplesmente a ouvia – completou. – E sabia se devia ou não comprá-la.

Aquilo não era científico, mas funcionava para nós, mesmo a jornalista tendo ficado frustrada com essa explicação. E na lua de mel funcionou perfeitamente, embora nenhum de nós soubesse ao certo as consequências cinquenta anos depois.

Afinal de contas, não é todo casal que compra pinturas de Ken Noland e Ray Johnson na lua de mel. Ou até mesmo uma pintura da nova amiga de Ruth, Elaine, cuja obra agora está pendurada nos maiores museus do mundo, inclusive o Metropolitan Museum of Art. E, é claro, é quase impossível conceber que Ruth e eu fomos capazes de escolher não só uma pintura espetacular de Robert Rauschenberg, como também duas pinturas do marido de Elaine, Willem de Kooning.

15

Luke

Embora Luke estivesse pensando em Sophia desde a noite em que se conheceram, isso não se comparava à obsessão que sentiu no dia seguinte. Enquanto trabalhava em uma cerca no pasto distante, substituindo mourões que haviam começado a apodrecer, ocasionalmente se via sorrindo ao pensar nela. Nem mesmo a chuva, um frio aguaceiro de outono que o deixou encharcado, conseguiu estragar seu humor. Mais tarde, durante o jantar, Linda não tentou esconder um sorriso que o fez saber que a mãe estava consciente do efeito que Sophia tinha sobre ele.

Depois da refeição, Luke telefonou para Sophia, e eles conversaram por uma hora. Aconteceu a mesma coisa nos três dias seguintes. No fim da tarde de quinta-feira, Luke foi de carro para Wake Forest, onde enfim tiveram a chance de andar pelo campus. Sophia lhe mostrou Wait Chapel e Reynolds Hall, segurando sua mão enquanto passeavam pelas Plazas Hearn e Manchester. O campus estava silencioso; as salas de aula, vazias. As folhas já tinham começado a cair, forrando o chão ao redor das árvores. Nos corredores da casa, as luzes brilhavam e Luke ouviu sons distantes de música enquanto os estudantes se preparavam para outro fim de semana.

No sábado, Sophia voltou à fazenda. Eles saíram para um curto passeio a cavalo e depois ela o seguiu, vendo-o trabalhar e ajudando sempre que podia. Mais uma vez comeu na casa da mãe de Luke e depois foi para a dele, a lareira tão acolhedora quanto na semana anterior. Como de costume, Sophia voltou para a irmandade quando o fogo começou a abaixar – ainda não estava pronta para passar a noite com Luke –, mas no dia seguinte ele a levou de carro ao Pilot Mountain State Park. Subiram à tarde até o Big Pinnacle, onde fizeram um piquenique e apreciaram a vista. Tinham perdido por cerca de uma semana o auge das cores do outono, mas abaixo do céu sem nuvens o horizonte se estendia até a Virgínia.

Na semana seguinte ao Halloween, Sophia convidou Luke para ir à irmandade. Haveria uma festa no sábado à noite. A curiosidade acerca de Luke – por causa de sua profissão e de seu novo status de namorado de Sophia – devia ter diminuído desde que ele estivera na casa pela primeira vez, porque, após os cumprimentos iniciais, ninguém prestou muita atenção nele. Luke se manteve atento à possibilidade de Brian aparecer, mas não o viu em lugar nenhum. Ao sair, comentou sobre isso.

– Ele foi a um jogo de futebol na Clemson – explicou Sophia. – O que tornou esta noite ideal para a visita.

Na manhã seguinte, Luke voltou à casa da irmandade para buscar Sophia, e eles caminharam por Old Salem, admirando a paisagem, antes de voltarem à fazenda e à casa da mãe de Luke pelo terceiro fim de semana consecutivo. Mais tarde, quando estavam se despedindo dentro do carro de Sophia, Luke perguntou se ela estaria livre no fim de semana seguinte. Queria levá-la ao lugar onde passara férias na infância, onde podiam cavalgar por trilhas com uma vista de tirar o fôlego.

Sophia o beijou e sorriu.

– Isso parece perfeito.

Quando Sophia chegou à fazenda, Luke já tinha posto os cavalos no reboque e tudo dentro da caminhonete. Alguns minutos depois, estavam seguindo para oeste na rodovia. Sophia sintonizou uma emissora de hip-hop e aumentou o volume até Luke não aguentar mais e mudar para uma estação de música country.

– Eu estava me perguntando até quando você iria aguentar – disse ela sorrindo.

– Acho que essa música tem mais a ver com o clima, os cavalos e tudo o mais.

– E eu acho que você nunca desenvolveu um gosto por outros tipos de música.

– Eu ouço outros tipos de música.

– Ah, é? Como o quê?

– Hip-hop. Ouvi nos últimos trinta minutos. Mas foi bom eu ter mudado de estação. Já estava ficando com vontade de dançar e detestaria perder o controle da caminhonete.

Sophia deu uma risadinha.

– Tenho certeza disso. E adivinhe? Comprei botas ontem. Meu próprio par. Está vendo? – Ela levantou os pés, envaidecendo-se enquanto Luke as admirava.

– Notei quando você estava pondo a mochila na caminhonete.

– E?

– Você definitivamente está se tornando uma garota do campo. A próxima coisa que vai aprender é a laçar gado como uma profissional.

– Duvido – disse Sophia. – Até onde sei, não há muitas vacas perambulando perto dos museus. Mas talvez você me ensine este fim de semana.

– Não trouxe a corda. Mas me lembrei de trazer um chapéu extra para você. Um dos mais bonitos que tenho. Eu o usei nas finais do PBR.

Ela olhou para Luke.

– Por que às vezes tenho a sensação de que você está tentando me mudar?

– Só estou propondo... melhorias.

– É bom você tomar cuidado ou vou contar para minha mãe o que disse. Agora ela o considera um bom rapaz e acho que você não quer que mude de opinião.

Luke riu.

– Vou manter isso em mente.

– Para onde estamos indo? Você disse que ia para lá quando era garoto?

– Foi minha mãe que descobriu esse lugar. Ela seguiu por este caminho tentando promover o negócio e deparou com ele. Era um acampamento de verão que passava por dificuldades, mas os novos donos acharam que, se o abrissem para cavalgadas, teriam os quartos ocupados o ano inteiro. Fizeram algumas melhorias nas cabanas e acrescentaram estábulos atrás de cada uma delas. Minha mãe ficou encantada. Você vai ver quando chegarmos.

– Mal posso esperar. Mas como conseguiu que sua mãe concordasse em deixá-lo se ausentar durante todo o fim de semana?

– Eu fiz quase tudo antes de partir e ofereci um dinheiro extra a José para ajudá-la na minha ausência. Ela vai ficar bem.

– Achei que você tinha dito que sempre há algo para fazer.

– É verdade. Mas nada com que minha mãe não possa lidar. Nenhuma emergência pendente.

– Ela nunca sai da fazenda?

– O tempo todo. Tenta visitar nossos clientes pelo menos uma vez por ano, e eles estão espalhados por todo o estado.

– Sua mãe nunca tira férias?

– Ela não é muito chegada a férias.

– Todos precisam de um descanso de vez em quando.

– Eu sei. Já tentei dizer isso a ela. Certa vez até lhe comprei uma passagem para um cruzeiro.

– Ela foi?

– Ela devolveu a passagem e conseguiu reembolso. Na semana em que deveria partir, foi até a Geórgia para ver um touro que estava à venda e acabou comprando-o.

– Para montaria?

– Não. Para reprodução. Ele ainda está na fazenda. Faz o seu trabalho.

Sophia ponderou sobre essa informação.

– Ela tem amigos?

– Alguns. E ainda os visita de vez em quando. Houve um tempo em que frequentou um clube de bridge com algumas senhoras da cidade. Mas ultimamente está tentando descobrir como aumentar o rebanho e isso tem tomado muito do seu tempo. Ela quer acrescentar mais cem pares de cabeças de gado, mas não temos pastos suficientes, por isso está tentando encontrar um lugar para ficarem.

– Por quê? Ela não acha que já tem bastante trabalho?

Luke trocou de mão no volante antes de suspirar.

– Neste momento não temos muita escolha – explicou.

Ele sentiu o olhar indagador de Sophia, mas não queria falar sobre isso e mudou de assunto:

– Você vai passar o Dia de Ação de Graças em casa?

– Sim – respondeu Sophia. – Se meu carro conseguir chegar lá. Está fazendo um som alto de rangido quando eu o ligo. O motor parece estar gritando.

– Deve ser uma correia frouxa.

– Sim. Provavelmente o conserto sairá caro e não estava previsto no meu orçamento.

– Se você quiser, posso dar um jeito.

Sophia se virou para ele.

– Por que não tenho nenhuma dúvida disso?

⚜

Demorou um pouco mais de duas horas para eles chegarem ao acampamento, o céu lentamente se encheu de nuvens que se estendiam até as montanhas com picos azulados que pontilhavam o horizonte. Mais à frente a rodovia começou a subir, o ar se tornando mais rarefeito e limpo, e eles enfim pararam em um armazém para comprar suprimentos. Tudo foi para as caixas de isopor na carroceria da caminhonete.

Depois de deixar a cidade, Luke saiu da rodovia principal, seguindo por uma estrada sinuosa que parecia esculpida na montanha. A montanha era íngreme do lado de Sophia, as copas das árvores, visíveis pela janela. Felizmente havia pouco tráfego, mas sempre que um carro passava na direção oposta Luke tinha de agarrar o volante com as duas mãos enquanto as rodas do reboque deslizavam para a beira do asfalto.

Como não ia lá havia anos, Luke desacelerou, procurando a saída, e justamente quando começou a pensar que já passara por ela a avistou depois da curva. Era uma estrada de terra ainda mais íngreme em certos pontos do que ele se lembrava, e Luke pôs a caminhonete em marcha lenta, passando devagar pelas árvores que ladeavam o caminho.

Quando chegou ao acampamento, ele achou que não tinha mudado muito, com doze cabanas formando um semicírculo na frente do armazém geral que também servia de escritório. Atrás da loja ficava o lago, brilhando com o tipo de água azul cristalina que só se encontra nas montanhas.

Depois de fazer o check-in, Luke descarregou as caixas de isopor e encheu de água o cocho para os cavalos. Sophia caminhou na direção da ravina. Ela avistou o vale mais de 300 metros abaixo, e quando Luke terminou, foi juntar-se a ela, seus olhares indo do pico de uma montanha para outro. Abaixo havia um conjunto de casas de fazenda e estradas de cascalho ladeadas por carvalhos e bordos, tudo parecendo em miniatura.

Parados ali, Luke notou no rosto de Sophia a mesma admiração que ele sentia quando criança.

– Nunca vi nada assim – murmurou ela, pasma. – É de tirar o fôlego.

Luke a olhou, perguntando-se como ela passara a significar tanto para ele em tão pouco tempo. Analisando seu perfil gracioso, teve certeza de que nunca vira nada mais bonito.

– Eu estava pensando a mesma coisa.

16

Sophia

Eles ficaram na cabana apenas por tempo suficiente para Sophia pôr algumas coisas na geladeira e reparar na banheira com pés em garra, mas sua impressão inicial foi de um antigo e agradável conforto caseiro, uma fugidinha de uma noite perfeitamente aconchegante. Nesse meio-tempo, Luke preparou sanduíches para eles levarem com as frutas, as batatas fritas e as garrafas de água que comprara na loja.

Ele pôs o lanche em alforjes antes de começarem a seguir por uma das dezenas de trilhas que atravessavam a propriedade. Como sempre, ele conduziu Cavalo, e Sophia mais uma vez montava Demônio, sem conseguir evitar pensar que, aos poucos, o animal se acostumava com ela. Ele esfregou o focinho em sua mão e relinchou de satisfação quando Luke o encilhou, e embora pudesse ser porque estava em um lugar desconhecido, só era preciso um leve movimento nas rédeas para direcioná-lo.

A trilha se erguia à frente deles e em alguns pontos passava por entre árvores tão densas que Sophia teve dúvidas de que alguém já havia passado por ali. Em outros lugares a trilha se abria para o tipo de vista ampla que ela só vira em cartões-postais. Eles cavalgaram por campinas verdes de relva alta e Sophia tentou imaginá-las cheias de flores silvestres e borboletas todos os verões. Ficou feliz por estar de jaqueta e chapéu de caubói, porque as árvores sombreavam a maior parte da trilha e o ar esfriava à medida que eles subiam.

Embora a trilha fosse estreita demais para cavalgarem lado a lado, Luke lhe fez um sinal para ir na frente, às vezes ficando um pouco para trás. Nesses momentos, Sophia imaginava que era uma colona desbravando o Oeste, sozinha em uma vasta paisagem intocada.

Eles cavalgaram durante algumas horas antes de fazer uma pausa para almoçar em uma clareira perto do topo. No mirante, sentaram-se em pedras e comeram, observando dois falcões circundando o vale abaixo. Depois seguiram pela trilha por mais três horas, às vezes em trajetos que levavam à beira de penhascos íngremes, o perigo aguçando os sentidos de Sophia.

Voltaram para a cabana uma hora antes do pôr do sol e escovaram os cavalos antes de lhes dar algumas maçãs junto com a ração normal. Quando terminaram, a lua começava a subir no céu, cheia e em um tom de branco leitoso, e as primeiras estrelas surgiam.

– Acho que quero tomar um banho antes de comermos – disse Sophia.

– Você se importaria se eu fosse primeiro?

– Não, desde que prometa não acabar com a água quente.

– Serei rápido. Prometo.

Deixando o banheiro para Luke, ela entrou na cozinha e abriu a geladeira. Encontrou uma garrafa de Chardonnay e um pacote com seis cervejas Sierra Nevada Pale Ale que eles haviam comprado mais cedo. Sophia ficou em dúvida por um momento, mas acabou procurando um saca-rolhas nas gavetas.

Não havia taças de vinho na cabana, mas ela encontrou um copo de geleia. Serviria. Abriu a garrafa com um movimento experiente e despejou um pouco no copo.

Girando o vinho no copo, sentiu-se quase como uma criança brincando de gente grande. Pensando nisso, sentia-se assim com frequência, apesar de estar prestes a se formar. Por exemplo, nunca tivera que alugar um apartamento. Nunca realmente trabalhara para ninguém além de sua família. Nunca tivera que pagar uma conta de luz e, ainda que tivesse saído da casa dos pais, a vida na Wake não era real. A vida na universidade não era real. Sabia que era um mundo de fantasia, bem diferente do que enfrentaria em apenas alguns meses. Suas aulas, ao contrário do trabalho, começavam às dez da manhã e em geral terminavam por volta das duas da tarde. Contudo, as noites e os fins de semana eram dedicados quase que com exclusividade à diversão, a se socializar e desafiar limites. Aquilo não tinha nada em comum com a vida que seus pais levavam, pelo menos até onde ela sabia.

Por mais que a universidade fosse divertida, às vezes Sophia não podia evitar sentir que sua vida estivera em suspenso nos últimos anos. Só quando conheceu Luke percebeu quão pouco tinha aprendido.

Diferentemente dela, Luke parecia um adulto. Não fora para a universidade, mas conhecia a vida real: as pessoas, os relacionamentos e o trabalho. Tinha sido um dos melhores do mundo em alguma coisa – montar touros – e ela não tinha nenhuma dúvida de que voltaria a ser. Era capaz de consertar tudo e construíra a própria casa. Já sabia fazer muitas coisas na vida e agora Sophia achava inconcebível que ela pudesse dizer o mesmo – ainda que em área diferente – nos próximos três anos. Como saber se conseguiria um emprego em seu ramo, um que lhe pagasse de verdade?

Tudo o que ela sabia era que estava ali com Luke e passar tempo com ele a fazia se sentir como se enfim estivesse seguindo em frente. Porque o que havia entre eles, fosse o que fosse, tinha bases no mundo real, não na bolha de fantasia da vida universitária. Luke era tão real quanto qualquer pessoa que ela já conhecera.

Sophia ouviu a água parar com um barulho nos canos, interrompendo o fluxo de seus pensamentos. Segurando o copo de vinho, deu uma volta pela cabana. A cozinha era pequena e funcional, com armários baratos. Embora o balcão estivesse descascando e a pia apresentasse círculos de ferrugem, cheirava a Lysol e água sanitária. O chão fora recentemente varrido e não havia pó nas superfícies.

A pequena sala de estar tinha piso de pinho desgastado e paredes forradas de tábuas de cedro, espaço apenas para um sofá xadrez puído e duas cadeiras de balanço. Cortinas azuis emolduravam a janela e havia apenas uma luminária no canto. Sophia atravessou a sala para acendê-la e logo descobriu que não era mais clara do que a lâmpada simples na cozinha. O que sem dúvida explicava as velas e os fósforos na mesinha de centro. Uma estante na parede oposta à janela continha algumas armadilhas de caça – de patos –, um esquilo empalhado e livros variados que ela achou terem sido deixados para trás por outros hóspedes. Havia uma pequena televisão no centro da estante, e embora Sophia não tivesse se dado o trabalho de ligá-la, duvidava de que pegasse mais de um ou dois canais.

Ouviu a água sendo ligada de novo. Então a porta do banheiro se abriu com um rangido e Luke saiu limpo e revigorado, de calça jeans e camisa branca de botões com as mangas enroladas. Estava descalço e parecia ter apenas passado os dedos pelos cabelos molhados em vez de escová-los. Do outro lado da sala, Sophia viu uma pequena cicatriz branca na bochecha dele, que nunca notara.

– É todo seu – disse Luke. – Já liguei a água para você.

– Obrigada – disse Sophia. Ela o beijou rapidamente ao passar por ele. – Devo demorar um pouco... uns trinta ou quarenta minutos.

– Não tenha pressa. Vou fazer o jantar.

– Outra especialidade? – perguntou Sophia do quarto, onde deixara a mochila.

– Eu gosto.

– Alguém mais gosta?

– Boa pergunta. Acho que logo descobriremos, não é?

A água já começara a encher a banheira, mais quente do que Sophia imaginara, e ela abriu a outra torneira tentando esfriá-la um pouco e desejando ter sais de banho ou óleo perfumado.

Despiu-se, consciente da dor nas pernas e nas costas. Esperava não estar dolorida demais para caminhar no dia seguinte.

Sophia pegou o vinho e entrou na água, achando aquilo um luxo, apesar do ambiente modesto.

O banheiro tinha um pequeno chuveiro separado e Luke havia pendurado sua toalha usada na haste. O fato de ele ter estado nu ali apenas alguns minutos antes provocou uma vibração na parte inferior da barriga de Sophia.

Ela sabia o que podia acontecer nesse fim de semana. Pela primeira vez eles não se despediriam no carro dela. Esta noite, não voltaria para a casa da irmandade. Mas estar com Luke parecia natural. Parecia certo, embora admitisse para si mesma que não era muito experiente nessas coisas. Brian havia sido o primeiro e único homem com quem dormira. Fora na noite do baile de Natal, e eles já namoravam havia dois meses. Sophia não sabia o que aconteceria naquela noite, mas, como todas as outras pessoas, estava se divertindo e provavelmente bebendo demais. Ele a levou para o quarto no andar de cima e acabaram fazendo amor na cama. Brian foi insistente, o quarto girava e uma coisa levou a outra. De manhã, ela não sabia bem o que pensar. E Brian nem estava lá para ajudá-la. Lembrava-se vagamente de tê-lo ouvido falar com alguns amigos na noite anterior sobre tomar Bloody Marys no quarto de um deles pela manhã. Cambaleou para o chuveiro com uma dor de cabeça lancinante, e quando o jato de água a atingiu, milhares de pensamentos passaram pela sua cabeça. Ficou aliviada por enfim ter feito aquilo – como todo mundo, perguntava-se como seria – e feliz por ter sido com Brian, em uma cama, e não no banco traseiro de um carro ou em um lugar ainda mais estranho. Mas por algum motivo aquilo também parecia um pouco triste. Ela imaginou o que sua mãe ou – pior – seu pai pensariam e, para ser honesta, tinha achado que seria mais... *alguma coisa.* Significativo. Romântico. Memorável. O que ela queria acima de tudo era voltar para o campus.

Depois disso, Brian foi como a maioria dos homens, supôs. Sempre que estavam a sós ele queria algo físico e por um tempo ela achou que também quisesse. Mas então começou a parecer que ele só queria aquilo, e isso começou a incomodá-la, mesmo antes de ele traí-la.

E agora aqui estava ela, passando a noite sozinha com um homem pela primeira vez desde Brian. Perguntou-se por que não estava nervosa. Molhou a esponja e a passou pela pele, tentando adivinhar o que Luke estaria fazendo na cozinha. Perguntou-se se estaria pensando nela mergulhada na banheira, talvez até a imaginando nua, e mais uma vez sentiu um tremor na parte inferior da barriga.

Percebeu que queria aquilo. Queria se apaixonar por alguém em quem pudesse confiar. E confiava em Luke. Ele nunca a havia pressionado a fazer algo que ela não quisesse; nunca fora nada menos que um perfeito cavalheiro. Quanto mais tempo passava com ele, mais se convencia de que era o homem mais sexy que já conhecera. Quem mais tinha tanta habilidade em trabalhos manuais quanto ele? Quem a fazia rir? Quem era inteligente, charmoso, autoconfiante e carinhoso? E quem mais a levaria para cavalgar em um dos lugares mais bonitos do mundo?

Mergulhada na banheira e bebendo vinho, pela primeira vez Sophia se sentiu mais velha do que era. Terminou a bebida sentindo-se aquecida e relaxada. Quando a água começou a esfriar, saiu da banheira e se enxugou. Procurou a calça jeans na mochila, mas então se deu conta de que era só isso que usava com Luke. Mudou de ideia e escolheu uma saia e uma blusa justa. Arrumou os cabelos, feliz por ter se lembrado de trazer o modelador e o secador. Em seguida se maquiou, aplicando um pouco mais de rímel e sombra do que de costume, limpando mais de uma vez o vapor do espelho. Pôs as argolas de ouro que sua mãe lhe dera no último Natal. Quando estava pronta, olhou-se mais uma vez no espelho e respirou fundo, pegou o copo vazio e saiu para o corredor. Luke estava na cozinha, de costas para ela, mexendo uma panela no fogão. Sobre o balcão ao seu lado havia uma caixa de biscoitos de água e sal e uma cerveja e Sophia o viu pegar a garrafa e dar um longo gole.

Luke não a ouvira sair do banheiro e durante algum tempo ela apenas o observou em silêncio, admirando o caimento de seus jeans e seus gestos suaves ao cozinhar. Em silêncio, foi até a mesa lateral e se inclinou para acender as velas. Ergueu-se de novo para examinar o cenário e depois apagou a luz. A sala ficou mais escura, criando um clima de intimidade, as chamas da pequena vela brilhando.

Notando a mudança na luz, Luke olhou por cima do ombro.

– Ah, oi – disse quando ela se aproximou. – Não percebi que você havia terminado...

Ele parou de falar ao ver Sophia sair das sombras para a fraca luz amarela da cozinha. Admirou-a por um longo momento, reconhecendo a esperança e o desejo nos olhos que se fixavam nos dele.

– Sophia – sussurrou, tão baixinho que ela mal o escutou.

Porém, ela pôde ouvir algo que Luke nunca conseguira dizer, e naquele momento soube que ele realmente estava apaixonado por ela. Talvez fosse uma ilusão, mas também sentiu que seria assim para sempre, não importava o que acontecesse.

– Desculpe-me por ficar olhando – disse Luke. – Mas é que você está tão linda...

Sophia sorriu e se aproximou mais. Quando Luke se inclinou para beijá-la, ela soube que, se antes não estava apaixonada por ele, agora não restava mais dúvidas.

⚜

Depois do beijo Sophia se sentiu perturbada e percebeu que Luke sentiu o mesmo. Ele se virou, abaixou a chama no queimador do fogão, pegou sua cerveja, mas logo descobriu que a terminara. Colocou a garrafa ao lado da pia. Quando foi até a geladeira pegar outra, notou o copo de geleia que Sophia estava segurando.

– Gostaria de um pouco mais de vinho? – perguntou.

Sophia assentiu, sem confiar em si mesma para falar, e lhe entregou o copo. Os dedos deles se tocaram, provocando um agradável choque na mão de Sophia. Luke tirou a rolha e despejou mais vinho no copo de geleia.

– Podemos comer agora se você quiser – disse, entregando o copo para Sophia e arrolhando a garrafa –, mas o sabor ficará melhor se deixarmos a comida cozinhar em fogo brando por mais meia hora. Fatiei um pouco do queijo, caso esteja com fome.

– Parece ótimo – disse ela. – Mas vamos para o sofá.

Luke guardou o vinho, pegou sua cerveja e depois o prato de queijo. Havia acrescentado uvas e apanhou a caixa de biscoitos de água e sal que estava no balcão antes de seguir Sophia até o sofá.

Pôs a comida na mesa de canto, mas segurou a cerveja. Eles se sentaram lado a lado. Luke abriu o braço e Sophia se inclinou para ele, acomodando as costas em seu peito. Ela sentiu o braço ao seu redor, logo abaixo dos seios, e pôs seu braço em cima do dele. Sentiu o peito de Luke subindo e descendo, a respiração constante.

– É muito silencioso aqui – observou Sophia enquanto Luke colocava a cerveja na mesa de canto e passava o outro braço em volta dela. – Não consigo ouvir nada lá fora.

– Provavelmente ouvirá os cavalos mais tarde – disse Luke. – Eles não são os animais mais quietos do mundo e estão bem do lado de fora do quarto. E às vezes guaxinins vão para a varanda e derrubam tudo.

– Por que você parou de vir aqui? – perguntou Sophia. – Foi por causa do seu pai?

– Depois que meu pai morreu, muitas coisas mudaram – disse Luke com voz branda. – Minha mãe ficou sozinha e eu estava viajando no circuito. Quando estava em casa, sempre tinha a sensação de que estávamos muito distantes... Mas acho que isso realmente era uma desculpa. Para minha mãe, este era o lugar deles. Eu passava tanto tempo ao ar livre cavalgando, nadando e brincando que desabava na cama logo depois do jantar. Meus pais ficavam com o lugar só para eles. Mais tarde, quando eu estava no ensino médio, eles às vezes vinham sem mim... Mas agora ela não quer mais vir. Eu a convido, mas ela apenas balança a cabeça, negando. Acho que quer se lembrar deste lugar como antes. Quando ele ainda estava conosco.

Sophia tomou outro gole de vinho.

– Mais cedo eu estava pensando nas dificuldades que você já enfrentou. De certo modo, é como se já tivesse vivido uma vida inteira.

– Espero que não – disse Luke. – Eu detestaria que você pensasse que estou velho.

Sophia sorriu, consciente do contato do seu corpo com o dele e tentando não pensar no que poderia acontecer depois.

– Você se lembra da noite em que nos conhecemos? Quando conversamos e você me levou para ver os touros?

– É claro.

– Podia imaginar que acabaríamos aqui?

Ele estendeu a mão para pegar a cerveja e deu um gole antes de pousá-la no sofá ao lado de Sophia. Ela sentiu o frio da garrafa perto de sua coxa.

– Na época, fiquei surpreso por você estar conversando comigo.

– Por quê?

Ele beijou os cabelos dela.

– Quer mesmo saber? Você é perfeita.

– Não sou perfeita – protestou Sophia. – Longe disso. – Ela girou o vinho em seu copo. – Pode perguntar a Brian.

– O que aconteceu com ele não teve nada a ver com você.

– Talvez não – disse ela. – Mas...

Luke ficou calado, dando-lhe tempo para pensar no que ia dizer. Sophia se virou, olhando diretamente para ele.

– Eu lhe contei que na primavera passada estava arrasada, não é? Que emagreci muito porque não conseguia comer?

– Sim.

– Mas não lhe contei que durante algum tempo também pensei em suicídio. Não que tivesse chegado perto de realmente fazer algo assim; foi mais como um *conceito*, algo a que me agarrei para me sentir melhor. Eu acordava sem ligar para nada e sem conseguir comer, então pensava que havia um modo garantido de parar de sofrer: dar um fim àquilo tudo. Mesmo na época eu sabia que era loucura e, como disse, nunca achei que faria alguma coisa de verdade. Mas o simples fato de saber que a opção existia fez com que eu sentisse que ainda tinha algum tipo de controle. Na época, eu precisava disso mais do que tudo. De pensar que estava no controle. Pouco a pouco, consegui me recuperar. Foi por isso que, quando Brian me traiu de novo, consegui me afastar. – Ela fechou os olhos, a lembrança daqueles dias passando como uma sombra por seu rosto. – Neste momento você deve estar pensando que cometeu um grande erro.

– De jeito nenhum – disse ele.

– Não acha que eu sou louca?

– Você não é louca. Disse que nunca pensou em levar isso adiante de verdade.

– Mas por que me agarrei a essa ideia? Por que cheguei sequer a pensar nisso?

– Você ainda pensa?

– Não – respondeu ela. – Desde a primavera.

– Então eu não tenho com que me preocupar. Você não é a primeira pessoa no mundo a *pensar* nisso. Há uma grande diferença entre pensar e considerar e uma ainda maior entre tentar.

Sophia avaliou o comentário, entendendo o que ele queria dizer.

– Você está sendo muito lógico em relação a essa coisa toda.

– Talvez porque eu não tenha a menor ideia sobre o que estou falando.

Ela apertou o braço de Luke.

– A propósito, ninguém sabe de nada disso. Nem meus pais, nem mesmo Marcia.

– Não vou contar – garantiu ele. – Mas se isso acontecer de novo, talvez deva considerar falar com alguém mais inteligente do que eu. Alguém que saberia o que lhe dizer e talvez pudesse ajudá-la a lidar com tudo isso.

– É o que pretendo fazer. Mas espero que nunca aconteça de novo.

Eles ficaram sentados em silêncio, o corpo de Luke quente contra o dela.

– Ainda assim acho você perfeita – disse ele, fazendo-a rir.

– Você é um bajulador – brincou Sophia. Ela ergueu a cabeça e o beijou no rosto. – Posso lhe perguntar uma coisa?

– O que quiser.

– Você falou que sua mãe queria duplicar o tamanho do rebanho, e quando lhe perguntei por que, disse que ela não tinha alternativa. O que isso significa?

Ele passou um dedo pelas costas da mão de Sophia.

– É uma longa história.

– De novo? Tem algo a ver com Monstrengo?

Ela sentiu os músculos de Luke se retesarem involuntariamente, ainda que por um instante apenas.

– Por que você acha isso?

– Digamos que seja um pressentimento – respondeu Sophia. – Você também nunca terminou essa história, por isso presumi que as duas pudessem estar ligadas. – Ela hesitou. – Estou certa, não estou?

Sophia o sentiu inspirar profundamente e depois expirar devagar.

– Eu pensei que conhecia as tendências dele – começou Luke –, e conhecia, no início. No meio da montaria, cometi um erro. Inclinei-me demais para a frente bem na hora que Monstrengo atirava a cabeça para trás. Fui atingido e fiquei inconsciente. Quando caí, ele me arrastou pela arena. Ele deslocou meu ombro, mas isso não foi o pior. – Luke coçou a barba que despontava em seu rosto e continuou, sua voz quase distante: – Enquanto fiquei deitado lá na terra, o touro voltou. Foi muito feio. Fiquei na UTI por algum tempo... mas os médicos fizeram um ótimo trabalho e tive sorte. Depois que acordei, me recuperei muito mais rápido do que eles imaginaram. Mas ainda tive que ficar no hospital por muito tempo e passar meses em reabilitação. E minha mãe...

A voz de Luke falhou, e embora estivesse contando a história sem emoção, Sophia sentiu o próprio coração começar a se acelerar enquanto tentava imaginar os ferimentos dele.

– Minha mãe... Ela fez o que a maioria das mães faria, certo? O possível para assegurar que eu teria o melhor tratamento. O problema é que eu não tinha plano de saúde. Os peões de touros não são aceitos pelos planos, por causa dos riscos da profissão. Ou pelo menos não eram aceitos naquela época. As turnês fornecem cobertura mínima, que não chegou nem perto de cobrir o custo do meu tratamento. Então minha mãe teve que hipotecar a fazenda. – Ele fez uma pausa, subitamente parecendo mais velho do que era. – Os termos não foram muito bons e os pagamentos serão reajustados no próximo verão. E neste momento não temos renda suficiente para cobrir a dívida. Mal estamos conseguindo pagar as contas.

No ano que passou tentamos encontrar um modo de tornar a fazenda mais rentável, mas não conseguimos. Não estamos nem perto de conseguir.

– O que isso significa?

– Significa que teremos de vendê-la. Ou o banco a tomará de nós. E essa é a única vida que minha mãe conhece. Ela construiu o negócio e é o único lar que já teve... – Luke deu um longo suspiro antes de prosseguir. – Minha mãe tem 55 anos. Para onde iria? O que faria? Eu sou jovem. Posso ir para qualquer lugar. Mas e se ela perder tudo? Por minha causa. Simplesmente não posso fazer isso com minha mãe. Não farei.

– Foi por isso que você voltou a montar? – perguntou Sophia.

– Sim – admitiu ele. – Isso ajudará a pagar as prestações e daqui a alguns anos poderei amortizar a dívida de modo que a principal se torne algo administrável.

Sophia puxou seus joelhos para cima.

– Então é por isso que sua mãe não quer que você monte?

Luke pareceu escolher cuidadosamente as palavras:

– Ela não quer que eu me machuque de novo. Mas que outra opção eu tenho? Nem quero mais montar... Já não significa a mesma coisa para mim. Mas não sei o que mais posso fazer. Acho que na melhor das hipóteses poderemos aguentar até junho, talvez julho. E depois...

A culpa e angústia em sua expressão fizeram Sophia sentir um aperto no peito.

– Talvez você encontre o outro pasto de que precisa.

– Talvez – disse Luke, não parecendo muito seguro disso. – Seja como for, é isso que está acontecendo com a fazenda. E não é nada bom. Esse foi um dos motivos de eu querer trazê-la aqui. Porque estar aqui com você significava não ter que pensar nisso. Não me preocupar. Tudo que fiz desde que cheguei aqui foi pensar em você e no quanto estou feliz por você estar aqui comigo.

Como ele previra, um dos cavalos lá fora deu um longo relincho. A sala estava esfriando, o ar gelado da montanha entrando pelas janelas e paredes.

– Acho melhor eu ir dar uma olhada no nosso jantar – disse Luke. – Ver se não está queimando.

Com relutância, Sophia se aprumou, deixando Luke se levantar. A culpa que ele sentia de ter posto a fazenda em risco era tão sincera, tão evidente, que Sophia se viu indo atrás dele. Queria que ele soubesse que estava ali para confortá-lo, não que ele precisasse disso, mas porque ela tinha vontade. O amor que sentia por Luke mudava tudo, e queria que ele sentisse isso.

Luke ainda estava mexendo o chili quando Sophia veio por trás e passou os braços em volta da cintura dele. Luke se aprumou e ela o apertou de leve antes de afrouxar o abraço. Ele se virou e a puxou para perto. Então seus corpos se juntaram e Sophia se apoiou nele. Durante um longo tempo ficaram assim, apenas abraçados.

Era muito bom tê-lo por perto. Ela sentiu o coração batendo no peito de Luke e ouviu o ritmo suave da respiração dele. Enterrou o rosto no pescoço de Luke, sentindo seu cheiro, e ao fazer isso o desejo inundou seu corpo de um modo que nunca experimentara. Beijou o pescoço de Luke devagar, ouvindo a respiração dele se acelerar.

– Eu amo você, Sophia – sussurrou ele.

– Também amo você, Luke – sussurrou ela enquanto o rosto dele se aproximava do seu.

Quando eles começaram a se beijar, seu único pensamento foi que esse era o modo como deveria ser, para sempre. A princípio hesitantes, os beijos se tornaram mais apaixonados. Sophia ergueu os olhos e soube que seu desejo era claro. Queria Luke por inteiro, como nunca quisera alguém, e depois de beijá-lo de novo pôs a mão por trás dele e deligou o fogão. Sustentando o olhar de Luke, pegou-o pela mão e o puxou lentamente para o quarto.

17

Ira

É noite de novo e ainda estou aqui. Envolto no silêncio, enterrado na brancura fria e dura do inverno, incapaz de me mover. Sobrevivi mais um dia.

Na minha idade e levando em conta minha situação, isso deveria ser motivo para comemorar. Mas estou ficando fraco. Apenas minha dor e sede parecem reais. Meu corpo está falhando e tudo o que consigo fazer é manter os olhos abertos. Mas eles acabarão se fechando, e parte de mim se pergunta se voltarão a se abrir. Olho para Ruth, querendo saber por que ela não diz nada. Vejo seu perfil. Ela não olha para mim. A cada piscadela, parece mudar. É jovem, velha, então jovem de novo. Pergunto-me o que está pensando a cada transformação.

Mesmo a amando, admito que Ruth de algum modo sempre foi um enigma para mim. De manhã, quando nos sentávamos à mesa do café, eu a pegava olhando pela janela. Nesses momentos, tinha a mesma aparência de agora, e meus olhos frequentemente seguiam os dela. Ficávamos sentados em silêncio, vendo os pássaros voarem de um galho para outro, ou olhávamos para as nuvens que iam tomando forma. Às vezes eu a observava, tentando adivinhar seus pensamentos, mas ela dava apenas um leve sorriso, bastante satisfeita em me manter desinformado.

Eu gostava disso em Ruth. Gostava do mistério que ela acrescentava à minha vida. Gostava do silêncio que havia entre nós de vez em quando, porque era confortável. Era apaixonado, um silêncio que tinha raízes no bem-estar e no desejo. Muitas vezes me perguntei se isso nos tornava únicos ou se era algo que os casais experimentavam com frequência. Entristecia-me pensar que éramos uma exceção, mas vivi tempo suficiente para concluir que o que Ruth e eu tínhamos era uma bênção incomum.

E ainda assim Ruth não diz nada. Talvez ela também esteja revivendo os dias que partilhamos.

Depois que Ruth e eu voltamos da lua de mel, começamos a construir uma vida juntos. Àquela altura, os pais dela já tinham se mudado para Durham e nós ficamos com meus pais enquanto procurávamos uma casa para comprar. Embora estivessem surgindo vários novos bairros em Greensboro, queríamos uma casa com personalidade. Passávamos a maior parte do tempo andando pelo bairro histórico, e foi lá que encontramos um imóvel no estilo Queen Anne, construído em 1886, com uma aresta na frente, uma torre redonda e belas varandas na frente e nos fundos. Meu primeiro pensamento foi que era muito grande para nós, com mais espaço do que precisaríamos. Além disso, a casa também carecia desesperadamente de reformas. Mas Ruth adorou as cornijas e o trabalho artesanal, e eu a amava, por isso, quando ela disse que deixaria a decisão por minha conta, fiz uma oferta na tarde seguinte.

Enquanto a papelada para o empréstimo bancário era finalizada – mudaríamos dali a um mês –, voltei para o trabalho na loja e Ruth se dedicava ao seu emprego de professora. Admito que fiquei nervoso por ela. A escola rural que a contratara era em grande parte frequentada por alunos que tinham crescido nas fazendas. Mais da metade vivia em casas sem instalações sanitárias e muitos usavam as mesmas roupas por vários dias. Dois chegaram descalços para o primeiro dia de aula. Apenas alguns pareciam interessados em aprender e muitos eram quase analfabetos. Esse era o tipo de pobreza que ela nunca experimentara, que tinha menos a ver com dinheiro do que com falta de sonhos. Naqueles primeiros meses de aulas, nunca vi Ruth mais cansada e nunca a veria assim de novo. Até mesmo nas melhores escolas, um professor precisa de tempo e experiência para traçar planos de aulas e se sentir à vontade, e frequentemente eu via Ruth trabalhando até tarde da noite à nossa pequena mesa da cozinha, pensando em novos modos de cativar seus alunos.

Mas o estresse dela deixou claro que ensinar àquelas crianças era não só sua vocação como também, ainda mais do que as obras de arte que com o tempo colecionamos, sua verdadeira paixão. Ela se dedicou ao trabalho com uma intensidade e obstinação que me surpreenderam. Queria que seus alunos aprendessem, porém, mais do que isso, que valorizassem a educação, como ela fazia. O desafio que enfrentou com esses alunos problemáticos só aumentou seu entusiasmo. No jantar, ela me falava sobre eles e contava as "pequenas vitórias" que a faziam sorrir durante dias. E era assim que as descrevia. *Ira,* dizia-me, *um dos meus alunos obteve uma pequena vitória na aula de hoje,* e então me contava o que tinha acontecido. Ela me contava quando uma criança inesperadamente emprestava um lápis para outra, ou o quanto uma caligrafia tinha melhorado, ou o orgulho demonstrado por uma aluna ao terminar de ler seu primeiro livro. Além disso, se preocupava com eles. Notava quando um estava chateado e falava com ele como uma mãe faria; ao ficar sabendo que alguns dos seus alunos eram pobres demais para trazer lanche para a escola, começou a fazer sanduíches extras de manhã. E lenta mas seguramente seus alunos reagiram ao seu estilo protetor, como plantas novas reagem ao sol e à água.

Ela tinha se preocupado a respeito de se as crianças a aceitariam. Como era judia em uma escola quase só de cristãos, era de Viena e tinha um sotaque alemão, não sabia se a achariam estranha. Nunca me disse isso diretamente, mas eu soube quando, em dezembro, a encontrei chorando na cozinha no fim do dia. Seus olhos estavam vermelhos e inchados, o que me assustou. Imaginei que algo terrível tivesse acontecido com os pais dela ou que talvez ela houvesse sofrido algum tipo de acidente. Então notei que a mesa estava coberta com uma série de itens feitos em casa. Ruth me explicou que seus alunos – todos eles – tinham lhe trazido presentes em comemoração de Chanucá. Ela nunca soube como aquilo acontecera; não contara a eles sobre o feriado, tampouco estava claro se qualquer um dos alunos entendia o significado da celebração. Mais tarde contou-me que ouviu um dos alunos explicando para o outro que "Chanucá é o modo como os judeus comemoram o nascimento de Jesus", mas a verdade era menos importante do que o significado do que as crianças haviam feito para ela. A maioria dos presentes era simples – pedras pintadas, cartões feitos à mão, um bracelete de conchas –, mas em todos havia amor, e mais tarde passei a acreditar que foi naquele momento que Ruth enfim aceitou Greensboro e a Carolina do Norte como seu lar.

⚜

Apesar da sobrecarga de trabalho de Ruth, conseguimos pouco a pouco mobiliar nossa casa. Naquele primeiro ano passamos muitos fins de semana fazendo compras em antiquários. Assim como ela tinha um olho para arte, tinha um dom para escolher o tipo de mobília que tornaria nosso lar não só singularmente bonito, mas também acolhedor.

No verão seguinte começaríamos as reformas. A casa precisava de um telhado novo e a cozinha e os banheiros, embora funcionais, não eram do gosto de Ruth. Os pisos precisavam ser lixados e muitas janelas tinham que ser substituídas. Ao comprarmos a casa, decidimos esperar o verão seguinte para começar as reformas, quando Ruth teria tempo para supervisionar os operários.

Fiquei aliviado por ela estar disposta a assumir essa responsabilidade. Meus pais haviam reduzido ainda mais seu tempo de trabalho, mas o movimento da loja havia aumentado no ano em que Ruth começara a lecionar. E, do mesmo modo que meu pai tinha feito durante a guerra, aluguei o espaço vizinho ao nosso. Expandi a loja e contratei mais três funcionários. Mesmo então, lutava para dar conta de tudo. Como Ruth, frequentemente trabalhava até tarde da noite.

As reformas demoraram e custaram mais do que o esperado, e não é preciso dizer que o processo foi muito mais inconveniente do que qualquer um de nós imaginou que seria. No fim de julho de 1947 o último operário carregou sua caixa de ferramentas para a picape, mas as mudanças – algumas sutis, outras dramáticas – fizeram a casa enfim parecer nossa. Moro lá há mais de 65 anos. Ao contrário de mim, a casa continua razoavelmente firme. A água flui bem dos canos, os armários se abrem com facilidade e os pisos estão tão lisos quanto uma mesa de bilhar, ao passo que eu já não consigo mais me mover de um cômodo para outro sem meu andador. Se tenho uma queixa, é que a casa parece ter muitas correntes de ar, mas estou com frio há tanto tempo que me esqueci de como é me sentir aquecido. Para mim, a casa ainda está cheia de amor, e nessa altura da vida não posso pedir mais nada.

– Certo, está cheia – diz Ruth, rindo. – A casa, quero dizer.

Percebo um traço de reprovação em sua voz e olho de relance para ela.

– Gosto do jeito que é.

– É perigosa.

– Não é.

– Não? E se houvesse um incêndio? Como você sairia?

– Se houvesse um incêndio, eu teria dificuldade em sair mesmo se a casa estivesse vazia.

– Você está arranjando desculpas.

– Sou velho. Posso ser senil.

– Você não é senil. É teimoso.

– Bom me lembrar. Há uma diferença.

– Isso não é bom para você. As lembranças às vezes o deixam triste.

– Talvez – digo, olhando diretamente para ela. – Mas as lembranças são tudo que me resta.

⚜

Ruth está certa sobre as lembranças, é claro. A casa está cheia, não de coisas velhas, mas de obras de arte que colecionamos. Durante anos mantivemos as pinturas em depósitos climatizados que alugávamos por mês. Ruth preferia assim

– sempre se preocupou com incêndios –, mas depois que ela morreu contratei dois operários para trazer tudo de volta. Agora cada parede é um caleidoscópio de pinturas, e elas enchem quatro dos cinco quartos. A sala de estar e a de jantar estão fora de uso há anos, porque as pinturas ocupam cada centímetro. Embora centenas delas estejam emolduradas, a maioria não está. Estão separadas por papel sem ácido e guardadas em várias caixas de carvalho com o rótulo do ano em que as encomendei de um carpinteiro da cidade. Admito que há uma extravagante confusão na casa que alguns poderiam achar claustrofóbica – a jornalista que foi lá andou de um cômodo para outro boquiaberta –, mas minha casa é limpa. A empresa de serviços domésticos envia uma mulher duas vezes por semana para manter os cômodos que ainda uso impecáveis, e apesar de poucas dessas mulheres com o passar dos anos terem aprendido a falar inglês – se é que alguma aprendeu –, sei que Ruth teria gostado de eu as ter contratado. Ela sempre detestou poeira ou qualquer tipo de bagunça.

A confusão não me incomoda. Na verdade me faz lembrar de alguns dos melhores dias do nosso casamento, inclusive – e especialmente – de nossas idas ao Black Mountain College. Quando as reformas terminaram e nós dois precisávamos de férias, passamos o primeiro aniversário de casamento em Grove Park Inn, o lugar onde tínhamos passado a lua de mel. Visitamos a escola de novo e dessa vez fomos cumprimentados por amigos. Elaine e Willem não estavam lá, mas Robert e Ken, sim, e eles nos apresentaram a Susan Weil e Pat Passlof, duas artistas extraordinárias cujas obras também estão expostas em diversos museus. Naquele ano, voltamos para casa com mais catorze quadros.

Mesmo então nenhum de nós pensava em se tornar um colecionador. Afinal de contas, não éramos ricos, e a compra daquelas obras tinha sido uma extravagância, ainda mais depois das reformas na casa. Tampouco penduramos todas elas imediatamente. Ruth as mudava de um cômodo para outro, dependendo do seu estado de espírito, e mais de uma vez voltei para uma casa que parecia igual e ao mesmo tempo diferente. Em 1948 e 1949 vimo-nos de volta a Asheville e ao Black Mountain College. Compramos ainda mais pinturas, e quando voltamos para casa o pai de Ruth sugeriu que levássemos nosso hobby mais a sério. Como Ruth, ele podia ver a qualidade das obras que tínhamos adquirido e plantou em nós a semente de uma ideia – formar uma verdadeira coleção que algum dia pudesse ser digna de um museu. Eu disse a Ruth que estava fascinado com essa ideia. Embora não tivéssemos tomado nenhuma decisão oficial, começamos a poupar quase todo o salário de Ruth, e ela passou grande parte do ano escrevendo cartas para os artistas que conhecia, pedindo suas opiniões sobre outros artistas dos quais achassem que poderíamos gostar. Em 1950, depois de uma viagem a Outer Banks, fomos a Nova York pela primeira vez. Passamos três semanas visitando todas as galerias de arte da cidade, encontrando proprietários e artistas que nossos amigos nos apresentaram. Naquele verão, voltamos ao lugar onde tudo aquilo começou, quase como se não tivéssemos alternativa.

Não sei bem quando ouvimos pela primeira vez – em 1952 ou 1953, acho – os boatos sobre o fechamento do Black Mountain College, mas, como os artistas e o corpo docente, que passáramos a considerar amigos íntimos, não quisemos acreditar naquilo. Contudo, em 1956, nossos temores se concretizaram. Ao ouvir a notícia, Ruth chorou, reconhecendo o fim de uma era para nós. Naquele verão, viajamos de novo por todo o Nordeste, e embora eu soubesse que não seria igual, concluímos nossa viagem voltando a Asheville em nosso aniversário de casamento. Como sempre, fomos até a escola, mas, ao lado das águas do lago Eden e olhando para o prédio agora vazio, não pude evitar me perguntar se nosso idílio na escola não passara de um sonho.

Depois fomos para o local em que aquelas seis primeiras pinturas um dia foram colocadas. Ficamos próximos da água azul e silenciosa, e pensei em quanto o nome do lago era apropriado. Afinal de contas, para nós aquele lugar sempre fora o Éden. Independentemente do rumo que nossa vida tomasse, sabia que nunca o deixaríamos para trás. Surpreendendo Ruth, entreguei-lhe uma carta que escrevera na noite anterior. Foi a primeira carta que lhe escrevi desde que voltei da guerra, e depois de lê-la Ruth me abraçou. Naquele momento eu soube o que precisava fazer para manter aquele lugar vivo em nossos corações. No ano seguinte, em nosso décimo primeiro aniversário de casamento, escrevi-lhe outra carta, que ela leu sob as mesmas árvores, às margens do lago Eden. E assim começou uma nova tradição em nosso casamento.

No total, Ruth recebeu 45 cartas e guardou todas. Estão na caixa que mantinha sobre a cômoda. Às vezes eu a flagrava lendo-as e podia dizer por seu sorriso que estava revivendo algo que esquecera havia muito tempo. Essas cartas se tornaram uma espécie de diário para ela e, conforme envelhecia, começou a lê-las com mais frequência, às vezes todas em uma única tarde.

As cartas pareciam lhe dar paz, e acho que foi por isso que muito mais tarde decidiu me escrever. Só encontrei essa carta depois que ela se foi, mas, de muitos modos, salvou minha vida. Ruth sabia que eu precisaria dela, porque me conhecia melhor do que eu mesmo.

Mas Ruth não leu todas as cartas que lhe escrevi. Não pôde. Afinal de contas, embora eu as tivesse escrito para ela, também as escrevi para mim e, depois que ela morreu, coloquei outra caixa ao lado da original. Nessa caixa estão cartas escritas com minha mão trêmula, marcadas pelas minhas lágrimas, não pelas dela. São cartas escritas no que teriam sido outros aniversários de casamento. Às vezes penso em lê-las, como Ruth costumava fazer, mas dói-me pensar que ela nunca pôde fazer isso. Então apenas as seguro, e quando a dor se torna forte demais, perambulo pela casa olhando as pinturas. Às vezes, ao fazer isso, gosto de imaginar que Ruth veio me visitar, como veio até mim no carro, porque mesmo agora sabe que não posso viver sem ela.

⚜

– Você pode viver sem mim – diz Ruth.

Fora do carro, o vento diminuiu e a escuridão parece menos opaca. É o luar, penso, e percebo que o tempo enfim está clareando. Amanhã à noite, se eu durar até lá, o clima vai começar a melhorar e, na terça-feira, a neve vai derreter. Por um momento isso me dá esperança, mas, tão rápido quanto veio, ela desaparece. Não durarei tanto.

Estou fraco, tão fraco que é difícil até me concentrar em Ruth. O interior do carro parece girar e quero pegar a mão dela para me firmar, mas sei que é impossível. Tento me lembrar do seu toque, mas a sensação me escapa.

– Você está me ouvindo? – pergunta ela.

Fecho os olhos, tentando fazer a tontura passar, mas ela só aumenta, espirais coloridas explodindo atrás dos meus olhos.

– Sim – sussurro por fim, um som rascante na cinza vulcânica da minha garganta.

A sede me ataca violentamente. Pior do que antes. Muito pior. Há mais de um dia não bebo água e o desejo dela me consome, aumentando a cada respiração difícil.

– A garrafa de água está aqui – diz Ruth de súbito. – Acho que no chão perto dos meus pés.

Sua voz é suave e cadenciada, como uma melodia, e tento me concentrar no som para evitar pensar no óbvio.

– Como você sabe?

– Não tenho certeza. Mas onde mais poderia estar? Não está no banco.

Ela tem razão, penso. Provavelmente está no chão, mas não há nada que eu possa fazer para alcançá-la.

– Isso não importa – digo, desesperado.

– É claro que importa. Você tem que encontrar um modo de alcançar a garrafa.

– Não consigo – respondo. – Não tenho forças suficientes.

Ruth parece assimilar isso e fica calada por um momento. No carro, penso tê-la ouvido respirar e me dou conta de que fui eu quem começou a ofegar.

– Você se lembra do tornado? – pergunta-me ela de repente.

Algo em sua voz implora para eu me concentrar e tento descobrir a que está se referindo. O tornado. No início isso não significa nada, mas então, aos poucos, a memória começa a adquirir forma e significado.

Eu tinha saído do trabalho para dar uma passada em casa quando de repente o céu assumiu um agourento tom verde-acinzentado. Ruth saiu para ver o que era e lembro-me de que agarrei sua mão a fim de arrastá-la para o banheiro no centro da casa. Foi o primeiro tornado que ela enfrentou, e embora nossa casa tivesse escapado ilesa, uma árvore na rua foi derrubada, esmagando o carro de um vizinho.

– Foi em 1957 – respondo. – Em abril.

– Sim – diz Ruth. – Foi quando aconteceu. Não estou surpresa que você lembre. Você sempre se lembra do clima, até mesmo de muito tempo atrás.

– Eu lembro porque fiquei com medo.

– Mas você também se lembra do clima agora.

– Eu assisto ao Weather Channel.

– Isso é bom. Há muitos bons programas nesse canal e às vezes pode-se aprender muito.

– Por que estamos falando sobre isso?

– Porque – diz ela, em um tom urgente – há algo de que você tem que se lembrar. Há algo mais.

Não entendo o que ela quer dizer, mas, em minha exaustão, percebo que não me importo. A respiração se torna mais difícil e fecho os olhos, começando a flutuar em um mar de ondas escuras. Na direção de um horizonte distante, longe daqui. Longe dela.

– Você viu algo interessante recentemente – grita Ruth.

Ainda assim, deixo-me levar. Para fora do carro. Agora voando. Sob a lua e as estrelas. A noite está clareando e o vento parou, mas estou tão cansado que sei que dormirei para sempre. Sinto meus membros relaxarem e perderem seu peso.

– Ira! – grita ela, o pânico em sua voz aumentando. – Há algo de que precisa se lembrar! Você viu no Weather Channel!

Sua voz parece muito distante, quase um eco.

– Um homem na Suécia! – grita Ruth. – Ele não tinha comida nem água!

Embora eu mal possa ouvi-la, de algum modo registro suas palavras. Sim, penso, e a lembrança, como o tornado, também começa a adquirir forma. *Umeå. Círculo Ártico. Sessenta e quatro dias.*

– Ele sobreviveu! – grita Ruth. Ela estende o braço para mim, pondo a mão na minha perna.

Nesse momento paro de me deixar levar. Quando abro os olhos, estou de novo no carro.

Enterrado em seu carro na neve. Sem comida ou água.

Sem água...

Sem água...

Ruth se inclina na minha direção, tão perto que posso sentir as delicadas notas de rosas de seu perfume.

– Sim, Ira – diz, sua expressão séria. – Ele não tinha água. Como sobreviveu? Você tem que se lembrar!

Pisco os olhos e eles parecem escamosos, como os de um réptil.

– Neve – digo. – Ele comeu neve.

Ruth sustenta meu olhar e sei que está me desafiando a desviá-lo.

– Também há neve aqui – diz. – Há neve do lado de fora da sua janela.

Ao ouvir suas palavras, sinto algo se agitar dentro de mim, apesar da minha fraqueza. Pergunto-me sobre a bateria, lembrando-me vagamente de que os limpadores de para-brisa tinham funcionado depois do acidente. Lembro-me de que os desliguei, e embora tema me mover, ergo o braço devagar. Um centímetro para a frente em minha coxa, e depois até o encosto. O esforço é enorme e demoro um momento para recuperar o fôlego. Mas Ruth está certa. Há água perto e estico meu dedo para o botão. Não sei se a bateria ainda está funcionando. Temo que não esteja, mas continuo esticando o dedo. Algo primitivo me faz continuar. *Espero que a bateria ainda funcione.* Funcionou antes, repito para mim mesmo. *Funcionou depois do acidente.* Enfim meu dedo encontra o botão e o empurro para a frente.

E, como um milagre, um frio cortante de súbito invade o carro. É brutal e um pouco de neve cai nas costas da minha mão. Tão perto agora, mas estou olhando na direção errada. Preciso erguer a cabeça. A tarefa parece impossível, mas a água chama por mim e não tenho como não responder.

Ergo a cabeça e meu braço, meu ombro e minha clavícula explodem de dor. Não vejo nada além de branco e depois nada além de preto, mas persisto. Sinto meu rosto inchado, e por um instante acho que não vou conseguir. Quero abaixar a minha cabeça de novo. Quero que a dor passe, mas minha mão esquerda já se move em direção ao rosto. A neve está derretendo, posso sentir a água pingando, e minha mão continua a se mover.

E então, bem quando estou prestes a desistir, minha mão encontra minha boca. A neve é molhada e maravilhosa, e minha boca parece ganhar vida. Sinto a umidade em minha língua. É fria, forte e celestial, e sinto as gotas descerem por minha garganta. O milagre me encoraja e tento pegar outro punhado de neve. Engulo um pouco mais e o formigamento desaparece. De repente, minha garganta se torna jovem como a de Ruth, e embora o carro esteja congelante, nem sinto o frio. Pego outro punhado de neve, depois outro, e minha exaustão de apenas um minuto atrás se dissipa. Estou cansado e fraco, mas isso parece infinitamente mais suportável. Quando olho para Ruth, posso vê-la com clareza. Está na casa dos 30 anos, em sua fase de maior beleza, radiante.

– Obrigado – digo.

– Não há motivo para me agradecer. – Ela dá de ombros. – Mas agora você deve fechar a janela. Antes que fique muito frio.

Faço o que Ruth manda, meus olhos cravados nos dela.

– Amo você, Ruth – sussurro.

– Eu sei – diz ela, sua expressão terna. – Foi por isso que eu vim.

A água me revigorou de um modo que parecia impossível apenas algumas horas antes. Refiro-me à minha mente. Meu corpo ainda está um trapo e temo me mover, mas Ruth parece confortada por minha recuperação. Está sentada quieta, ouvindo o tagarelar dos meus pensamentos. Sobretudo, estou preocupado se alguém me encontrará...

Afinal de contas, neste mundo, tornei-me mais ou menos invisível. Mesmo quando enchi meu tanque de gasolina – o que agora considero o motivo de ter me perdido –, a mulher atrás do balcão olhou para além de mim, na direção de um jovem de jeans. Tornei-me o que os jovens temem se tornar, apenas mais um idoso sem nome, um velho alquebrado sem nada a oferecer ao mundo.

Meus dias são irrelevantes, consistindo em momentos simples e prazeres mais simples ainda. Como, durmo e penso em Ruth; perambulo pela casa olhando as pinturas e, de manhã, alimento os pombos que se reúnem no quintal. Meu vizinho reclama disso. Ele acha que as aves são um incômodo e transmitem doenças. Não deixa de ter razão, mas ele também cortou um bordo magnífico entre nossas propriedades só porque estava cansado de varrer as folhas. Por isso, não acho seu julgamento totalmente confiável. De todo modo, gosto dos pombos. Gosto de seu arrulhar suave e de vê-los levantando e abaixando as cabeças ao procurarem os grãos que lhes atiro.

Sei que a maioria das pessoas me considera um recluso. Foi assim que a jornalista me descreveu. E por mais que eu deteste essa palavra e o que ela sugere, há um pouco de verdade no que escreveu sobre mim. Sou viúvo há anos, sem filhos e, até onde sei, sem nenhum parente vivo. Meus amigos, fora meu advogado, Howie Sanders, morreram há muito tempo, e desde a tempestade na mídia – provocada pelo artigo na *New Yorker* – quase nunca saio de casa. É mais fácil assim, mas frequentemente me pergunto se deveria ter falado com a jornalista. Talvez não, mas quando Janice ou Janet – ou seja qual for o nome dela – apareceu à porta sem avisar, seus cabelos escuros e seu olhar inteligente me fizeram lembrar de Ruth, e a próxima coisa de que me lembro é de ela em pé na sala de estar. Só foi embora seis horas mais tarde. Ainda não sei como descobriu sobre a coleção. Provavelmente por meio de um marchand no Norte – eles podem ser mais fofoqueiros do que garotas em idade escolar –, mas mesmo assim não a culpo por tudo que se seguiu. Ela estava fazendo seu trabalho e eu podia ter lhe pedido que fosse embora, mas respondi às suas perguntas e a deixei tirar fotografias. Depois que ela saiu, logo a esqueci. Então, algumas semanas depois, um jovem de voz estridente que se descreveu como um verificador de fatos para a revista telefonou para confirmar coisas que eu dissera. Por ingenuidade, dei-lhe as respostas que pediu, e várias semanas depois recebi um pequeno pacote pelo correio. A jornalista tinha sido atenciosa o suficiente para me enviar uma cópia do exemplar em que o artigo saiu. É óbvio que o artigo me enfureceu. Joguei a revista fora depois de ler o que ela havia escrito. Mais tarde, porém, quando me acalmei, tirei-a da lixeira e li o artigo de novo. Hoje percebo que ela não teve culpa de não ter entendido o que tentei lhe dizer. Afinal de contas, em sua mente a coleção era toda a história.

Isso foi seis anos atrás, e virou minha vida de cabeça para baixo. As janelas foram gradeadas e uma cerca foi erguida no quintal. Mandei instalar um sistema de segurança e a polícia começou a passar de carro pela minha casa pelo menos duas vezes por dia. Recebi um monte de telefonemas. De repórteres. Produtores. Um roteirista que prometeu levar a história para o cinema. Três ou quatro advogados. Duas pessoas que afirmaram ser primos distantes do lado da família de Ruth. Estranhos em uma maré de azar em busca de ajuda. Acabei simplesmente tirando o telefone da tomada, porque todos eles – inclusive a jornalista – pensavam na arte apenas em termos de dinheiro.

O que ninguém percebeu foi que aquilo não era uma questão de dinheiro, mas de lembranças. Se Ruth tinha as cartas que lhe escrevi, eu tinha as pinturas e recordações. Vejo as obras de De Kooning, Rauschenberg e Warhol e me lembro do modo como Ruth me abraçou perto do lago; quando vejo o Jackson Pollock, revivo aquela primeira viagem a Nova York, em 1950. Estávamos no meio do caminho e, num impulso, dirigimos até Springs, um vilarejo perto de East Hampton, em Long Island. Era um dia glorioso de verão e Ruth usava um vestido amarelo. Tinha 28 anos e ficava mais bonita a cada dia, algo que Pollock não deixou de notar. Estou convencido de que foi o porte elegante dela que o levou a deixar dois estranhos entrarem em seu ateliê. Isso também explica por que acabou deixando Ruth comprar um quadro que acabara de terminar, algo que raramente fazia, se é que algum dia fez. Depois, naquela tarde, voltando para a cidade, Ruth e eu paramos em uma pequena cafeteria em Water Mill. Era um lugar charmoso, com um piso gasto de madeira e janelas ensolaradas, e o dono nos conduziu até uma mesa bamba de madeira ao ar livre. Naquele dia, Ruth pediu vinho branco, leve e adocicado, e o bebemos contemplando Sound. A brisa soprava leve e o dia estava quente, e quando vimos um barco passando à distância nos perguntamos em voz alta para onde poderia estar se dirigindo.

Pendurada perto desse quadro há uma obra de Jasper Johns. Nós a compramos em 1952, o verão em que os cabelos de Ruth estavam mais longos. As primeiras rugas começavam a surgir nos cantos dos seus lábios, acrescentando feminilidade ao seu rosto. Nós tínhamos ido ao topo do Empire State Building mais cedo naquela manhã e depois, no silêncio do nosso quarto de hotel, fizemos amor durante horas antes de ela enfim adormecer em meus braços. Não consegui dormir naquele dia. Fiquei olhando para ela, vendo seu peito subir e descer suavemente, sua pele quente contra a minha. No ambiente escurecido daquele quarto, os cabelos de Ruth espalhados sobre o travesseiro, me perguntei se algum homem já tivera tanta sorte quanto eu.

É por isso que perambulo pela nossa casa tarde da noite, por isso que a coleção continua intacta. Por isso nunca vendi um único quadro. Como poderia? Nos óleos e pigmentos guardo minhas lembranças de Ruth; cada pintura me lembra um capítulo de nossa vida. Não há nada mais precioso para mim. Isso é tudo que me resta da esposa que amei mais do que a própria vida. Continuarei a contemplar as obras e me lembrar dela até não poder mais fazer isso.

Antes de morrer, Ruth às vezes se juntava a mim nessas perambulações noturnas, porque também gostava de voltar no tempo. Também gostava de recontar histórias, embora nunca tivesse percebido que era a heroína de todas elas. Segurava minha mão e íamos de um cômodo a outro, nos deleitando quando o passado se tornava vivo.

Meu casamento trouxe muita felicidade para minha vida, mas ultimamente só tem havido tristeza. Entendo que o amor e a tragédia andam de mãos dadas, porque não podem existir sozinhos, mas ainda assim me pergunto se a troca é justa. Acho que um homem deveria morrer como viveu; em seus últimos momentos, deveria estar cercado e ser confortado por aqueles a quem sempre amou.

Mas já sei que em meus últimos momentos estarei só.

18

Sophia

As semanas seguintes foram um daqueles raros e maravilhosos interlúdios em que quase tudo fazia Sophia acreditar que as coisas não poderiam melhorar.

Suas aulas foram estimulantes, ela tirou ótimas notas e, embora não tivesse tido notícias do Denver Art Museum, seu orientador a recomendou para um estágio no Museum of Modern Art, em Nova York. Faria uma entrevista lá no feriado de Natal. Não era um cargo remunerado e, se fosse aceita, teria que viajar todos os dias para o trabalho, mas era o MoMA. Nunca, nem em seus sonhos mais loucos, havia considerado essa possibilidade.

No pouco tempo que passou na casa da irmandade, notou que Marcia estava com um andar saltitante – o mesmo que tinha quando se concentrava em alguém especial. Estava sempre de bom humor, apesar de negar que fosse por causa de um rapaz. Ao mesmo tempo, Mary-Kate reduzira bastante as responsabilidades de Sophia na irmandade – embora frequentasse as reuniões obrigatórias, geralmente ela estava livre de seus deveres fraternais. Sem dúvida, isso era resultado de sua atitude indiferente. O melhor de tudo era que não tinha topado com Brian no campus – e ele não havia lhe enviado mensagens de texto nem telefonado, tornando mais fácil esquecer que um dia tinham namorado.

E, é claro, havia Luke.

Pela primeira vez ela sentiu que entendia o que realmente significava amar alguém. Desde o fim de semana na cabana – com exceção do Dia de Ação de Graças, quando Sophia fora para casa visitar sua família – eles passaram todas as noites de sábado juntos na fazenda, quase sempre nos braços um do outro. Entre beijos e a sensação eletrizante da pele nua de Luke contra a sua, Sophia se deleitava com o som da voz dele lhe dizendo repetidas vezes quanto a adorava e tudo o que ela passara a significar para ele. Na escuridão, Sophia corria o dedo suavemente pelas cicatrizes de Luke, às vezes notando uma nova. Eles conversavam até de madrugada, só parando para fazer amor mais uma vez. A paixão que sentiam um pelo outro era inebriante, algo muito diferente do que ela sentira por Brian. Havia uma conexão que transcendia o ato físico. Sophia aprendera a apreciar o modo silencioso como Luke saía da cama antes dela nas manhãs de domingo para alimentar os animais e conferir o gado, fazendo o possível para não acordá-la. Em geral, ela adormecia de novo, e mais tarde acordava com Luke ao seu lado, trazendo uma xícara de café quente. Às vezes eles ficavam na varanda por uma hora ou mais ou simplesmente tomavam café da manhã juntos. Quase sempre saíam a cavalo e às vezes esses passeios duravam a tarde toda. O ar frio do inverno deixava as bochechas de Sophia vermelhas e fazia suas mãos doerem, mas nesses momentos se sentia ligada a Luke e à fazenda de um modo que a fazia se perguntar por que demorara tanto para encontrá-lo.

Com a proximidade do feriado, eles passavam grande parte do fim de semana na alameda de árvores de Natal. Enquanto Luke cortava, transportava e amarrava as árvores, Sophia trabalhava na caixa registradora. Nos momentos de calmaria, estudava para as provas finais.

Luke também tinha voltado a treinar energicamente no touro mecânico. Às vezes ficava sentada em cima do capô de um trator enferrujado no celeiro em ruínas, observando. O touro estava montado em uma arena improvisada acolchoada com espuma para amortecer as quedas. Luke começava devagar, montando em um ritmo que servia apenas para aquecer os músculos, antes de intensificar ao máximo os movimentos do touro. A máquina girava, abaixava e mudava de direção de súbito, mas de algum modo Luke continuava centrado, mantendo sua mão livre erguida e longe do corpo. Ele montava três ou quatro vezes e depois se sentava com ela, enquanto se recuperava. Então voltava para a arena. Às vezes o treino durava duas horas. Apesar de Luke nunca se queixar, Sophia percebia que estava dolorido por causa da careta que fazia de vez em quando, ao mudar de posição, ou por uma alteração em seu modo de andar. Frequentemente eles passavam as noites de domingo no quarto de Luke, cercados de velas, e Sophia lhe massageava os músculos, tentando diminuir as dores.

Embora passassem pouco tempo juntos no campus, às vezes iam ao cinema ou saíam para jantar fora, e um dia até foram a um bar country, onde ouviram a mesma banda que estava tocando na noite em que se conheceram, e Luke enfim ensinou a Sophia uns passos de dança. De algum modo, ele tornava o mundo dela mais vívido, mais real, e quando não estavam juntos, Sophia sempre se pegava pensando nele.

A segunda semana de dezembro trouxe a primeira frente fria, uma grande tempestade vinda do Canadá. Era a primeira nevasca da estação, e embora a maior parte da neve tivesse derretido na tarde seguinte, Sophia e Luke passaram parte da manhã admirando a beleza branca da fazenda antes de irem até a alameda de árvores de Natal, para o que acabou se revelando a parte mais ocupada do dia.

Mais tarde, como se tornara habitual, foram para a casa da mãe de Luke. Enquanto ele trocava as pastilhas de freio da caminhonete, Linda ensinou Sophia a fazer uma torta. Luke não havia mentido sobre como as tortas da mãe eram boas, e as duas passaram uma tarde agradável na cozinha, conversando e rindo, seus aventais cobertos de farinha.

Passar tempo com Linda fez Sophia se lembrar de seus pais e de todos os sacrifícios que fizeram por ela. Observar Linda e Luke brincando um com o outro a fez se perguntar se algum dia teria o mesmo tipo de relacionamento com seus pais. A garotinha de que eles se lembravam não existia mais; em seu lugar haveria não apenas uma filha, mas talvez também uma amiga. Ser parte da vida de Luke a fizera se sentir mais adulta. Com apenas um semestre pela frente, não se perguntava mais qual havia sido o sentido da universidade. Percebeu que os altos e baixos, os sonhos e as dificuldades, tudo fora parte da jornada – uma jornada que a levara ao gado perto de uma cidade chamada King, onde se apaixonara por um caubói chamado Luke.

⚜

– De novo? – queixou-se Marcia. Ela cruzou as pernas na cama, puxando seu grande suéter para cima das coxas. – O quê? Dois fins de semana seguidos na fazenda não foram suficientes?

– Você está exagerando. – Sophia revirou os olhos, aplicando uma última camada de brilho labial. Perto dela, sua pequena mochila já estava pronta.

– É claro que estou. Mas este é nosso último fim de semana antes do Natal.

Partiremos na quarta-feira e quase não passei tempo nenhum com você neste semestre.

– Nós ficamos juntas o tempo todo – protestou Sophia.

– Não – disse Marcia. – *Costumávamos* ficar juntas. Agora você passa quase todos os fins de semana na fazenda dele. Nem foi ao baile de inverno na semana passada. *Nosso* baile de inverno.

– Você sabe que eu não ligo para esses eventos.

– Será que não é *ele* que não liga?

Sophia apertou os lábios, sem querer parecer defensiva, mas sentindo o primeiro sinal de irritação com o tom de Marcia.

– Nenhum de nós quis ir, está bem? Ele estava trabalhando e precisava da minha ajuda.

Marcia passou a mão pelos cabelos, claramente exasperada.

– Não sei como dizer isso sem que você fique furiosa comigo.

– O quê?

– Você está cometendo um erro.

– Do que está falando? – Sophia pousou seu tubo de brilho labial e se virou para a amiga.

Marcia ergueu as mãos.

– Pense na impressão que isso passa. Imagine o que diria se estivesse no meu lugar. Se eu tivesse um relacionamento de dois anos...

– Isso seria improvável – interrompeu-a Sophia.

– Certo, sei que é difícil, mas apenas imagine. Estou fazendo isso por você. Digamos que passei por um rompimento horrível e me escondi em meu quarto durante semanas e então, do nada, conheci um cara. Conversei com ele e o visitei no dia seguinte, nós nos falamos pelo telefone e o visitei no fim de semana. Logo o estou tratando como se ele fosse todo o meu mundo e passando cada minuto livre com ele. O que você pensaria? Que conheci o Sr. Perfeito enquanto me recuperava do fim de outra relação? Quero dizer, quais são as chances de isso acontecer?

Sophia sentiu o sangue começar a pulsar em suas veias.

– Não sei o que você está insinuando.

– Estou dizendo que você pode estar cometendo um erro. E que, se não tomar cuidado, pode acabar se machucando.

– Não estou cometendo um erro – retrucou Sophia, fechando o zíper da mochila. – E não vou me machucar. *Gosto* de ficar com Luke.

– Eu sei – disse Marcia em tom mais brando, dando um tapinha na cama ao lado dela. – Sente-se aqui – pediu. – Por favor?

Sophia hesitou antes de atravessar o quarto e se sentar. Marcia a encarou.

– Entendo que você goste dele – disse, séria. – Entendo mesmo. E estou contente que se sinta feliz de novo. Mas aonde isso a levará? Quero dizer, se fosse eu, ficaria satisfeita em sair e me divertir, só para curtir o momento e ver no que vai dar. Mas nunca, nem por um minuto, me permitiria pensar que vou passar o resto da minha vida com ele.

– Também não estou pensando isso – atalhou Sophia.

Marcia mexeu em seu suéter.

– Tem certeza? Porque não é o que me parece. – Ela fez uma pausa, quase triste. – Você não devia ter se apaixonado por Luke. E a cada vez que fica com ele, só piora as coisas para si mesma.

Sophia corou.

– Por que está fazendo isso?

– Porque você não está pensando com clareza – respondeu Marcia. – Se estivesse, consideraria o fato de estar no último ano da universidade, ser uma pessoa de Nova Jersey se formando em história da arte, ao passo que Luke é peão de touros e mora em uma fazenda na Carolina do Norte. Pelo amor de Deus! Deveria estar se perguntando o que acontecerá daqui a seis meses, quando se formar. – Marcia parou, forçando Sophia a se concentrar no que ela dizia. – Pode se imaginar morando em uma fazenda pelos próximos cinquenta anos? Cavalgando, pastoreando gado e limpando estábulos pelo resto da sua vida?

Sophia balançou a cabeça.

– Não...

– Ah! – disse Marcia, interrompendo-a. – Então talvez possa imaginar Luke morando em Nova York enquanto você trabalha em um museu? Vocês dois todas as manhãs de domingo nos lugares da moda, tomando cappuccinos e lendo o *The New York Times*? É assim que imagina o futuro de vocês juntos?

Como Sophia não respondeu, Marcia se aproximou e apertou a mão dela.

– Sei que você gosta muito dele – continuou. – Mas suas vidas simplesmente são diferentes. E isso significa que você vai cuidar do seu coração daqui para a frente, porque, se não fizer isso, ele acabará se partindo.

⚜

– Você estava tão quieta esta noite – disse Luke entre goles de chocolate quente.

Sophia pôs as mãos em volta de sua xícara, olhando de onde estavam, no sofá, para flocos de neve do lado de fora da janela, a segunda nevasca da estação, embora esta não devesse durar. Como sempre, Luke tinha acendido a lareira, mas ela não conseguia afastar o frio que Sophia sentia.

– Desculpe-me – disse ela. – Só estou cansada.

Sophia pôde sentir a atenção dele, que esta noite por algum motivo a deixava estranhamente confusa.

– Você sabe o que eu acho? – perguntou Luke. – Que Marcia disse alguma coisa que a deixou perturbada.

Sophia não respondeu de pronto.

– Por que acha isso? – perguntou, sua voz mais fraca do que esperara.

Ele deu de ombros.

– Quando eu liguei para dizer que estava a caminho, mal consegui ouvir o que você dizia ao telefone. Quando cheguei à casa da irmandade, você estava calada. E percebi como você e Marcia ficaram olhando uma para a outra. Como se tivessem acabado de fazer algum tipo de confissão e nenhuma das duas estivesse feliz.

O calor da xícara aqueceu as mãos de Sophia.

– Você é muito perspicaz para um homem capaz de passar um dia inteiro sem falar – disse Sophia, erguendo os olhos para ele.

– É por isso que sou perspicaz.

A resposta de Luke a lembrou dos motivos pelos quais eles tinham se tornado íntimos depressa. Mas não estava mais tão claro se isso tinha sido uma boa ideia.

– Você está pensativa de novo – provocou Luke. – E isso está começando a me deixar nervoso.

Apesar da tensão, ela riu.

– Aonde você acha que isso tudo levará? – perguntou de súbito, repetindo a pergunta que Marcia lhe fizera.

– Quer dizer, entre nós?

– Vou me formar na primavera. Em apenas alguns meses. Então, o que vai acontecer? Como será quando eu voltar para casa? Ou arranjar um emprego?

Luke se inclinou para a frente, pondo a xícara na mesinha de centro antes de lentamente se virar para olhá-la de novo.

– Não sei – respondeu.

– Não sabe?

O rosto dele era indecifrável.

– Não posso prever o futuro.

– Isso parece uma desculpa.

– Não estou arranjando desculpas – rebateu ele. – Só estou tentando ser honesto.

– Mas você não está dizendo nada! – reclamou Sophia, ouvindo o próprio desespero e o detestando.

Luke manteve a voz calma.

– Então, que tal isto? Eu a amo. Quero ficar com você. Encontraremos um jeito de fazer isso dar certo.

– Você acredita mesmo nisso?

– Se não acreditasse, não falaria.

– Mesmo se tiver que se mudar para Nova Jersey?

A luz do fogo projetou uma sombra na metade do rosto de Luke.

– Você quer que eu me mude para lá?

– O que há de errado com Nova Jersey?

– Nada – respondeu ele. – Eu lhe disse que já estive lá, e gostei.

– Mas?

Pela primeira vez Luke baixou os olhos.

– Não posso deixar a fazenda enquanto não tiver certeza de que minha mãe ficará bem – falou, com determinação.

Ela entendia seus motivos, mas...

– Você quer que eu fique aqui – concluiu Sophia. – Depois de me formar.

– Não. – Ele balançou a cabeça. – Nunca lhe pediria isso.

Sophia não conseguiu esconder sua exasperação.

– Então, o que faremos?

Luke pôs as mãos nos joelhos.

– Não somos o primeiro casal a passar por isso. Tenho a sensação de que, se tiver que ser, encontraremos uma solução. Não tenho as respostas e não posso lhe dizer como tudo isso vai terminar. E se você fosse partir hoje, eu estaria mais preocupado. Mas temos seis meses pela frente, e as coisas podem mudar... Talvez até lá eu esteja montando bem e menos preocupado com a fazenda ou um dia cave um dos mourões da cerca e descubra um tesouro enterrado. Ou talvez tenhamos que vender mesmo a fazenda e eu seja obrigado a ir embora. Ou você arranje um emprego em Charlotte, um lugar perto o suficiente para eu ir. Não sei. – Ele se inclinou para mais perto, sem dúvida tentando enfatizar suas palavras. – A única coisa de que tenho certeza é que, se nós dois quisermos, daremos um jeito de fazer isso funcionar.

Sophia sabia que essa era a única coisa que ele podia dizer, mas a questão do futuro deles ainda a perturbava. Ela não disse nada, apenas se aproximou e o deixou pôr o braço ao seu redor, sentindo o corpo quente de Luke contra o seu. Respirou fundo, desejando que o tempo pudesse parar. Ou pelo menos passar mais devagar.

– Certo – murmurou.

Ele beijou os cabelos dela e depois pousou o queixo sobre sua cabeça.

– Eu a amo, você sabe.

– Eu sei – sussurrou ela. – Também amo você.

– Sentirei sua falta quando estiver fora.

– Eu também.

– Mas estou feliz por você passar algum tempo com sua família.

– Eu também.

– Talvez eu vá até Nova Jersey e lhe faça uma surpresa.

– Sinto muito – disse ela sem rodeios. – Não vai ser possível.

– Por quê?

– Não que sua visita não seja bem-vinda. Mas não será surpresa. Você a estragou.

Ele refletiu sobre isso.

– Acho que estraguei, não foi? Bem, talvez eu lhe faça uma surpresa não indo.

– É melhor ir. Meus pais querem conhecê-lo. Eles nunca conheceram um caubói e sei que têm em mente a ideia maluca de que você anda por aí com um revólver na cintura.

Ele riu.

– Acho que vou desapontá-los.

– Não – disse Sophia. – Com certeza, não.

Ao ouvir isso, Luke sorriu.

– Que tal na véspera do Ano-novo? Você vai fazer alguma coisa?

– Não sei. Vou?

– Agora vai.

– Perfeito. Mas você não pode chegar à noite. Como eu disse, terá que passar algum tempo com meus pais.

– É justo – concordou Luke. Ele apontou para o canto. – Quer me ajudar a decorar a árvore?

– Que árvore?

– Está lá atrás. Eu a cortei ontem e a arrastei para cá. É meio pequena e magra e provavelmente não seria vendida, mas achei que pudesse ficar bonita aqui. Para você ver o que vai perder.

Sophia se inclinou para ele.

– Já sei o que vou perder.

⚜

Uma hora depois Sophia e Luke se afastaram alguns passos e admiraram seu trabalho.

– Ainda não está boa – disse Luke, cruzando os braços e examinando a árvore enfeitada. – Falta alguma coisa.

– Não podemos fazer muito mais por ela – disse Sophia, estendendo a mão para ajeitar o fio de luzes. – Muitos dos galhos já estão perdendo a firmeza.

– Não é isso – disse Luke. – É... Espere. Já volto. Sei exatamente do que ela precisa. Dê-me um minuto...

Sophia o viu desaparecer no quarto e voltar com uma caixa de presente de tamanho médio, amarrada com uma fita. Passou por Sophia e a pôs debaixo da árvore, e então se juntou a ela de novo.

– Muito melhor – disse.

Sophia olhou para ele.

– É para mim?

– É.

– Isso não é justo. Não comprei nada para você.

– Não quero nada.

– Pode ser, mas agora estou me sentindo mal.

– Não se sinta. Você pode compensar depois.

Ela o observou.

– Você sabia que eu ia dizer isso, não é?

– Foi tudo parte do meu plano.

– O que é?

– Vá em frente – encorajou Luke. – Abra.

Sophia se aproximou da árvore e pegou a caixa. Era leve o suficiente para ela adivinhar o que continha antes de desatar a fita e erguer a tampa. Ela o tirou e segurou na sua frente, examinando-o. Preto e de palha, decorado com contas e uma faixa com uma pequena pena.

– Um chapéu de caubói?

– Um bonito – completou ele. – Para garotas.

– Tem diferença?

– Bem, eu nunca usaria um chapéu com uma pena ou com contas. E pensei que, como você tem vindo tanto aqui, precisava do seu próprio chapéu.

Sophia se inclinou e o beijou.

– É perfeito. Obrigada.

– Feliz Natal.

Ela pôs o chapéu e olhou para Luke com ar faceiro.

– Como estou?

– Linda – respondeu ele. – Mas você sempre foi linda.

19

Luke

Com a temporada começando em menos de um mês – e Sophia em Nova Jersey –, Luke intensificou o treinamento. Nos dias antes do Natal, não só aumentou em cinco minutos por dia a duração de suas montarias no touro mecânico como acrescentou treinamento de força. Nunca havia gostado de levantar pesos, mas não importava o que estivesse fazendo em termos de trabalho – que nos últimos tempos era principalmente vender as árvores restantes –, ao fim de cada hora ele se afastava e fazia cinquenta flexões, às vezes totalizando quatrocentas ou quinhentas por dia. Depois, acrescentou exercícios de barra fixa e abdominais básicas. Quando desabava na cama no fim do dia, pegava no sono em poucos segundos.

Apesar dos músculos doloridos e da exaustão, ele sentia suas habilidades voltarem pouco a pouco. O equilíbrio estava melhorando, o que tornava mais fácil manter o assento baixo na sela. Além disso, seus instintos ficavam mais aguçados, permitindo-lhe prever as mudanças e inclinações. Quatro dias depois do Natal ele dirigiu até Henderson County, onde treinou com touros de verdade. Um colega tinha instalações de treinamento ali e, embora os touros não fossem da mais alta qualidade, era melhor do que praticar no touro mecânico. Os animais vivos nunca eram previsíveis, e embora Luke estivesse usando um capacete e um colete protetor ficou tão nervoso antes dessas montarias quanto se sentira em McLeansville, em outubro.

Ele se esforçou muito, cada vez mais. A temporada começaria em meados de janeiro, e Luke tinha que se sair bem. Precisava vencer ou ao menos conseguir uma boa colocação para somar pontos suficientes para participar da grande turnê, em março. Em junho, poderia ser tarde demais.

Sua mãe viu o que ele estava fazendo e pouco a pouco começou a se afastar de novo. A raiva dela era evidente, mas a tristeza também, e Luke desejou que Sophia estivesse com eles, nem que fosse para diminuir o constrangimento crescente. Depois apenas desejou que Sophia estivesse ali. Como ela estava em Nova Jersey, a véspera de Natal fora sem graça. O dia de Natal também. Ele só foi à casa da mãe no início da tarde, e a tensão dela era quase palpável.

Luke estava feliz pelas vendas de Natal terem acabado. Embora tivessem se saído bem, o mês na alameda fez todas as outras coisas na fazenda se deteriorarem ainda mais, e o clima não ajudava. A lista de tarefas aumentou, e isso preocupava Luke, principalmente porque sabia que viajaria muito no ano seguinte. Sua ausência só tornaria as coisas mais difíceis para a mãe.

A menos, é claro, que ele começasse a vencer logo.

Tudo sempre se resumia a isso. Apesar das vendas de Natal, que a mãe usou para acrescentar sete pares ao rebanho, a renda da fazenda não estava nem perto de cobrir os custos.

Com isso em mente, Luke marchava para o celeiro a fim de treinar, contando os dias até a véspera de Ano-novo, quando finalmente veria Sophia.

⚜

Luke saiu cedo pela manhã, chegando à cidade de Jersey alguns minutos antes do almoço. Depois de passar a tarde com os pais e as irmãs de Sophia, nem ele nem ela quiseram enfrentar as multidões na Times Square para comemorar o Ano-novo. Em vez disso, tiveram um jantar tranquilo em um restaurante tailandês despretensioso antes de voltarem ao hotel de Luke.

Algumas horas depois da meia-noite Sophia estava deitada ao lado dele, de barriga para baixo, enquanto Luke traçava pequenos círculos em suas costas.

– Pare – disse ela, se mexendo. – Isso não vai adiantar.

– O que não vai adiantar?

– Já falei que não posso ficar. Tenho hora para voltar.

– Você tem 21 anos – protestou ele.

– Mas estou na casa dos meus pais e eles têm regras. Na verdade, estão sendo permissivos demais deixando que eu fique fora até as duas da manhã. Normalmente, tenho que voltar à uma hora.

– O que aconteceria se você ficasse?

– Eles provavelmente pensariam que estamos dormindo juntos.

– Nós estamos dormindo juntos.

Sophia virou a cabeça para olhar para ele.

– Mas eles não precisam saber. E não tenho nenhuma intenção de tornar isso óbvio.

– Mas só ficarei aqui uma noite. Tenho que ir embora amanhã à tarde.

– Eu sei, mas regras são regras. Além disso, você não vai querer desagradar meus pais. Eles gostaram de você. Embora minhas irmãs tenham me dito que ficaram desapontadas por você não estar usando chapéu.

– Eu quis me adequar.

– Você fez tudo certo. Principalmente ao falar sobre a 4-H. Notou que eles tiveram a mesma reação que eu ao descobrir que você vendia aqueles pobres porquinhos para serem abatidos depois de criá-los como animais de estimação?

– Obrigado por tocar nesse assunto.

– De nada – disse Sophia, com expressão travessa. – Você viu a cara de Dalena quando expliquei isso? Pensei que os olhos dela iam saltar das órbitas. A propósito, como está sua mãe?

– Bem.

– Ela ainda está zangada com você?

– Pode-se dizer que sim.

– Ela vai superar.

– Espero que supere.

Luke se inclinou para beijá-la. Sophia retribuiu o beijo, mas ele sentiu as mãos dela se moverem na direção do seu peito e o afastarem gentilmente.

– Pode me beijar o quanto quiser, mas ainda tem que me levar para casa.

– Posso entrar escondido no seu quarto?

– Não com minha irmã lá. Seria muito estranho.

– Se eu soubesse que você não poderia ficar, talvez não tivesse dirigido até aqui.

– Não acredito em você.

Ele riu antes de voltar a ficar sério.

– Senti sua falta.

– Não, não sentiu. Estava ocupado demais para isso. Sempre que eu telefonava, estava ocupado. Entre o trabalho e o treino, nem deve ter pensado em mim.

– Senti sua falta – repetiu ele.

– Eu sei. Também senti. – Ela estendeu a mão, tocando o rosto de Luke. – Mas infelizmente vamos ter que nos vestir mesmo assim. Você vai aparecer para o brunch amanhã, lembra?

⚜

De volta à Carolina do Norte, Luke tomou a decisão de redobrar os esforços de treinamento. A primeira prova da temporada seria em menos de duas semanas. Os dois dias em Nova Jersey tinham dado ao seu corpo uma chance de descansar, e pela primeira vez em semanas ele se sentia bem. O único problema era que a temperatura estava tão baixa ali quanto em Nova Jersey e Luke temeu o frio do celeiro antes mesmo de sair para lá.

Acabara de acender as luzes do celeiro e estava se alongando antes de sua primeira montaria quando ouviu a porta se abrir. Virou-se e viu a mãe surgir das sombras.

– Oi, mãe – cumprimentou, surpreso.

– Oi – respondeu ela. Assim como Luke, ela usava um casaco pesado. – Fui à sua casa, e quando vi que você não estava lá, imaginei que estivesse aqui.

Luke não disse nada. Em silêncio, a mãe pisou na arena acolchoada, afundando a cada passo até ficar no lado do touro oposto ao de Luke. Inesperadamente, estendeu o braço e passou a mão por ele.

– Lembro-me de quando seu pai trouxe isto para casa. Foi a última moda durante algum tempo, sabia? As pessoas queriam montar nessas coisas por causa daquele velho filme com John Travolta e praticamente todos os bares country compraram um, só para ver o interesse acabar depois de um ou dois anos. Quando um daqueles bares estava sendo demolido, seu pai perguntou se podia comprar o touro. Não era caro, mas ainda era mais do que podíamos pagar na época, e me lembro de que fiquei furiosa com ele. Seu pai tinha estado em Iowa, Kansas ou algum outro lugar, e dirigiu por todo o caminho até aqui para trazer o touro mecânico antes de voltar imediatamente ao Texas para outra série de rodeios. Só quando ele voltou percebeu que o touro não funcionava. Teve que remontar a máquina quase do início e levou quase um ano para fazê-la funcionar como queria. Mas àquela altura eu tinha tido você e ele estava prestes a se aposentar. O touro ficou no celeiro juntando poeira até ele enfim pôr você nele... Acho que você tinha 2 anos na época. Também fiquei furiosa com isso, embora o touro mal se movesse. De algum modo, sabia que você acabaria seguindo os passos do seu pai. A verdade é que eu nunca quis que você montasse. Sempre achei que esse era um modo louco de ganhar a vida.

Luke ouviu um traço atípico de amargura na voz dela.

– Por que nunca disse nada?

– O que eu poderia dizer? Você estava tão obcecado quanto seu pai. Quebrou o braço quando tinha 5 anos, montando em um bezerro. Mas não se importou.

Só ficou chateado porque teve que ficar alguns meses sem montar. O que eu poderia fazer? – Sem esperar resposta, ela suspirou. – Durante um longo tempo torci para que você desistisse. Provavelmente era a única mãe do mundo que rezava para seu filho adolescente se interessar por carros, garotas ou música, mas você nunca se interessou.

– Eu também gostava dessas coisas.

– Talvez. Mas montar era sua vida. Era tudo que você realmente queria. Tudo com que sonhava e... – Ela fechou os olhos, em um pestanejar prolongado. – Você tinha as qualidades de um astro. Por mais que eu detestasse, sabia que tinha capacidade, vontade e motivação para ser o melhor do mundo. E me orgulhava de você. Mas mesmo naquela época isso partia meu coração. Não porque achasse que você não ia conseguir, mas porque sabia que arriscaria tudo para realizar seu sonho. Vi você se machucar várias vezes e tentar de novo. – Ela mudou de posição. – Só precisa se lembrar de que, para mim, você sempre será minha criança, aquela que segurei nos braços assim que nasceu.

Luke ficou em silêncio, dominado por uma vergonha familiar.

– Diga-me – continuou a mãe, examinando o rosto dele –, isso é algo sem o qual você acha que não conseguiria viver? Ainda arde de desejo de ser o melhor?

Luke olhou para as botas antes de erguer a cabeça, relutante.

– Não – admitiu.

– Eu achei que não – disse ela.

– Mãe...

– Sei por que está fazendo isso. E também sei por que não quero que faça. Você é meu filho, mas não posso impedi-lo, e também sei disso.

Ele respirou fundo, notando o cansaço dela. A resignação a cobria como um manto esfarrapado.

– Por que você veio aqui, mãe? – perguntou Luke, com voz suave. – Não foi para me dizer tudo isso.

Ela abriu um sorriso melancólico.

– Não. Na verdade, vim ver como você estava, me certificar de que estava bem. E saber como foi a viagem.

Havia mais, e ele sabia, mas respondeu assim mesmo:

– A viagem foi boa. Só que curta. Acho que passei mais tempo na caminhonete do que com Sophia.

– Provavelmente – concordou a mãe. – E a família dela?

– São boas pessoas. Uma família unida. Houve muitos risos à mesa.

Linda fez um sinal afirmativo com a cabeça.

– Bom. – Ela cruzou os braços, esfregando as mangas. – E Sophia?

– Está ótima.

– Vejo o modo como você olha para ela.

– É?

– Está claro o que sente – afirmou a mãe.

– É? – repetiu ele.

– Isso é bom – disse ela. – Sophia é especial. Gostei de conhecê-la. Você acha que há futuro nisso?

Ele mudou seu peso de um pé para o outro.

– Espero que sim.

A mãe o olhou, séria.

– Então provavelmente você deveria lhe dizer.

– Eu já disse.

– Não – falou a mãe, balançando a cabeça. – Você deveria lhe *contar.*

– Contar o quê?

– O que o médico falou – respondeu ela, sem se dar o trabalho de medir as palavras. – Deveria lhe contar que, se continuar a montar, provavelmente estará morto em menos de um ano.

20

Ira

– Quando você perambula pela casa à noite – começa Ruth de repente –, não faz o que diz.

– Do que você está falando? – Estou surpreso em ouvir sua voz de novo depois de um longo silêncio.

– Elas não são como o diário que você fez para mim. Pude ler todas as cartas, mas você não vê todas as pinturas. Muitas estão empilhadas em cômodos lotados e você não olha para elas há anos. E também não olha para as que guarda nas caixas. Hoje em dia não consegue nem abri-las.

Isso é verdade.

– Talvez eu deva chamar alguém – digo. – Pendurar outras nas paredes. Como você costumava fazer.

– Sim, mas quando eu fazia isso sabia como distribuí-las para obter o melhor efeito. Seu gosto não é tão bom. Você simplesmente ia mandar os operários as pendurarem em cada espaço disponível.

– Gosto do efeito eclético.

– Isso não é eclético. É deselegante, amontoado e um risco de incêndio.

Dou um sorriso afetado.

– Então é melhor que ninguém vá me visitar.

– Não – diz ela. – Isso não é nada bom. Você pode ter sido tímido, mas sempre tirou força das pessoas.

– Eu tirava força de você – digo.

Está escuro no carro, mas vejo-a revirar os olhos.

– Estou falando de seus clientes. Você sempre teve um jeito especial com eles. Foi por isso que continuaram fiéis. E foi por isso que a loja faliu depois que você a vendeu. Porque os novos donos estavam mais interessados em dinheiro do que em prestar serviço.

Ruth podia estar certa a esse respeito, mas às vezes me pergunto se não foi mais por causa das mudanças no mercado. Mesmo antes de eu me aposentar, havia anos que a loja atraía menos clientes. Existiam lojas maiores e com mais opções abrindo em outras áreas de Greensboro, conforme as pessoas começavam a fugir da cidade para os subúrbios, e os negócios no centro passavam por dificuldades. Preveni o novo dono sobre isso, mas ele estava determinado a seguir em frente, e fui embora sabendo que tinha lhe oferecido um acordo justo. Embora a loja não fosse mais minha, senti uma grande tristeza quando me dei conta de que estava saindo do negócio depois de mais de cinquenta anos. As velhas lojas de roupas e artigos masculinos, do tipo que dirigi por décadas, tinham seguido o caminho de carroças, chicotes e telefones de disco.

– Mas meu trabalho nunca foi como o seu – digo por fim. – Eu não gostava dele como você.

– Eu podia sair de férias o verão inteiro.

Balanço a cabeça. Ou imagino que balanço.

– Foi por causa das crianças – digo. – Você pode tê-las inspirado, mas elas também a inspiraram. Por mais que nossos verões fossem memoráveis, no fim você sempre se animava com a ideia de voltar para a sala de aula. Porque sentia falta das crianças. Sentia falta de suas risadas, sua curiosidade e o modo inocente como viam o mundo.

Ruth olha para mim, com uma sobrancelha erguida.

– E como você sabe disso?

– Você me disse.

⚜

Ruth era professora do terceiro ano e, para ela, esse era um dos períodos mais importantes na vida de um aluno. A maioria das crianças tinha 8 ou 9 anos, e Ruth sempre considerou esse um momento decisivo na educação. Com essa idade, os alunos eram maduros o suficiente para entender conceitos que teriam sido estranhos para eles apenas um ano antes, mas ainda jovens demais para aceitar orientação de adultos com uma confiança quase inquestionável.

Esse também era, na opinião de Ruth, o primeiro ano em que os alunos de fato começavam a se diferenciar academicamente. Alguns começavam a se destacar, ao passo que outros ficavam para trás; embora houvesse inúmeros motivos para isso, naquela escola e época em particular, muitos dos alunos – e seus pais – simplesmente não se interessavam. Os alunos frequentavam a escola até o oitavo ou nono ano e depois abandonavam os estudos para trabalhar em tempo integral na fazenda. Mesmo para Ruth, esse era um desafio difícil de superar. Essas eram as crianças que a mantinham acordada à noite, aquelas com que se preocupava sem parar, e durante anos ela reformulou os planos de aulas, tentando encontrar modos de despertar o interesse das crianças e dos pais. Ruth as fazia plantar sementes em copos descartáveis e rotulá-los, em um esforço para encorajá-las a ler; fazia-as pegarem insetos e também lhes dar nome, esperando despertar a curiosidade intelectual sobre a natureza. As provas de matemática sempre incluíam algo sobre a fazenda ou dinheiro: *Se John colhesse quatro cestos de pêssegos de cada árvore e houvesse cinco árvores em cada fileira, quantos cestos de pêssegos John conseguiria vender?* Ou: *Se você tem 200 dólares e compra sementes que custam 120 dólares, quanto dinheiro restará?* Essas eram questões que os alunos consideravam importantes e, na maioria das vezes, Ruth conseguia despertar o interesse deles. Embora alguns ainda acabassem largando os estudos, às vezes a visitavam em anos posteriores, para lhe agradecer por lhes ensinar a ler, escrever e fazer as contas básicas necessárias para entender suas compras no armazém.

Ruth se orgulhava disso – e dos alunos que acabavam se formando e indo para a universidade, é claro. Mas de vez em quando tinha um aluno que a fazia se lembrar de por que quisera ser professora. E isso me leva à pintura acima da lareira.

⚜

– Você está pensando em Daniel McCallum – diz Ruth.

– Sim – respondo. – Seu aluno favorito.

Ruth está com uma expressão animada e sei que a imagem que tem dele é tão nítida quanto no dia em que o conheceu. Na época, lecionava havia quinze anos.

– Ele era muito difícil.

– Foi o que você me disse.

– Quando chegou, era muito rebelde. Estava sempre com as roupas sujas e nunca conseguia se sentar quieto. Eu chamava a atenção dele todos os dias.

– Mas você o ensinou a ler.

– Ensinei a todos.

– Mas ele era diferente.

– Sim – concorda Ruth. – Era maior do que os outros garotos e dava socos neles no recreio, deixando marcas. Foi por causa de Daniel McCallum que meus cabelos começaram a ficar grisalhos.

Até hoje lembro-me de suas queixas sobre ele, mas suas palavras, como agora, sempre foram permeadas de afeto.

– Ele nunca tinha frequentado a escola. Não entendia as regras.

– Ele conhecia as regras. Mas no início não se importava com elas. Ficava sentado atrás de uma garota bonita chamada Abigail e constantemente puxava os cabelos dela. Eu lhe dizia "Você não deve fazer isso", mas ele fazia assim mesmo. Acabei tendo que obrigá-lo a se sentar na primeira fileira, onde podia ficar de olho nele.

– E foi então que percebeu que ele não sabia ler nem escrever.

– Sim. – Mesmo agora, sua voz denota desgosto.

– E quando você foi falar com os pais dele descobriu que tinham morrido. Que Daniel era criado por um irmão adotivo mais velho e a esposa e que nenhum dos dois queria que o garoto frequentasse a escola. E viu que os três moravam praticamente num barraco.

– Você sabe disso porque foi comigo lá naquele dia.

Faço que sim com a cabeça.

– Você estava muito quieta no carro na volta para casa.

– Incomodava-me pensar que neste país rico havia pessoas que ainda viviam como eles. E me incomodava que Daniel não tivesse ninguém na vida que parecesse se importar com ele.

– Então você decidiu não apenas lhe ensinar, mas também lhe dar aulas particulares. Antes e depois da escola.

– Daniel se sentava na primeira fila – diz Ruth. – Eu não seria uma boa professora se ele não aprendesse nada.

– Mas você também sentia pena dele.

– Como podia não sentir? A vida dele não era fácil. Contudo, acabei sabendo que havia muitas crianças como Daniel.

– Não – digo. – Para nós dois só havia uma.

⚜

Era início de outubro quando Daniel entrou pela primeira vez em nossa casa, um garoto louro, desengonçado, com modos rudes e uma timidez que eu não previra. Naquela primeira visita, não apertou minha mão nem me encarou. Ficou em pé com as mãos nos bolsos e o olhar fixo no chão. Embora Ruth tivesse dado uma aula particular para ele depois da escola, voltou a estudar com ele no fim daquela tarde, à mesa da cozinha, enquanto eu me sentava na sala de estar para ouvir rádio. Depois, insistiu em que ele ficasse para jantar.

Daniel não era o primeiro aluno que ela havia convidado para jantar em nossa casa, mas era o único que vinha com regularidade. Isso, em parte, se devia à sua situação familiar, explicou Ruth. O irmão adotivo de Daniel e a esposa mal podiam manter a fazenda solvente e se ressentiam de o xerife ter lhes ordenado que mandassem Daniel para a escola. Ao mesmo tempo, também não pareciam querer o garoto por perto. No dia em que Ruth os visitou, eles ficaram sentados na varanda fumando, respondendo às perguntas dela com monossílabos indiferentes. Na manhã seguinte, Daniel foi para a escola com hematomas no rosto e um olho muito vermelho. A visão do garoto quase partiu o coração de Ruth, tornando-a ainda mais determinada a ajudá-lo.

Mas não eram apenas os sinais óbvios de abuso que a perturbavam. Ao lhe dar aulas depois da escola, frequentemente ouvia o estômago de Daniel roncar, embora quando perguntasse se estava com fome, ele negasse. No dia em que Daniel enfim admitiu que às vezes passava dias sem comer, o primeiro impulso de Ruth foi o de ligar para o xerife. Daniel lhe implorou que não fizesse isso, porque não tinha para onde ir. Então ela acabou convidando-o para jantar.

Depois daquela primeira visita à nossa casa, Daniel começou a comer conosco duas ou três vezes por semana. Quando se sentiu mais à vontade, a timidez sumiu, substituída por uma polidez quase formal. Ele apertava minha mão e se dirigia a mim como Sr. Levinson, insistindo em saber como tinha sido meu dia. A seriedade de seu comportamento me entristecia e impressionava, talvez porque parecesse fruto de sua vida prematuramente difícil. Mas gostei dele desde o início e passei a gostar ainda mais com o correr do ano. Quanto a Ruth, acabou por amá-lo como a um filho.

Sei que hoje em dia é considerado impróprio usar uma palavra dessas para descrever o sentimento de uma professora por um aluno e talvez também o fosse naquela época. Mas o amor dela era maternal, nascido de afeto e preocupação, e, sob os cuidados de Ruth, Daniel desabrochou. Várias vezes eu a ouvia dizer que acreditava nele e que ele poderia ser tudo o que quisesse quando se tornasse adulto. Enfatizava que ele poderia mudar o mundo se assim desejasse, torná-lo um lugar melhor para si mesmo e para os outros, e Daniel parecia acreditar nela. Mais do que tudo, parecia querer agradá-la, e parou de se comportar mal na escola. Esforçou-se para ser um aluno melhor, surpreendendo Ruth com a facilidade com que aprendia. Apesar de inculto, era muito inteligente, e em janeiro estava lendo tão bem quanto seus colegas de turma. Em maio, estava quase dois anos adiantado, não só na leitura, como também em todas as outras matérias. Sua memória era notável; ele era uma verdadeira esponja, absorvia tudo que Ruth ou eu lhe dizíamos.

Como se estivesse ansioso por conhecer o coração de Ruth, Daniel demonstrou interesse pelas obras de arte penduradas em nossas paredes e, depois do jantar, Ruth frequentemente andava com ele pela casa para lhe mostrar os quadros de nossa coleção. Ele segurava a mão dela e a ouvia descrevê-las, olhando das pinturas para o rosto dela e depois para as pinturas de novo. Acabou conhecendo os nomes e estilos de todos os artistas, e assim fiquei sabendo que Daniel passara a gostar tanto de Ruth quanto ela gostava dele. Certa vez Ruth me pediu que tirasse uma foto deles juntos. Depois que a deu de presente para Daniel, ele ficou segurando a foto durante o resto do dia e o vi olhando-a mais tarde, com uma expressão maravilhada. Sempre que Ruth o deixava em casa, ele lhe agradecia por seu tempo com ela. E no último dia de aula, antes de correr para brincar com seus amigos, disse-lhe que a amava.

Àquela altura, Ruth estava pensando em perguntar a Daniel se ele gostaria de morar conosco definitivamente. Nós conversamos sobre isso e, na verdade, eu não teria me importado. Era um prazer tê-lo em casa, e eu disse isso a Ruth. No fim do ano escolar ela ainda não sabia bem como abordar o assunto com ele. Não estava certa de que Daniel concordaria nem se desejava isso, e também não sabia como fazer essa sugestão ao irmão adotivo dele. Não havia nenhuma garantia de que uma coisa dessas fosse legal e, por esses motivos, ela não disse nada naquele último dia. Decidiu adiar o assunto até voltarmos das férias de verão. Mas durante nossas viagens Ruth e eu falamos sobre Daniel com frequência. Decidimos fazer o que pudéssemos para tornar esse arranjo possível. Porém, quando retornamos para Greensboro, o barraco estava vazio, parecia abandonado havia semanas. Daniel não voltou para a escola em agosto nem havia qualquer documentação de transferência. Ninguém parecia saber para onde ele tinha ido ou o que acontecera com a família. Alunos e outros professores logo se esqueceram dele, mas Ruth, não. Ela chorou durante semanas ao perceber que Daniel não apenas se fora, mas que talvez fosse para sempre. Insistiu em visitar as fazendas próximas, esperando que alguém pudesse lhe dizer para onde a família tinha ido. Em casa, examinava a correspondência, ansiosa, esperando encontrar uma carta dele, e nunca conseguia esconder seu desapontamento quando, dia após dia, não recebia nenhuma. Daniel tinha preenchido um vazio em Ruth que eu não podia preencher, algo que estivera faltando em nosso casamento. E, naquele ano, tornara-se o filho que ela sempre desejou, o filho que nunca pude lhe dar.

Eu adoraria dizer que Ruth e Daniel voltaram a se falar; que mais tarde ele entrou em contato com ela, ao menos para lhe dizer como estava. Ruth se preocupou com ele durante anos, mas com o passar do tempo começou a mencionar menos seu nome, até parar de vez. Contudo, eu sabia que nunca o esquecera e que parte dela nunca parou de procurar por ele. Era Daniel que buscava quando dirigíamos por estradas rurais tranquilas, passando por fazendas decadentes; era ele que esperava ver sempre que voltava para a escola depois de um verão passado em ateliês e galerias de arte distantes. Certa vez, pensou tê-lo avistado nas ruas de Greensboro durante uma parada do Dia dos Veteranos, mas quando conseguimos abrir caminho pela multidão, ele não estava mais lá, se é que de fato estivera.

Depois de Daniel, nunca mais recebemos nenhum aluno em nossa casa.

Faz um frio de congelar os ossos no carro, efeito colateral da janela que abri antes. O gelo brilha no painel e sempre que respiro nuvens se formam na frente dos meus lábios. Embora eu não esteja mais com sede, minha garganta e meu estômago continuam frios por causa da neve. Faz frio dentro e fora, em toda parte, e não consigo parar de tremer.

Ao meu lado, Ruth olha pela janela e percebo que consigo enxergar a luz das estrelas para além do painel. Ainda não está claro, mas o luar dá à neve nas árvores um brilho prateado, e posso dizer que o pior do clima passou. Esta noite a neve no carro endurecerá, porque continua a fazer muito frio, mas em algum momento amanhã ou depois a temperatura vai subir e o mundo se livrará do abraço branco do inverno, quando a neve começar a derreter.

Isso é bom e ruim. Meu carro pode se tornar visível da estrada, o que é bom, mas preciso de neve para viver e daqui a um ou dois dias talvez ela acabe.

– Por enquanto você está se saindo bem – diz Ruth. – Não se preocupe por antecipação.

– É fácil para você falar – respondo de cara feia. – Sou eu quem está encrencado aqui.

– Sim – diz Ruth sem rodeios. – Mas a culpa é sua. Não deveria ter dirigido.

– Vamos voltar a isso?

Ela se vira para mim com um sorriso irônico. Agora está na casa dos 40 e com os cabelos curtos. Seu vestido tem um corte simples, os tons de vermelho-claro que ela preferia, botões enormes e bolsos elegantes. Como qualquer mulher na década de 1960, Ruth era fã de Jacqueline Kennedy.

– Você provocou isso.

– Eu esperava solidariedade.

– Você está se queixando. Faz mais isso agora que está velho. Como com o vizinho que cortou a árvore. E a garota no posto de gasolina que o achou invisível.

– Eu não estava me queixando. Estava observando. Há uma diferença.

– Você não deveria se queixar. Não é bonito.

– Há muitos anos não sou bonito.

– Não – contrapõe ela. – Nisso você está errado. Seu coração ainda é lindo. Seus olhos ainda são gentis e você é um homem bom e honesto. E isso é o bastante para mantê-lo lindo para sempre.

– Está flertando comigo?

Ruth ergue uma sobrancelha.

– Não sei. Estou?

Ela está, penso. E pela primeira vez desde o acidente, ainda que apenas por um instante, me sinto quente de verdade.

É estranho, penso, o que nossas vidas se tornam. Momentos circunstanciais, quando mais tarde combinados com decisões e ações conscientes e uma boa dose de esperança, podem enfim criar um futuro que parece predestinado. Um momento desses foi quando conheci Ruth. Eu não estava mentindo ao dizer que naquele instante soube que um dia nos casaríamos.

Porém, a experiência me ensinou que o destino às vezes é cruel e nem mesmo uma boa dose de esperança é suficiente. Para Ruth, isso se tornou claro quando Daniel entrou em nossas vidas. Naquela altura, ela tinha 40 anos e eu era ainda mais velho. Esse foi outro motivo para Ruth não ter conseguido parar de chorar depois que ele foi embora. Naquela época as expectativas sociais eram diferentes e ambos sabíamos que éramos velhos demais para adotar uma criança. Quando Daniel saiu de nossas vidas, não pude deixar de concluir que o destino conspirara contra Ruth uma última vez.

Apesar de ela ter conhecimento da caxumba e de termos nos casado mesmo assim, eu sabia que Ruth sempre se agarrara a uma esperança secreta de que o médico de algum modo estivesse errado. Afinal, não havia nenhuma prova definitiva, e admito que também acalentei uma leve esperança. Mas como estava muito apaixonado pela minha esposa, isso raramente estava em primeiro lugar nos meus pensamentos. Fizemos amor com frequência em nossos primeiros anos de casados, e embora Ruth fosse lembrada a cada mês do sacrifício que fizera se casando comigo, no início não se perturbou. Acho que acreditava que a simples vontade, seu desejo profundo de ter um filho, de algum modo faria isso acontecer. Sua crença não professada era a de que nosso momento chegaria, e acho que esse foi o motivo de nunca termos falado sobre adoção.

Foi um erro. Sei disso agora, mas não sabia na época. A década de 1950 começou e terminou e nossa casa se encheu aos poucos de arte. Ruth lecionava na escola e eu dirigia a loja, e ainda que estivesse envelhecendo, parte dela ainda tinha esperança. E então, como uma resposta havia muito esperada de uma prece, Daniel chegou. Ele se tornou, primeiro, aluno e, depois, o filho pelo qual Ruth sempre ansiou. Mas quando a ilusão terminou de súbito, só restei eu. E isso não era o suficiente.

Os anos seguintes foram difíceis para nós. Ela me culpava e eu também me culpava. O mar de rosas de nosso casamento se tornou agitado e tempestuoso, depois triste e frio. As conversas se tornaram forçadas e começamos a discutir. Às vezes parecia difícil para Ruth se sentar no mesmo ambiente que eu. Ela passava muitos fins de semana na casa dos pais em Durham – a saúde de seu pai estava piorando – e houve ocasiões em que não nos falamos durante dias. À noite, o espaço entre nós na cama parecia o Pacífico, um oceano que nos era impossível transpor. Ela não queria e eu estava com muito medo para tentar. Assim continuamos a nos afastar. Houve até um período em que Ruth se perguntou se queria continuar casada comigo e, à noite, depois que ela ia para a cama, eu me sentava na sala de estar desejando ser outra pessoa, o tipo de homem que poderia lhe dar o que ela queria.

Mas eu não podia. Estava incapacitado. A guerra tinha me tirado a única coisa que Ruth quisera. Eu ficava triste por ela e com raiva de mim mesmo, e odiava o que estava acontecendo conosco. Teria dado minha vida para fazê-la feliz de novo, mas não sabia como. Ouvindo o som dos grilos nas noites quentes de outono, eu levava as mãos ao rosto e chorava sem parar.

⚜

– Eu nunca o teria deixado – garante Ruth. – Lamento ter feito você pensar isso. – Suas palavras estavam cheias de arrependimento.

– Mas você pensou.

– Sim – diz ela –, mas não do modo como você imagina. Eu não levava isso a sério. Todas as mulheres casadas às vezes pensam nessas coisas. Os homens também.

– Eu nunca pensei.

– Eu sei – diz Ruth. – Mas você é diferente. – Ela sorri, sua mão procurando a minha. Pega-a e acaricia os nós dos meus dedos. – Eu o vi uma vez. Na sala de estar.

– Eu sei – respondo.

– Você se lembra do que aconteceu depois?

– Você veio e me abraçou.

– Foi a primeira vez que o vi chorar desde aquela noite no parque, depois da guerra – diz Ruth. – Aquilo me assustou muito. Eu não sabia o que havia de errado.

– Nós – digo. – Eu não sabia o que fazer. Não sabia mais como fazê-la feliz.

– Não havia nada que você pudesse fazer – observa Ruth.

– Você estava muito... zangada comigo.

– Eu estava triste – diz Ruth. – É diferente.

– Não importa. De qualquer maneira, você não estava feliz comigo.

Ela aperta minha mão, sua pele suave.

– Você é um homem inteligente, Ira, mas às vezes acho que não entende muito bem as mulheres.

Nisso sei que ela tem razão.

– Fiquei arrasada quando Daniel foi embora. Adoraria que ele tivesse se tornado parte da nossa vida. E, sim, fiquei triste por nunca termos tido filhos. Mas também porque estava na casa dos 40, embora isso possa não fazer sentido para você. Aos 30, eu não me importava. Foi quando senti pela primeira vez que realmente era adulta. Mas para as mulheres ter mais de 40 anos nem sempre é fácil. No meu aniversário, eu não podia evitar pensar que já tinha vivido metade da minha vida, e ao me olhar no espelho não havia mais uma mulher jovem olhando para mim. Aquilo era fútil, eu sei, mas me incomodava. E meus pais também estavam envelhecendo. Era por isso que eu os visitava com tanta frequência.

Àquela altura, meu pai tinha se aposentado, mas não estava bem, como você sabe. Era difícil para minha mãe cuidar dele. Em outras palavras, não havia um modo simples de tornar as coisas melhores para mim naquela época. Mesmo se Daniel tivesse ficado conosco, teriam sido anos difíceis.

Tenho minhas dúvidas quanto a isso. Ela já me falou a mesma coisa antes, mas às vezes não sei se está sendo totalmente sincera.

– Significou muito para mim você ter me abraçado naquela noite.

– O que mais eu podia fazer?

– Podia ter se virado e voltado para o quarto.

– Eu não faria uma coisa dessas. Doeu-me vê-lo daquele jeito.

– Você afastou minhas lágrimas com beijos – observo.

– Sim – diz Ruth.

– E mais tarde nós nos abraçamos deitados na cama. Foi a primeira vez em um longo tempo.

– Sim – repete ela.

– E as coisas começaram a melhorar de novo.

– Estava na hora – diz Ruth. – Eu estava cansada de ficar triste.

– E você sabia quanto eu ainda a amava.

– Sim – admite ela. – Eu sempre soube.

⚜

Em 1964, em nossa viagem a Nova York, Ruth e eu tivemos uma segunda lua de mel. Não foi planejada, tampouco fizemos nada extraordinário. Foi mais como uma comemoração diária por termos de algum modo deixado o pior para trás. Andamos de mãos dadas pelas galerias de arte e começamos a rir de novo. Ainda me lembro de que o sorriso de Ruth nunca tinha sido mais contagiante do que naquele verão. Aquele também foi o verão de Andy Warhol. Sua arte tão comercial, embora única, não me agradava.

Eu não tinha muito interesse por pinturas de latas de sopa. Ruth tampouco, mas se empolgou com Andy Warhol depois de seu primeiro encontro. Acho que essa foi a única vez em que ela comprou algo apenas pela força da personalidade do artista. Ruth sabia intuitivamente que ele, de algum modo, definiria a década de 1960, e compramos quatro gravuras originais. Àquela altura, a obra dele já se tornara cara – isso é relativo, óbvio, ainda mais se considerarmos o valor dela agora –, e ficamos sem dinheiro. Depois de apenas uma semana no Norte, voltamos para a Carolina do Norte e fomos para Outer Banks, onde alugamos uma casa perto da praia. Naquele verão Ruth usou um biquíni pela primeira vez, embora se recusasse a usá-lo em qualquer lugar que não fosse a varanda dos fundos, com toalhas sobre a grade para que ninguém a visse. Depois de nossa viagem à praia, fomos a Asheville, como sempre. Li para ela a carta que escrevera, sentados junto ao lago, e os anos continuaram a passar. Lyndon Johnson foi eleito presidente e a lei dos direitos civis foi aprovada. A Guerra do Vietnã começou a se intensificar, mas em casa ouvíamos falar muito mais na Guerra Contra a Pobreza. Os Beatles estavam na moda e as mulheres entravam em massa para o mercado de trabalho. Ruth e eu estávamos conscientes disso tudo, mas era a vida dentro da nossa casa que mais nos importava. Levávamos a vida como sempre, ambos trabalhando e colecionando arte nos verões, tomando café da manhã na cozinha e contando histórias no jantar. Compramos pinturas de Victor Vasarely e Arnold Schmidt, Frank Stella e Ellsworth Kelly. Apreciamos o trabalho de Julian Stanczak e Richard Anuszkiewicz e também compramos obras deles. E nunca me esquecerei da expressão de Ruth ao escolher cada uma delas.

Foi mais ou menos nessa época que começamos a usar nossa câmera. Até então, estranhamente, isso nunca havia sido prioridade para nós, e em toda a nossa longa vida só enchemos quatro álbuns. Mas isso basta para eu virar as páginas e ver Ruth e eu envelhecendo aos poucos. Há uma foto que Ruth tirou de mim em meu 50º aniversário, em 1970, e outra dela em 1972, quando completou essa idade. Em 1973, alugamos o primeiro depósito para guardar parte da nossa coleção e, em 1975, embarcamos no *Queen Elizabeth 2* rumo à Europa. Mesmo naquela época, eu não podia me imaginar voando. Passamos três dias em Londres e dois em Paris antes de tomarmos um trem para Viena, onde passamos as duas semanas seguintes. Para Ruth, foi nostálgico e doloroso voltar à cidade que um dia chamara de lar. Embora em geral eu entendesse o que ela estava sentindo, passei grande parte daquele tempo me perguntando o que dizer.

Em 1976 Jimmy Carter foi eleito presidente, vencendo Gerald Ford, que substituíra Richard Nixon. A economia passava por um período de recessão e havia longas filas nos postos de gasolina. Mas Ruth e eu não prestamos muita atenção nessas coisas porque estávamos apaixonados por um novo movimento artístico chamado abstracionismo lírico, que tinha suas raízes em Pollock e Rothko. Naquele ano – o ano em que Ruth enfim parou de pintar os cabelos – comemoramos nosso 30º aniversário de casamento. Ainda que custasse uma pequena fortuna e eu tivesse precisado de um empréstimo, presenteei-a com as únicas pinturas que já havia comprado sozinho: dois pequenos Picassos, um do período azul e outro do rosa. Naquela noite, Ruth as pendurou no quarto e, depois de fazermos amor, passamos horas na cama olhando para elas.

Em 1977, com o negócio da loja quase paralisado, comecei a construir casas de passarinho em meu tempo livre com kits que comprei numa loja. Essa fase não durou muito, talvez três ou quatro anos. Os movimentos de minhas mãos tinham se tornado canhestros e acabei desistindo, justamente quando a era Reagan começou. Os noticiários informavam que as dívidas não eram um problema, mas quitei o empréstimo que fizera para comprar os Picassos. Ruth torceu o tornozelo e passou um mês usando muletas. Em 1985 vendi a loja e me aposentei; em 1987, depois de quarenta anos lecionando, foi a vez de Ruth. A escola e o distrito deram uma festa em sua homenagem. Durante sua carreira ela fora eleita "Professora do Ano" três vezes. Meus cabelos tinham passado de pretos a grisalhos e depois a brancos, rareando a cada ano. As rugas em nossos rostos se aprofundavam e ambos percebemos que não podíamos mais enxergar de perto ou de longe sem óculos. Em 1990 fiz 70 anos, e em 1996, em nosso 50º aniversário de casamento, presenteei Ruth com a carta mais longa que já escrevera. Ela a leu em voz alta e percebi que mal conseguia ouvi-la. Duas semanas depois comecei a usar um aparelho de surdez. Mas aceitei isso com tranquilidade.

Estava na hora. Eu estava envelhecendo. Embora Ruth e eu nunca tivéssemos voltado a ter problemas em nosso casamento como depois do desaparecimento de Daniel, as coisas nem sempre foram fáceis. O pai dela morreu em 1966 e, dois anos depois, a mãe faleceu em decorrência de um acidente vascular cerebral. Na década de 1970 Ruth descobriu um caroço no seio, e até o resultado da biópsia se revelar negativo achou que estivesse com câncer. Meus pais morreram com a diferença de um ano de um para o outro, no fim da década de 1980, e Ruth e eu ficamos em pé ao lado de suas sepulturas, conscientes de que éramos os últimos sobreviventes de nossas famílias.

Eu não podia prever o futuro, mas quem pode? Não sei o que esperava dos anos que ainda nos restavam juntos. Presumi que continuaríamos como sempre fomos, porque essa era a única vida que eu conhecera. Talvez viajássemos menos – as viagens e caminhadas estavam se tornando difíceis para nós –, mas, fora isso, nada mudaria. Não tínhamos filhos ou netos que precisássemos visitar e nenhuma ânsia de fazer outra viagem ao exterior. Em vez disso, Ruth dedicou mais tempo à jardinagem e comecei a alimentar os pombos. Começamos a tomar vitaminas e nenhum de nós tinha muito apetite. Olhando para trás, acho que deveríamos ter ponderado mais sobre o fato de que Ruth já havia vivido mais que seus pais, mas eu tinha muito medo de pensar nas implicações disso. Não podia e não queria imaginar uma vida sem ela. Deus, porém, tinha outros planos. Em 1998, como sua mãe, Ruth teve um acidente vascular cerebral que enfraqueceu o lado esquerdo do seu corpo. Embora ainda conseguisse andar pela casa, nossos dias de colecionadores estavam no fim e nunca mais compramos outra obra de arte. Dois anos depois, em uma manhã fria de primavera, enquanto estávamos sentados na cozinha, Ruth parou no meio de uma frase, incapaz de completar seu raciocínio, e na mesma hora eu soube que ela tivera outro AVC. Passou três dias no hospital, se submetendo a exames, e apesar de haver voltado para casa, nunca mais tivemos uma conversa em que as palavras fluíssem livremente. O lado esquerdo do rosto de Ruth perdeu mais movimentos e ela começou a se esquecer das palavras mais comuns. Isso a perturbou mais do que a mim. Aos meus olhos, ela continuava tão linda quanto no dia em que a vi pela primeira vez. Eu, sem dúvida, não era mais o homem que um dia fora. Meu rosto se tornara enrugado e fino, e sempre que eu me olhava no espelho me surpreendia com o tamanho das minhas orelhas. Nossas rotinas se tornaram ainda mais simples, um dia apenas se seguindo ao outro. Eu preparava o café da manhã de Ruth e comíamos juntos enquanto eu dava uma olhada no jornal; depois ficávamos sentados no quintal alimentando os pombos. Cochilávamos no fim da manhã e passávamos o resto do dia lendo, ouvindo música ou numa ida à mercearia. Uma vez por semana eu a levava de carro ao salão de beleza, onde uma cabeleireira lavava e penteava seus cabelos, algo que eu sabia que a fazia feliz. E então, quando agosto chegou, passei horas à escrivaninha escrevendo uma carta para minha esposa e fomos de carro a Black Mountain em nosso aniversário de casamento, onde ficamos perto do lago, como sempre, enquanto ela lia as palavras que eu escrevera.

Naquela altura, havia muito tínhamos deixado nossas aventuras para trás, mas para mim aquilo era suficiente, porque a grande jornada continuava. Mesmo então, quando ficávamos deitados na cama, eu abraçava Ruth, grato pela bênção dessa vida, dessa mulher. Naqueles momentos, de um jeito egoísta, eu rezava para morrer primeiro, porque já podia perceber o inevitável.

Na primavera de 2002, uma semana depois de as azaleias no quintal começarem sua plena floração, passamos a manhã como sempre e de tarde fizemos planos de sair para jantar na sexta-feira. Quase nunca fazíamos isso, mas ambos estávamos bem-dispostos e me lembro de que telefonei para o restaurante e fiz uma reserva antecipada. À tarde, fomos dar uma caminhada. Não longa, apenas até o fim da rua. Embora o ar estivesse um pouco frio, Ruth não pareceu notar. Falamos um pouco sobre um dos nossos vizinhos – não o homem mal-humorado que cortou a árvore – e depois que voltamos para casa continuamos com o que era até aquele ponto um dia relativamente comum. Ruth não me disse que estava com dor de cabeça, mas no início da noite, antes de prepararmos o jantar, foi para o quarto devagar. Eu não pensei em nada disso na época – estava lendo na poltrona e devo ter cochilado por alguns minutos. Quando acordei, Ruth ainda não tinha voltado, então chamei por ela. Como não houve resposta, levantei-me da poltrona. Chamei por ela de novo enquanto seguia pelo corredor. Quando a vi caída, encolhida perto da cama, meu coração saltou no peito. Na mesma hora pensei que ela havia tido outro AVC. Mas era pior, e enquanto tentava soprar vida de volta para ela, senti que minha alma começava a definhar.

Os paramédicos chegaram alguns minutos depois. Primeiro eles bateram na porta, depois começaram a esmurrá-la. Àquela altura, eu estava segurando Ruth em meus braços e não queria soltá-la. Ouvi-os entrar e chamar; respondi e eles correram para o quarto, onde encontraram um velho segurando a mulher que tinha amado a vida toda.

Os paramédicos foram gentis e falaram em voz baixa; um deles me ajudou a me levantar e o outro começou a cuidar de Ruth. Implorei-lhes que a ajudassem, tentando obter promessas de que ela ficaria bem. Eles a puseram no oxigênio e a carregaram na maca, deixando que eu me sentasse na ambulância junto com Ruth, levada às pressas para o hospital.

Quando o médico veio falar comigo na sala de espera, foi gentil. Segurou meu braço enquanto andávamos pelo corredor. Os ladrilhos eram cinza e luzes fluorescentes faziam meus olhos arderem. Perguntei se minha esposa estava bem e quando poderia vê-la. Mas ele não respondeu. Levou-me para um quarto vazio e fechou a porta. Sua expressão era séria. Ele olhou para o chão e, nesse momento, eu soube exatamente o que ele ia falar.

– Sinto muito ter que lhe dizer isso, Sr. Levinson, mas não houve nada que pudéssemos fazer...

Ao ouvir essas palavras, agarrei a grade de uma cama próxima para não cair. O quarto parecia se fechar conforme o médico prosseguia, minha visão se estreitando até eu não conseguir ver nada além do seu rosto. Suas palavras pareciam inconsistentes e sem sentido, mas isso não importava. Sua expressão era clara – eu havia chegado tarde demais. Ruth, minha doce Ruth, morrera no chão enquanto eu cochilava na sala.

Não me lembro de deixar o hospital, e os dias seguintes foram nebulosos. Meu advogado, Howie Sanders, um grande amigo meu e de Ruth, ajudou nos preparativos para o funeral, uma cerimônia pequena e íntima. Depois que as velas foram acesas, almofadas foram espalhadas pela casa e fiquei sentado durante uma semana para a shivá. Pessoas iam e vinham – gente que tínhamos conhecido ao longo dos anos; vizinhos, inclusive o homem que cortara o bordo; clientes da loja; três donos de galeria de arte de Nova York; meia dúzia de artistas; mulheres da sinagoga vinham todos os dias cozinhar e limpar. E a cada dia vi-me desejando acordar do pesadelo que minha vida acabara de se tornar.

Mas, pouco a pouco, as pessoas se afastaram, até não restar mais ninguém. Não havia para quem telefonar, ninguém com quem conversar, e a casa caiu em silêncio. Eu não sabia como viver assim, e o tempo se tornou cruel. Os dias se arrastavam. Eu não conseguia me concentrar. Lia o jornal e não me lembrava de nada. Ficava sentado durante horas antes de perceber que deixara o rádio ligado. Nem as aves me alegravam; eu olhava para elas e pensava que Ruth deveria estar sentada ao meu lado, nossas mãos roçando quando as púnhamos no saco de alpiste.

Nada fazia sentido, e eu não queria que fizesse. Meus dias eram passados na silenciosa agonia de um coração partido. As noites não eram melhores. Quando eu ficava sentado até tarde na cama vazia, sentia as lágrimas descendo pelo meu rosto. Enxugava os olhos e ficava novamente chocado com o caráter definitivo da ausência de Ruth.

21

Luke

Tudo remontava a Monstrengo, o animal com o qual tivera pesadelos, aquele que o mantivera longe da arena durante 18 meses. Havia contado a Sophia sobre a montaria e um pouco sobre os ferimentos que sofrera.

Mas não havia contado tudo. Em pé no celeiro depois que a mãe foi embora, Luke se apoiou no touro mecânico, revivendo o passado que tanto se esforçara para esquecer.

Passaram-se oito dias antes de ele sequer tomar conhecimento do que tinha acontecido. Embora soubesse que havia se machucado e, depois de acordar, se lembrar vagamente da montaria, não tinha a menor ideia de quão perto da morte estivera. Não tinha noção de que, além de fraturar seu crânio, o touro havia rachado sua vértebra C1 e seu cérebro ficara cheio de sangue.

Não havia contado a Sophia que esperaram quase um mês para reconstituir os ossos de seu rosto, temendo causar um trauma maior. Tampouco havia mencionado que os médicos voltaram para a cabeceira de sua cama para lhe dizer que ele nunca se recuperaria por completo da lesão na cabeça – e que uma parte de seu cérebro era agora uma pequena placa de titânio. Os médicos lhe disseram que outro impacto semelhante em sua cabeça, com ou sem capacete, provavelmente o mataria. A placa que haviam inserido em seu crânio estilhaçado estava perto demais do tronco cerebral para protegê-lo de modo adequado.

Depois daquele primeiro encontro com os médicos, Luke havia feito ainda menos perguntas do que qualquer um esperava. Decidira parar de montar e dissera isso para todo mundo. Sabia que sentiria falta dos rodeios e era provável que sempre fosse se perguntar como teria sido vencer o campeonato. Mas nunca quisera morrer e, na época, achava que ainda tinha muito dinheiro no banco.

E tinha, mas não o suficiente. Sua mãe havia oferecido a fazenda como garantia do empréstimo que contraíra para pagar as astronômicas contas hospitalares. Apesar de dizer repetidamente que não se importava com o destino da propriedade, Luke sabia que, no fundo, se importava. A fazenda era a vida dela, era o único mundo que ela conhecia. E tudo que a mãe fizera depois do acidente confirmara seus sentimentos. No ano anterior, trabalhara até a exaustão numa tentativa de evitar o inevitável. Ela podia dizer o que quisesse, mas Luke sabia qual era a verdade...

Ele podia salvar o rancho. É claro que não poderia ganhar o suficiente no próximo ano – nem mesmo em três anos – para quitar o empréstimo, mas era um peão bom o bastante para ganhar um dinheiro que desse para pagar as parcelas e um pouco mais, mesmo se fizesse apenas uma pequena turnê. Admirava os esforços da mãe com as árvores de Natal e as abóboras e para aumentar o rebanho, mas os dois sabiam que isso não era o bastante. Luke tinha ouvido falar muito sobre quanto custava consertar isso ou aquilo para saber que as coisas eram difíceis até no melhor dos tempos.

Então, o que ele podia fazer? Tinha que fingir que daria tudo certo – o que não era possível – ou encontrar um jeito de resolver o problema. Só precisava montar bem.

Mas, mesmo se montasse bem, poderia morrer.

Luke sabia dos riscos. Era por isso que suas mãos tremiam sempre que se preparava para montar. Não era porque estava enferrujado ou atormentado por um nervosismo comum. Era porque, quando usava a corda americana, uma parte dele se perguntava se aquela seria sua última montaria.

Não era possível ser bem-sucedido com aquele tipo de medo. A menos, é claro, que houvesse algo maior em jogo, e para Luke era a fazenda. E para sua mãe também. Ela não a perderia por causa dele.

Luke balançou a cabeça. Não queria pensar nessas coisas. Já era muito difícil encontrar a confiança necessária para chegar à última etapa de uma temporada – e vencer. A única coisa em que não queria pensar era em não conseguir montar.

Ou morrer tentando...

Ele não havia mentido para o médico quando disse que estava decidido a parar. Sabia o que uma vida de peão podia fazer com um homem; tinha visto seu pai fazer cara de dor e se contorcer nas manhãs e também sentira as mesmas dores. Ele havia sobrevivido a todo o treinamento e dado o melhor de si, mas nada tinha adiantado. E nove meses antes teria aceitado que era o fim.

Mas agora, em pé ao lado do touro mecânico, sabia que não tinha alternativa. Calçou as luvas, respirou fundo e montou. O controle estava pendurado no chifre e Luke o pegou com a mão livre. Talvez porque a temporada estivesse próxima ou porque não tivesse contado toda a verdade para Sophia, não conseguiu apertar o botão. Pelo menos, ainda não.

Luke se lembrou de que sabia o que poderia acontecer e tentou se convencer de que estava pronto. Era um peão de touros. Fazia isso desde que podia se lembrar, e o faria de novo. Montaria, porque era bom nisso, e então todos os seus problemas estariam resolvidos...

Só que, se caísse de mau jeito, poderia morrer.

De repente, suas mãos começaram a tremer. Mas ele se controlou e finalmente apertou o botão.

⚜

Ao voltar de Nova Jersey, Sophia passou na fazenda antes de ir para o campus. Luke estava à sua espera e tinha arrumado a casa e a varanda para recebê-la. Estava escuro quando seu carro parou na frente da casa. Luke desceu a escada da varanda para ir ao encontro dela, perguntando a si mesmo se algo havia mudado desde a última vez que a vira. Essas preocupações se dissiparam assim que Sophia saiu do carro e correu até ele. Luke a segurou quando ela pulou, sentindo as pernas de Sophia ao seu redor. Enquanto se abraçavam, ele ficou feliz por vê-la bem, mais uma vez tendo certeza de quanto ela significava para ele, e se perguntou o que o futuro lhes traria.

Eles fizeram amor naquela noite, mas Sophia não pôde dormir lá. O novo semestre estava começando e ela tinha aula cedo. Quando as lanternas traseiras de seu carro desapareceram na entrada para automóveis, Luke se virou e foi para o celeiro, para outra sessão de treinamento. Não estava com vontade de treinar, mas o primeiro evento era em menos de duas semanas e lembrou-se do quanto ainda tinha que fazer.

A caminho do celeiro, decidiu treinar menos que de costume, não mais de uma hora. Estava cansado, fazia frio e já sentia falta de Sophia.

Do lado de dentro, fez um rápido aquecimento para manter o sangue fluindo e subiu no touro. Ao reconstruí-lo, o pai o modificara para que se movesse com mais intensidade, em velocidades maiores, e ajustara o controle para Luke poder segurá-lo com a mão livre. Por hábito, ele mantinha o punho semicerrado mesmo quando montava animais de verdade, embora até agora ninguém tivesse lhe perguntado por que ou sequer houvesse notado.

Quando estava pronto, ele ligou a máquina em velocidade baixa para média, apenas o suficiente para se aquecer. Então montou uma vez em velocidade média e outra em média para alta. Em suas sessões de treino, montava por dezesseis segundos, exatamente o dobro do tempo que precisava ficar em cima do touro na arena. Seu pai havia calibrado a máquina para tempos ainda maiores, dizendo que isso tornaria mais fácil montar animais de verdade. E talvez tornasse. Mas exigia duas vezes mais do corpo.

Após cada montaria ele fazia um intervalo para se recuperar e outro ainda maior a cada três. Em geral, nesses momentos sua mente ficava vazia, mas esta noite se viu pensando em quando montou Monstrengo. Não sabia bem por que as imagens continuavam a lhe ocorrer, mas não podia evitar, e sentiu seus nervos se agitando ao olhar para o touro mecânico. Estava na hora de montarias de verdade, em alta velocidade. Seu pai havia programado cinquenta diferentes em uma sequência aleatória, para Luke nunca saber o que esperar. Ao longo dos anos aquilo lhe fora útil, mas agora desejava saber exatamente o que aconteceria.

Quando os músculos de sua mão e seu antebraço se recuperaram, caminhou com dificuldade até o touro mecânico. Montou três vezes, depois mais três. E três depois disso. Nessas nove, conseguiu terminar o ciclo sete vezes. Contando com o tempo de recuperação, estava treinando havia mais de 45 minutos. Então decidiu fazer mais três séries de três e encerrar a noite.

Não conseguiu.

Na segunda montaria da segunda série sentiu que ia cair. Nesse momento, não ficou muito alarmado. Já caíra um milhão de vezes e, ao contrário da arena, a área ao redor do touro mecânico era forrada com espuma. Mesmo no ar, não sentiu medo, e se viu mudando de posição, tentando cair como queria na arena: em pé ou de quatro.

Conseguiu cair em pé e a espuma absorveu o impacto, como geralmente fazia, mas por algum motivo ele perdeu o equilíbrio e se viu catando cavaco, tentando ficar em pé em vez de se deixar cair. Deu três passos rápidos para a frente, a parte superior do corpo ultrapassando a espuma, e bateu com a testa no chão duro. A cabeça de Luke zuniu como uma corda de guitarra; raios de luz dourada brilharam enquanto ele tentava pôr as coisas em foco. O celeiro começou a girar, mergulhando na escuridão e depois se iluminando de novo. A dor surgiu, a princípio aguda e depois mais aguda ainda. Maior. Aos poucos transformando-se em agonia. Luke demorou um minuto para reunir forças para se levantar cambaleando, apoiando-se no velho trator para ficar de pé. O medo o dominou ao examinar com os dedos o galo em sua testa.

Havia um inchaço, mas ao tocar ao redor dele ficou convencido de que não houvera dano maior. Não quebrara nada, tinha certeza disso. E até onde podia dizer, as outras partes da sua cabeça estavam bem. Aprumando-se, respirou fundo e andou com cautela até a porta.

Do lado de fora seu estômago embrulhou abruptamente e Luke se curvou. A tontura voltou e ele vomitou na terra. Mais uma vez, isso não foi o suficiente para preocupá-lo. Vomitara depois de pancadas anteriores e achou que essa era apenas mais uma. Não precisava ir ao médico para saber que ele lhe diria para ficar sem treinar por uma semana, talvez mais.

Ou para nunca mais montar, provavelmente.

Mas ele estava bem. Tinha sido por um triz – por muito pouco mesmo –, mas havia sobrevivido. Tiraria alguns dias de descanso apesar da proximidade da temporada, e ao voltar mancando para casa tentou ver algo positivo naquilo. Andava treinando muito e um descanso poderia lhe fazer bem. Quando retomasse, talvez estivesse mais forte do que nunca. Mas, apesar de suas tentativas de se tranquilizar, não pôde evitar a sensação de medo que o acompanhou a cada passo.

E o que ele iria dizer a Sophia?

Dois dias depois, ele ainda não sabia. Foi visitar Sophia na Wake e enquanto andavam pelos caminhos secundários do campus, tarde da noite, Luke não tirou o chapéu, para esconder o machucado em sua testa. Pensou em lhe contar sobre o acidente, mas temia as perguntas que ela faria e aonde isso os levaria. Perguntas para as quais ele não tinha respostas. Finalmente, quando Sophia questionou por que ele estava tão calado, alegou exaustão com os longos dias na fazenda – o que não deixava de ser verdade, porque sua mãe decidira levar o gado para o mercado antes do início da temporada de rodeios, e eles tiveram dias cansativos laçando e embarcando o gado em caminhões. Mas àquela altura suspeitava de que Sophia o conhecesse bem o bastante para perceber que ele não era o mesmo. Ao chegar à fazenda no fim de semana seguinte, usando o chapéu que lhe dera e um casaco grosso com enchimento de plumas, pareceu avaliá-lo enquanto preparavam os cavalos, embora não tivesse dito nada naquele momento.

Eles seguiram o mesmo caminho que percorreram em seu primeiro dia juntos, por entre as fileiras de árvores, em direção ao rio. Sophia enfim se virou para ele.

– O.k., chega disso – anunciou. – Quero saber por que está preocupado. Você esteve... distante a semana inteira.

– Sinto muito – disse Luke. – Ainda estou um pouco cansado.

A ofuscante luz do sol parecia cravar lâminas em seu crânio, aumentando a constante dor de cabeça que sentia desde que caíra.

– Já o vi cansado antes. É outra coisa, mas não posso ajudar se não me contar.

– Só estou pensando no próximo fim de semana. Sabe, o primeiro evento do ano e tudo o mais.

– Na Flórida?

Ele assentiu.

– Pensacola.

– Ouvi dizer que é muito bonito lá. Com praias de areia branca.

– Deve ser. Não que eu vá ver alguma delas. Voltarei depois do evento, no sábado.

Ele pensou em seu treino da véspera, o primeiro desde o acidente. Foi bastante bom. Seu equilíbrio pareceu normal, mas o latejar em sua cabeça o forçou a parar depois de quarenta minutos.

– Vai estar tarde.

– Não. Esse é de tarde. Devo chegar mais ou menos às duas horas.

– Então posso vê-lo no domingo?

Ele bateu com a mão na coxa.

– Se você vier aqui. Mas provavelmente estarei exausto.

Ela o olhou de soslaio por debaixo da aba do chapéu.

– Nossa, você não parece muito animado com minha visita.

– Quero vê-la. Só não quero que se sinta na obrigação de vir.

– Prefere ir ao campus? Quer ficar na casa da irmandade?

– Não.

– Então gostaria de se encontrar comigo em outro lugar?

– Jantar com a minha mãe, lembra?

– Então virei aqui. – Ela esperou uma resposta e ficou frustrada quando ele não disse nada. – O que há com você? Parece que está zangado comigo.

Essa era a oportunidade perfeita de lhe contar tudo. Luke tentou encontrar as palavras, mas não sabia por onde começar. *Eu estava querendo lhe dizer que posso morrer se continuar a montar.*

– Não estou zangado com você – respondeu ele, evasivo. – Só estava pensando na temporada que se aproxima e no que preciso fazer.

– Logo agora? – Ela pareceu desconfiada.

– Penso nisso o tempo todo. E pensarei durante toda a temporada. E, só para você ficar sabendo, viajarei muito a partir do próximo fim de semana.

– Eu sei – disse Sophia com uma aspereza incomum. – Você me disse.

– Quando a turnê for para o Oeste, talvez na maioria das semanas eu só chegue em casa tarde da noite no sábado.

– Então está dizendo que não vai me ver com tanta frequência e que, quando estivermos juntos, estará distraído?

– Talvez. – Ele deu de ombros. – Provavelmente.

– Isso não tem graça.

– O que eu posso fazer?

– Que tal tentar não pensar agora em seu evento do próximo fim de semana? Vamos apenas tentar nos divertir hoje, está bem? Já que você vai viajar e não vou vê-lo muito. Esse pode ser nosso último dia inteiro juntos durante algum tempo.

Ele balançou a cabeça.

– Não é assim que funciona.

– O que não é assim que funciona?

– Não posso simplesmente ignorar o que está por vir – disse Luke, elevando o tom de voz. – Minha vida não é como a sua. Não é assistir a aulas, ficar no quarto e fofocar com Marcia. Vivo no mundo real. Tenho responsabilidades. – Ele a ouviu ofegar, mas continuou, mais incisivo a cada palavra: – Meu trabalho é perigoso. Estou enferrujado e sei que deveria ter treinado mais na semana passada. Mas a partir do próximo fim de semana tenho que me sair bem de qualquer maneira, ou minha mãe e eu perderemos tudo. Então é claro que vou pensar nisso e, sim, estarei distraído.

Ela pestanejou, surpresa com a irritação dele.

– Nossa! Alguém está de mau humor hoje.

– Não estou de mau humor – disparou Luke.

– Não foi o que pareceu.

– Não sei o que você quer que eu diga.

Pela primeira vez a expressão de Sophia se endureceu e ele a ouviu tentar manter a voz calma.

– Você poderia ter dito que queria me ver no domingo, mesmo se estivesse cansado. Poderia ter dito que, embora fosse estar distraído, eu não deveria tomar isso como pessoal. Poderia ter se desculpado e dito: "Você está certa, Sophia. Vamos nos divertir hoje." Mas não. Você me disse que o que faz, no mundo real, não é ir para a universidade.

– A universidade não é o mundo real.

– Você acha que eu não sei disso?

– Então por que ficou tão zangada por eu ter dito?

Ela puxou as rédeas, fazendo Demônio parar.

– Está brincando? – perguntou. – Porque está agindo como um idiota! Está insinuando que tem responsabilidades, e eu, não. Consegue ao menos se ouvir?

– Eu só estava respondendo à sua pergunta.

– Me insultando?

– Não a estava insultando.

– Mas você ainda acha que o que faz é mais importante do que o que eu faço?

– É mais importante.

– Para você e sua mãe! – gritou Sophia. – Acredite ou não, minha família também é importante para mim! Meus pais são importantes! Me formar é importante! E, sim, tenho responsabilidades. E me sinto pressionada a ser bem-sucedida, assim como você. Também tenho sonhos!

– Sophia...

– O que foi? Agora decidiu ser gentil? Sabe de uma coisa? Não precisa. Porque a verdade é que dirigi até aqui para ficar com você e tudo o que está fazendo é tentando brigar!

– Não estou tentando brigar – murmurou Luke.

Mas ela não estava mais ouvindo.

– Por que está fazendo isso? – perguntou. – Por que está agindo assim? O que está havendo com você?

Luke não respondeu. Não sabia o que dizer, e Sophia o observou, esperando, antes de balançar a cabeça, desapontada. Então, sacudiu as rédeas e virou Demônio, pondo-o a meio-galope. Enquanto ela desaparecia na direção dos estábulos, Luke ficou sentado sozinho no meio das árvores, perguntando-se por que não tivera coragem para lhe dizer a verdade.

22

Sophia

— Então você simplesmente saiu a cavalo e o deixou? – perguntou Marcia.

– Eu não sabia o que fazer – respondeu Sophia, apoiando o queixo nas mãos. Marcia estava sentada ao lado de Sophia, que se deitara na cama. – Na hora fiquei tão zangada que mal conseguia olhar para ele.

– Humm. Acho que eu também ficaria – disse Marcia, parecendo um pouco solidária demais. – Quero dizer, nós duas sabemos que os estudantes de história da arte são totalmente indispensáveis para o funcionamento da sociedade moderna. Se isso não é uma grande responsabilidade, não sei o que é.

Sophia a olhou de cara feia.

– Cale a boca.

Marcia a ignorou.

– Especialmente se eles ainda precisam arranjar um trabalho não remunerado.

– Não acabei de mandá-la calar a boca?

– Eu só estava brincando – disse Marcia, cutucando-a com o cotovelo.

– Não estou com humor para brincadeiras, certo?

– Ah, se acalme. Eu não quero insinuar nada com isso. Só estou feliz por você estar aqui. Já havia me conformado com o fato de que eu ficaria sozinha o dia inteiro. E a maior parte da noite também.

– Eu estou tentando conversar com você!

– Eu sei. Senti falta de nossos bate-papos. Não conversamos há um tempão.

– Nem vamos, se você continuar a agir assim. Está tornando tudo muito mais difícil.

– O que você quer que eu faça?

– Que me escute. Quero que me ajude a resolver isso.

– Estou escutando – disse Marcia. – Ouvi tudo o que você disse.

– E?

– Bem, para ser sincera, estou feliz por vocês finalmente terem tido uma briga. Estava na hora. Sou da opinião de que nenhum relacionamento é significativo antes de as pessoas terem uma briga de verdade. Antes disso é apenas uma lua de mel. Afinal de contas, você não sabe quanto algo é forte antes de testá-lo. – Ela deu uma piscadela. – Li isso certa vez em um biscoito da sorte.

– Biscoito da sorte?

– Mas é verdade. E isso é bom para vocês. Porque, quando os dois superarem, se fortalecerão como casal. E fazer as pazes na cama é sempre ótimo.

Sophia fez uma careta.

– Para você tudo sempre tem a ver com sexo?

– Nem sempre. Mas com Luke? – Ela deu um sorriso lascivo. – Se eu fosse você, tentaria superar isso o mais rápido possível. Esse homem é bonito demais.

– Pare de tentar mudar de assunto. Você precisa me ajudar a resolver essa situação!

– O que acha que eu estou fazendo?

– O possível para me irritar.

Marcia a olhou com uma expressão séria.

– Sabe o que eu acho? – perguntou. – Com base no que você me disse? Acho que Luke está nervoso com o que acontecerá entre vocês. Ele vai viajar na maioria dos fins de semana, e quando menos você se der conta, estará formada. Luke acha que você não vai ficar aqui. Por isso deve estar começando a se distanciar.

Talvez, pensou Sophia. Havia alguma verdade ali, mas...

– É mais do que isso – disse ela. – Ele nunca foi assim. Tem mais alguma coisa acontecendo.

– Há algo que você não me disse?

Ele poderia perder a fazenda. Mas ela não dissera isso a Marcia, nem diria. Luke confiara nela, e não trairia sua confiança.

– Sei que ele está sob muita pressão – falou. – Quer montar bem. Está nervoso.

– Bem, aí está a sua resposta – disse Marcia. – Luke está nervoso e sob pressão, e você ficou lhe dizendo para não pensar nisso. Ele ficou um pouco na defensiva e explodiu porque, na cabeça dele, você é indiferente àquilo pelo que ele está passando.

Talvez, pensou Sophia.

– Acredite em mim – continuou Marcia. – Ele já deve estar arrependido. E aposto que vai lhe telefonar a qualquer minuto para se desculpar.

⚜

Luke não telefonou. Nem naquela noite, nem na seguinte, nem na próxima. Na terça-feira Sophia passou a maior parte do dia olhando para o celular para ver se ele lhe enviara uma mensagem e se perguntando se deveria ligar. Embora tivesse ido à aula e feito anotações, tinha dificuldade em se lembrar de tudo que os professores disseram.

No intervalo entre as aulas andou de um prédio para outro, lembrando-se das palavras de Marcia e reconhecendo que faziam sentido. Mas não conseguia se esquecer da expressão de Luke. O que seria? Raiva? Hostilidade? Não sabia se essas eram as palavras certas, mas tinha a nítida impressão de que ele tentara afastá-la.

Por que, depois de tudo ter sido tão fácil e confortável durante tanto tempo, desandara tão rápido?

Havia muitas coisas que não faziam sentido. Sophia decidiu que devia apenas pegar o telefone e ir ao fundo de tudo aquilo. Dependendo do tom de Luke, logo saberia se ela estava apenas tendo uma reação exagerada.

Procurou o telefone em sua bolsa, mas quando estava prestes a discar olhou para além do dormitório, notando o vaivém familiar da vida no campus. Pessoas carregando mochilas, um estudante indo de bicicleta sabe-se lá para onde, um grupo em visita à universidade parado perto do prédio da administração e, à distância, sob uma árvore, um casal de frente um para o outro.

Não havia nada de incomum em nenhuma dessas coisas, mas por algum motivo algo chamou sua atenção e ela abaixou o telefone. Viu-se observando o casal. Eles estavam rindo, suas cabeças próximas, a mão da garota acariciando o braço do rapaz. Mesmo de longe, dava para perceber a química entre eles. Sophia quase podia senti-la. Ela os conhecia. O que estava vendo, sem dúvida, era mais do que uma amizade íntima, e teve a confirmação disso quando eles se beijaram.

Sophia não conseguia desviar os olhos, todos os seus músculos se retesando ao mesmo tempo.

Até onde sabia, ele não tinha ido à casa e nunca ouvira os nomes deles sendo mencionado juntos. O que era quase impossível em um campus sem segredos e significava que ambos tinham tentado esconder isso até agora – não só dela, mas de todos.

Mas Marcia e Brian?

Sua amiga não faria isso com ela, faria? Ainda mais sabendo o que Brian aprontara?

Contudo, pensando nisso, se lembrou de que Marcia havia mencionado Brian várias vezes nas últimas semanas... Ela mesmo não admitira que eles ainda se falavam? O que Marcia dissera sobre Brian? Mesmo quando ele ainda a assediava? *Ele é engraçado, bonito e rico. Como poderia não gostar?* Sem falar que ele tivera uma "queda" por ela, como Marcia gostava de salientar, antes de Sophia aparecer.

Sophia sabia que não deveria se importar com isso. Não queria mais nada com Brian havia muito tempo. Marcia podia ficar com ele se quisesse. Mas ao ver a amiga erguendo os olhos em sua direção, Sophia sentiu as lágrimas brotarem.

⚜

– Eu ia lhe contar – disse Marcia, com uma expressão envergonhada atípica.

Elas estavam de volta ao quarto, com Sophia em pé perto da janela, de braços cruzados. Isso era tudo que ela podia fazer para manter a voz calma.

– Há quanto tempo está saindo com ele?

– Não muito – respondeu Marcia. – Ele me visitou na minha casa no Natal e...

– Por que o Brian? Você não se lembra de quanto ele me magoou? – A voz de Sophia começou tremer. – Você era minha melhor amiga.

– Eu não planejei isso... – defendeu-se Marcia.

– Mas aconteceu.

– Você estava passando todos os fins de semana fora e eu o via nas festas. Acabávamos conversado. Em geral sobre você...

– Quer dizer que a culpa é minha?

– Não – falou Marcia. – Não é culpa de ninguém. Eu não queria que acontecesse. Só que quanto mais conversávamos e nos conhecíamos...

Sophia não prestou atenção no resto da explicação de Marcia, o nó em seu estômago apertando até fazê-la se contrair. Quando o quarto ficou em silêncio, tentou manter a voz calma:

– Você devia ter me contado.

– Eu contei. Mencionei que estávamos nos falando. E dei a entender que éramos amigos. Não éramos nada além disso até algumas semanas atrás. Eu juro.

Sophia se virou, encarando a melhor amiga, odiando-a.

– Isso é... *errado* em muitos sentidos.

– Achei que você não quisesse mais saber dele – murmurou Marcia.

A expressão de Sophia se tornou furiosa.

– Eu não quero mais saber do Brian! Não quero ter nada a ver com ele. Isso é sobre nós! Você e eu! Você está dormindo com meu ex-namorado! – Ela passou a mão pelos cabelos. – Marcia, amigas não fazem isso. Como você pode sequer tentar justificar uma coisa dessas?

– Ainda sou sua amiga – disse Marcia, em tom suave. – Não vou trazê-lo para o quarto quando você estiver aqui...

Sophia mal podia acreditar no que estava ouvindo.

– Ele vai traí-la, você sabe. Assim como me traiu.

Marcia balançou a cabeça com veemência.

– Ele está mudado. Sei que você não acredita nisso, mas está.

Ao ouvir isso, Sophia soube que tinha que ir embora. Andou a passos largos até a porta, pegando a bolsa na escrivaninha ao sair. À porta, se virou.

– Brian não mudou – disse com convicção. – Isso eu posso lhe garantir.

⚜

O hábito e o desespero a levaram a voltar à fazenda. Como sempre, Luke foi para a varanda quando ela estava saindo do carro. Mesmo à distância, pareceu saber que havia algo errado e, apesar de Sophia não ter tido notícias dele durante dias, Luke andou até ela com os braços abertos.

Sophia correu para os braços dele e, por um longo tempo, Luke apenas a abraçou enquanto ela chorava.

⚜

– Ainda não sei o que fazer – disse Sophia, apoiando-se no peito de Luke. – Não posso impedi-la de sair com ele.

Eles estavam abraçados no sofá, olhando o fogo. Ele a tinha deixado falar durante horas, de vez em quando concordando com ela, mas na maioria das vezes acalmando-a com sua silenciosa e confortável presença.

– Não – concordou ele. – Provavelmente não.

– Mas o que devo fazer quando estivermos juntas? Fingir que isso não está acontecendo?

– Provavelmente seria o melhor. Já que ela é sua amiga.

– Ela vai sofrer – disse Sophia pela centésima vez.

– Provavelmente.

– Todos na casa vão comentar. Sempre que me virem, vão sussurrar, abafar o riso ou demonstrar muita preocupação, e vou passar o resto do semestre tendo de lidar com isso.

– Provavelmente.

Ela ficou calada por um momento.

– Você vai concordar com tudo que eu disser?

– Provavelmente – respondeu Luke, fazendo-a rir.

– Estou feliz por você não estar mais com raiva de mim.

– Desculpe-me por aquilo – disse Luke. – E você estava certa em me repreender. Estava num mau dia e descontei em você. Foi um erro fazer isso.

– Todos podem ter um dia ruim.

Luke apertou a mão dela com mais força, sem dizer nada. Só mais tarde ocorreu a Sophia que ele não tinha lhe dito o que realmente o estava incomodando naquele dia.

⚜

Depois de passar a noite na fazenda, Sophia voltou à casa da irmandade e respirou fundo antes de entrar em seu quarto. Ainda não estava pronta para falar com Marcia, mas uma rápida olhada a fez saber que não precisava se preocupar com isso.

Marcia não estava no quarto e sua cama estava intocada. Tinha passado a noite com Brian.

23

Luke

Alguns dias depois Luke partiu para Pensacola com a inquietante consciência de que não treinara o bastante. A dor de cabeça contínua e latejante tornava difícil pensar e impossível treinar. Disse a si mesmo que se conseguisse passar por essas preliminares em uma colocação decente teria chance de se recuperar por completo para o próximo evento.

Não sabia nada sobre Salto Louco, o primeiro touro sorteado para ele em Pensacola. Não dormira bem depois da longa viagem e suas mãos voltaram a tremer. Embora a dor de cabeça tivesse diminuído um pouco, ainda podia sentir o tamborilar entre suas orelhas, uma vibração que parecia uma coisa viva. Reconheceu apenas alguns dos peões e a metade dos outros mal parecia ter idade suficiente para montar. Todos estavam inquietos, tentando controlar o nervosismo e se agarrando ao mesmo sonho. Vencer ou conseguir uma boa colocação, ganhar dinheiro e pontos – e, independentemente do que fizessem, não se machucar muito para poder montar na semana seguinte.

Como fizera em McLeansville, Luke permaneceu perto da caminhonete, preferindo ficar só. Do estacionamento dava para ouvir a multidão, e quando o rugido dela aumentou e o locutor disse "Às vezes isso acontece", soube que o peão fora derrubado. Luke seria o 14º a montar, e apesar de as montarias serem medidas em segundos, em geral havia um intervalo de alguns minutos entre os competidores. Calculou que montaria em quinze minutos e tentou controlar o nervosismo.

Eu não queria estar aqui.

O pensamento veio com uma clareza inesperada, embora no fundo ele soubesse disso o tempo todo. A inegável convicção o fez sentir o chão instável sob os pés. Não estava pronto. E talvez, apenas talvez, nunca estivesse.

Contudo, quinze minutos depois, começou a caminhar lentamente para a arena.

⚜

Mais do que tudo, foi o cheiro que lhe permitiu prosseguir. Era familiar, produzindo reações que haviam se tornado automáticas ao longo dos anos. O mundo ficou menor. Ele ouviu a multidão e o locutor, concentrando-se nos jovens que o ajudavam a se preparar. Cordas foram puxadas. Ele ajustou a corda americana até senti-la exatamente como queria em sua mão. Posicionou-se no meio do touro, esperou por uma fração de segundo, certificando-se de que tudo estava certo, e então fez um sinal afirmativo com a cabeça para o homem no portão.

– Vamos.

Salto Louco saiu com um leve corcoveio e depois um segundo, antes de virar rapidamente para a direita, com todas as quatro patas fora do chão. Mas Luke estava preparado e permaneceu baixo na sela, mantendo o equilíbrio enquanto o animal corcoveava mais duas vezes e depois começava a girar.

Luke se adaptou instintivamente a tudo isso e assim que a campainha soou estendeu a mão livre para a corda e a soltou. Pulou, caindo sobre os dois pés, e correu para a cerca da arena. Estava fora de perigo antes mesmo de o touro parar de saltar.

A multidão continuou a vibrar e o locutor lembrou que Luke certa vez havia ficado em terceiro lugar na colocação geral. Luke tirou o chapéu e acenou com ele para a plateia antes de se virar e voltar para a caminhonete.

No caminho, a dor de cabeça voltou com uma força punitiva.

A segunda montaria era um touro chamado Docinho. Luke estava em quarto lugar na competição.

Mais uma vez, realizou os procedimentos de modo automático, o mundo se tornando cada vez menor. Dessa vez o touro era mais bravo. Mais exibido. Durante a montaria, ouviu a multidão rugir em aprovação. Ele se saiu bem e mais uma vez escapou da arena enquanto o touro tinha um ataque de raiva.

Sua pontuação o levou para o segundo lugar.

Luke passou a próxima hora sentado atrás do volante da caminhonete, a cabeça latejando a cada batida de seu coração. Tomou um pouco de ibuprofeno com Tylenol, mas isso não ajudou a diminuir a dor. Perguntou a si mesmo se seu cérebro estava inchando e tentou não pensar no que aconteceria se fosse derrubado.

Em sua última montaria, ele viu que tinha chance de vencer. Porém, mais cedo, um dos outros finalistas terminara com a maior pontuação do dia.

No brete, não estava mais nervoso. Não que uma confiança oculta subitamente tivesse vindo à tona, mas a agonia e a exaustão o tinham deixado cansado demais para se preocupar com qualquer coisa. Só queria acabar com aquilo. Acontecesse o que acontecesse.

Quando estava pronto, a porta do brete se abriu. Aquele era um bom touro, não tão ardiloso quanto o segundo. Porém, era mais desafiador do que o primeiro, e a pontuação de Luke refletiu isso. O vencedor seria decidido pelo desempenho do líder na última montaria. Mas o líder das duas primeiras rodadas logo perdeu o equilíbrio no touro que lhe fora destinado e não conseguiu recuperá-lo, sendo derrubado.

Embora Luke estivesse em segundo lugar nas finais, acabou vencendo a competição. No primeiro evento da temporada, ficou em primeiro lugar, exatamente onde precisava estar.

Pegou o cheque e enviou mensagens de texto para a mãe e para Sophia, avisando que estava voltando. Mas ao começar a longa viagem para casa, sua cabeça ainda latejando, perguntou-se por que realmente não se importava nem um pouco com os pontos.

– Você parece péssimo – disse Sophia. – Está tudo bem?

Luke tentou dar um sorriso tranquilizador. Depois de desabar na cama às três da manhã, acordara depois das onze, com a cabeça e o corpo cheios de dor. Havia pegado automaticamente os analgésicos e tomado vários antes de cambalear para o chuveiro, onde deixara o jato de água quente cair sobre seus músculos tensos e doloridos.

– Está – disse ele. – A viagem foi longa e desde que acordei fiquei trabalhando no conserto de uma cerca quebrada.

– Tem certeza? – A preocupação de Sophia refletia seu ceticismo. Desde que havia chegado à fazenda naquela tarde, estivera examinando-o como uma mãe ansiosa. – Você está agindo como se estivesse sentindo alguma coisa.

– Só estou cansado. Tive alguns dias difíceis.

– Eu sei. Mas você venceu, não foi?

– Sim – disse Luke. – Venci.

– Isso é bom. Quero dizer, para a fazenda. – Sophia franziu a testa.

– Sim – repetiu ele, parecendo quase entorpecido. – É bom para a fazenda.

24

Sophia

Luke estava distante de novo. Não como no fim de semana anterior, mas, definitivamente, havia algo de errado com ele. E não era só cansaço. Estava pálido, e embora negasse, Sophia sabia que ele estava com muito mais dor do que de costume. Às vezes, quando Luke fazia um movimento rápido e inesperado, ela notava que ele se contraía ou respirava fundo.

O jantar com a mãe dele havia sido forçado. Linda ficara feliz em vê-la, mas Luke permanecera do lado de fora, perto da churrasqueira, enquanto as duas passavam o tempo todo conversando, quase como se ele tentasse evitá-las. À mesa, a conversa fora notável por todos os assuntos que eles evitaram com tanto cuidado. Luke não falou sobre a óbvia dor, sua mãe não perguntou nada sobre o rodeio e Sophia se recusou a mencionar Marcia, Brian ou o quanto a semana tinha sido estranha. Não só estranha, mas uma das piores.

Assim que eles voltaram para a casa de Luke, ele foi para o quarto. Sophia o ouviu tirar algumas pílulas de um frasco e depois de outro, e o seguiu quando ele foi para a cozinha, onde tomou um copo d'água para engolir o que ela achou ser um punhado de comprimidos.

Para seu alarme, Luke se inclinou para a frente, pondo as duas mãos sobre o balcão e abaixando a cabeça.

– Está doendo muito? – sussurrou Sophia, com as mãos nas costas dele. – Quero dizer, sua cabeça?

Ele respirou profundamente algumas vezes antes de responder.

– Estou bem.

– É claro que não está – retrucou Sophia. – Quantos comprimidos você tomou?

– Alguns de cada – admitiu ele.

– Mas eu o vi tomar outros antes do jantar...

– Não foi o suficiente.

– Se está tão mal assim, devia ter ido ao médico.

– Não tem necessidade – disse Luke com voz fraca. – Já sei o que há de errado.

– O quê?

– Tive uma concussão.

Sophia pestanejou.

– Como? Você bateu com a cabeça ao pular do touro?

– Não – respondeu Luke. – Caí de mau jeito durante o treino algumas semanas atrás.

– Algumas *semanas* atrás?

– Sim – admitiu ele. – E cometi o erro de voltar a treinar cedo demais.

– Quer dizer que sua cabeça está doendo há duas semanas? – Sophia tentou esconder o pânico crescente em sua voz.

– Não é bem assim. Montar ontem piorou as coisas.

– Então por que fez isso se havia sofrido uma concussão?

Ele se manteve concentrado no chão.

– Eu não tinha alternativa.

– É claro que tinha. E foi uma estupidez fazer isso. Vamos. Deixe-me levá-lo para a emergência...

– Não – disse Luke.

– Por que não? – perguntou ela, espantada. – Eu dirijo. Você precisa ir a um médico.

– Já tive dores de cabeça como essa antes e sei o que o médico vai dizer. Que eu devo ficar um tempo sem montar, e não posso fazer isso.

– Quer dizer que vai montar, de novo no próximo fim de semana?

– Tenho que ir.

Por mais que tentasse, Sophia não conseguia entender o que ele estava dizendo.

– É por isso que sua mãe anda tão zangada com você? Porque você está agindo como um idiota?

Luke não respondeu logo. Suspirou.

– Ela nem sabe disso.

– Você não lhe contou? Por quê?

– Porque não quero que ela saiba. Só ia ficar preocupada.

Sophia balançou a cabeça.

– Não entendo por que você continua a montar sabendo que isso vai piorar sua concussão. É perigoso.

– Parei de me preocupar com isso – respondeu Luke.

– O que quer dizer?

Luke lentamente se aprumou e se virou para ela com uma expressão de resignação, algo parecido com um pedido de desculpas.

– Porque – disse por fim –, antes mesmo de ter essa concussão, eu não deveria montar nunca mais.

Sophia não teve certeza de que o ouvira direito e pestanejou.

– Por que não? Nunca mais?

– Segundo os médicos, corro alto risco sempre que monto.

– Por quê?

– Por causa de Monstrengo – respondeu Luke. – Não fui apenas derrubado e arrastado. Eu lhe contei que ele me pisoteou, mas não falei que fraturou meu crânio, perto do tronco cerebral. Agora há uma pequena placa de metal lá, mas se eu cair de mau jeito, não será suficiente para me proteger.

Enquanto Luke prosseguia em tom monótono, Sophia sentiu um arrepio ao ouvir suas palavras. Ele não podia estar falando sério...

– Está dizendo que poderia morrer? – Ela não esperou resposta, sentindo-se dominada pelo pânico ao se dar conta da verdade. – É isso que está dizendo, não é? Que vai morrer? E não me contou? Como pôde?

Tudo se encaixou: por que ele quis ver o touro na primeira noite deles juntos; por que a mãe de Luke estava tão zangada; a tensão e a preocupação dele antes do início da temporada.

– Bem, então chega – prosseguiu Sophia, tentando esconder o terror em sua voz. – Você não vai montar mais, certo? Acabou. A partir de agora, está fora da arena.

Mais uma vez, Luke não disse nada, mas Sophia viu em seu rosto que ele não estava convencido. Aproximou-se e o abraçou, apertando-o desesperadamente. Sentiu o coração de Luke batendo e os músculos fortes no peito dele.

– Não quero que faça isso. Não vai fazer, não é? Por favor, diga-me que vai parar. Encontraremos outro modo de salvar a fazenda, certo?

– Não há outro modo.

– Sempre há outro modo...

– Não – disse Luke. – Não há.

– Luke, sei que a fazenda é importante, mas não mais do que sua vida. Você sabe disso, não sabe? Você vai recomeçar. Vai ter outra fazenda. Ou trabalhará em uma...

– Eu não preciso da fazenda – interrompeu Luke. – Estou fazendo isso pela minha mãe.

Sophia se afastou dele, sentindo uma onda de raiva.

– Mas ela também não quer que você faça! Porque sabe que é errado, sabe que é uma grande estupidez! Porque você é filho dela!

– Estou fazendo isso por ela...

– Não, não está! Está fazendo isso para não se sentir culpado! Pensa que está sendo nobre, mas no fundo está sendo egoísta! Essa é a coisa mais egoísta... – Ela parou, seu peito pesado.

– Sophia...

– Não toque em mim! – gritou. – Você também vai me machucar! Não percebe isso? Já parou um minuto para pensar que eu posso não querer que você morra? Ou em como isso faria eu me sentir? Não, porque isso não tem a ver comigo! Ou com sua mãe! Só tem a ver com você e como se sentirá!

Ela deu um passo para trás.

– E pensar que você mentiu sobre isso... – sussurrou.

– Não menti...

– Mentiu por omissão – disse Sophia, amarga. – Mentiu porque sabia que eu não concordaria com você! Que eu me afastaria de alguém que estivesse disposto a fazer algo tão... errado. E por quê? Porque você queria dormir comigo? Porque queria se divertir?

– Não. – O protesto de Luke soou fraco aos ouvidos dela.

Sophia sentiu lágrimas quentes e incontroláveis escorrendo pelo rosto.

– Eu... simplesmente não posso lidar com mais isso agora. Foi uma semana terrível, com todas as garotas fofocando e Marcia me evitando... Precisei de você esta semana. Precisei de alguém para conversar. Mas entendi que você tinha que montar. Aceitei porque era o seu trabalho. Mas agora? Sabendo que o único motivo de ter ido era tentar se matar?

As palavras saíram rápidas, quase tanto quanto a mente de Sophia estava. Ela se virou e pegou a bolsa. Não podia ficar ali. Não com ele. Não naquele momento.

– Não posso aceitar isso...

– Espere!

– Não fale comigo! – disse Sophia. – Não quero ouvi-lo tentar explicar por que é tão importante para você morrer...

– Não vou morrer.

– Vai, sim! Posso não estar com você tempo o suficiente para saber, mas sua mãe está! E os médicos também estiveram! E você sabe que está fazendo algo errado... – Ela estava com a respiração acelerada. – Quando recobrar o juízo, poderemos conversar. Mas até lá...

Sophia não terminou a frase. Jogando a bolsa por cima do ombro, precipitou-

-se para fora da casa e correu para o carro. Depois de ligar o motor, quase bateu na varanda ao dar ré antes de virar e pisar fundo no acelerador, mal conseguindo enxergar por entre as lágrimas.

⚜

Sophia estava em um estado de torpor.

Luke havia telefonado duas vezes desde que ela voltara para a casa da irmandade, mas ela não tinha atendido. Ficou sentada no quarto, sozinha, ciente de que Marcia estava com Brian, mas mesmo assim sentiu falta dela. Desde que discutiram, Marcia havia passado todas as noites com ele, mas Sophia suspeitava de que isso tinha menos a ver com Brian do que com o fato de Marcia se sentir envergonhada demais para encará-la.

Ela ainda estava zangada – o que Marcia tinha feito fora muito sórdido e Sophia não podia simplesmente fingir que isso não a incomodava. Uma amiga não namorava o ex de outra. Nunca! Mas embora parte de Sophia achasse que devia ter dito a Marcia que a amizade delas estava terminada, não conseguira pronunciar essas palavras, porque no fundo do seu coração sabia que Marcia não fizera de propósito. Não tinha planejado aquilo nem tivera a intenção de magoá-la. Marcia não era assim, e Sophia sabia quanto Brian podia ser encantador quando tinha algo em mente. O que, suspeitava, ele devia ter. Porque Brian *era* assim. Sabia muito bem o que estava fazendo, e Sophia não tinha nenhuma dúvida de que namorar Marcia era o modo dele de tentar reatar com ela. Queria magoá-la uma última vez destruindo sua amizade.

E então, sem dúvida, também magoaria Marcia. Ela acabaria aprendendo do jeito mais difícil que tipo de homem Brian era de fato. E depois se sentiria ainda pior do que provavelmente já estava se sentindo. De certo modo, ela merecia, mas...

Agora Sophia queria conversar com Marcia. Nesse momento, precisava dela de verdade. Para falar sobre Luke. Só conversar, nada mais. Como suas colegas da irmandade estavam fazendo no andar de baixo e no corredor. Sophia ouvia o som de suas vozes através da porta.

Mas não queria ficar perto delas, porque, mesmo não dizendo nada, suas expressões eram bastante eloquentes. Ultimamente, sempre que ela entrava na casa os quartos e os corredores ficavam em silêncio, e Sophia podia intuir o que cada uma delas estava pensando e se perguntando. *Como você acha que ela está se sentindo? Ouvi dizer que ela e Marcia nunca mais se viram. Lamento por ela. Mal posso imaginar o que ela está passando.*

Sophia não podia encarar isso agora e, apesar de tudo, se viu desejando que Marcia estivesse lá. Porque, nesse momento, tinha certeza de que nunca se sentira mais só.

As horas passaram. Lá fora o céu pouco a pouco se encheu de nuvens, iluminadas pelo brilho prateado da lua. Deitada em sua cama, Sophia se lembrou das noites em que ela e Luke tinham observado o céu. Lembrou-se das cavalgadas, das vezes em que fizeram amor e dos jantares com a mãe dele. Lembrou-se, com detalhes vívidos, de como eles haviam se sentado em cadeiras de jardim na carroceria da caminhonete de Luke na noite em que se conheceram.

Por que ele se arriscaria a morrer? Ela não entendia, não importa quanto tentasse. Sabia que isso tinha mais a ver com a culpa que Luke sentia do que com qualquer outra coisa, mas valia a pena arriscar a vida? Achava que não e sabia que a mãe de Luke pensava da mesma forma. Mas ele parecia decidido a se sacrificar assim mesmo. Era isso que ela não compreendia, e quando Luke telefonou pela terceira vez, ainda não foi capaz de atender.

Estava ficando tarde e a casa aos poucos caía em silêncio. Sophia estava exausta, mas sabia que não conseguiria dormir. Tentando entender a conduta autodestrutiva de Luke, desejou saber exatamente o que havia acontecido na noite em que ele montara Monstrengo pela primeira vez. Luke tinha lhe contado sobre a placa em sua cabeça, mas agora Sophia tinha a sensação de que aquilo na verdade era pior. Arrastou-se devagar para fora da cama e foi até o laptop em sua escrivaninha. Com um mau pressentimento e ao mesmo tempo uma necessidade de enfim saber de tudo, digitou o nome dele na ferramenta de busca.

Sophia não ficou surpresa ao encontrar várias referências, inclusive uma breve biografia na Wikipedia. Afinal, Luke tinha sido um dos melhores peões do mundo. Mas não estava interessada em sua biografia. Acrescentou Monstrengo à pesquisa e atualizou a página.

Na mesma hora surgiu no alto da tela um link para um vídeo no YouTube. Antes que perdesse a coragem, Sophia clicou e aguardou ansiosamente.

O vídeo tinha duração de apenas dois minutos, e com uma sensação de náusea Sophia viu que ele tinha sido assistido por mais de meio milhão de pessoas. Não estava certa de que queria assistir, mas clicou em play mesmo assim. Logo que o vídeo começou, demorou apenas um segundo para reconhecer Luke no brete em cima do touro, a câmera posicionada no alto e focada nele, obviamente de alguma emissora de TV. As arquibancadas estavam lotadas e atrás do brete havia cartazes e anúncios numa das paredes da arena. Ao contrário da arena de McLeansville, essa ficava em um recinto fechado, o que significava que provavelmente era usada para tudo, de jogos de basquete a shows. Luke usava calça jeans e uma camisa vermelha de manga comprida sob um colete protetor, além de seu chapéu. Um pano com o número 16 estava preso às suas costas.

Ela viu Luke ajustar a corda americana enquanto outros caubóis tentavam apertar a corda debaixo do touro. Ele bateu com seu punho e então apertou as pernas, acertando novamente sua posição. Os locutores falaram durante toda a ação, com vozes nasaladas:

Luke Collins terminou em terceiro lugar no PBR e é considerado um dos melhores peões do mundo, mas nunca montou nesse touro.

Poucos montaram, Clint. Monstrengo só foi montado duas vezes e, ano passado, recebeu o título de Touro do Ano. É forte e maldoso, e se Luke conseguir ficar em cima dele, é quase certo que obtenha notas acima de noventa...

Ele está se preparando...

Àquela altura Luke tinha ficado estranhamente parado, mas a pausa durou apenas um instante. Sophia viu o portão se abrir e ouviu o rugido da multidão.

O touro saiu com fúria, corcoveando, atirando as patas traseiras para o ar, sua cabeça abaixada até o chão. Girou um pouco para a esquerda, corcoveando de novo, e então pulou, tirando as quatro patas do chão, antes de subitamente começar a girar na direção oposta.

Àquela altura tinham se passado quatro segundos, e Sophia ouviu a multidão em polvorosa.

Ele está conseguindo, gritou um dos locutores.

Foi naquele instante que Sophia viu Luke se inclinar para a frente, seu corpo sem equilíbrio, justamente quando o touro jogava a cabeça com força para trás. O impacto foi terrível. A cabeça de Luke pendeu para trás, como se ele não tivesse nenhum músculo...

Ah, meu Deus!

O corpo de Luke ficou mole de repente, enquanto ele era derrubado pelo touro, sua mão ainda presa na corda americana.

Mas o animal parecia louco de raiva, fora de controle, e continuou a corcovear feroz e implacavelmente. Luke subia e descia como uma boneca de pano, jogado em todas as direções. Quando o touro começou a girar de novo, Luke o acompanhou em um movimento assustador, seus pés deslizando pelo chão como um redemoinho.

Outros caubóis já haviam pulado para dentro da arena tentando desesperadamente soltar Luke, mas o touro não se deteve. Parou de girar e enfrentou os novos intrusos, sacudindo os chifres de modo selvagem e atirando um dos homens para o lado como se ele não pesasse nada. Outro caubói tentou e não conseguiu soltar a mão de Luke; mais alguns segundos se passaram até que um peão conseguiu pular para cima e se manter lá tempo suficiente – correndo com o touro – para soltar a mão de Luke.

Assim que isso aconteceu, Luke caiu de bruços na terra, com a cabeça para o lado, sem se mover, enquanto o caubói saía correndo.

Ele está ferido! Eles têm que mandar mais homens para cá agora!

Ainda assim o touro não parou. Como se percebesse que estava livre do peão, mas com raiva por ele ter tentado montá-lo. Abaixando a cabeça, partiu para cima de Luke, apontando os chifres com uma intenção assassina. Dois caubóis intervieram, dando tapas e batendo no touro, mas ele não se deu por vencido. Continuou a sacudir os chifres na direção do corpo inerte de Luke e então, subitamente, se lançou sobre ele e começou a corcovear de novo.

Não, corcovear, não. Pisotear. E girar. Em mudo terror, Sophia ouviu o locutor gritar:

Tirem esse touro de cima dele!

Subindo e descendo, o touro enfurecido batia com os cascos em Luke. Esmagando as costas, as pernas e a cabeça dele.

A cabeça...

Àquela altura cinco pessoas cercavam o touro, fazendo tudo que podiam para conter tamanha violência, mas Monstrengo continuava seu ataque obstinado.

Subindo e descendo, batendo em Luke sem parar...

O locutor dizia:

Eles têm que fazer isso parar!

O touro parecia possuído...

Até que finalmente – *finalmente!* – o animal saiu de cima de Luke e chegou para o lado no chão da arena, ainda corcoveando, selvagem. A câmera o seguiu enquanto ele se afastava e depois se voltou para a figura de bruços de Luke, que estava com o rosto ensanguentado e irreconhecível. Outras pessoas começaram a cuidar dele.

Mas àquela altura Sophia havia tapado o rosto, soluçando de horror e choque.

25

Luke

Na quarta-feira a dor de cabeça de Luke havia diminuído um pouco, mas ele temia não estar bem o bastante para competir em Macon, na Geórgia, no fim de semana seguinte. Depois disso o próximo evento seria em Florence, na Carolina do Sul, e ele se perguntou se até lá estaria melhor. Daí em diante, a turnê iria para o Texas, e a última coisa que Luke queria era entrar nessa fase da temporada com grande desvantagem física.

Além disso, estava começando a se preocupar com as despesas. A partir de fevereiro, os eventos exigiriam que ele pegasse aviões. Isso significava noites extras em hotéis. Refeições extras. Aluguel de carros. No passado, quando perseguia seu sonho, via isso como um custo do negócio. Ainda era, mas agora, com as parcelas do empréstimo dobrando de valor dali a seis meses, viu-se pesquisando os voos mais baratos, a maioria dos quais tinha de ser reservado com semanas de antecedência. Na melhor das hipóteses, os ganhos do primeiro evento cobririam os custos de viagem dos oito seguintes. O que significava, é claro, que não sobraria nenhum centavo para futuras parcelas do empréstimo. Isso não era mais questão de perseguir um sonho, mas de vencer com regularidade, porque *precisava* vencer.

Mas mesmo com isso em mente pôde ouvir as palavras de Sophia contradizendo-o. Não era por causa da fazenda nem de sua mãe. Era por causa da culpa que queria evitar.

Ele estava sendo egoísta? Até Sophia dizer que sim, nunca havia pensado desse jeito. Isso não era por causa dele. Ele ficaria bem. Era por sua mãe, a herança e a sobrevivência dela em uma idade em que tinha poucas opções. Ele não queria montar. Estava fazendo isso porque sua mãe tinha arriscado tudo para salvá-lo, e ele lhe devia isso. Não podia vê-la perder tudo por causa dele.

Caso contrário se sentiria culpado. O que fazia toda a questão girar em torno dele.

Havia telefonado três vezes para Sophia na segunda-feira à noite e mais três na terça. Duas na quinta. Também tinha lhe enviado mensagens de texto, uma por dia, sem obter resposta. Lembrou-se do quanto ela ficara perturbada com o assédio de Brian, e por isso não mandou mensagens nem ligou na quarta-feira. Mas na quinta não conseguiu aguentar o silêncio. Entrou em sua caminhonete e foi para Wake Forest, parando na frente da casa da irmandade.

Duas garotas vestidas com roupas idênticas estavam sentadas em cadeiras de balanço na varanda, uma delas falando ao telefone e a outra digitando uma mensagem de texto. Ambas o olharam brevemente e depois ficaram surpresas quando o viram seguindo em sua direção. Ao bater à porta, Luke ouviu risos dentro da casa. Um momento depois a porta foi aberta por uma morena bonita com dois piercings em cada orelha.

– Vou avisar a Sophia que você está aqui – foi tudo que ela disse, afastando-se para deixá-lo entrar.

Ao lado, três garotas estavam sentadas no sofá, esticando o pescoço para vê-lo. Ele achou que eram as mesmas que ouvira do lado de fora, mas agora só o olhavam com ar estúpido, com o som da televisão ao fundo, enquanto Luke se mantinha de pé no hall, sentindo-se deslocado.

Alguns minutos depois Sophia apareceu no alto da escada, com os braços cruzados. Olhou para ele, claramente em dúvida sobre o que fazer. Então, suspirando, aproximou-se com relutância. Notando a atenção geral, não disse nada; fez um gesto com a cabeça na direção da porta. Luke a seguiu até o lado de fora.

Sophia não parou na varanda, mas caminhou pela calçada até ficar fora do alcance da visão das pessoas na casa, antes de se virar de frente para ele.

– O que você quer? – perguntou-lhe, com um olhar inexpressivo.

– Quero pedir desculpa – disse Luke, com as mãos nos bolsos. – Por não ter lhe contado antes.

– Está bem – disse Sophia.

Ela não acrescentou nada, deixando-o sem saber o que dizer. No silêncio que se seguiu, Sophia se virou, observando a casa do outro lado da rua.

– Assisti ao vídeo da sua montaria – contou. – Do Monstrengo.

Luke chutou alguns seixos alojados em uma fenda na calçada, temendo encará-la.

– Como eu disse, foi muito feio.

Sophia balançou a cabeça.

– Foi mais do que *muito feio*...

Ela se virou para olhá-lo, procurando respostas no rosto dele.

– Eu sabia que isso era perigoso, mas nunca pensei que fosse uma questão de vida ou morte. Acho que realmente não sabia quanto você se arrisca sempre que entra na arena. Vi aquele touro e o que ele fez com você. Tentou matá-lo...

Sophia engoliu em seco, sem conseguir continuar. Luke também havia assistido ao vídeo uma vez, seis meses após a montaria. Foi quando jurou nunca mais montar. Quando se sentiu um homem de sorte por ter sobrevivido.

– Era para você ter morrido, mas não morreu – afirmou Sophia. – Teve uma segunda chance. De algum modo, estava determinado que deveria ter a chance de levar uma vida normal. E não importa o que diga, nunca entenderei por que você correria esse risco. Não faz sentido para mim. Certa vez lhe contei que pensei em suicídio, mas nunca quis me matar de verdade. Sabia que nunca faria isso. Mas você... É como se quisesse morrer. E continuará, até conseguir.

– Eu não quero morrer – disse ele.

– Então não monte – respondeu Sophia. – Porque, se montar, não poderei fazer parte da sua vida. Não conseguirei fingir que não está tentando se matar, porque vou achar que, de alguma maneira, estou sendo sua cúmplice. Simplesmente não posso fazer isso.

Luke sentiu a garganta se fechando, tornando difícil falar.

– Está dizendo que não quer mais me ver?

A pergunta dele fez Sophia pensar novamente no quanto a tensão a esgotara e perceber que não tinha mais lágrimas para derramar.

– Eu amo você, Luke. Mas não posso participar disso. Não posso passar todos os meus minutos com você me perguntando se sobreviverá ao fim de semana. E não suporto imaginar como será se não sobreviver.

– Então está tudo terminado?

– Sim – respondeu ela. – Se você continuar a montar, sim.

No dia seguinte, Luke estava sentado à mesa da cozinha, sobre a qual estavam as chaves da caminhonete. Era sexta-feira à tarde e, se partisse nos próximos minutos, chegaria ao hotel antes da meia-noite. A caminhonete já estava carregada com o equipamento de que precisava.

Sua cabeça ainda doía um pouco, mas a dor que realmente o fazia sofrer era quando pensava em Sophia. Não estava ansioso por dirigir ou ir ao evento; mais do que tudo, queria passar o fim de semana com ela. Queria uma desculpa para não ir. Queria levá-la para andar a cavalo na fazenda, abraçá-la sentado de frente para a lareira.

Mais cedo, fora ver a mãe, mas a interação deles continuava tensa. Como Sophia, ela não queria falar com ele. Quando o trabalho tornava isso necessário, sua raiva era evidente. Luke podia sentir o peso de suas preocupações – com ele, com a fazenda, com o futuro.

Estendendo a mão para as chaves, ele se levantou da cadeira e começou a ir na direção da caminhonete, perguntando a si mesmo se voltaria para casa.

26

Sophia

– Desconfiei que talvez você viesse. – Linda estava à porta da casa da fazenda, sua expressão tão preocupada e cansada quanto a de Sophia.

– Eu não sabia para onde mais podia ir – disse Sophia.

Era sábado à noite e as duas sabiam que o homem que mais amavam estaria na arena aquela noite, arriscando a vida, talvez naquele exato momento. Linda lhe fez um sinal para entrar e se sentar à mesa da cozinha.

– Aceita uma xícara de chocolate quente? – perguntou. – Eu ia fazer uma para mim agora mesmo.

Sophia assentiu, sem conseguir dizer mais nada e notando o celular de Linda sobre a mesa. Linda viu Sophia olhando para ele.

– Luke me envia uma mensagem de texto quando termina – explicou, ocupando-se do fogão. – Sempre fez isso. Bem, na verdade, costumava telefonar. Ele me dizia se tinha se saído bem ou não e nós conversávamos durante algum tempo. Mas agora... – Linda balançou a cabeça. – Ele apenas me envia uma mensagem para dizer que está bem. E não posso fazer nada além de ficar sentada aqui esperando recebê-la. E enquanto espero, é claro que o tempo passa devagar. Neste momento, parece que não durmo há uma semana. Mesmo quando tenho notícias de Luke, não consigo dormir. Porque tenho medo de que, embora ele diga que está bem, tenha feito algo que prejudicou ainda mais seu cérebro.

Sophia bateu com a unha na mesa.

– Luke disse que ficou na UTI depois do acidente.

– Ele estava clinicamente morto ao dar entrada no hospital – disse Linda, mexendo devagar o leite que esquentava. – Mesmo depois que o reanimaram, ninguém pensou que ele fosse sobreviver. A parte de trás de seu crânio estava... estilhaçada. É claro que eu não soube de nada disso na hora. Só cheguei lá no dia seguinte, e quando me levaram para vê-lo, não o reconheci. O impacto fraturou seu nariz e esmagou a órbita ocular e o osso molar. Seu rosto estava inchado e... destruído. Eles não puderam fazer nada por causa das outras lesões. Luke estava com a cabeça enfaixada e imobilizada. – Linda despejou o leite devagar nas canecas e depois acrescentou e mexeu o chocolate. – Ele ficou sem abrir os olhos durante quase uma semana, e alguns dias depois tiveram que levá-lo às pressas para a sala de cirurgia. Acabou passando quase um mês na UTI.

Sophia aceitou a caneca de Linda e tomou um pequeno gole.

– Ele me disse que tem uma placa.

– Tem – confirmou Linda. – Pequena. Mas o médico disse que talvez os ossos do crânio nunca se curassem por completo porque algumas partes simplesmente não puderam ser salvas. Ele disse que a parte de trás ficou como uma janela de vitral, mal segurando tudo junto. Tenho certeza de que está melhor agora do que no verão passado, e Luke sempre foi um peão forte, mas...

Ela parou de falar, incapaz de prosseguir. Balançou a cabeça.

– Depois que Luke saiu da UTI e eles acharam que aguentaria a viagem, foi transferido para o Duke University Hospital. Àquela altura, senti que tínhamos deixado o pior para trás, porque sabia que ele sobreviveria e talvez até se recuperasse totalmente. – Linda suspirou. – E então as contas começaram a chegar e eu contemplava a possibilidade de Luke ficar mais três meses no Duke, apenas para seu corpo se recuperar e fazer toda a cirurgia reconstrutora em seu rosto. Depois, é claro, ele precisou de muita fisioterapia...

– Luke me contou sobre a fazenda – explicou Sophia, com a voz suave.

– Eu sei – disse Linda. – É como ele justifica o que está fazendo.

– Isso não justifica nada.

– Não – concordou Linda. – Não justifica.

– Você acha que ele está bem?

– Não sei – respondeu ela, dando um tapinha no telefone. – Nunca sei até ele enviar a mensagem.

⚜

As duas horas seguintes se passaram em câmera lenta, os minutos parecendo não ter fim. Linda serviu algumas fatias de torta, mas nem ela nem Sophia estavam com fome. Ficaram espetando as fatias com o garfo, esperando.

E esperando.

Por alguma razão, Sophia tinha achado que estar ali com Linda diminuiria sua ansiedade, mas na verdade começara a se sentir pior. Ver o vídeo já fora ruim o suficiente, mas ouvir detalhes sobre os ferimentos de Luke a deixara quase nauseada.

Luke iria morrer.

Em sua mente, não havia dúvida quanto a isso. O touro jogaria a cabeça para trás de novo e ele cairia. Ou Luke conseguiria cumprir o tempo de montaria, mas o touro iria atrás dele quando estivesse saindo da arena...

Luke não tinha nenhuma chance de sobreviver se continuasse a montar. Era só uma questão de tempo.

Sophia ficou perdida nesses pensamentos até o telefone de Linda finalmente vibrar sobre a mesa.

Linda o pegou depressa e leu a mensagem. Seus ombros relaxaram na mesma hora e ela deixou escapar um longo suspiro. Depois de deslizar o telefone para Sophia, cobriu o rosto com as mãos.

Sophia viu as palavras: *Estou bem e voltando para casa.*

27

Luke

O fato de ele não ter vencido em Macon não foi sinal de que ele tinha montado mal, mas da qualidade dos touros. Afinal, o desempenho dos animais era responsável por metade de cada pontuação, o que significava que todos os eventos estavam de certo modo nas mãos dos deuses. O primeiro touro ficou girando quase o tempo todo. Luke se manteve firme e a multidão, sem dúvida, achou aquilo emocionante, mas quando sua pontuação foi anunciada ele descobriu que estava em nono lugar. O segundo animal não foi muito melhor, mas pelo menos Luke conseguiu continuar em cima dele enquanto outros peões foram derrubados, e ele passou para o sexto lugar. Nas finais, foi-lhe sorteado um touro decente e Luke obteve pontuação boa o bastante para subir para o quarto lugar. Não foi uma grande competição, mas bastou para Luke manter a liderança e aumentar a diferença de pontos na classificação geral.

Ele deveria ter ficado satisfeito. Com mais um bom fim de semana, praticamente garantiria uma vaga na grande turnê, mesmo se não montasse bem nos próximos eventos. Apesar da falta de treino e da concussão, estava na posição que queria.

Surpreendentemente, não achou que as montarias tivessem piorado sua concussão. Na volta para casa, ficou esperando que a dor de cabeça piorasse, mas isso não aconteceu. Manteve-se leve, um fraco zumbido, nem perto da dor intensa que sentira mais cedo naquela semana. Na verdade, pareceu melhor do que de manhã, e ele achou que no dia seguinte poderia até ter passado.

Em outras palavras, fora um bom fim de semana. Tudo estava acontecendo conforme o planejado.

Exceto, é claro, por Sophia.

⚜

Luke chegou em casa uma hora antes do amanhecer e dormiu quase até o meio-dia. Só depois de uma chuveirada se deu conta de que não havia tomado os comprimidos. Como imaginara, a dor tinha passado.

Também não estava com o corpo dolorido como depois do primeiro evento. Sentia as dores de costume na região lombar, mas nada que não pudesse suportar. Após se vestir, encilhou Cavalo e foi conferir o gado. Na sexta-feira de manhã, antes de ir para Macon, tinha cuidado de um bezerro que se ferira em um arame farpado e queria se certificar de que ele estava se recuperando bem.

Passou as tardes de domingo e de segunda-feira trabalhando no sistema de irrigação, consertando vazamentos causados pelo frio. No início da manhã de terça-feira tirou telhas do telhado da mãe e, nos dois dias seguintes, as substituiu.

Foi uma boa semana de trabalho, e na sexta-feira esperava ter um sentimento de dever cumprido. Mas não teve. Queria ver Sophia. Não havia telefonado ou enviado mensagens de texto. Ela tampouco, e sua ausência às vezes o fazia se sentir como se lhe faltasse um membro. Queria voltar do evento em Florence sabendo que poderia passar o resto do dia com ela.

Mas ao começar a separar as coisas de que precisaria em sua viagem para a Carolina do Sul sabia que Sophia nunca se resignaria com a escolha que ele fizera – e, ao contrário de sua mãe, ela podia ir embora.

⚜

Na tarde de sábado, Luke estava em pé observando os touros atrás da arena em Florence, na Carolina do Norte, quando percebeu pela primeira vez que suas mãos não estavam tremendo.

Em circunstâncias normais, isso seria um bom sinal, porque significava que seus nervos tinham se acalmado. Contudo, ele não podia evitar a sensação de que estava cometendo um erro ao ir para lá. Havia sentido grande medo uma hora antes, ao chegar, e desde então os pensamentos negros inomináveis em sua cabeça só tinham se tornado mais audíveis, sussurros que o exortavam a voltar para a caminhonete e ir para casa.

Mas era tarde demais.

Luke não se sentia assim desde Pensacola ou Macon. Era verdade que não quisera montar naqueles eventos, como também não queria montar neste, mas antes se devia mais ao fato de que não tinha certeza se estava pronto para voltar ao circuito. Porém, o medo que sentia agora era diferente.

Perguntou a si mesmo se Monstrengo poderia percebê-lo.

O touro estava ali, em Florence, na Carolina do Norte, o que não fazia mais sentido do que fez em McLeansville, no último mês de outubro. O lugar do touro não era lá. Era com os grandes, onde, sem dúvida, poderia ser mais uma vez o Touro do Ano. Luke não podia imaginar por que o proprietário consentira em deixá-lo participar do circuito menor. Provavelmente o organizador tinha feito uma proposta irrecusável, talvez em conjunto com uma das revendedoras de automóveis da cidade. Isso tinha se tornado mais comum no circuito – promoções como, *Se você conseguir montar nele, irá embora em uma picape nova!* Enquanto a multidão em geral adorava o desafio extra, Luke, se pudesse, teria se retirado da competição de bom grado. Não estava nem perto de pronto para montá-lo de novo e ninguém mais no evento devia estar. Sua preocupação não era com a montaria. Não era com a perspectiva de ser derrubado. Era com o modo como Monstrengo poderia reagir depois.

Luke o observou por quase uma hora, pensando. *Aquele touro não deveria estar aqui.*

Nem ele.

⚜

O evento começou na hora marcada, com o sol alto o bastante para esquentar pelo menos um pouco o dia. Nas arquibancadas, os espectadores usavam jaquetas e luvas, e as filas para chocolate quente e café se estendiam quase até a entrada. Como sempre, Luke permaneceu em sua caminhonete, com o aquecedor ligado. Estava cercado por dezenas de veículos com os motores ligados, seus concorrentes também tentando se manter aquecidos.

Luke se aventurou a sair uma vez antes de montar, como muitos dos outros competidores, para ver um peão chamado Trey Miller tentar montar Monstrengo. Assim que a porta do brete se abriu, o touro abaixou a cabeça e começou a corcovear e girar. Miller não teve a menor chance. Quando foi derrubado, o touro se virou, como fizera com Luke, e investiu contra ele, com a cabeça abaixada. Felizmente Miller conseguiu chegar à cerca da arena a tempo de escapar em segurança.

O touro, como que consciente de quantas pessoas o observavam, parou sua investida e bufou. Ficou observando Miller se retirar, o ar frio dando a impressão de que estava soltando fumaça pelas ventas.

O animal sorteado para Luke foi Ave de Rapina, um touro jovem com uma curta história na turnê. Era uma estrela em ascensão e não desapontou. Girou, corcoveou e pulou, mas estranhamente Luke se sentiu o tempo todo no controle e, no fim da montaria, obteve a pontuação mais alta da temporada. Depois que pulou, o touro – ao contrário de Monstrengo – o ignorou.

⚜

Havia mais competidores nesse terceiro evento, o que tornava a espera entre as montarias bem maior. O segundo touro sorteado para Luke foi Locomotiva, e embora a montaria não tivesse lhe rendido tantos pontos quanto a primeira, continuou na liderança.

Cinco montarias depois foi a vez de Jake Harris se arriscar com Monstrengo. Não conseguiu ficar muito tempo em cima do touro, mas teve mais sorte do que Miller. Conseguiu chegar ao centro da arena antes de ser derrubado, e mais uma vez Monstrengo se virou e investiu. Não havia para onde ir. Um peão mais jovem poderia ter se dado mal, mas Harris era um veterano e conseguiu sair do caminho do animal no último instante, os chifres do touro ficando a centímetros dele. Dois caubóis pularam para a arena a fim de distrair o touro, dando a Harris tempo de chegar à cerca. Ele pulou e atirou as pernas por cima bem quando o animal furioso se aproximava, pronto para espetá-lo com os chifres.

Então, virando-se pronto para a briga, o touro se concentrou nos caubóis ainda na arena. Um deles conseguiu chegar em segurança à cerca, mas o outro teve que pular para dentro de um dos barris. Monstrengo foi atrás dele, furioso por sua verdadeira presa ter escapado. Golpeou o barril, fazendo-o rolar antes de espremê-lo contra o muro, onde continuou a atacá-lo, balançando os chifres e bufando, como um animal enlouquecido.

Luke observou aquilo, sentindo-se nauseado e pensando novamente que o touro não deveria estar naquele evento. Ou em evento nenhum. Monstrengo acabaria matando alguém.

⚜

Após as primeiras duas rodadas, 29 peões estavam voltando para casa. Apenas quinze permaneceram. Luke passou para a primeira posição, sendo o último peão a montar no dia. Houve um curto intervalo antes das finais, e quando o céu invernal escureceu, as luzes foram acesas.

Ele continuava com as mãos firmes. Os nervos sob controle. Estava montando bem e seu desempenho até ali indicava que se sairia bem de novo – o que era estranho, em virtude de como havia se sentido no início do dia. Contudo, o medo que tinha sentido não se dissipara por completo, apesar de suas montarias bem-sucedidas.

Na verdade, aumentara desde que vira Monstrengo ir atrás de Harris. Os promotores do evento deviam ter consciência do perigo, dado o histórico do touro. Deviam ter posto cinco caubóis na arena, não apenas dois. Mas, mesmo depois de Miller montar, não haviam aprendido a lição. O touro era perigoso. Psicótico, até.

Como os outros finalistas, Luke se colocou na fila para o último sorteio do dia e, um a um, ouviu os touros sendo destinados aos peões. Ave de Rapina foi o terceiro a ser sorteado; Locomotiva, o sétimo. Conforme os nomes continuavam, seu mau pressentimento crescia. Não conseguia olhar para os outros competidores. Fechou os olhos, esperando o inevitável.

E no fim, quando parte dele já sabia o que aconteceria, foi-lhe sorteado Monstrengo.

⚜

O tempo passou devagar até a última rodada. Os dois primeiros peões se mantiveram no touro, os três seguintes foram derrubados. Esses resultados se alternaram nas próximas duas montarias.

Luke ficou sentado em sua caminhonete, ouvindo o locutor. Sua frequência cardíaca começou a acelerar, a adrenalina inundando seu organismo. Tentou se convencer de que estava pronto, à altura do desafio, mas não estava. Não estivera nem quando se encontrava no auge, agora muito menos.

Não queria estar ali. Não queria ver o locutor mencionar a picape que poderia ganhar ou o fato de que ninguém conseguira montar o touro nos últimos três anos. Não queria que o locutor dissesse à multidão que Monstrengo quase o matara, transformando sua montaria em um tipo de revanche. Porque não era. Luke não tinha raiva do touro. Ele era apenas um animal, apesar de ser o mais louco e maldoso com que deparara.

Perguntou a si mesmo se deveria desistir. Contentar-se com os pontos das duas últimas montarias e acabar com aquilo. Ainda ficaria entre os dez melhores, talvez até entre os cinco, dependendo de como os outros peões se saíssem até o final. Ainda se classificaria para a grande turnê.

E Monstrengo certamente estaria lá.

O que aconteceria da próxima vez? E se o touro lhe fosse sorteado na primeira rodada? Quando ele estivesse na Califórnia, por exemplo? Ou em Utah? Após gastar uma pequena fortuna com voo, hotel e comida? Também estaria preparado para desistir?

Ele não sabia. Nesse momento, estava confuso, havia um zumbido em sua cabeça, embora, ao olhar para baixo, suas mãos estivessem totalmente paradas. Estranho, pensou, considerando...

À distância, o rugido da multidão aumentou, assinalando uma montaria bem-sucedida. Pelo som, fora ótima. Bom para o peão, pensou Luke, fosse ele quem fosse. Hoje em dia não lamentava o sucesso de ninguém. Mais do que qualquer um, conhecia os riscos.

Estava na hora. Se fosse continuar com aquilo, tinha que tomar sua decisão. Ficar ou ir, se retirar ou montar, salvar a fazenda ou deixar que o banco a tomasse.

Viver ou morrer...

Respirou fundo. As mãos ainda estavam boas. Ele estava tão pronto quanto algum dia estaria. Abrindo a porta, pisou na terra dura e olhou para cima, na direção do céu escuro. Viver ou morrer. Era a isso que tudo se resumia. Preparando-se para a caminhada até a arena, perguntou-se o que aconteceria.

28

Ira

Quando acordo, meu primeiro pensamento é que meu corpo está cada vez mais fraco. O sono, em vez de me fortalecer, roubou-me um pouco das preciosas horas que me restam. O sol da manhã entra pela janela, abrilhantada pela neve. Demoro um instante para perceber que é segunda-feira. Mais de 36 horas se passaram desde o acidente. Quem teria imaginado uma coisa destas acontecendo a um velho como eu? Esta vontade de viver. Mas sempre fui um sobrevivente, um homem que ri diante da morte e cospe na cara do destino. Não tenho medo de nada, nem da dor. Está na hora de abrir a porta e subir o barranco, acenar para um carro passando. Se ninguém vem até mim, tenho que ir às pessoas.

A quem estou enganando?

Não posso fazer isso. A dor é tão forte que exige de mim um grande esforço para pôr o mundo em foco de novo. Por um momento sinto-me estranhamente dissociado do meu corpo – posso me ver apoiado no volante, um trapo. Pela primeira vez desde o acidente tenho certeza de que não posso mais me mover. Os sinos estão tocando e não tenho muito tempo. Isso deveria me assustar, mas não me assusta. Nem um pouco. Porque espero a morte há nove anos.

Não nasci para ficar só. Não sou bom nisso. Os anos que se seguiram à morte de Ruth foram marcados pelo tipo de silêncio desesperado que só os idosos conhecem. É um silêncio acentuado pela solidão e pela consciência de que os bons anos já ficaram para trás, combinadas com as complicações da velhice.

O corpo não foi feito para sobrevier por quase um século. Falo por experiência própria. Dois anos após a morte de Ruth sofri um pequeno ataque cardíaco – mal consegui telefonar para pedir ajuda antes de cair no chão, inconsciente. Dois anos depois passei a ter dificuldade para manter meu equilíbrio e comprei um andador para não cair nas roseiras quando me aventurava a ir no quintal.

Cuidar do meu pai tinha me ensinado a esperar esse tipo de desafios e fui em grande parte capaz de superá-los. Contudo, o que não havia esperado foi a série interminável de tormentos menores – pequenas coisas, antes tão fáceis, agora impossíveis. Não consigo mais abrir um vidro de geleia; peço à caixa no supermercado para fazer isso antes de colocá-lo na sacola. Minhas mãos tremem tanto que minha caligrafia é quase ilegível, o que torna difícil pagar as contas. Só consigo ler sob luz forte e sem minha dentadura não consigo comer nada além de sopa. Mesmo à noite, a idade é um tormento. Demoro uma eternidade para dormir e o sono prolongado é um milagre. Também há os remédios – são tantos comprimidos que tive de pregar um gráfico na geladeira para tomá-los nas horas certas. Remédios para artrite, hipertensão e colesterol alto, alguns ingeridos com alimentos e outros, não, e me disseram que sempre devo carregar pílulas de nitroglicerina em meu bolso no caso de voltar a sentir aquela dor aguda no peito. Antes de o câncer se enraizar – um câncer que me corroerá até só me restarem pele e ossos –, eu costumava me perguntar que indignidade o futuro traria em seguida. E Deus, em sua sabedoria, me deu a resposta. *Que tal um acidente? Vamos quebrar os ossos dele e enterrá-lo na neve!* Às vezes acho que Deus tem um senso de humor estranho.

Se eu tivesse dito isso a Ruth, ela não teria rido. Teria dito que eu deveria ser grato, porque nem todos são abençoados com uma vida longa. Que o acidente era culpa minha. E então, dando de ombros, teria explicado que eu tinha vivido porque nossa história ainda não estava terminada.

O que me tornei? E o que será da nossa coleção?

Passei nove anos tentando responder a essas perguntas e acho que Ruth teria ficado satisfeita. Passei nove anos cercado pela paixão dela. Tudo para que eu olhava me fazia lembrar dela, e antes de ir para a cama todas as noites olho para a pintura acima da lareira, confortado em saber que nossa história terá exatamente o final que Ruth teria desejado.

⚜

O sol se eleva e sinto dor até em partes do meu corpo que eu nem sabia que existiam. Minha garganta está seca e tudo que quero é fechar os olhos e sumir.

Mas Ruth não me deixará. Há uma intensidade em seu olhar que exige que eu olhe para ela.

– Está pior agora – diz. – O modo como está se sentindo.

– Só estou cansado – murmuro.

– Sim. Mas sua hora ainda não chegou. Ainda há mais coisas a me contar.

Mal posso distinguir suas palavras.

– Por quê?

– Porque é a nossa história – responde ela. – E quero ouvi-la de você.

Minha mente gira de novo. O lado do meu rosto dói no ponto em que se comprime contra o volante e percebo que meu braço fraturado está muito inchado. Ficou roxo, e meus dedos parecem salsichas.

– Você sabe como ela termina.

– Quero ouvir. Com as suas palavras.

– Não – digo.

– Depois da shivá, você ficou deprimido – continua Ruth, ignorando minha recusa. – Estava muito só. Eu não queria isso para você.

Há tristeza em sua voz e fecho os olhos.

– Eu não pude evitar – digo. – Sentia sua falta.

Ruth fica calada por um momento. Sei que está sendo evasiva.

– Olhe para mim, Ira. Quero ver seus olhos ao me contar o que aconteceu.

– Não quero falar sobre isso.

– Por que não? – insiste ela.

O som irregular da minha respiração enche o carro enquanto escolho as palavras.

– Porque – digo por fim – estou envergonhado.

– Por causa do que você fez – anuncia ela.

Ruth sabe a verdade e eu faço um sinal afirmativo com a cabeça, temendo o que ela vá pensar de mim. Depois a ouço suspirar.

– Eu fiquei muito preocupada com você – diz. – Você não comeu depois da shivá, quando todos foram embora.

– Eu não estava com fome.

– Isso não é verdade. Você estava com fome o tempo todo. Decidiu ignorá-la. Estava morrendo de fome.

– Isso não importa agora...

– Quero que você me diga a verdade – insiste ela.

– Eu queria estar com você.

– Mas o que isso significa?

Cansado demais para discutir, finalmente abro os olhos.

– Significa que eu estava tentando morrer – respondo.

⚜

Foi o silêncio que fez isso. O silêncio que ainda experimento agora, um silêncio que chegou depois que os outros enlutados foram embora. Na época, eu não estava acostumado com ele. Era opressivo, sufocante – tão grande que acabou se tornando um rugido vindo de toda parte. E pouco a pouco tirou minha capacidade de me importar.

A exaustão e os hábitos conspiraram ainda mais contra mim. No café da manhã, eu pegava duas xícaras em vez de uma e sentia um nó na garganta quando guardava uma delas de volta no armário. De tarde, falava em voz alta que ia pegar a correspondência, e logo percebia que não havia ninguém para me responder. Meu estômago estava sempre contraído e não me passava pela cabeça preparar um jantar para comer sozinho. Passei dias sem comer absolutamente nada.

Não sou médico. Não sei se a depressão foi clínica ou apenas uma consequência normal do luto, mas o efeito foi o mesmo. Eu não via nenhum motivo para seguir em frente. Não queria seguir, mas fui covarde, incapaz de tomar uma atitude drástica. Não fiz nada além de me recusar a comer muito, e o efeito foi o mesmo. Perdi peso, fiquei fraco e, com meu caminho predefinido, pouco a pouco minhas lembranças se tornaram confusas. A consciência de que estava perdendo Ruth de novo tornou tudo ainda pior e em pouco tempo eu não comia absolutamente nada. Logo os verões que passamos juntos desapareceram por completo e não vi mais nenhum motivo para me prevenir contra o inevitável. Comecei a passar mais tempo na cama, fitando o teto com o olhar perdido, um vazio no lugar do passado e do futuro.

⚜

– Não acho que isso seja verdade – fala Ruth. – Você diz que não comia porque estava deprimido. Diz que não comia porque não conseguia se lembrar. Mas acho que não conseguia se lembrar porque não comia. E não tinha forças para lutar contra a depressão.

– Eu estava velho – explico. – Minhas forças tinham se evaporado havia muito tempo.

– Agora você está arranjando desculpas. – Ela agita uma das mãos. – Mas este não é o momento para fazer piadas. Fiquei muito preocupada com você.

– Não podia ter ficado. Você não estava lá. Esse era o problema.

Seus olhos se estreitam e sei que atingi um ponto sensível. Ruth inclina a cabeça, a luz da manhã projetando uma sombra na metade do seu rosto.

– Por que está dizendo isso?

– Porque é verdade.

– Então como posso estar aqui agora?

– Talvez não esteja.

– Ira... – Ela balança a cabeça. Fala comigo do modo como imagino que falava com seus alunos. – Você pode me ver? Pode me ouvir? – Ela se inclina para a frente, pondo sua mão na minha. – Pode sentir isso?

A mão de Ruth é quente e macia, e conheço suas mãos melhor do que as minhas próprias.

– Posso – respondo. – Mas na época não podia.

Ruth sorri, parecendo satisfeita, como se eu tivesse acabado de provar que ela tinha razão.

– Porque não estava comendo.

⚜

A verdade surge em qualquer casamento longo, e a verdade é esta: nossos cônjuges nos conhecem melhor do que nós mesmos.

Ruth não era exceção. Ela me conhecia. Sabia quanto eu sentiria sua falta; sabia quanto precisaria ter notícias dela. Também sabia que era eu, não ela, que havia ficado só. Essa é a única explicação, e com o passar dos anos nunca a questionei. Se Ruth cometeu um erro, foi que só descobri o que tinha feito depois que minhas bochechas estavam murchas e meus braços pareciam gravetos. Não me lembro muito do dia em que isso aconteceu. Não me lembro bem dos acontecimentos, mas isso não é de admirar. Naquele ponto, porém, meus dias tinham se tornado iguais, sem sentido, e só quando escureceu vi-me olhando para a caixa de cartas sobre a cômoda de Ruth. Eu a tinha visto todas as noites desde sua morte, mas as cartas eram dela, não minhas, e do meu modo deturpado de ver as coisas, achei que fariam eu me sentir pior. Elas me lembrariam de quanto sentia falta de Ruth; me lembrariam de tudo que tínhamos perdido. E a ideia era insuportável. Mas naquela noite, talvez porque meus sentimentos estivessem entorpecidos, forcei-me a sair da cama e pegar a caixa. Queria me lembrar de novo, ainda que apenas por uma noite, ainda que aquilo me magoasse.

A caixa estava estranhamente leve, e ao erguer a tampa senti o cheiro do creme para mãos que Ruth sempre usou. Era leve, mas ainda estava lá, e imediatamente minhas mãos começaram a tremer. Mas eu era um homem possuído e peguei a primeira das cartas que lhe escrevi pelo nosso aniversário de casamento.

O envelope estava amarrotado e amarelado pelo tempo. Eu tinha escrito o nome dela com uma firmeza perdida havia muito tempo, e mais uma vez fui lembrado da minha idade. Mas não parei. Tirei a frágil carta de dentro e a virei para a luz.

No início, as palavras me foram estranhas, como se fossem outra língua, e não as reconheci. Parei e tentei de novo, tentando focalizá-las. E ao fazer isso senti a presença de Ruth pouco a pouco tomar forma ao meu lado. Ela está aqui, pensei; era isso que Ruth pretendia. Meu pulso começou a disparar conforme eu continuava a ler, o quarto se dissolvendo ao meu redor. Eu estava de volta ao lago da montanha, no ar fresco do fim do verão. A escola, fechada e abandonada, estava ao fundo enquanto Ruth lia a carta, seus olhos abaixados percorrendo a página.

Eu a trouxe aqui – ao lugar onde a arte adquiriu pela primeira vez um verdadeiro significado para mim –, e apesar do fato de que nunca será o mesmo que um dia foi, sempre será nosso lugar. Foi aqui que fui lembrado dos motivos pelos quais me apaixonei por você; aqui que começamos nossa nova vida juntos.

Quando terminei a carta, guardei-a de novo no envelope e o coloquei de lado. Li a segunda, depois a seguinte e a próxima. As palavras fluíam com facilidade de um ano para outro, e com elas vieram lembranças dos verões que em minha depressão eu tinha esquecido. Parei quando li uma passagem que eu havia escrito em nosso 16º aniversário de casamento.

Gostaria de ter talento para pintar o que sinto por você, porque minhas palavras sempre parecem inadequadas. Imagino usar vermelho para sua paixão e azul-claro para sua bondade; verde-floresta para refletir a profundidade de nossa empatia e amarelo vivo para nosso persistente otimismo. E ainda me pergunto: a paleta de um artista pode captar tudo que você significa para mim?

Mais tarde encontrei uma carta que eu havia escrito no meio dos anos sombrios depois que soubemos que Daniel fora embora.

Eu testemunho sua dor e não sei o que fazer além de desejar poder, de algum modo, apagar os rastros de sua perda. Quero mais do que tudo tornar as coisas melhores, mas no que diz respeito a isso sou impotente, e falhei com você. Sinto muito. Como seu marido, posso ouvi-la e abraçá-la e, se tiver chance, afastar suas lágrimas com beijos.

Aquilo continuou, uma vida inteira em uma caixa, uma carta após outra. Do lado de fora da janela a lua subiu no céu, se moveu e finalmente saiu de vista enquanto eu lia. Cada carta refletia e reafirmava meu amor por Ruth, intensificado por nossos longos anos juntos. E soube que Ruth também me amara, porque me deixou um presente sob a pilha.

Vou admitir: eu não esperava aquilo. Que, mesmo do além, Ruth ainda pudesse me surpreender, me pegar desprevenido. Olhei para a carta no fundo da caixa, tentando imaginar quando ela a escrevera e por que nunca me contou.

Eu a li com frequência nos anos seguintes, tantas vezes que posso recitá-la de cor. Agora sei que Ruth a manteve em segredo certa de que eu a encontraria em meu momento de maior necessidade. Ela sabia que eu acabaria lendo as cartas que lhe escrevera; previu que chegaria uma hora em que eu não conseguiria mais resistir a esse impulso. E, no fim, aquilo havia acontecido exatamente como ela planejara.

Contudo, naquela noite não pensei nisso. Apenas peguei a carta com mãos trêmulas e comecei a lê-la sem pressa.

Meu amado Ira,

Escrevo esta carta enquanto você está dormindo no quarto, sem saber por onde começar. Ambos sabemos por que você a está lendo e o que isso significa. E lamento o que deve estar passando.

Ao contrário de você, não sou boa em escrever, e há muitas coisas que quero dizer. Talvez, se eu escrevesse em alemão, tudo fluísse com mais facilidade, mas aí você não conseguiria ler, então, de que adiantaria? Quero lhe escrever o tipo de carta que você sempre me escreveu. Infelizmente, ao contrário de você, nunca fui boa com as palavras. Mas quero tentar. Você merece isso, não só porque é meu marido, mas pelo homem que é.

Digo a mim mesma que deveria começar com algo romântico, uma lembrança ou um gesto que reflita o tipo de marido que você foi para mim: por exemplo, o longo fim de semana na praia, quando fizemos amor pela primeira vez, ou nossa lua de mel, quando você me presenteou com seis pinturas. Ou talvez eu devesse falar das cartas que você me escreveu, ou da sensação de seu olhar em mim enquanto eu examinava uma determinada obra de arte. Porém, é nos pequenos detalhes de nossa vida juntos que encontro mais inspiração. Seu sorriso no café da manhã sempre alegrou meu coração, e os momentos em que você segurou minha mão sempre me fizeram acreditar na justiça do mundo. Portanto, parece-me errado escolher um punhado de acontecimentos singulares. Prefiro me lembrar de você em uma centena de galerias de arte e quartos de hotel diferentes, reviver milhares de pequenos beijos e noites passadas no conforto dos braços um do outro. Cada uma dessas lembranças merece a própria carta, pelo modo como você fez com que eu me sentisse em todos esses momentos. Por isso, retribuí seu amor mais do que você jamais saberá. Sei que você está passando por um momento difícil e lamento não poder confortá-lo. Parece inconcebível que nunca poderei fazer isso de novo. Mas lhe peço uma coisa: apesar da sua tristeza, não se esqueça de quanto me fez feliz; não se esqueça de que amei um homem que correspondeu ao meu amor, e esse é o maior presente que eu podia ter esperado receber.

Estou sorrindo ao escrever isto, e espero que você sorria ao ler. Não mergulhe na tristeza. Lembre-se de mim com alegria, porque é assim que sempre pensei em você. É isso que eu quero, mais do que tudo. Quero que você sorria ao pensar em mim. E em seu sorriso viverei para sempre.

Sei que você sente terrivelmente a minha falta. Também sinto a sua. Mas ainda temos um ao outro, porque eu sou – e sempre fui – parte de você. Você me carrega em seu coração, como eu o carreguei no meu, e nada jamais poderá mudar isso. Eu o amo, meu querido, e você me ama. Agarre-se a esse sentimento. Agarre-se a nós. E pouco a pouco você encontrará um caminho para a cura.

Ruth

- Você está pensando na carta que lhe escrevi - diz Ruth.

Meus olhos se abrem, trêmulos, e os aperto com muito esforço, determinado a fazê-la entrar em foco.

Ela está na casa dos 60 anos, a sabedoria aumentando sua beleza. Há pequenos brincos de diamantes em suas orelhas, um presente que lhe dei quando se aposentou. Tento em vão umedecer meus lábios.

- Como você sabe? - pergunto com a voz rouca.

- Isso não é tão difícil de saber. - Ela dá de ombros. - Sua expressão o trai. Você sempre foi muito transparente. Ainda bem que nunca jogou pôquer.

- Joguei pôquer na guerra.

- Pode até ter jogado - diz Ruth. - Mas acho que não ganhou muito dinheiro.

Reconheço a verdade disso com um sorriso fraco.

- Obrigado pela carta - sussurro. - Não sei como eu teria sobrevivido sem ela.

- Você teria morrido de fome - concorda Ruth. - Sempre foi um homem persistente.

Uma onda de vertigem me atinge, fazendo a imagem de Ruth tremer. Está ficando mais difícil me agarrar a ela.

- Comi uma torrada esta noite.

- Sim, eu sei. Você e sua torrada. O café da manhã no jantar. Nunca entendi isso. E a torrada não foi suficiente.

- Mas foi melhor do que nada. E a essa hora, de qualquer maneira, eu estava mais perto do café da manhã.

- Você deveria ter comido panquecas. E ovos. Assim teria tido forças para voltar a andar pela casa. Poderia ter olhado para as pinturas e se lembrado, como costumava fazer.

- Eu ainda não estava pronto para olhar. Teria doído demais. Além disso, estava faltando uma.

- Não estava faltando - diz Ruth. Ela se vira para a janela, seu rosto de perfil. - Ela ainda não havia chegado. Demorou mais uma semana.

Por um momento Ruth fica calada, e sei que não está pensando na carta. Tampouco em mim. Está pensando na batida à porta, pouco mais de uma semana depois. Era uma estranha. Ruth está com os ombros caídos e a voz cheia de pesar:

- Eu gostaria de poder ter estado lá - murmura quase para si mesma. - Teria adorado falar com ela. Tenho muitas perguntas.

Essas últimas palavras foram tiradas de um poço oculto profundo de tristeza e, apesar da minha situação, sinto uma dor inesperada.

A visitante era alta e bonita, as rugas ao redor dos seus olhos sugerindo muitas horas ao sol. Seus cabelos louros estavam presos em um rabo de cavalo frouxo, e ela usava jeans desbotados e uma blusa simples de manga curta. Mas o anel em seu dedo e o BMW estacionado na calçada revelavam uma vida próspera, muito diferente da minha. Ela carregava debaixo do braço um pacote embrulhado em papel pardo simples, de tamanho e forma familiares.

– Sr. Levinson? – perguntou. – O senhor não me conhece, mas sua esposa, Ruth, foi professora do meu marido. Isso foi há muito tempo e o senhor provavelmente não se lembra, mas o nome dele era Daniel McCallum. Eu gostaria de saber se tem alguns minutos.

Por um momento fiquei surpreso demais para falar, o nome ecoando sem parar em minha mente. Apenas semiconsciente do que estava fazendo, afastei-me para o lado em silêncio, dando-lhe passagem, e a conduzi à sala de estar. Quando me sentei na poltrona, ela se sentou no sofá diagonalmente a mim. Ouvir o nome de Daniel depois de quase quarenta anos e logo após a morte de Ruth foi o maior choque da minha vida.

Ela pigarreou.

– Eu quis vir apresentar minhas condolências. Sei que sua esposa faleceu recentemente e lamento sua perda.

Pisquei, tentando encontrar palavras para a torrente de emoções e lembranças que ameaçava me inundar. *Onde está ele?*, quis perguntar. *Por que desapareceu? Por que nunca entrou em contato com Ruth?* Mas não consegui dizer nenhuma dessas coisas. Tudo o que fui capaz de sussurrar foi:

– Daniel McCallum?

Ela pôs o pacote de lado, assentindo.

– Ele mencionou algumas vezes que costumava vir à sua casa. Tinha aulas particulares com sua esposa aqui.

– E... ele é seu marido?

Ela desviou os olhos por um instante antes de voltar a me encarar.

– Foi meu marido. Agora estou casada de novo. Daniel faleceu há dezesseis anos.

Ao ouvir suas palavras, senti algo ficar dormente por dentro. Tentei fazer contas, saber com quantos anos ele havia morrido, mas não consegui. A única coisa de que tinha certeza era de que se fora jovem demais, e isso não fazia nenhum sentido. Ela devia saber o que eu estava pensando, porque continuou:

– Ele teve um aneurisma – disse. – Foi de repente, sem nenhum sintoma. Mas foi grave e não houve nada que os médicos pudessem fazer.

A dormência continuou a se espalhar até parecer que eu estava totalmente paralisado.

– Sinto muito – disse-lhe. As palavras soaram inadequadas até mesmo aos meus ouvidos.

– Obrigada. – Ela fez um sinal afirmativo com a cabeça. – E, mais uma vez, também sinto muito pela sua perda.

Por um momento o silêncio pesou sobre nós. Por fim, estendi os braços na frente dela.

– O que posso fazer por você, Sra...

– Lockerby – lembrou-me ela, pegando o pacote e o levando na minha direção. – Queria lhe dar isto. Está no sótão dos meus pais há anos, e quando eles enfim venderam a casa, alguns meses atrás, encontrei em uma das caixas que me enviaram. Daniel tinha muito orgulho disso, e simplesmente não pareceu certo jogar a pintura dele fora.

– Uma pintura? – perguntei.

– Uma vez Daniel me disse que pintar foi uma das coisas mais importantes que ele já fez.

Tive dificuldade em entender o que ela queria dizer.

– Está dizendo que Daniel pintou um quadro?

Ela assentiu.

– No Tennessee. Ele me disse que o pintou quando estava morando na casa comunitária. Um artista que era voluntário lá o ajudou.

– Por favor – falei, subitamente erguendo a mão. – Não estou entendendo nada. Pode começar do início e me contar sobre Daniel? Minha esposa sempre quis saber o que tinha acontecido com ele.

Ela hesitou.

– Não sei quanto posso lhe contar. Só o conheci na universidade e ele nunca falou muito sobre seu passado. Aquilo tinha acontecido havia muito tempo.

Fiquei calado, desejando que ela continuasse. Ela pareceu estar procurando as palavras certas.

– Tudo que sei é o pouco que Daniel me contou – começou. – Ele disse que seus pais tinham morrido e que morou com o irmão adotivo e a esposa dele em algum lugar por aqui, mas que eles perderam a fazenda e acabaram se mudando para Knoxville, no Tennessee. Os três moraram na picape do irmão adotivo por algum tempo, mas então o irmão foi preso por algum motivo e Daniel acabou em uma casa comunitária. Morou lá e se saiu bem o suficiente na escola para ganhar uma bolsa de estudos para a Universidade do Tennessee... Começamos a namorar no último ano do curso de Relações Internacionais. Seja como for, alguns meses depois da formatura, antes de irmos nos juntar ao Corpo de Paz, nos casamos. É tudo que sei. Como eu disse, ele não falava muito sobre o passado. Parece que teve uma infância difícil, e acho que era doloroso revivê-la.

Tentei digerir tudo isso, imaginar a trajetória da vida de Daniel.

– Como ele era? – insisti.

– Daniel? Era... incrivelmente inteligente e gentil, mas havia uma intensidade nele. Não era bem raiva. Era mais como se ele tivesse visto o pior que a vida tinha a oferecer e estivesse determinado a tornar as coisas melhores. Daniel tinha um tipo de carisma, uma convicção que fazia você querer segui-lo. Passamos dois anos no Camboja com o Corpo de Paz e depois ele arranjou um emprego na United Way enquanto eu trabalhava em uma clínica gratuita. Compramos uma pequena casa e falamos sobre ter filhos, mas após alguns anos percebemos que não estávamos prontos para a vida no subúrbio. Então vendemos nossas coisas, pusemos alguns itens pessoais em caixas, as guardamos na casa dos meus pais e acabamos trabalhando em uma organização de direitos humanos sediada em Nairóbi. Ficamos lá por sete anos e acho que nunca fomos mais felizes. Daniel viajou para uma dezena de países implementando vários projetos e sentiu que sua vida tinha um verdadeiro objetivo e que estava fazendo diferença.

Nós olhamos pela janela, calados por um momento. Quando ela voltou a falar, sua expressão era uma mistura de tristeza e admiração:

– Ele era simplesmente... muito inteligente e curioso em relação a tudo. Lia o tempo todo. Embora fosse jovem, já estava preparado para se tornar o diretor-executivo da organização, e teria se tornado mesmo. Mas morreu com apenas 33 anos. – Ela balançou a cabeça. – Depois disso, a África não foi mais a mesma para mim. Então voltei para casa.

Enquanto ela falava, tentei em vão associar tudo o que ela dizia ao garoto do campo coberto de pó que estudara à mesa da nossa sala de jantar. Sabia em meu coração que Ruth teria se orgulhado do que ele se tornara.

– E você se casou de novo?

– Há 12 anos. – Ela sorri. – Tenho dois filhos. Ou melhor, enteados. Meu marido é cirurgião ortopedista. Moro em Nashville.

– E veio até aqui para me trazer uma pintura?

– Meus pais se mudaram para Myrtle Beach e estávamos indo visitá-los. Na verdade, meu marido está esperando por mim em uma cafeteria no centro, por isso não posso demorar. E me desculpe por aparecer assim. Sei que este é um momento terrível. Mas não achei certo jogar a pintura fora e então, num impulso, procurei o nome da sua esposa na internet e vi o obituário. Percebi que sua casa ficava bem no caminho da casa dos meus pais.

Eu não tinha a menor ideia do que esperar, e quando removi o papel pardo, minha garganta pareceu se fechar. Era uma pintura de Ruth, cruamente concebida por uma criança. As linhas não estavam perfeitas e as feições de Ruth pareciam um pouco desproporcionais, mas ele havia conseguido captar seu sorriso e seus olhos com surpreendente habilidade. Nesse retrato, pude detectar a paixão e o nítido bom humor que sempre a definiram; também havia um traço do mistério que sempre me intrigara, não importava quanto tempo estivéssemos juntos. Passei o dedo sobre as pinceladas que formavam seus lábios e sua face.

– Por que... – foi tudo que consegui dizer, quase sem ar.

– A resposta está atrás – disse ela com gentileza.

Quando inclinei a pintura para a frente, vi a fotografia que eu tinha tirado de Ruth e Daniel tanto tempo atrás. Estava amarelada pelo tempo e se curvando nos cantos. Puxei-a e fiquei olhando para ela por um longo tempo.

– Atrás – disse ela, tocando em minha mão.

Virei a fotografia e lá, em uma caligrafia caprichada, vi o que Daniel havia escrito.

Ruth Levinson

Professora da terceira série.

Ela acredita em mim e que posso ser tudo que quiser quando crescer. Posso até mudar o mundo.

Tudo de que me lembro é que fiquei acabrunhado, com a mente vazia. Não lembro sobre o que mais falamos, se é que falamos sobre alguma coisa. Mas me lembro de que, quando ela estava em pé à porta se preparando para sair, virou-se para mim.

– Não sei onde Daniel guardava isso na casa comunitária, mas, na universidade, a pintura ficava pendurada na parede bem em cima da escrivaninha dele. Era a única coisa pessoal que ele tinha em seu quarto. Depois da universidade, ela nos acompanhou ao Camboja e de volta para os Estados Unidos. Ele me contou que temia que acontecesse algo com a pintura se a levasse para a África, e acabou deixando-a para trás. Mas ao chegarmos lá, lamentou. Disse-me que a pintura significava mais para ele do que qualquer coisa que possuía. Só quando encontrei a fotografia atrás dela realmente entendi o que ele queria dizer. Não estava falando da pintura. Estava falando de sua esposa.

⚜

No carro, Ruth está em silêncio. Sei que tem mais perguntas sobre Daniel, mas na época não pensei em fazê-las. Esse também é um dos meus muitos arrependimentos, e depois disso nunca voltei a ver Andrea. Assim como Daniel em 1963, ela também desapareceu da minha vida.

– Você pendurou o retrato em cima da lareira – diz Ruth por fim. – Então tirou as outras pinturas do depósito e as pendurou por toda a casa e as empilhou nos quartos.

– Eu queria vê-las. Queria me lembrar de novo. Queria ver você.

Ruth está calada, mas eu entendo. Mais do que tudo, ela queria ter visto Daniel, ainda que fosse através dos olhos da esposa dele.

Depois que li a carta e pendurei o retrato de Ruth, dia após dia a depressão começou a desaparecer. Passei a comer com mais regularidade. Demoraria um ano para recuperar o peso, mas minha vida começou a entrar em um tipo de rotina. E naquele primeiro ano após a morte de Ruth ocorreu outro milagre – o terceiro naquele ano trágico –, que me ajudou a reencontrar meu caminho.

Como Andrea, outra visitante inesperada chegou à minha porta – dessa vez era uma ex-aluna de Ruth que foi apresentar condolências. Seu nome era Jacqueline, e embora eu não me lembrasse dela, também queria conversar. Contou-me quanto Ruth havia significado para ela como professora e, antes de ir embora, me mostrou um tributo a Ruth que havia escrito e seria publicado no jornal local. Era, ao mesmo tempo, elogioso e revelador, e quando foi publicado pareceu abrir comportas. Nos meses seguintes, a quantidade de ex-alunos que foram à minha casa aumentou. Lindsay, Madeline, Eric, Pete e vários outros – da maioria eu nunca ouvira falar – apareceram à minha porta em momentos inesperados, contando histórias sobre os anos da minha esposa na sala de aula.

As palavras deles me fizeram perceber que Ruth havia sido uma chave que abrira possibilidades na vida de muitas pessoas – a minha tinha sido só a primeira.

Às vezes acho que os anos após a morte de Ruth podem ser divididos em quatro fases. A depressão e a recuperação foi a primeira delas; o período em que tentei seguir em frente o melhor que podia foi a segunda. A terceira foram os anos após a visita da repórter, em 2005, quando as janelas foram gradeadas. Contudo, só três anos atrás, em 2008, finalmente decidi o que fazer com a coleção, o que levou à quarta e última fase.

Planejamento patrimonial é uma coisa complicada, mas basicamente a questão se resumia a isto: eu tinha que decidir o que fazer com nossos bens ou o Estado acabaria decidindo por mim. Howie Sanders havia pressionado Ruth e a mim durante anos para tomarmos uma decisão. Perguntou se havia instituições beneficentes de minha preferência ou se eu queria que as pinturas fossem para um museu em particular. Talvez eu quisesse leiloá-las e destinar o dinheiro apurado a organizações ou universidades específicas. Depois que o artigo foi publicado e o possível valor da coleção se tornou tema de discussões acaloradas no mundo artístico, Howie ficou ainda mais insistente, embora àquela altura eu fosse o único que estava lá para ouvi-lo.

Contudo, apenas em 2008 concordei em ir ao escritório dele.

Howie havia marcado reuniões confidenciais com curadores de vários museus: Metropolitan Museum of Art de Nova York, Museum of Modern Art, North Carolina Museum of Art e Whitney Museum, assim como com representantes da Duke University, Wake Forest e a Universidade da Carolina do Norte, em Chapel Hill. Havia pessoas da Anti-Defamation League e da United Jewish Appeal - algumas das organizações judaicas favoritas do meu pai -, assim como alguém da Sotheby's. Fui levado para uma sala de reuniões, apresentações foram feitas e no rosto de cada uma daquelas pessoas pude ver uma curiosidade ávida enquanto se perguntavam como eu - um dono de uma loja de roupas e artigos masculinos - conseguira acumular uma coleção particular de arte moderna tão grande.

Fiquei sentado assistindo a uma série de apresentações individuais e todos me asseguraram de que qualquer parte da coleção que eu pusesse em suas mãos seria justamente avaliada - ou, no caso do leiloeiro, teria seu valor maximizado. As organizações beneficentes prometeram destinar o dinheiro a causas caras a Ruth e a mim.

No fim do dia eu estava cansado, e ao voltar para casa dormi quase imediatamente na poltrona na sala de estar. Quando acordei, vi-me olhando para o retrato de Ruth, perguntando-me o que ela gostaria que eu fizesse.

– Mas eu não lhe disse – fala Ruth em voz baixa.

Ela estava calada havia algum tempo, e suspeito de que esteja tentando poupar minhas forças. Também pode sentir o fim chegando.

Forço meus olhos a se abrirem, mas agora Ruth não é nada além de uma imagem indistinta.

– Não – respondo. Minha voz é irregular e pouco clara, quase ininteligível. – Você nunca quis discutir isso.

Ruth inclina a cabeça para olhar para mim.

– Eu confiei a decisão a você.

⚜

Lembro-me do momento em que finalmente a tomei. Foi no começo da noite, alguns dias depois das reuniões no escritório de Howie. Ele havia telefonado uma hora antes, perguntando se eu tinha alguma pergunta ou se queria que falasse com alguém em particular. Depois de desligar, fui para a varanda dos fundos com a ajuda do meu andador.

Havia duas cadeiras de balanço ao lado de uma pequena mesa, empoeiradas por conta do desuso. Quando éramos mais novos, Ruth e eu costumávamos nos sentar ali e conversar, vendo as estrelas surgirem no céu que aos poucos escurecia. Mais tarde, já mais velhos, essas noites na varanda dos fundos se tornaram menos frequentes, porque ambos tínhamos ficado mais sensíveis à temperatura. O frio do inverno e o calor do verão tornavam a varanda inutilizável durante mais da metade do ano, e apenas na primavera e no outono Ruth e eu nos aventurávamos a ir para lá.

Mas naquela noite, apesar do calor e da grossa camada de pó nas cadeiras, sentei-me como costumávamos fazer. Ponderei sobre a reunião e tudo que fora dito. E ficou claro que Ruth tinha razão: ninguém entendeu de verdade.

Por um momento considerei deixar toda a coleção para Andrea Lockerby, porque ela também amara Daniel. Mas eu não a conhecia de fato, Ruth tampouco. Além disso, não podia evitar me sentir desapontado com o fato de que, apesar da óbvia influência que Ruth tivera na vida de Daniel, ele nunca, nem uma vez sequer, tentara entrar em contato com ela. Isso eu não conseguia entender ou perdoar, porque sabia que o coração de Ruth havia sido irreparavelmente partido.

Não havia uma resposta fácil, porque para nós a arte nunca tivera a ver com dinheiro. Como a repórter, esses curadores, colecionadores, especialistas e vendedores não entendiam. Com as palavras de Ruth ecoando em minha cabeça, enfim senti a resposta começar a tomar forma.

Uma hora depois telefonei para a casa de Howie. Disse-lhe que pretendia leiloar toda a coleção, e como um bom soldado ele não discutiu minha decisão. Tampouco me questionou quando expliquei que queria que o leilão fosse realizado em Greensboro. Mas ao lhe dizer como desejava que o leilão fosse feito, Howie ficou em aturdido silêncio, a ponto de eu me perguntar se ele ainda estava do outro lado da linha. Finalmente, depois de pigarrear, falou-me sobre tudo o que isso envolveria. Eu lhe disse que o sigilo era a maior prioridade.

Nos meses seguintes os detalhes foram acertados. Fui ao escritório de Howie mais duas vezes e me encontrei com os representantes da Sotheby's. Voltei a me encontrar com os diretores-executivos de várias organizações beneficentes judaicas; as somas que receberiam obviamente dependiam do leilão e do valor alcançado pela coleção. Os avaliadores passaram semanas catalogando e fotografando todas as obras, estimando valores e estabelecendo origens. Por fim, foi enviado um catálogo para minha aprovação. O valor estimado da coleção era estratosférico até mesmo para mim, só que isso ainda não me importava.

Quando todas as providências para o leilão inicial e os leilões subsequentes foram tomadas – era impossível vender toda a coleção em um só dia –, conversei com Howie e o representante da Sotheby's sobre suas responsabilidades e os fiz assinar muitos documentos, garantindo que não haveria nenhuma mudança no plano que eu traçara. Quis me preparar para qualquer contingência, e quando tudo enfim estava pronto, assinei meu testamento na presença de quatro testemunhas. Especifiquei de novo que aquela era a minha última vontade e não deveria ser alterada ou modificada em nenhuma circunstância. Depois, ao voltar para casa, sentei-me na sala de estar e olhei para a pintura de Ruth, cansado e satisfeito. Sentia falta dela, talvez naquele momento mais do que nunca, mesmo assim sorri e disse as palavras que sabia que ela teria desejado ouvir.

– Eles entenderão, Ruth. Acabarão entendendo.

⚜

Está de tarde agora e me sinto encolhendo, como um castelo de areia sendo aos poucos destruído pelas ondas. Ao meu lado, Ruth me olha com preocupação.

– Você deveria tirar outro cochilo – diz ela, com voz suave.

– Não estou cansado – minto.

Ruth sabe que não estou falando a verdade, mas finge que acredita em mim, prosseguindo com uma calma forçada.

– Acho que eu não teria sido uma boa esposa para outra pessoa. Às vezes sou teimosa demais.

– Isso é verdade – concordo com um sorriso. – Teve sorte de eu aguentá-la.

Ela revira os olhos.

– Estou tentando falar sério, Ira.

Olho para Ruth, desejando poder abraçá-la. Em breve, penso. Logo me encontrarei com ela. É difícil continuar a falar, mas me forço a responder:

– Se nós não tivéssemos nos conhecido, acho que eu teria compreendido que minha vida não estava completa. E teria perambulado pelo mundo à sua procura, mesmo se não soubesse o que estava buscando.

Seus olhos brilham ao ouvir isso e ela passa a mão pelos meus cabelos, seu toque quente e tranquilizador.

– Você já me disse isso antes. Sempre gostei dessa resposta.

Fecho os olhos e eles quase permanecem fechados. Quando os forço a se abrirem, Ruth está indistinta, quase translúcida.

– Estou cansado, Ruth.

– Ainda não está na hora. Ainda não li sua carta. A nova, a que você queria entregar. Lembra-se do que escreveu?

Concentro-me, lembrando de uma pequena parte, mas não muito.

– Não o suficiente – murmuro.

– Diga-me o que lembra. Qualquer coisa.

Demoro um momento para reunir forças. Respiro fundo, ouvindo o leve assovio de minha respiração difícil. Não consigo mais sentir a secura em minha garganta. Tudo foi substituído pela exaustão completa.

– Se existe um paraíso, nós nos encontraremos de novo, porque não existe um paraíso sem você. – Paro, percebendo que só dizer isso já me deixa ofegante.

Acho que ela fica comovida, mas não posso garantir. Embora esteja olhando para Ruth, ela quase se foi. Mas posso sentir sua tristeza, seu pesar, e sei que está partindo. Aqui e agora, não pode existir sem mim.

Ruth parece saber disso e, ainda que continue a desaparecer, se aproxima. Passa a mão nos meus cabelos e beija meu rosto. Está com 16 anos, 20, 30, 40, todas as idades de uma vez. Tão bonita que meus olhos começam a se encher de lágrimas.

– Adorei o que você me escreveu – sussurra ela. – Quero ouvir o resto.

– Acho que não – murmuro, e penso sentir uma de suas lágrimas cair em meu rosto.

– Amo você, Ira – sussurra Ruth. Sua respiração é suave em meu ouvido, como os murmúrios de um anjo. – Lembre-se de tudo que você sempre significou para mim.

– Eu me lembro... – começo, e quando ela me beija de novo, meus olhos se fecham e acho que será a última vez.

29

Sophia

No sábado à noite, enquanto o restante dos alunos celebrava outro fim de semana, Sophia estava escrevendo um ensaio quando seu celular vibrou. O uso de celulares só era permitido em áreas restritas, mas Sophia viu que não havia ninguém por perto e o pegou, franzindo a testa ao ver a mensagem e quem a enviara.

Me ligue, escrevera Marcia. *É urgente.*

Embora mínima, aquela era a comunicação mais eloquente que elas haviam tido desde a discussão, e Sophia se perguntou o que deveria fazer. Enviar-lhe uma mensagem de texto? Perguntar o que estava acontecendo? Ou fazer o que Marcia havia pedido e ligar?

Não tinha certeza. Para ser honesta, não queria falar com Marcia. Como o resto da irmandade, ela devia estar em uma festa ou em um bar. Provavelmente bebendo, o que abria a possibilidade de ela e Brian estarem brigando, e a última coisa que Sophia queria era se envolver em algo desse tipo. Não queria ouvir Marcia chorar dizendo quanto ele era idiota, nem se sentia pronta para apoiá-la, ainda mais depois do modo cuidadoso como a amiga continuara a evitá-la.

E agora Marcia queria que *ela lhe telefonasse.* Porque, fosse o que fosse que estivesse acontecendo, era *urgente.*

Mas urgente era uma palavra vaga, pensou. Ficou em dúvida por mais alguns segundos, tomando sua decisão, antes de salvar seu trabalho e desligar o laptop. Guardou-o na mochila, vestiu seu casaco e se dirigiu à saída. Ao abrir a porta, deparou com uma inesperada lufada de ar ártico e uma fina camada de neve no chão. A temperatura havia caído vinte graus nas últimas horas. Ela ia congelar no caminho de volta...

Contrariando seu bom senso, pegou o telefone e voltou para a portaria. Marcia atendeu ao primeiro toque. Ao fundo, Sophia ouviu música alta e a cacofonia de uma centena de vozes.

– Sophia? Graças a Deus você ligou!

Sophia respirou fundo, tensa.

– O que é tão urgente?

Ela ouviu o som ao fundo diminuindo, Marcia, sem dúvida, procurando um lugar mais silencioso. Uma porta bateu e ouviu Marcia falar em um tom regular.

– Você precisa voltar para casa agora – disse, com uma nota de pânico na voz.

– Por quê?

– Luke está lá. Estacionado na rua. Está esperando há vinte minutos. Você precisa ir imediatamente.

Sophia engoliu em seco.

– Nós terminamos, Marcia. Não quero vê-lo.

– Ah! – disse Marcia, sem se dar o trabalho de esconder sua confusão. – Isso é terrível. Sei quanto você gostava dele...

– É só isso? – perguntou Sophia. – Tenho que ir...

– Não, espere! – gritou Marcia. – Sei que você está com raiva de mim e sei que mereço, mas não foi por isso que mandei a mensagem. Brian sabe que Luke está lá. Mary-Kate lhe contou há alguns minutos. Brian está bebendo há horas e ficando irritado. Já está reunindo alguns caras para irem atrás de Luke. Tentei convencê-lo a não fazer isso, mas você sabe como ele é. E Luke não tem a menor ideia do que vai acontecer. Vocês podem ter terminado, mas acho que você não quer que ele se machuque...

Àquela altura Sophia mal ouvia, o vento gelado abafando o som da voz de Marcia, enquanto ela corria para casa.

⚜

O campus pareceu deserto. Sophia pegou todos os atalhos que podia, tentando chegar a tempo. Correndo, ligou várias vezes para o celular de Luke, mas por algum motivo ele não atendeu. Conseguiu lhe enviar uma breve mensagem de texto, mas não obteve resposta.

A casa não estava longe, mas o vento frio de fevereiro era cortante, atingindo suas orelhas e bochechas, e seus pés escorregavam na neve. Sophia não estava de botas e a neve derretida entrava em seus sapatos, deixando seus pés ensopados. A neve molhada continuava a cair, fofa e abundante, o tipo de neve que se transformava instantaneamente em gelo, tornando as estradas perigosas.

Sophia desatou a correr, usando a rediscagem automática numa tentativa inútil de falar com Luke. Agora fora do campus, nas ruas. Na rua das casas das fraternidades, estudantes se reuniam atrás de janelas acesas. Algumas pessoas andavam apressadas pelas calçadas, indo de uma festa para outra, no ritual de sábado à noite de abandono e excessos. A casa de Sophia ficava no fim da rua, e em meio à escuridão e à neve mal podia ver o contorno da caminhonete de Luke.

Naquele momento, avistou um grupo de rapazes saindo de uma casa três portas à frente, do outro lado da rua. Eram uns cinco ou seis, liderados por alguém muito alto. *Brian.* Outra figura logo o seguiu, e embora apenas brevemente iluminada ao correr pela varanda e descer a escada, Sophia reconheceu sua colega de quarto. Ouviu Marcia gritando que Brian parasse, o som de sua voz abafado pelo tempo invernal.

Enquanto Sophia corria, com a mochila batendo nela de um jeito desconfortável, seus pés continuavam a escorregar, fazendo-a se sentir desajeitada. Estava chegando perto, mas não rápido o bastante. Brian e seus amigos já se posicionavam dos dois lados da caminhonete. Ela estava a quatro casas de distância. O interior escuro do carro não lhe permitia ver se Luke estava lá dentro. Os gritos de Marcia cortaram o ar de novo, dessa vez raivosos.

– Isso é idiotice, Brian! Deixe-o em paz!

Ainda faltavam três casas. Sophia viu Brian e seu amigo abrirem a porta do lado do motorista e se inclinarem para dentro. Uma briga começou e ela gritou quando Luke foi puxado para fora.

– Deixe-o em paz!

– Você tem que parar, Brian! – intercedeu Marcia.

Brian, agitado ou bêbado, as ignorou. Perdendo o equilíbrio, Luke caiu nos braços de Jason e Rick, os mesmos que estavam com Brian no rodeio em McLeansville. Outros quatro o cercaram.

Em pânico, Sophia correu para o meio da rua bem na hora que Brian cambaleou para trás e desferiu um soco, que virou a cabeça de Luke. Sophia sentiu um súbito terror ao se lembrar do vídeo...

Quando Luke ficou tonto, Rick e Jason o soltaram e ele caiu no asfalto coberto de neve. Enfim chegando perto e ainda apavorada, ela esperou um movimento, mas não houve nenhum...

– Levante-se! – gritou Brian. – Eu lhe disse que nossa conversa não tinha acabado!

Sophia viu Marcia pular na frente dele.

– Pare! – gritou, tentando segurá-lo. – Você tem que parar!

Brian a ignorou e Sophia viu Luke finalmente começar a ficar de quatro, tentando se levantar.

– Levante-se! – gritou Brian de novo.

Àquela altura Sophia tinha conseguido romper o círculo, dando cotoveladas em dois rapazes da fraternidade para se colocar entre Brian e Luke, perto de Marcia.

– Chega, Brian! – berrou. – Pare com isso!

– Ainda não terminei!

– Já chega! – respondeu Sophia.

– Vamos, Brian – implorou Marcia, tentando puxá-lo. – Vamos embora. Está frio aqui fora. Estou congelando.

Àquela altura Luke tinha ficado de pé, o ferimento em seu rosto evidente. Brian estava ofegante e, surpreendendo Sophia, empurrou Marcia para o lado. Não foi um empurrão violento, mas Marcia não estava esperando e acabou caindo no chão. Brian não pareceu notar. Deu um passo ameaçador à frente, preparando-se para também tirar Sophia do caminho. Afastando-se para o lado, ela pegou o telefone no bolso. Quando Brian agarrou Luke, já estava apertando teclas e levantando o telefone.

– Vá em frente! Vou filmar tudo! Dane-se se você for para a cadeia. Dane-se se for expulso do time! Danem-se todos vocês se forem expulsos!

Ela continuou a recuar, filmando todos os presentes. Estava filmando suas expressões chocadas e ansiosas quando Brian investiu contra ela, arrancando o telefone de sua mão e o jogando no chão.

– Você não está filmando mais nada!

– Talvez não – disse Marcia do outro lado do círculo, erguendo seu telefone. – Mas eu estou.

⚜

– Acho que mereci isso – disse Luke. – Quero dizer, depois do que fiz com ele.

Eles estavam dentro da caminhonete, Luke ao volante e Sophia a seu lado. As ameaças tinham funcionado. Foram Jason e Rick que convenceram Brian a voltar para a casa da fraternidade, onde ele, sem dúvida, estava se lembrando do soco que atirara Luke no chão. Marcia não foi com eles. Voltou para a casa da irmandade e Sophia viu a luz do quarto delas se acender.

– Você não mereceu isso – corrigiu Sophia. – Pelo que me lembro, nunca bateu em Brian. Só... o pregou no chão.

– Na terra. Com a cara virada para baixo.

– Sim – admitiu ela.

– A propósito, obrigado por intervir. Com o celular. Vou comprar um novo para você.

– Não precisa. O meu já estava ficando velho mesmo. Por que você não atendeu?

– A bateria acabou na volta para casa e me esqueci de levar o adaptador para carregar no carro. Não achei que isso seria muito importante.

– Pelo menos conseguiu enviar uma mensagem de texto para sua mãe?

– Consegui – respondeu Luke.

Se ele desejou saber como Sophia sabia desse seu hábito, não o perguntou. Ela cruzou as mãos no colo.

– Acho que você sabe o que vou perguntar agora, não sabe?

Luke a olhou de lado.

– Por que estou aqui?

– Você não devia ter vindo. Não o quero aqui. Ainda mais logo depois de voltar de um evento. Porque...

– Não consegue conviver com isso.

– Não – disse ela. – Não consigo.

– Eu sei – disse Luke. Ele suspirou antes de se virar para olhar para ela. – Vim aqui lhe dizer que também não consigo. A partir desta noite, estou fora. Desta vez é para sempre.

– Você vai parar? – perguntou Sophia em tom incrédulo.

– Já parei.

Ela não soube como reagir. Deveria parabenizá-lo? Ser solidária? Expressar seu alívio?

– Também vim perguntar se você vai fazer alguma coisa este fim de semana. Ou se tem que fazer algo urgente para segunda-feira. Como trabalhos ou estudar para provas.

– Tenho que entregar um trabalho na próxima quinta-feira, mas, fora isso, só algumas aulas. O que você tem em mente?

– Só um pequeno intervalo para pôr meus pensamentos em ordem. Antes de a bateria acabar, telefonei para minha mãe e conversei com ela sobre isso, e ela achou uma ótima ideia. – Ele deu um longo suspiro. – Eu estava pensando em ir até as cabanas e queria saber se você gostaria de ir comigo.

Sophia ainda estava achando difícil assimilar tudo o que ele acabara de dizer, sem saber se devia acreditar. Ele poderia estar dizendo a verdade? Havia mesmo desistido de montar para sempre?

Com os olhos de Luke fixos nela, Sophia sussurrou:

– Está bem.

⚜

De volta ao seu quarto no andar de cima, Sophia encontrou Marcia arrumando uma mochila.

– O que você está fazendo?

– Vou para casa esta noite. Preciso dormir na minha cama, sabe? Sairei em um ou dois minutos.

– Tudo bem – disse Sophia. – O quarto também é seu.

Marcia fez que sim com a cabeça, continuando a pôr coisas na mochila.

– Obrigada por me enviar a mensagem de texto – disse Sophia. – E pelo que fez com o telefone lá embaixo.

– Bem, ele mereceu. Estava agindo... como um louco.

– Foi mais do que isso – disse Sophia.

Marcia ergueu os olhos pela primeira vez.

– De nada.

– Ele provavelmente não vai se lembrar muito disso.

– Não importa.

– Importa se você gosta dele.

Marcia pensou por um instante antes de balançar a cabeça. Sophia teve a sensação de que ela havia chegado a algum tipo de conclusão, mesmo sem saber ao certo qual era.

– Luke já foi?

– Saiu para abastecer o carro e comprar algumas coisas. Vai voltar daqui a pouco.

– Sério? Espero que desta vez ele mantenha as portas trancadas. – Ela fechou o zíper da mochila e se voltou para Sophia outra vez. – Espere... Por que Luke vai voltar? Achei que você tivesse dito que vocês terminaram.

– E terminamos.

– Mas?

– Que tal falarmos sobre isso na semana que vem, quando você voltar? Porque, neste momento, não estou certa do que está acontecendo conosco.

Marcia aceitou isso e começou a ir na direção da porta antes de parar de novo.

– Estive pensando – disse ela – e acho que tudo vai dar certo entre vocês. E se quer saber a minha opinião, acho que isso é bom.

⚜

Nas montanhas a neve caíra pesada e em alguns lugares as estradas estavam congeladas, por isso eles só chegaram às cabanas por volta das quatro da manhã. O lugar parecia um acampamento de pioneiros, há muito abandonado. Apesar da ausência de luz, Luke havia conseguido guiar e parar sua caminhonete na frente da mesma cabana em que tinham ficado antes. A chave estava pendurada na fechadura.

O interior da cabana estava gelado; as paredes de tábuas finas não ajudavam muito a afastar o frio. Luke tinha dito a Sophia que levasse um chapéu e luvas e ela os estava usando com seu casaco enquanto Luke acendia a lareira e o fogão a lenha. As estradas escorregadias a haviam deixado tensa a noite toda, mas agora que tinham chegado se sentia exausta.

Eles foram para a cama totalmente vestidos, de casaco e chapéu, adormecendo em poucos minutos. Quando Sophia acordou, horas depois, a casa estava bem mais quente, embora não o suficiente para ela andar sem várias camadas de roupas. Achou que um motel barato teria sido mais confortável, mas ao olhar a vista da janela se surpreendeu de novo com a beleza do lugar. Pingentes de gelo pendiam dos galhos, brilhando à luz do sol. Luke já estava na cozinha e o cheiro de bacon e ovos enchia o ar.

– Até que enfim você acordou – observou ele.

– Que horas são?

– Quase meio-dia.

– Acho que eu só estava cansada. Há quanto tempo você está acordado?

– Há algumas horas. Tentar manter este lugar quente o suficiente para ser habitável não é tão fácil quanto você pensa.

Sophia não duvidava disso. Pouco a pouco sua atenção foi atraída para a janela.

– Você já esteve aqui durante o inverno?

– Só uma vez. Mas era pequeno. Passei o dia fazendo bonecos de neve e comendo marshmallows assados.

Ela sorriu ao pensar em Luke garoto e depois voltou a ficar séria.

– Já está pronto para conversar? O que fez você mudar de ideia?

Luke espetou um pedaço de bacon com o garfo e o tirou da frigideira.

– Nada, na verdade. Acho que enfim resolvi ouvir a voz da razão.

– Só isso?

Ele pousou o garfo.

– Montei Monstrengo na final. Quando chegou a hora da montaria... – Ele balançou a cabeça, sem completar a frase. – Bem, depois eu soube que estava na hora de pendurar as esporas. Percebi que estava cheio daquilo. Estava matando minha mãe aos poucos.

E me matando, ela quis dizer. Mas não falou nada.

Luke olhou por cima do ombro, como se ouvindo as palavras não ditas.

– Também percebi que sentia sua falta.

– E quanto à fazenda? – perguntou Sophia, suave.

Ele pôs os ovos mexidos em dois pratos.

– Acho que vamos perdê-la. Depois tentaremos recomeçar. Minha mãe é bastante conhecida. Espero que consiga superar isso. É claro que disse para não me preocupar com ela. E que eu deveria me preocupar mais com o que vou fazer.

– E o que você vai fazer?

– Ainda não sei. – Ele se virou e levou os dois pratos para a mesa, onde já estavam um bule de café e os utensílios. Espero que este fim de semana me ajude a descobrir.

– E você acha que podemos continuar de onde paramos?

– Não – respondeu Luke. Ele arrumou os pratos na mesa e puxou a cadeira para Sophia. – Mas espero que possamos recomeçar.

⚜

Depois que eles comeram, passaram a tarde fazendo um boneco de neve, como o que Luke havia feito quando era criança. Enquanto rolavam as úmidas bolas de neve para torná-las maiores, colocaram as novidades em dia. Luke descreveu o evento em Macon, na Carolina do Sul, e o que estava acontecendo na fazenda. Sophia explicou que a situação com Marcia a levara a passar todo o tempo na biblioteca, deixando-a tão adiantada em sua leitura que duvidava que precisasse estudar durante as próximas duas semanas.

– Essa é uma das coisas boas de tentar evitar a colega de quarto – comentou. – Melhora sua rotina de estudos.

– Ela me surpreendeu ontem à noite – observou Luke. – Nunca imaginei que fosse fazer algo assim. Quero dizer, dadas as circunstâncias.

– Eu não fiquei surpresa – disse Sophia.

– Não?

Ela refletiu, perguntando-se como Marcia estava.

– Bem, talvez *um pouco*.

Naquela noite, quando estavam enroscados no sofá debaixo de um cobertor, o fogo estalando, Sophia perguntou:

– Você vai sentir falta de montar?

– Um pouco, talvez – respondeu Luke. – Mas não o suficiente para voltar.

– Você parece decidido.

– E estou.

Sophia se virou para analisar o rosto de Luke, hipnotizada pelo reflexo da luz do fogo nos olhos dele.

– Estou um pouco triste pela sua mãe – comentou Sophia. – Sei que ela está aliviada por você ter parado, mas...

– Sim – concordou ele. – Também estou triste. Mas vou compensá-la de alguma forma.

– Acho que ter você por perto é tudo que ela realmente queria.

– Foi o que eu disse a mim mesmo. Mas agora tenho uma pergunta para você. E quero que pense bem antes de responder. É importante.

– Diga.

– Você vai estar ocupada no próximo fim de semana? Porque, se estiver livre, eu gostaria de levá-la para jantar.

– Está me convidando para um encontro? – perguntou Sophia.

– Estou tentando recomeçar. É assim que se faz, não é? Chamar alguém para sair?

Sophia se esticou, beijando-o pela primeira vez naquele dia.

– Não acho que precisemos recomeçar tudo, não é?

– Isso é um sim ou um não?

– Eu te amo, Luke.

– Também te amo, Sophia.

Eles fizeram amor naquela noite e novamente na segunda-feira de manhã, depois de acordarem tarde. Tomaram um café da manhã reforçado, sem pressa, e depois de caminharem Sophia viu Luke deixar o calor da cabana para carregar a caminhonete, enquanto ela bebericava um café. Eles não eram os mesmos. Sophia refletiu sobre o fato de que, nos poucos meses em que se conheciam, o relacionamento deles tinha evoluído para algo mais profundo, algo que ela não esperara.

Eles chegaram à estrada alguns minutos depois e se prepararam para a viagem, descendo pela montanha até a rodovia. O sol se refletia na neve, produzindo um brilho forte que fez Sophia desviar o olhar, apoiando sua cabeça na janela. Olhou de relance para Luke no banco do motorista. Ainda não sabia bem o que aconteceria quando se formasse, em maio, mas pela primeira vez começou a se perguntar se ele estaria livre para acompanhá-la. Não havia revelado esses pensamentos para ele, mas se perguntou se seus planos haviam influído na decisão de Luke de abandonar a carreira.

Ela estava refletindo sobre essas questões em um estado de confortável e silencioso relaxamento, quase adormecendo, quando a voz de Luke quebrou o silêncio.

– Você viu aquilo?

Sophia abriu os olhos, notando que Luke desacelerava a caminhonete.

– Não vi nada – admitiu.

Surpreendendo-a, Luke pisou fundo no freio e parou no acostamento da rodovia, os olhos grudados no retrovisor.

– Acho que vi alguma coisa – explicou. Ele ligou o pisca-alerta e desligou o motor. – Me dê um segundo, está bem?

– O que foi?

– Não sei. Só quero verificar uma coisa.

Ele pegou o casaco no banco traseiro e saiu da caminhonete, vestindo-o enquanto andava na direção da parte de trás do carro. Por cima do ombro Sophia notou que eles tinham acabado de fazer uma curva. Luke olhou nas duas direções e depois atravessou correndo a estrada, aproximando-se da mureta de proteção. Só então ela percebeu que a mureta estava quebrada.

Luke olhou para o barranco íngreme e depois balançou a cabeça rapidamente para ela. Mesmo à distância, Sophia percebeu a urgência em sua expressão e linguagem corporal. Ela saiu da caminhonete na mesma hora.

– Pegue meu telefone e ligue para a emergência! – gritou ele. – Um carro saiu da estrada aqui e acho que ainda há alguém lá dentro!

Com isso Luke passou por cima da parte quebrada da mureta, desaparecendo de vista.

30

Sophia

Mais tarde Sophia se lembrou dos eventos que se seguiram em uma rápida sucessão de imagens: ela chamando a emergência e depois vendo Luke descer o barranco. Correndo de volta para a caminhonete para buscar uma garrafa de água depois que Luke disse que achava que o motorista ainda estava se mexendo. Agarrando-se a arbustos e galhos enquanto descia com dificuldade pela ribanceira coberta de mato. Imagens do capô amassado e do painel lateral quase arrancado, das rachaduras irregulares no para-brisa. Luke tentando abrir a porta emperrada do lado do motorista enquanto procurava manter o equilíbrio na encosta íngreme que se tornava um precipício apenas alguns metros à frente do carro.

Mais do que tudo, porém, ela se lembrou de sua garganta se fechando à visão do velho, da cabeça ossuda comprimida contra o volante. Notou os fios de cabelo cobrindo o couro cabeludo manchado, as orelhas que pareciam grandes demais para ele. O braço do homem estava dobrado em um ângulo estranho. Ele estava com um corte profundo na testa, o ombro destroncado e os lábios tão secos que tinham começado a sangrar. Devia estar sentindo uma dor horrível, mas sua expressão estava estranhamente serena. Quando Luke enfim conseguiu abrir a porta, Sophia estava se aproximando, tentando manter o equilíbrio na encosta escorregadia.

– Estou aqui – disse Luke para o velho. – Pode me ouvir? Pode se mexer?

Sophia ouviu o pânico na voz de Luke quando ele se inclinou, tocando gentilmente no pescoço do homem em busca de pulsação.

– Está fraca – disse. – Ele não está nada bem.

O gemido do velho foi quase inaudível. Luke pegou a garrafa de água por instinto, despejou um pouco no chapéu e depois o inclinou para a boca do homem. A maior parte derramou, mas algumas gotas foram suficientes para molhar os lábios e ele conseguiu dar um gole.

– Como está? – perguntou Luke, gentil. – Qual é o seu nome?

O homem emitiu um som que pareceu um assovio. Seus olhos semiabertos estavam desorientados.

– *Ira.*

– Quando isso aconteceu?

Demorou um momento para a palavra sair.

– *Sá... ba...*

Luke olhou de relance para Sophia sem acreditar, antes de se concentrar em Ira de novo.

– Já chamamos ajuda, está bem? A ambulância deve chegar logo. Apenas aguente um pouco. Quer mais água?

No início Sophia não teve certeza de que Ira ouvira Luke, mas ele abriu ligeiramente a boca e Luke despejou água dentro, derramando uma pequena quantidade. Ira engoliu de novo antes de murmurar algo ininteligível. Depois, com um lento assovio, palavras entrecortadas por respirações:

– *Ca... mi... mu... ru...*

Nem Sophia nem Luke conseguiram entender aquilo. Luke se inclinou para a frente de novo.

– Não estou entendendo. Há alguém que eu possa chamar, Ira? Tem esposa ou filhos? Consegue me dizer um número de telefone?

– *Car...*

– Carro? – perguntou Luke.

– *Não... car... ru...*

Luke se virou para Sophia, em dúvida.

Sophia balançou a cabeça, tentando adivinhar. Carro... Carroceria...

Carta?

– Acho que ele está falando sobre uma carta. – Sophia se inclinou para mais perto de Ira, sentindo seu estado crítico na respiração fraca. – Carta? Foi isso que você quis dizer, não foi?

– *Si...* – disse Ira com dificuldade, tornando a fechar os olhos.

Sua respiração era ruidosa. Sophia examinou o interior do carro, seu olhar se fixando em vários itens espalhados no chão sob o painel amassado. Apoiando-se no carro, tentou alcançar o banco traseiro do outro lado.

– O que você está fazendo? – perguntou Luke.

– Quero encontrar a carta dele...

O banco do passageiro estava menos destruído e Sophia conseguiu abrir a porta com relativa facilidade. No chão havia uma garrafa térmica, dois sanduíches disformes, um pequeno saco plástico cheio de passas, uma garrafa de água... e, em um canto, um envelope. Ela estendeu a mão, seus pés escorregando antes de conseguir se firmar. Com um grunhido, esticou-se mais, segurando o envelope entre dois dedos. Do outro lado do carro, ela o ergueu, vendo a perplexidade de Luke.

– Uma carta para a esposa dele – disse Sophia, fechando a porta e voltando para Luke. – Era disso que ele estava falando.

– Uma carta para a esposa?

Sophia virou o envelope para Luke poder lê-lo antes de enfiá-lo no bolso de seu casaco.

– Ruth.

Um policial rodoviário foi o primeiro a chegar. Depois de descer o barranco com dificuldade, ele e Luke concordaram em que era arriscado demais remover Ira. Mas a ambulância e os paramédicos demoraram uma eternidade, e quando chegaram, ainda não estava claro se havia um modo seguro de tirá-lo do carro e subir a encosta nevada em uma maca. Precisariam do triplo de homens, e mesmo assim seria difícil.

No fim, um grande reboque foi chamado, o que aumentou a demora. Quando o reboque chegou e se posicionou, um cabo foi estendido e enganchado no para-choque traseiro do carro enquanto os paramédicos – improvisando com os cintos de segurança – prendiam Ira no lugar para minimizar os solavancos. Só então o carro foi lentamente içado para a rodovia.

Luke respondeu às perguntas do policial, e Sophia continuou perto dos paramédicos, observando Ira ser posto na maca e receber oxigênio antes de ser levado para a ambulância. Alguns minutos depois, Luke e Sophia estavam sozinhos. Ele a tomou nos braços, puxando-a para perto, ambos tentando obter força um do outro. Então, de repente, Sophia se lembrou de que a carta ainda estava em seu bolso.

Duas horas depois eles estavam sentados lado a lado na sala de emergência lotada do hospital local, com Luke segurando a mão de Sophia. Em sua outra mão estava a carta e, de vez em quando, ela a estudava, notando a letra trêmula e se perguntando por que tinha dado os nomes deles à enfermeira e pedido para ser informada sobre o estado de Ira, em vez de simplesmente entregar a carta para que fosse posta junto com os pertences dele.

Isso teria lhes permitido continuar a viagem de volta para Winston-Salem, mas quando Sophia se lembrou do olhar de Ira e da urgência que ele tinha de que a carta fosse encontrada, sentiu necessidade de se certificar de que ela não seria perdida no corre-corre do hospital. Queria entregá-la ao médico ou, melhor ainda, ao próprio Ira...

Ou foi isso que disse a si mesma. Tudo que realmente sabia era que a expressão quase calma de Ira quando o encontraram a fez se perguntar o que ele estivera pensando ou sonhando. Em sua idade e seu estado tão frágil, era um milagre ter sobrevivido aos ferimentos. Mais que tudo, ela se perguntou por que, até agora, nenhum amigo ou membro da família havia irrompido pelas portas da sala de emergência, louco de preocupação. Ira estava consciente ao ser levado para dentro, o que significava que poderia ter pedido que telefonassem para alguém. Então, onde eles estavam? Por que ainda não tinham chegado? Em um momento como esse, Ira precisava muito de alguém e...

Luke mudou de posição, interrompendo os pensamentos dela.

– Você sabe que provavelmente não vamos conseguir vê-lo, não é? – perguntou.

– Sei – respondeu Sophia. – Mas ainda assim quero saber como ele está.

– Por quê?

Ela virou a carta nas mãos, incapaz de explicar os motivos.

– Não sei.

⚜

Mais quarenta minutos se passaram antes de um médico finalmente sair pelas portas de vaivém. Ele se dirigiu primeiro ao balcão e, depois que a enfermeira apontou para Luke e Sophia, se aproximou deles. Os dois se levantaram.

– Sou o Dr. Dillon – apresentou-se o médico. – Disseram-me que vocês querem visitar o Sr. Levinson.

– Quer dizer, Ira? – perguntou Sophia.

– Foram vocês que o encontraram, certo?

– Sim.

– Posso saber qual é o seu interesse nisso?

Sophia quase contou ao médico sobre a carta, mas não o fez. Luke percebeu a hesitação dela e pigarreou.

– Acho que só queremos saber se ele vai ficar bem.

– Infelizmente, não posso discutir a condição dele porque vocês não são da família – disse o Dr. Dillon.

– Mas ele vai ficar bem, não vai?

O médico olhou de um para o outro.

– Na verdade, vocês nem deveriam estar aqui. Fizeram a coisa certa chamando a ambulância. E estou feliz que o tenham encontrado, mas a responsabilidade de vocês acabou. São estranhos.

Sophia olhou para o médico, percebendo que ele tinha mais a dizer e vendo-o suspirar.

– Não sei o que está havendo – disse o Dr. Dillon –, mas quando o Sr. Levinson soube que vocês estavam aqui, pediu para vê-los. Não posso lhes dizer nada sobre o estado dele e devo lhes pedir que a visita seja o mais breve possível.

⚜

Ira pareceu ainda menor do que no carro, como se tivesse encolhido nas últimas horas. Estava deitado no leito parcialmente reclinado, com a boca aberta, as bochechas fundas e tubos intravenosos serpenteando pelo braço. Uma máquina perto da cama apitava no ritmo das batidas de seu coração.

– Não demorem muito – avisou o médico e Luke assentiu, antes de os dois entrarem no quarto.

Hesitante, Sophia foi para o lado da cama. Pelo canto do olho viu Luke pegar uma cadeira perto da parede e deslizá-la em sua direção antes de dar novamente um passo para trás. Ela se sentou perto da cama e se inclinou para entrar no campo de visão de Ira.

– Estamos aqui, Ira – disse, segurando a carta na frente dele. – Eu trouxe sua carta.

Ira respirou com um pouco de esforço, virando a cabeça bem devagar. Olhou primeiro para a carta e depois para Sophia.

– Ruth...

– Sim – disse Sophia. – Sua carta para Ruth. Vou pôr bem ao seu lado, está bem?

Ao ouvir esse comentário Ira olhou para o vazio, sem entender. Então seu rosto se suavizou, tornando-se quase triste. Ele moveu a mão lentamente, tentando alcançar a dela e, por instinto, Sophia a pegou.

– Ruth – disse ele, as lágrimas começando a se formar. – Minha doce Ruth.

– Sinto muito... mas não sou a Ruth – disse Sophia, em tom suave. – Meu nome é Sophia. Fomos nós que o encontramos hoje.

Ele piscou uma vez, depois outra, sua confusão evidente.

– Ruth?

A súplica em seu tom fez Sophia sentir um nó na garganta.

– Não – disse ela em voz baixa, vendo-o mover a mão devagar na direção da carta.

Percebeu o que ele estava fazendo e deslizou a carta para ele. Ira a pegou, erguendo-a como se fosse um enorme peso e a empurrando para a mão de Sophia. Só então ela notou as lágrimas nos olhos dele. Quando Ira falou, sua voz pareceu mais forte, as palavras pela primeira vez mais claras:

– Você pode ser a Ruth?

Ela apalpou a carta.

– Quer que eu leia isto? A carta que escreveu para sua esposa?

Ira a fitou nos olhos, uma lágrima escorrendo por seu rosto murcho.

– Por favor, Ruth. Quero que a leia.

Ele deu um longo suspiro, como se o esforço de falar o tivesse deixado exausto. Sophia se virou para Luke, sem saber o que fazer. Luke apontou para a carta.

– Acho que você deveria lê-la, Ruth – falou. – É o que ele quer que você faça. Leia em voz alta, para que ele possa ouvi-la.

Sophia olhou para a carta em suas mãos. Aquilo parecia errado. Ira estava confuso. Era uma carta pessoal. Era Ruth quem deveria lê-la, não ela...

– Por favor. – Ouviu Ira dizer, como se adivinhasse seus pensamentos, a voz dele enfraquecendo de novo.

Com mãos trêmulas Sophia examinou o envelope antes de retirar o lacre. A carta tinha apenas uma página, escrita com a mesma letra trêmula do envelope. Embora ainda em dúvida, começou a ler devagar:

Minha amada Ruth,

É cedo, cedo demais, mas, como sempre, parece que não consigo voltar a dormir. Lá fora o dia está raiando em toda a sua recém-descoberta glória e, ainda assim, tudo em que consigo pensar é no passado. Nesta hora silenciosa sonho com você e os anos que passamos juntos. Um aniversário está se aproximando, querida, mas não é o que costumávamos comemorar. Porém, é o do dia em que comecei minha vida com você, e eu me viro para a sua poltrona querendo lembrá-la disso, embora saiba que você não estará lá. Deus, em sua sabedoria que não posso afirmar entender, levou-a há muito tempo, e as lágrimas que derramei naquela noite nunca pareceram secar.

Sophia olhou para Ira, notando o modo como os lábios dele tinham se juntado, as lágrimas ainda escorrendo pelos sulcos e vales de seu rosto. Ainda que tentasse permanecer controlada, sua voz começou a tremer enquanto continuava:

Sinto falta de você esta manhã, como senti todos os dias nos últimos nove anos. Estou cansado de ser só. Cansado de viver sem o som da sua risada e me desespero ao pensar que nunca a abraçarei de novo. Contudo, você iria gostar de saber que, quando esses pensamentos sombrios ameaçam me dominar, posso ouvir sua voz me repreendendo: "Não seja tão dramático, Ira. Não me casei com um homem dramático."

Quando penso no passado, há muito que lembrar. Tivemos aventuras, não foi? Estas palavras são suas, não minhas, porque é assim que você sempre descreveu nossa vida juntos. Você me disse isso deitada ao meu lado na cama e no Rosh Hashana, todos os anos. Sempre detectei um brilho de satisfação em seus olhos quando o dizia, e nesses momentos era sua expressão, mais do que suas palavras, que enchia meu coração de alegria. Com você minha vida parecia mesmo uma aventura fantástica – apesar de nossas circunstâncias comuns, seu amor imbuía tudo o que fazíamos de riquezas secretas. Ainda não sei como tive tanta sorte de partilhar a vida com você.

Eu a amo agora como sempre a amei, e lamento não poder lhe dizer isso. E embora esteja escrevendo esta carta na esperança de que você de algum modo possa lê-la, estou triste pela proximidade do fim de uma era. Esta, minha querida, é a última carta que lhe escreverei. Você sabe o que os médicos me disseram, sabe que estou morrendo e não visitarei Black Mountain em agosto. Mas quero que saiba que não estou com medo. Meu tempo na Terra está terminando e estou tranquilo em relação a tudo que possa acontecer. Não estou triste. Pelo contrário, isso me enche de paz e conto os dias com uma sensação de alívio e gratidão. Porque cada dia que passa é um dia a menos que falta para eu vê-la de novo.

Você é minha esposa e, mais do que isso, sempre foi meu único e verdadeiro amor. Durante quase três quartos de século você deu sentido à minha vida. Está na hora de dizer adeus, e à beira dessa transição acho que entendo por que você foi levada embora. Era para me mostrar quanto você era especial e, durante esse longo processo de luto, me ensinar novamente o significado do amor. Nossa separação, agora entendo, foi apenas temporária. Quando contemplo as profundezas do universo, sei que está chegando a hora em que a terei em meus braços mais uma vez. Afinal de contas, se existe um paraíso, nós nos encontraremos de novo, porque não existe um paraíso sem você.

Eu a amo,

Ira

Com os olhos toldados pelas lágrimas, Sophia viu o rosto de Ira assumir uma expressão de indescritível paz. Ela reinseriu a carta no envelope com cuidado. Deslizou-o para a mão de Ira e o sentiu segurá-lo. Naquela altura, o médico estava em pé à porta e Sophia soube que era hora de ir. Levantou-se da cadeira e Luke a pôs de volta no lugar, encostada na parede, depois deu a mão para Sophia. Quando Ira virou a cabeça no travesseiro, sua boca se abriu, a respiração se tornando difícil. Sophia se virou para o médico, que já estava indo para junto de Ira. Com um último olhar para trás, para a figura frágil de Ira, Sophia e Luke começaram a andar pelo corredor, finalmente a caminho de casa.

31

Luke

Enquanto fevereiro passava, a formatura de Sophia se aproximava e a fazenda aos poucos tomava o rumo de seu inevitável fechamento. As vitórias de Luke nos três primeiros eventos haviam lhes garantido mais um mês ou dois antes de se tornarem inadimplentes, mas no fim do mês Linda começou a abordar os vizinhos, sondando discretamente o interesse deles em comprar a propriedade.

Sophia estava começando a se preocupar mais com o futuro. Ainda não tivera notícias do Denver Art Museu nem do MoMA, e se perguntava se acabaria trabalhando para seus pais e morando em seu velho quarto. Luke também tinha dificuldade para dormir. Ele se perguntava sobre as opções de sua mãe e como poderia ajudar a sustentá-la até que ela conseguisse um trabalho. Mas em geral nenhum dos dois queria falar sobre o futuro. Tentavam se concentrar no presente, buscando conforto na companhia um do outro e na certeza do amor que sentiam. Em março Sophia ia para a fazenda nas tardes de sexta-feira e ficava até o domingo. Muitas vezes também passava as noites de quarta-feira lá. Quando não estava chovendo, na maior parte do tempo eles cavalgavam. Geralmente Sophia ajudava Luke nas tarefas na fazenda, outras vezes fazia companhia para Linda. Esse era o tipo de vida que Luke sempre havia imaginado para si... E então ele se lembrava de que ela estava chegando ao fim e não havia nada que pudesse fazer para evitar.

⚜

Uma noite, no meio de março, quando dava para sentir no ar o início da primavera, Luke levou Sophia a uma boate onde se apresentaria uma banda popular de música country. Do outro lado da mesa desgastada ele a observou segurando sua cerveja, os pés batendo no ritmo da música.

– Você leva jeito – disse ele, fazendo um sinal com a cabeça na direção de Sophia. – E acho que gosta dessa música.

– Eu gosto.

Luke sorriu.

– Você já ouviu aquela piada, não é? Sobre o que você ganha quando toca música country de trás para a frente?

Ela tomou um gole de cerveja.

– Acho que não.

– Você ganha de volta sua esposa, seu cão e seu caminhão.

Ela fingiu um sorriso.

– Que engraçado.

– Você não riu.

– Não foi tão engraçado assim.

Isso o fez rir.

– Você e a Marcia ainda estão se dando bem?

Sophia pôs uma mecha de cabelos soltos atrás de sua orelha.

– No início foi um pouco estranho, mas está quase normal de novo.

– Ela ainda está namorando Brian?

Sophia suspirou.

– Não. Eles terminaram porque Marcia descobriu que ele a estava traindo.

– Quando foi isso?

– Há algumas semanas. Talvez um pouco mais.

– Ela ficou chateada?

– Não muito. A essa altura já estava saindo com outro cara. Ele é do terceiro ano, então acho que não vai durar.

Luke arranhou distraidamente o rótulo de sua garrafa de cerveja.

– Ela é uma garota interessante.

– Marcia tem um bom coração – ressaltou Sophia.

– E você não está zangada pelo que ela fez?

– Eu estava. Agora não estou mais.

– Assim, do nada?

– Ela cometeu um erro. Não teve a intenção de me magoar. Pediu desculpas um milhão de vezes. E esteve ao meu lado quando precisei dela.

– Você acha que manterá contato com ela? Depois que se formar?

– É claro. Marcia ainda é minha melhor amiga. E você também deveria gostar dela.

– Por que está dizendo isso? – Luke ergueu uma sobrancelha.

– Porque, se não fosse por Marcia – disse Sophia –, eu nunca o teria conhecido.

Alguns dias depois Luke acompanhou sua mãe ao banco para propor uma renegociação que lhes permitiria ficar com a fazenda. Linda apresentou um plano de negócios que incluía vender quase metade das terras, inclusive a alameda de árvores de Natal, o canteiro de abóboras e um dos pastos, presumindo-se que conseguisse encontrar um comprador. Eles reduziriam o rebanho em um terço, mas, segundo os cálculos dela, conseguiriam pagar as parcelas reduzidas do empréstimo.

Três dias depois o banco rejeitou a proposta oficialmente.

Em uma sexta-feira à noite, no fim do mês, Sophia apareceu na fazenda, visivelmente perturbada. Tinha os olhos vermelhos e inchados, os ombros caídos, desesperada. Luke a abraçou assim que ela chegou à varanda.

– O que houve?

Ele a ouviu fungar e, quando ela falou, sua voz tremia:

– Não aguentei esperar mais – respondeu. – Então liguei para o Denver Art Museum e perguntei se eles haviam tido chance de examinar minha solicitação. Eles disseram que a vaga de estágio já tinha sido preenchida. E aconteceu a mesma coisa quando telefonei para o MoMA.

– Sinto muito – disse Luke, balançando-a em seus braços. – Sei como você queria isso.

Por fim, Sophia se afastou, a ansiedade estampada em seu rosto.

– O que eu vou fazer? Não quero voltar para a casa dos meus pais. Não quero trabalhar na delicatéssen de novo.

Luke estava prestes a lhe dizer que ela podia ficar ali com ele o tempo que quisesse, mas de repente se lembrou de que isso também não seria possível.

⚜

No início de abril Luke viu a mãe mostrar a propriedade para três homens. Reconheceu um deles, o dono de uma fazenda perto de Durham. Eles haviam conversado uma ou duas vezes em leilões de gado e Luke não tinha nenhuma opinião formada sobre ele, apesar de ser óbvio, mesmo à distância, que sua mãe não gostava muito do sujeito. Não soube dizer se isso era uma antipatia pessoal ou porque a perda da fazenda estava mais perto de se tornar realidade. Suspeitou de que os outros fossem parentes ou parceiros de negócios.

Naquela noite, durante o jantar, sua mãe não disse nada. E ele não perguntou.

⚜

Embora Luke só tivesse montado em três dos sete eventos do ano, obtivera pontos suficientes para, na data limite, estar em quinto lugar, apto a participar da grande turnê. Na semana seguinte, em Chicago, haveria um evento com um prêmio em dinheiro que daria para manter a fazenda até o fim do ano, presumindo-se que ele montasse tão bem quanto no início da temporada.

Mas Luke manteve a promessa feita a Sophia e a sua mãe. O touro mecânico no celeiro continuou coberto e outro peão foi para a grande turnê no lugar dele, sem dúvida sonhando com a vitória.

⚜

– Algum arrependimento? – perguntou Sophia a Luke. – Por não ter montado este fim de semana?

Sem mais nem menos eles foram até Atlantic Beach sob um céu azul e sem nuvens. A brisa estava fria, mas não gelada, e a praia pontilhada de pessoas caminhando ou soltando pipas; alguns intrépidos surfistas estavam descendo as longas ondas até a praia.

– Nenhum – respondeu ele sem hesitação.

Eles deram alguns passos, os pés de Luke escorregando na areia.

– Aposto que você teria se saído bem.

– Provavelmente.

– Acha que poderia ter vencido?

Luke pensou por um momento antes de responder, os olhos fixos em um par de toninhas deslizando na água.

– Talvez. Mas provavelmente não. Há alguns peões muito bons no circuito.

Sophia parou e olhou para Luke.

– Acabei de perceber uma coisa.

– O quê?

– Você disse que Monstrengo foi sorteado para você na final na Carolina do Norte.

Ele fez que sim com a cabeça.

– Mas nunca me disse o que aconteceu.

– É, acho que não disse mesmo – respondeu Luke, ainda observando as toninhas.

⚜

Uma semana depois, os três homens que tinham visitado a fazenda voltaram e passaram meia hora com Linda na cozinha. Luke desconfiou de que eles estavam fazendo algum tipo de proposta, mas não teve coragem de ir lá descobrir. Esperou que fossem embora. Quando entrou, encontrou a mãe ainda sentada à mesa.

Ela o olhou sem dizer nada. Então simplesmente negou com a cabeça.

⚜

– O que você vai fazer na próxima sexta-feira? – perguntou Sophia. – Não amanhã, mas na outra?

Era uma quinta-feira à noite, apenas um mês antes da formatura. A primeira vez – e provavelmente a última – que Luke se veria em uma boate cercado por um grupo barulhento de garotas da irmandade. Marcia também estava na boate, e embora tivesse cumprimentado Luke, estava muito mais interessada no rapaz de cabelos escuros que conhecera lá. Ele e Sophia quase tinham que gritar para se fazer ouvir acima do barulho incessante da música.

– Não sei. Trabalhar, eu acho – respondeu ele. – Por quê?

– Porque o professor titular do departamento, que também é meu orientador, me conseguiu um convite para um leilão de arte, e quero ir.

Luke se inclinou sobre a mesa.

– Você disse leilão de arte?

– Deve ser incrível, uma coisa que só acontece uma vez na vida. Vai ser no Greensboro Convention Center, realizado por uma das maiores casas de leilões de Nova York. Parece que um cara desconhecido da Carolina do Norte acumulou uma coleção de arte moderna de nível internacional. Pessoas de todo o mundo estão voando para lá para dar seus lances. Algumas obras valem uma fortuna.

– E você quer ir?

– Claro! É arte! Sabe quando foi a última vez que um leilão desse nível foi realizado aqui? Nunca.

– Quanto tempo vai durar?

– Não tenho ideia. Nunca fui a um leilão, mas, só para você ficar sabendo, eu vou. Seria bom você ir comigo. Caso contrário, terei que me sentar com meu orientador, e ele vai levar outro professor do departamento, o que significa que passarão o tempo todo conversando um com o outro. Digamos apenas que, se isso acontecer, provavelmente estarei de mau humor e talvez tenha que ficar na casa da irmandade a semana inteira para me recuperar.

– Se eu não a conhecesse, diria que você está me ameaçando.
– Não é uma ameaça. É só... algo em que pensar.
– E se eu pensar nisso e ainda assim disser não?
– Então ficará encrencado também.
Luke sorriu.
– Se isso é importante para você, eu não perderia por nada no mundo.

Luke não soube bem por que não havia percebido antes, mas em algum ponto lhe ocorreu que começar um novo dia de trabalho se tornara mais difícil com o tempo. O trabalho de manutenção da fazenda começara a ser prejudicado não porque não fosse importante, mas porque ele estava desmotivado. Por que substituir as grades tortas da varanda da casa da mãe? Por que tapar os furos que haviam se formado perto da bomba de irrigação? Por que preencher os buracos na longa entrada de cascalho que tinham se tornado mais fundos no inverno? Por que fazer qualquer coisa se eles não morariam lá por muito tempo?

Pensara que a mãe era imune a esses sentimentos, que ela tinha uma força que ele não herdara, mas, naquela manhã, ao sair a cavalo para conferir o gado, algo na propriedade da mãe chamou sua atenção e ele teve que fazer Cavalo parar.

A horta sempre fora um orgulho para Linda. Lembrava-se de que, desde muito pequeno, a via se preparar para o plantio da primavera ou retirar as ervas daninhas com muito cuidado no verão, colhendo os legumes e verduras no fim de um longo dia. Mas agora, ao olhar para o que deveriam ser fileiras impecavelmente retas, percebeu que o terreno estava coberto de ervas daninhas.

– O que me diz sobre sexta-feira? – Sophia se virou na cama para olhar para ele. – Tenha em mente que é um leilão de arte. – Só faltavam dois dias para o leilão e ele tentou parecer atento.
– Sim. Você me disse.
– Muitas pessoas ricas estarão lá. Pessoas importantes.
– Sim.
– Eu só queria me certificar de que você não planeja usar chapéu e botas.
– Eu imaginei.
– Vai precisar de um terno.
– Eu tenho um terno – disse ele. – Um bem bonito, aliás.
– Você tem um terno? – Sophia arqueou rapidamente as sobrancelhas.
– Por que parece tão surpresa?
– Porque não posso imaginá-lo de terno. Só o vejo de jeans.
– Isso não é verdade. – Ele deu uma piscadela. – Não estou de jeans agora.

– Pare de pensar besteiras – disse Sophia, sem querer estender o comentário dele. – Não é disso que eu estou falando, e você sabe.

Luke riu.

– Comprei um terno há dois anos. E, se quer saber, uma gravata, uma camisa e sapatos. Tive um casamento.

– Deixe-me adivinhar: foi a única vez que o usou, não foi?

– Não – respondeu Luke, balançando a cabeça. – Eu o usei de novo.

– Em outro casamento? – perguntou Sophia.

– Não. Em um enterro – corrigiu ele. – De uma amiga da minha mãe.

– Esse era o meu segundo palpite – disse Sophia, saindo da cama. Ela pegou a manta, se enrolou nela e a prendeu como se fosse uma toalha. – Quero ver o terno. Está no armário?

– Pendurado do lado direito... – Ele apontou, admirando a forma de Sophia na toga improvisada.

Ela abriu a porta, pegou o cabide e inspecionou o terno.

– Tem razão – disse. – É bonito mesmo.

– Veja só você, toda surpresa de novo.

Ainda segurando o terno, Sophia olhou para ele.

– Você não estaria?

⚜

De manhã Sophia voltou ao campus enquanto Luke saía a cavalo para inspecionar o rebanho. Tinham combinado que ele a pegaria no dia seguinte. Para surpresa de Luke, ele a encontrou sentada na varanda ao voltar para casa mais tarde.

Sophia estava segurando um jornal, e quando encarou Luke havia um assombro em sua expressão.

– O que houve? – perguntou ele.

– É sobre Ira – respondeu Sophia. – Ira Levinson.

Luke demorou um segundo para se lembrar do nome.

– Quer dizer o homem que resgatamos do carro?

Ela ergueu o jornal.

– Leia isto.

Luke pegou o jornal da mão de Sophia e leu o artigo que descrevia um leilão que ocorreria no dia seguinte. Ele franziu a testa, intrigado.

– Este é um artigo sobre o leilão.

– A coleção é de Ira – explicou Sophia.

⚜

Estava tudo lá no jornal. Ou quase tudo. Havia menos detalhes pessoais do que Luke esperara, mas ele ficou sabendo um pouco sobre a loja de Ira, a data de seu casamento com Ruth. Mencionava que ela havia sido professora, que eles começaram a colecionar arte moderna alguns anos depois do fim da Segunda Guerra Mundial e que nunca tiveram filhos.

O restante do artigo dizia respeito ao leilão e às obras que seriam oferecidas, a maioria das quais não significava nada para Luke. Contudo, terminava com uma informação que o fez parar e o afetou do mesmo modo como afetara Sophia.

Sophia apertou os lábios enquanto ele lia o fim da matéria.

– Ele não conseguiu sair do hospital – disse ela, com voz suave. – Morreu em decorrência das lesões um dia depois de o encontrarmos.

Luke ergueu os olhos para o céu, fechando-os por um momento.

Não havia realmente nada a dizer.

– Nós fomos as últimas pessoas que o viram – observou Sophia. – O artigo não diz isso, mas eu sei. A esposa estava morta, não tiveram filhos e ele havia se tornado quase um eremita. Morreu sozinho, e pensar nisso parte o meu coração. Porque...

A voz dela falhou e Luke se aproximou, pensando sobre a carta que Ira escrevera para a esposa.

– Eu sei por quê – disse. – Parte o meu coração também.

32

Sophia

No dia do leilão Sophia havia acabado de colocar os brincos quando viu a caminhonete de Luke parar na frente da casa. Embora tivesse zombado dele mais cedo por ter apenas um terno, na verdade ela também só tinha dois terninhos, ambos com saias de comprimento médio e blazer combinando. Só os havia comprado porque precisava de algo elegante e profissional para usar nas entrevistas. Na época temera que dois não fossem suficientes para todas as entrevistas que sem dúvida faria. O que a levou a pensar naquele velho ditado... Como era mesmo? As pessoas fazem planos e Deus ri... ou algo desse tipo?

Na verdade, Sophia só havia usado cada um deles uma vez. Sabendo que o terno de Luke era escuro, optara pelo mais claro. Apesar de seu entusiasmo inicial, agora se sentia estranhamente ambivalente em relação a ir ao leilão. Descobrir que aquela era a coleção de Ira tornava a coisa pessoal, de certo modo, e Sophia temeu que a cada pintura se lembrasse da expressão dele enquanto ela lia sua carta no hospital. Contudo, não ir parecia desrespeitoso, já que estava claro que a coleção significara muito para ele e a esposa. Ainda em conflito, ela saiu do quarto e desceu a escada.

Luke a esperava no hall.

– Está pronta?

– Acho que sim – contemporizou Sophia. – É diferente agora.

– Eu sei. Pensei em Ira a maior parte da noite.

– Eu também.

Luke forçou um sorriso, embora não houvesse muita energia por trás dele.

– A propósito, você está linda. Parece gente grande.

– Você também – disse ela, sinceramente. – Por que me sinto como se estivéssemos indo a um funeral? – perguntou-lhe Sophia.

– Porque, de certo modo, estamos.

Eles entraram em uma das enormes salas de exposições do centro de convenções às onze horas da manhã. Aquilo não era nem um pouco como Sophia esperara. No fim da sala havia um palco, cercado por cortinas dos três lados; à direita, duas mesas compridas sobre plataformas, cada uma com dez telefones; no outro lado, um palanque, sem dúvida para o leiloeiro. Uma grande tela formava o pano de fundo do palco e bem na frente havia um cavalete vazio. Aproximadamente trezentas cadeiras estavam dispostas em meia-lua na frente do palco, permitindo aos arrematadores uma visão desimpedida.

Embora a sala estivesse cheia, apenas algumas das cadeiras estavam ocupadas. A maioria das pessoas perambulava, examinando fotografias de algumas das peças mais valiosas. As fotografias estavam em cavaletes ao longo das paredes, junto com informações sobre o artista, preços que suas obras atingiram em outros leilões e valores estimados. Outros visitantes se reuniam ao redor dos quatro palanques em cada lado da entrada, onde havia pilhas altas de catálogos que apresentavam toda a coleção.

Sophia andou pela sala, com Luke ao seu lado, sentindo-se um pouco aturdida. Não só porque tudo aquilo um dia fora de Ira, mas por causa da coleção em si. Havia obras de Picasso e Warhol, Johns e Pollock, Rauschenberg e De Kooning expostas lado a lado. Algumas eram peças sobre as quais ela nunca havia lido ou mesmo ouvido falar. E os boatos sobre seus valores não eram exagerados; ela ficava boquiaberta com algumas das avaliações, só para descobrir que a próxima série de pinturas valia ainda mais. Durante esse tempo, tentou ligar aqueles números a Ira, o velhinho doce que tinha escrito sobre o amor que sentia por sua esposa.

Os pensamentos de Luke pareceram refletir os dela, porque ele pegou sua mão e murmurou:

– Não havia nada na carta dele sobre isso.

– Talvez nada disso importasse para ele – disse Sophia, perplexa. – Mas como podia não importar? – Como Luke não respondeu, ela apertou sua mão. – Gostaria que tivéssemos podido ajudá-lo mais.

– Não sei se havia algo mais que pudéssemos ter feito.

– Ainda assim...

Os olhos azuis de Luke procuraram os dela.

– Você leu a carta – disse. – Era isso que ele queria. E acho que é por isso que você e eu estávamos destinados a encontrá-lo. Quem mais teria ficado esperando?

Quando pediram às pessoas que se sentassem, Luke e Sophia encontraram duas cadeiras vazias na fileira dos fundos. De lá era quase impossível ver a tela, o que decepcionou Sophia. Teria sido ótimo poder ver algumas das pinturas de perto, mas ela sabia que aquelas cadeiras deviam estar reservadas para possíveis compradores, e a última coisa que queria era que mais tarde alguém lhe desse um tapinha no ombro e lhe pedisse que se levantasse. Alguns minutos depois, homens e mulheres de terno começaram a se sentar atrás dos telefones nas mesas elevadas, e aos poucos as luzes do teto começaram a diminuir enquanto vários holofotes apontavam para baixo, iluminando o palco.

Sophia examinou a multidão, avistando seus dois professores. Conforme o relógio se aproximava de uma hora, a sala foi ficando mais silenciosa, os murmúrios desaparecendo totalmente quando um senhor de cabelos grisalhos, usando um terno de corte perfeito, foi para o palanque. Trazia nas mãos uma pasta que abriu antes de procurar os óculos de leitura no bolso. Ele os ajeitou sobre o nariz, enquanto juntava as páginas.

– Senhoras e senhores, gostaria de agradecer a todos por virem ao leilão da extraordinária coleção de Ira e Ruth Levinson. Como sabem, não é comum nossa empresa realizar esse tipo de evento em locais que não são nossos, mas o Sr. Levinson não nos deixou muita escolha. Também não é comum os detalhes do leilão permanecerem um tanto vagos. Para começar, quero explicar as regras deste leilão em particular. Debaixo de todas as cadeiras há uma tabuleta numerada e...

Ele continuou a descrever o processo de lances, mas os pensamentos de Sophia voltaram a divagar para Ira e ela se desligou. Só ouviu por alto a lista daqueles que tinham decidido ir ao leilão – curadores do Whitney e do MoMA, do Tate e de inúmeros outros de cidades no exterior. Sophia imaginou que a maioria das pessoas na sala era de representantes de colecionadores ou galerias particulares, sem dúvida esperando adquirir algo extremamente raro.

Depois que as regras foram descritas em linhas gerais e indivíduos e instituições agradeceram, o senhor de cabelos grisalhos voltou a se concentrar na plateia.

– Agora tenho o prazer de lhes apresentar Howie Sanders. O Sr. Sanders foi advogado de Ira Levinson durante muitos anos e preparou algumas declarações que também gostaria de lhes fazer.

Então Sanders – um idoso curvado cujo terno escuro de lã revelava sua figura ossuda – apareceu e se dirigiu lentamente ao palanque. Pigarreou antes de começar seu discurso com voz forte e clara:

– Estamos reunidos aqui hoje para participar de um evento extraordinário. Afinal, é muito raro uma coleção deste porte e vulto passar despercebida durante tantos anos. Até seis anos atrás, creio que poucas pessoas nesta sala sequer soubessem de sua existência. As circunstâncias de sua criação, os motivos, por assim dizer, foram descritos em um artigo de uma revista. Contudo, admito que até eu, que fui advogado de Ira Levinson nos últimos quarenta anos, fiquei surpreso com a importância cultural e o valor desta coleção.

Ele fez uma pausa para olhar para a plateia antes de continuar:

– Mas não é por isso que estou aqui. Estou aqui porque Ira foi claro em suas instruções em relação a este leilão e me pediu que dirigisse algumas palavras a todos vocês antes do seu início. Confesso que preferiria que ele não tivesse me pedido isso. Embora eu me sinta confortável em um tribunal ou no meu escritório, raramente me pedem que encare uma plateia como esta, em que muitos de vocês foram incumbidos da responsabilidade de arrematar uma determinada obra de arte para um cliente ou uma instituição por um preço que até mesmo eu tenho dificuldade de compreender. E, no entanto, como meu amigo Ira me pediu, vejo-me nessa posição nada invejável.

Algumas risadas bem-humoradas foram ouvidas na plateia.

– O que posso lhes dizer sobre Ira? Que ele foi um bom homem? Um homem honesto e consciencioso? Que adorava a esposa? Ou deveria lhes falar sobre a loja dele ou a silenciosa sabedoria que exalava sempre que estávamos juntos? Fiz-me todas essas perguntas em uma tentativa de discernir o que Ira realmente queria que eu dissesse a vocês. O que Ira teria dito se ele, não eu, estivesse em pé aqui? Acho que teria dito isto: "Quero que todos vocês entendam."

Ele permitiu que o comentário fosse assimilado, certificando-se de que tinha a atenção da plateia.

– Há uma citação maravilhosa com que deparei – continuou. – É atribuída a Pablo Picasso, e como a maioria de vocês provavelmente sabe, ele não é o único artista não americano cuja obra será apresentada no leilão de hoje. Ao que consta, anos atrás ele disse: "Todos nós sabemos que a arte não é a verdade. A arte é uma mentira que nos faz perceber a verdade, ou pelo menos a verdade que nos é dada a entender."

Olhou novamente para a plateia, sua voz se suavizando:

– A arte é uma mentira que nos faz perceber a verdade, ou pelo menos a verdade que nos é dada a entender – repetiu. – Quero que vocês pensem sobre isso. – Ele examinou a plateia, em busca dos rostos em silêncio. – Acho essa afirmação profunda em vários níveis. Obviamente, refere-se ao modo pelo qual vocês poderiam ver a arte que examinarão aqui hoje. Porém, ao refletir sobre isso, comecei a me perguntar se Picasso estava se referindo apenas à arte ou se ele queria que também víssemos nossa vida sob esse prisma. O que Picasso estava sugerindo? Para mim, ele estava dizendo que nossa realidade é pautada por nossas percepções. Que algo é bom ou ruim apenas porque nós, vocês e eu, acreditamos que seja, baseados em nossas próprias experiências. Mas Picasso também diz que isso é uma mentira. *Em outras palavras, nossas opiniões, nossos pensamentos e nossos sentimentos, tudo que experimentamos, não precisam nos definir para sempre.* Sei que para alguns de vocês pode parecer que me desviei para um discurso sobre relativismo moral, enquanto o restante, provavelmente, acha que sou apenas um velho louco...

Mais uma vez a plateia riu.

– Mas estou aqui para lhes dizer que Ira teria ficado feliz com o fato de eu ter escolhido essa citação. Ele acreditava no bem e no mal, no certo e no errado, no amor e no ódio. Cresceu num mundo e num tempo em que a destruição e o ódio eram evidentes em uma escala mundial. E ainda assim nunca deixou que isso o definisse, ou definisse o homem que ele tentava se tornar diariamente. Hoje quero que vocês vejam este leilão como uma espécie de memorial a tudo que Ira achava importante. Mas, acima de tudo, espero que vocês entendam.

⚜

Sophia não soube bem como interpretar o discurso de Sanders e, olhando ao redor, achou que os outros também não sabiam. Enquanto ele falava, notou várias pessoas digitando em seus telefones e outras estudando o catálogo.

Então houve um breve intervalo enquanto o senhor de cabelos grisalhos conversava com Sanders antes de o leiloeiro voltar ao palanque. Mais uma vez ele pôs seus óculos de leitura e pigarreou.

– Como todos sabem, o leilão foi programado em fases. A primeira ocorrerá hoje. Ainda não decidimos o número ou momento das subsequentes, porque elas, sem dúvida, também dependerão do andamento de hoje. Agora, sei que muitos de vocês estão esperando pelos parâmetros do leilão em si.

Quase em sincronia, a multidão começou a se inclinar para a frente, atenta.

– Repito que os parâmetros foram estabelecidos pelo cliente. O contrato de leilão foi bastante específico em vários... detalhes incomuns... inclusive a ordem em que as peças seriam oferecidas. Conforme as instruções que todos vocês receberam previamente, faremos agora um intervalo de trinta minutos para que possam discutir a ordem com seus clientes. A lista das pinturas oferecidas hoje pode ser encontrada nas páginas 34 a 96 do catálogo. Elas também estão representadas nas fotografias ao longo das paredes. Além disso, a ordem do leilão será mostrada na tela.

Algumas pessoas se levantaram de suas cadeiras, procurando telefones. Outras começaram a conversar. Luke se inclinou para sussurrar no ouvido de Sophia:

– Quer dizer que ninguém aqui sabia a ordem das obras? E se a que alguém quisesse só fosse leiloada no fim? As pessoas poderiam ficar aqui durante horas.

– Por uma oportunidade tão extraordinária, provavelmente esperariam.

Luke apontou para os cavaletes ao longo da parede.

– Então, qual você quer? Tenho algumas centenas de dólares na carteira e uma tabuleta numerada debaixo da minha cadeira. O Picasso? O Jackson Pollock? Um dos Warhols?

– Quem dera!

– Você acha que os preços de venda se aproximarão das avaliações?

– Não tenho a menor ideia, mas é provável que sim. Estou certa de que a casa de leilões tem muita experiência nisso.

– Algumas dessas pinturas valem mais que vinte fazendas como a minha.

– Eu sei.

– Isso é loucura.

– Talvez – admitiu Sophia.

Ele girou a cabeça, observando a cena.

– Eu me pergunto o que Ira acharia de tudo isso.

Sophia se lembrou do velho que havia encontrado no hospital e da carta, que em momento algum mencionara as obras de arte.

– Eu me pergunto se ele se importaria – disse ela.

Quando o intervalo terminou e todos voltaram para seus lugares, o senhor de cabelos grisalhos foi para o palanque. Naquele instante dois homens carregavam cuidadosamente uma pintura coberta para o cavalete no palco. Embora Sophia esperasse uma clara manifestação de interesse agora que o leilão estava começando, ao examinar a sala percebeu que apenas umas poucas pessoas pareciam interessadas. Mais uma vez as viu digitar em seus celulares enquanto o leiloeiro se preparava para sua apresentação. Ela sabia que a primeira obra importante, um dos De Koonings, seria a segunda a ser apresentada, e o Jasper Johns viria em sexto. No meio havia artistas que Sophia teve dificuldade em identificar, e esse era, sem dúvida, um deles.

– A primeira obra é uma pintura que pode ser encontrada na página 34 do catálogo. A pedido do Sr. Levinson, uma fotografia não foi exibida antes desta apresentação. É um óleo sobre tela, de 60 por 76 centímetros, que Levinson, não o artista, chamou de *Retrato de Ruth.* Ruth, como a maioria de vocês sabe, era a esposa de Ira Levinson.

Sophia e Luke prestaram atenção na mesma hora, concentrando-se no cavalete enquanto a pintura era descoberta. Por trás, a obra ampliada era projetada na tela. Mesmo com seu olho não treinado, Sophia percebeu que devia ter sido pintada por uma criança.

– O retrato foi pintado por um americano, Daniel McCallum, nascido em 1953 e morto em 1986. A data exata da pintura é desconhecida, embora seja estimada entre 1965 e 1967. Segundo a descrição de Ira Levinson, Daniel era ex-aluno de Ruth e a pintura foi dada ao Sr. Levinson pela viúva de McCallum, em 2002.

Conforme ele falava, Sophia se levantou para ver melhor. Mesmo à distância, percebeu que o pintor era um amador, mas, depois de ter lido a carta, viu-se perguntando como era Ruth. Apesar da crueza da interpretação, Ruth ainda parecia bonita, com uma expressão terna que a fez lembrar de Ira. O leiloeiro continuou:

– Pouco se sabe sobre o artista e, ao que consta, ele não produziu outras obras. Aqueles que não tomaram providências para ver a obra ontem podem se aproximar do palco para estudá-la. Os lances começarão em cinco minutos.

Ninguém se moveu, e Sophia soube que não se moveria. Ouviu as conversas aumentarem, algumas pessoas batendo papo enquanto outras controlavam em silêncio sua ansiedade em relação aos lances do segundo item, quando o leilão começaria de verdade.

Os cinco minutos passaram devagar. O homem no palanque não demonstrou nenhuma surpresa. Folheou os papéis na sua frente, aparentemente tão desinteressado quanto qualquer outra pessoa. Até Luke pareceu desengajado, o que a surpreendeu, considerando que ele também a ouvira ler a carta de Ira.

Quando o tempo se esgotou, o leiloeiro pediu silêncio.

– *Retrato de Ruth,* de Daniel McCallum. Começaremos com mil dólares – disse ele. – Mil dólares. Quem dá mil dólares?

Ninguém na plateia se moveu. No palanque, o homem de cabelos grisalhos não esboçou nenhuma reação.

– Quem dá novecentos dólares? Por favor, notem que esta é uma chance de comprar parte de uma das maiores coleções particulares já reunidas.

Nada.

– Oitocentos?

Depois de alguns segundos:

– Setecentos?

– Seiscentos?

A cada queda no preço Sophia sentia algo começar a desmoronar dentro dela. De algum modo, aquilo não estava certo. Voltou a pensar na carta que Ira escrevera para Ruth, uma carta que revelava quanto ela havia significado para ele.

– Quinhentos?

– Quatrocentos?

E naquele instante, pelo canto do olho, Sophia viu Luke erguer sua tabuleta.

– Quatrocentos dólares – gritou, e o som de sua voz pareceu ricochetear nas paredes.

Embora algumas pessoas na plateia tivessem se virado, elas pareceram apenas um pouco curiosas.

– Temos quatrocentos dólares. Quatrocentos. Alguém dá quatrocentos e cinquenta?

Mais uma vez a sala permaneceu em silêncio. Sophia se sentiu subitamente zonza.

– Dou-lhe uma, dou-lhe duas... Vendido!

⚜

Uma morena bonita se aproximou de Luke, segurando uma prancheta. Ela pediu informações antes de explicar que era hora de pagar. Pediu seus dados bancários ou o formulário que ele havia preenchido antes.

– Não preenchi nenhum formulário – disse Luke.

– Como deseja pagar?

– Vocês aceitam dinheiro?

A mulher sorriu.

– Sim, senhor. Por favor, me siga.

Luke se afastou com a mulher e voltou alguns minutos depois, segurando seu recibo. Com um sorriso tímido no rosto, sentou-se ao lado de Sophia.

– Por que fez isso? – perguntou ela.

– Aposto que essa é a pintura de que Ira mais gostava. – Ele deu de ombros. – Foi a primeira a ser leiloada. Além disso, ele amava a esposa, era um retrato dela e não pareceu certo que ninguém o quisesse.

Sophia refletiu sobre isso.

– Se eu não soubesse das coisas, diria que você está se tornando um romântico.

– Acho que o romântico era Ira. Sou apenas um peão de touros arruinado.

– Você é mais do que isso – disse Sophia, cutucando-o com o cotovelo. – Onde irá pendurar o retrato?

– Não sei se isso realmente importa, não é? Além do mais, nem sei onde vou morar daqui a alguns meses.

Antes que Sophia pudesse responder, ouviu o martelo bater e viu o leiloeiro se dirigir ao microfone de novo.

– Senhoras e senhores, desta vez, antes de prosseguirmos, conforme os parâmetros do leilão, gostaria de reapresentar Howie Sanders, que deseja ler uma carta de Ira Levinson relacionada com a compra deste item.

Sanders surgiu de trás da cortina farfalhante, em seu terno grande demais e com um envelope na mão. O senhor de cabelos grisalhos deu um passo para o lado, abrindo espaço para ele falar ao microfone.

Sanders usou um abridor de cartas para rasgar a parte superior do envelope e tirar um papel lá de dentro. Respirou fundo e depois a abriu devagar. Examinou a sala e tomou um gole de água. Naquele momento ficou sério, como um ator se preparando para uma cena particularmente dramática, antes de enfim começar a ler:

– Meu nome é Ira Levinson e hoje vocês ouvirão minha história de amor. Não é do tipo que poderiam imaginar. Não é uma história com heróis e vilões, tampouco uma com belos príncipes e princesas. É uma história sobre um homem simples chamado Ira que conheceu uma mulher extraordinária chamada Ruth. Nós nos conhecemos na juventude e nos apaixonamos; no devido tempo, nos casamos e fizemos nossos votos. Uma história como muitas outras, exceto pelo fato de Ruth ter um olho para a arte, ao passo que eu só tinha olhos para ela. De algum modo isso foi suficiente para reunirmos uma coleção que se tornou inestimável para nós dois. Para Ruth, a arte era uma questão de talento; para mim, era simplesmente um reflexo de Ruth, e assim enchemos nossa casa e tivemos uma vida longa e feliz. Então, cedo demais a meu ver, aquilo acabou e me vi sozinho num mundo que não fazia mais nenhum sentido.

Sanders parou para secar as lágrimas, e para surpresa de Sophia ela ouviu a voz do advogado começar a falhar. Ele pigarreou e Sophia se inclinou para a frente, subitamente interessada no que Sanders dizia.

– Isso não foi justo para mim. Sem Ruth, não havia motivo algum para seguir em frente. E então um milagre aconteceu. Um retrato de minha esposa chegou, um presente inesperado, e quando o pendurei em minha parede tive a estranha sensação de que Ruth estava zelando por mim de novo. Ajudando-me. Guiando-me. E, pouco a pouco, as lembranças da minha vida com ela foram restauradas, recordações ligadas a cada peça de nossa coleção. Para mim, essas lembranças sempre foram mais valiosas do que as obras de arte. É impossível para mim abrir mão delas, e, mesmo assim, se as obras de arte eram de Ruth e as lembranças eram minhas, o que eu deveria fazer com a coleção? Eu entendia esse dilema, mas a lei, não, e durante muito tempo eu não soube o que fazer. Afinal, sem Ruth eu não era nada. Eu a amei desde o momento em que a conheci, e embora eu não esteja mais aqui, saibam que a amei até meu último suspiro. Mais do que tudo, quero que vocês entendam esta simples verdade: ainda que a coleção seja linda e inestimável, eu teria trocado toda ela por apenas mais um dia com minha adorada esposa.

Sanders observou a multidão. Todos estavam imóveis em suas cadeiras.

Algo fora do comum estava acontecendo. Sanders também pareceu perceber isso e, talvez o antecipando, se engasgou. Ele levou o dedo indicador aos lábios antes de continuar.

– *Apenas mais um dia* – repetiu, deixando as palavras pairarem no ar antes de prosseguir. – Mas como posso fazer todos vocês acreditarem que eu teria feito uma coisa dessas? Como posso convencê-los de que eu não me importava nem um pouco com o valor comercial das obras? Como posso lhes provar quanto Ruth realmente foi especial para mim? Como vocês nunca se esquecerão de que meu amor por ela está no coração de cada obra que compramos?

Sanders relanceou os olhos para o teto abobadado, antes de voltar a olhar para a plateia.

– A pessoa que comprou *Retrato de Ruth* pode fazer o favor de se levantar?

Àquela altura Sophia mal podia respirar. Seu coração estava disparado. Quando Luke se levantou, ela sentiu a atenção de toda a plateia se voltar para ele.

– Os termos do meu testamento e do leilão são simples: decidi que quem comprasse o *Retrato de Ruth* receberia efetiva e imediatamente toda a coleção. E como ela não mais me pertence, o resto do leilão está cancelado.

33

Luke

Luke não conseguia se mover. Em pé na última fileira, viu a sala cair num silêncio aturdido. Demorou vários segundos para as palavras de Ira serem registradas, não só por ele, mas por todos os presentes. Sanders não podia ter falado sério. Ou, se tinha, Luke o entendera mal. Porque, para ele, estava parecendo que acabara de adquirir toda a coleção. Mas isso não era possível. Não podia ser. Podia?

Seus pensamentos pareceram refletir os da plateia. Luke viu expressões de perplexidade e testas franzidas de incompreensão, pessoas erguendo as mãos, rostos revelando choque e confusão, talvez até um sentimento de traição.

Então, depois disso, pandemônio. Não como um tumulto em que pessoas atiram cadeiras, visto com tanta frequência em eventos esportivos, mas como uma raiva contida dos ricos e arrogantes. Um homem no centro da terceira fila se levantou e ameaçou chamar seu advogado; outro gritou que fora atraído para lá com falsas promessas e também chamaria o dele. Outro ainda insistiu em que aquilo era uma fraude.

A indignação e a raiva na sala começaram a aumentar, primeiro devagar e depois explosivamente. Mais pessoas se levantaram e começaram a gritar com Sanders. Outro grupo concentrou sua atenção no senhor de cabelos grisalhos. No outro lado da sala, um dos cavaletes foi atirado no chão quando alguém foi embora furiosamente.

E então os rostos começaram a se virar para Luke. Ele sentiu a raiva, o desapontamento e a traição. Mas também sentiu em alguns uma clara suspeita. Em outros brilhava a luz da oportunidade. Uma loura bonita com um terninho justo se aproximou e, ao mesmo tempo, cadeiras foram empurradas para o lado enquanto muitas pessoas começavam a correr para Luke, falando ao mesmo tempo.

– Com licença...

– Podemos conversar?

– Gostaria de agendar uma reunião com o senhor...

– O que vai fazer com o Warhol?

– Meu cliente está muito interessado em um dos Rauschenbergs...

Instintivamente, Luke agarrou a mão de Sophia e empurrou sua cadeira para trás, abrindo espaço para a fuga. Um instante depois estavam correndo para a porta, perseguidos pelo público.

Luke a abriu e deparou com seis seguranças em pé entre duas mulheres e um homem que usavam distintivos da casa de leilões responsável pelo evento. Uma das pessoas era a mulher bonita que havia anotado suas informações e recebido o dinheiro que ele tinha na carteira.

– Sr. Collins? – chamou ela. – Meu nome é Gabrielle e trabalho para a casa de leilões. Temos uma sala privada para o senhor bem no fim do corredor. Previmos que as coisas poderiam sair um pouco do controle e tomamos providências especiais para seu conforto e segurança. Pode fazer o favor de nos acompanhar?

– Eu só estava pensando em ir para a minha caminhonete...

– Há documentos a assinar, como pode imaginar. Por favor. Se não se importa. – Ela apontou para o corredor.

Luke olhou para trás, vendo a multidão se aproximar.

– Vamos – decidiu.

Ainda segurando a mão de Sophia, virou-se e seguiu Gabrielle, ladeado por três seguranças. Luke percebeu que os outros tinham permanecido na porta para impedir que o público os seguisse. Lembrou-se vagamente das pessoas gritando para ele, bombardeando-o com perguntas.

Teve a impressão surreal de que fora vítima de uma pegadinha, embora até agora não soubesse quem era o autor da brincadeira. Aquilo era uma loucura. Tudo era uma loucura...

Seu grupo fez a curva e entrou por uma porta que levava a uma escada. Quando Luke se virou para olhar por cima do ombro, percebeu que apenas dois dos seguranças continuavam com eles; os outros tinham ficado para trás para guardar a porta.

No segundo andar, Luke e Sophia foram levados a um conjunto de portas almofadadas, que Gabrielle abriu.

– Por favor – disse ela, conduzindo-os para um vasto conjunto de salas. – Fiquem à vontade. Temos bebida e comida aqui, além do catálogo. Estou certa de que o senhor tem mil perguntas e posso lhe garantir que todas serão respondidas.

– O que está acontecendo? – perguntou Luke.

Ela ergueu uma sobrancelha.

– Acho que o senhor já sabe – disse, sem responder diretamente. Então se virou na direção de Sophia e estendeu a mão.

– Não sei seu nome.

– Sophia. Sophia Danko.

Gabrielle inclinou a cabeça.

– Eslovaco, não é? A Eslováquia é um belo país. Prazer em conhecê-la. – E virando-se de novo para Luke, disse: – Os seguranças ficarão do lado de fora da sala, para que não tenha que se preocupar com a possibilidade de alguém vir perturbá-lo. Por enquanto, sei que o senhor tem muito sobre o que pensar e discutir. Nós os deixaremos sozinhos por alguns minutos para inspecionar sua coleção, está bem?

– Acho que sim – disse Luke, sua mente ainda girando. – Mas...

– O Sr. Lehman e o Sr. Sanders virão logo.

Luke ergueu uma sobrancelha para Sophia antes de examinar a sala bem-equipada. Sofás e cadeiras ao redor de uma mesa redonda baixa. Sobre a mesa havia várias bebidas, inclusive um balde de gelo com champanhe, uma bandeja de sanduíches, frutas e queijos fatiados em um prato de cristal.

Perto da mesa estava o catálogo, aberto em uma determinada página. A porta se fechou atrás deles e Luke se viu sozinho com Sophia. Olhando o catálogo, ela se aproximou da mesa, hesitante. Luke a viu examinar a página aberta.

– É Ruth – disse, tocando na página.

Ele a observou enquanto ela passava o dedo levemente sobre o retrato.

– Isso não pode esta acontecendo de verdade, não é?

Sophia continuou a olhar para o retrato antes de se virar para Luke com um sorriso de admiração e êxtase.

– Sim – disse ela. – Acho que está acontecendo de verdade.

⚜

Gabrielle voltou com o Sr. Sanders e o Sr. Lehman, que Luke reconheceu como o senhor de cabelos grisalhos que conduzira o leilão.

Depois de se apresentar, Sanders se sentou em uma cadeira e assoou o nariz em um lenço de linho. De perto, Luke notou as rugas e as grossas sobrancelhas brancas e achou que o homem devia ter cerca de 70 anos. Contudo, um ar travesso em seu rosto o fazia parecer mais jovem.

– Antes de começarmos, deixe-me responder à primeira e mais óbvia pergunta que sei que está se fazendo – começou Sanders, pousando as mãos nos joelhos. – Isso é um engodo? Comprando *Retrato de Ruth* você realmente herdou toda a coleção?

– Mais ou menos isso – admitiu Luke.

Desde a comoção no auditório ele se sentia totalmente desnorteado. Aquele ambiente... Aquelas pessoas... Nada poderia lhe parecer mais estranho.

– A resposta para sua pergunta é sim – disse Sanders, com a voz bondosa. – Segundo os termos do testamento de Ira Levinson, o comprador dessa obra em particular, *Retrato de Ruth*, receberia toda a coleção. Foi por isso que ela foi posta à venda primeiro. Em outras palavras, isso não está condicionado a nada. A coleção agora é sua e você pode fazer o que quiser com ela.

– Então posso lhe pedir para colocá-la na carroceria da minha caminhonete para que eu possa levá-la para casa? Agora?

– Sim – respondeu Sanders. – Embora, se levarmos em conta o tamanho da coleção, provavelmente serão necessárias várias viagens. E, dado o valor de algumas das obras, eu recomendaria um modo de transporte mais seguro.

Luke olhou para ele, atônito.

– Mas há uma questão que deveria considerar.

Lá vem, pensou Luke.

– Tem a ver com os impostos sobre herança – disse Sanders. – Não sei se o senhor sabe ou não, mas toda herança acima de um determinado valor está sujeita a taxação pelo governo dos Estados Unidos ou pela Receita Federal. O valor da coleção supera em muito o da isenção, o que significa que agora terá que pagar uma alta soma. A menos que o senhor disponha de uma fortuna, e uma grande fortuna por sinal, com ativos líquidos substanciais para cobrir esses impostos, provavelmente terá que vender parte da coleção. Talvez até metade dela. Isso depende, é claro, das peças que decidir vender. Entende o que estou dizendo?

– Acho que sim. Recebi uma herança de alto valor e por isso terei que pagar impostos.

– Exatamente. Então, antes de prosseguirmos, gostaria de lhe perguntar se o senhor tem um advogado patrimonial que gostaria de consultar. Se não tiver, ficarei feliz em indicar alguns.

– Não tenho ninguém.

Sanders fez um sinal afirmativo com a cabeça.

– Achei que não tivesse. O senhor é bastante jovem. O que é bom, é claro. – Ele pegou um cartão de visita em seu bolso. – Se telefonar para o meu escritório na segunda-feira de manhã fornecerei uma lista. É claro que não será obrigado a consultar nenhum dos advogados que eu sugerir.

Luke examinou o cartão.

– Aqui diz que o senhor é advogado patrimonial.

– Sou. No passado atuei em outras áreas, mas hoje em dia a área patrimonial condiz mais comigo.

– Então posso contratá-lo?

– Se o senhor quiser – respondeu ele. Sanders fez um gesto na direção das outras pessoas na sala. – O senhor já conheceu Gabrielle. Ela é a vice-presidente de relacionamento com clientes da casa de leilões.

Luke trocou gentilezas antes de Sanders continuar.

– Como deve imaginar, organizar um leilão dessa maneira foi... difícil, sob muitos aspectos, inclusive o financeiro. A casa de leilões do Sr. Lehman era a preferida de Ira Levinson. Apesar de não ser obrigado a usar seus serviços no futuro, quando Ira e eu estávamos cuidando dos detalhes, ele me disse para pedir ao comprador que considerasse fortemente seu relacionamento preexistente com eles. Eles são considerados uma das maiores casas de leilões do mundo, o que acho que sua própria pesquisa confirmará.

Luke olhou para os rostos que o cercavam, a realidade se impondo aos poucos.

– Está bem – concordou. – Mas não posso tomar nenhum tipo de decisão sem consultar meu advogado.

– Acho que é uma decisão sábia – disse Sanders. – Embora estejamos aqui para responder às suas perguntas, eu recomendaria que contratasse um advogado o mais rápido possível. O senhor se beneficiaria com uma orientação profissional no que provavelmente será um processo bastante complicado, não só em relação ao patrimônio, mas também a outras áreas de sua vida. Afinal, mesmo deduzidos os impostos, agora o senhor é um homem muito rico. Então, por favor, faça as perguntas que quiser.

Luke olhou nos olhos de Sophia e depois se virou para Sanders de novo.

– Por quanto tempo o senhor foi advogado de Ira?

– Por mais de quarenta anos – respondeu ele, com um traço de tristeza.

– E se eu contratasse um advogado ele me representaria da melhor forma possível?

– Como seu advogado, seria obrigado a isso.

– Então deveríamos resolver essa questão agora – concluiu Luke. – Como faço para contratá-lo? No caso de eu querer falar com o Sr. Lehman aqui?

– O senhor teria que me pagar um sinal.

– De quanto? – Luke franziu a testa, preocupado.

– Por enquanto – disse Sanders –, acho que um dólar seria suficiente.

Luke respirou fundo, finalmente entendendo a enormidade de tudo aquilo. A riqueza. A fazenda. A vida que ele poderia ter com Sophia.

Com isso Luke pegou sua carteira e inspecionou o conteúdo. Não havia sobrado muito depois da compra do retrato, apenas o bastante para comprar alguns galões de gasolina.

Ou talvez menos, porque usou parte do dinheiro para pagar o sinal a Howie Sanders.

Epílogo

No mês que se seguiu ao leilão, em alguns momentos Luke se sentiu representando um papel em uma fantasia que outra pessoa concebera para ele. Por recomendação de David Lehman, outro leilão fora programado para o meio de junho, dessa vez em Nova York. Outro para o meio de julho e outro ainda para setembro. As vendas incluiriam a maior parte da coleção, mais do que o suficiente para pagar os impostos.

Naquele primeiro dia, com Gabrielle e David Lehman na sala, Luke também explicou a situação da fazenda e viu Sanders fazer anotações. Quando Luke perguntou se havia algum modo de ele ter acesso ao dinheiro de que precisava para quitar a hipoteca, Sanders pediu licença para sair da sala e voltou quinze minutos depois, quando explicou calmamente a Luke que o vice-presidente sênior do banco, com quem falara, estava disposto a manter as parcelas menores por mais um ano e talvez até suspender por completo os juros por um tempo, se isso fosse da preferência de Luke. E em vista de sua nova condição financeira, o banco consideraria oferecer uma linha de crédito para quaisquer melhorias que ele quisesse realizar.

Tudo que Luke conseguiu fazer foi balbuciar algumas palavras.

– Mas... como?

Sanders sorriu, aquele traço de tristeza surgindo novamente em seus olhos.

– Digamos apenas que eles gostariam de fortalecer o relacionamento com um cliente fiel que ficou rico de repente.

Sanders também o apresentou a vários administradores de investimentos, fazendo perguntas que Luke mal conseguia entender, muito menos pensar em fazer. Ajudou-o a entender as complexidades que vinham com a riqueza, garantindo-lhe que estaria ali para auxiliá-lo em tudo que ele precisasse aprender.

Apesar de às vezes se sentir sobrecarregado, Luke era o primeiro a admitir que existiam problemas muito piores.

No início a mãe de Luke não acreditou nele nem em Sophia. Primeiro zombou e, depois de Luke insistir que aquilo havia acontecido, ficou zangada. Só quando ele telefonou para o banco local e pediu que chamassem o vice-presidente sênior Linda começou a achar que ele poderia não estar brincando.

Luke a pôs na linha com o funcionário do banco, que garantiu que, por enquanto, ela não precisaria se preocupar com o empréstimo. Embora sua mãe tivesse demonstrado pouca emoção durante o telefonema, respondendo monossilabicamente, depois que desligou abraçou Luke e chorou um pouco.

Contudo, quando se afastou, a mãe estoica que ele conhecia estava de volta.

– Agora estão sendo generosos, mas onde estavam quando realmente precisei deles?

Luke deu de ombros.

– Boa pergunta.

– Vou aceitar a oferta deles – anunciou, virando-se. – Mas quando o empréstimo estiver totalmente pago, quero que você encontre outro banco.

Sanders o ajudou nisso também.

⚜

A família de Sophia veio de Nova Jersey para a formatura dela e Luke se sentou com eles naquele dia quente de primavera, aplaudindo quando ela atravessou o palco. Depois saíram para jantar e, para surpresa de Luke, eles lhe perguntaram se poderiam visitar a fazenda no dia seguinte.

Linda pôs Luke para trabalhar durante toda a manhã, tanto dentro quanto fora de casa, arrumando as coisas enquanto ela fazia o almoço. Eles comeram à mesa de piquenique no quintal, as irmãs de Sophia impressionadas com o ambiente e olhando para Sophia, sem dúvida ainda tentando descobrir como ela e Luke tinham ficado juntos.

Porém, todos pareceram muito à vontade, principalmente a mãe de Sophia e Linda. Elas conversaram e riram enquanto passeavam pela fazenda, e quando Luke voltou para a horta, seu coração se alegrou ao ver a fileira perfeita que a mãe acabara de plantar.

⚜

– Você pode morar em qualquer lugar, mãe – disse Luke para Linda mais tarde naquela noite. – Não tem que ficar na fazenda. Se quiser, comprarei uma cobertura em Manhattan para você.

– Por que eu iria querer morar em Manhattan? – perguntou ela, com uma careta.

– Não precisa ser em Manhattan. Pode ser em qualquer lugar.

Linda olhou pela janela, para a fazenda que criara.

– Não há nenhum outro lugar em que eu prefira morar – respondeu.

– Então, que tal me deixar arrumar as coisas aqui? Não aos poucos, mas de uma vez só?

Ela sorriu.

– Isso, sim, parece uma ótima ideia.

⚜

– Então, está pronto? – perguntou Sophia a Luke.

– Para o quê?

Depois da formatura Sophia passara uma semana na casa dos pais antes de voltar para a Carolina do Norte.

– Para me contar o que aconteceu na Carolina do Sul – respondeu ela, olhando-o com uma expressão determinada enquanto eles andavam para o pasto em busca de Banho de Lama. – Você montou Monstrengo? Ou desistiu?

Ao ouvir essas palavras, Luke se sentiu voltando para aquele dia de inverno, um dos momentos mais sombrios de sua vida. Lembrou-se de que havia caminhado na direção do brete e olhado para o touro por entre as tábuas. Pensou na onda de medo que o invadira e em seu nervosismo. Mas de algum modo se obrigou a fazer o que tinha ido fazer. Montou Monstrengo e ajustou sua corda americana, tentando ignorar as batidas de seu coração. *É apenas um touro*, disse a si mesmo. *Um touro como outro qualquer.* Não era, e ele sabia disso, mas quando o brete se abriu e o touro se lançou pelo portão, permaneceu centrado.

Monstrengo estava mais violento do que nunca, corcoveando e girando, possesso, mas Luke se sentiu estranhamente no controle, como se estivesse observando a si mesmo à distância. Quando o berrante enfim foi tocado, a multidão se levantou, rugindo em aprovação.

Ele soltou rapidamente a corda americana e pulou, caindo em pé. Em uma repetição do encontro anterior deles, o touro parou e se virou, as narinas chispando e o peito se erguendo. Luke soube que Monstrengo estava prestes a atacar.

Porém, não atacou. Em vez disso, os dois apenas se olharam até, incrivelmente, o touro virar para o outro lado.

– Você está sorrindo – disse Sophia, interrompendo seus pensamentos.

– Acho que sim.

– O que significa... O quê?

– Que eu o montei – respondeu Luke. – E que, depois disso, soube que estava pronto para parar.

Sophia cutucou o ombro dele.

– Isso foi uma estupidez.

– Provavelmente – disse Luke. – Mas ganhei uma picape nova.

– Nunca vi essa picape nova – disse ela, franzindo a testa.

– Eu não a trouxe. Em vez dela, trouxe o dinheiro.

– Para a fazenda?

– Não – disse ele. – Para isto.

Ele tirou uma caixa do bolso e, pondo-se de joelhos, a entregou a Sophia.

Ele a ouviu prender a respiração.

– Isto é o que eu acho que é?

– Abra – pediu Luke.

Sophia abriu a tampa devagar, se concentrando no anel.

– Eu gostaria de me casar com você, se estiver de acordo.

Sophia olhou para ele, seus olhos brilhando.

– Sim – respondeu ela. – Acho que estou de acordo.

– Onde você quer morar? – perguntou ela mais tarde, depois que eles deram a notícia para a mãe de Luke. – Aqui na fazenda?

– A longo prazo? Não sei. Mas, por enquanto, gosto daqui. A questão é se você gosta.

– Quer dizer, se eu quero morar aqui para sempre?

– Não necessariamente – respondeu Luke. – Eu só estava pensando que poderíamos ficar aqui até as coisas se ajeitarem. Mas depois, a meu ver, podemos morar em qualquer lugar. E agora estou pensando que, tendo recebido de presente um grande legado, você provavelmente poderia arranjar um emprego no museu que quiser.

– Como em Denver?

– Ouvi dizer que há muitas fazendas para aqueles lados. Até em Nova Jersey.

Sophia olhou para cima antes de voltar a olhar para Luke.

– Que tal apenas esperarmos um pouco e ver para onde a vida nos leva?

Naquela noite, enquanto Sophia dormia, Luke saiu do quarto e foi para a varanda, apreciando o persistente calor daquele dia. Acima, a meia-lua estava visível e as estrelas se espalhavam pelo céu. Um leve vento soprava, trazendo com ele os sons dos grilos nos pastos.

Luke olhou para as profundezas escuras do céu, pensando em sua mãe e na fazenda. Ainda tinha dificuldade para entender o rumo que sua vida tomara de repente, tampouco conseguia fazer aquilo se encaixar com a vida que um dia tivera. Tudo estava diferente, e Luke se perguntou se ele mudaria. Com frequência se lembrava de Ira, o homem que mudara sua vida, o homem que nunca chegaria a conhecer de verdade. Para Ira, Ruth significou tudo, e na escuridão silenciosa Luke imaginou Sophia dormindo na cama dele, seus cabelos dourados espalhados sobre o travesseiro.

Afinal, Sophia era o verdadeiro tesouro que havia descoberto nesse ano, e valia mais para ele do que todas as obras de arte do mundo. Com um sorriso, Luke sussurrou na escuridão:

– Eu entendo, Ira.

E quando uma estrela cadente cruzou o céu, teve a estranha sensação de que Ira não só o ouvira, como sorria em aprovação.

FIM